DÉCHAÎNÉS

Nora Green

ISBN-13: 9798851749001

A mon mari, ma plus grande source d'inspiration.
A toutes les auteures qui m'ont fait tant vibrer

PROLOGUE

Castle Coole, Irlande du Nord, Décembre 1799

Armar Lowry-Corry, 1er comte de Belmore, se tenait seul sous le porche, observant l'attelage qui remontait lentement l'allée gravillonnée menant au manoir. Les torches allumées au pied des colonnades blanches faisaient danser l'ombre mouvante de sa silhouette sur la façade derrière lui. Malgré le froid, il ne bougeait pas, fier et droit.

L'atmosphère était lugubre, sinistre même. Que n'étaient-ils arrivés plus tôt, lorsque la flamboyance du soleil couchant nimbait Castle Coole de sa lueur orangée. Des fragments de brume laiteuse enveloppaient à présent la colline, dérobant à la vue les anciens bois de chêne et les petits lacs qui faisaient le charme de cet écrin verdoyant.

Les quatre pur-sang, parvenus au pied de la monumentale demeure, finirent par s'immobiliser. Le cocher sauta à bas de la berline et la contourna prestement pour aller libérer ses occupants. Il déploya le marchepied à tiroir d'un geste précis et ouvrit la portière avant de se reculer pour se placer discrètement sur le côté du véhicule.

Armar n'aperçut d'abord qu'un manteau sombre, doublé d'une épaisse fourrure, et le sommet d'un haut de forme tandis que le duc courbait l'échine pour s'extraire de la voiture. Ce n'est que lorsqu'il posa son pied sur la première marche qu'il remarqua sa gigantesque stature. Armar s'avança pour l'accueillir mais alors même qu'il s'inclinait pour le saluer avec toute la déférence due à son rang, le duc passa devant lui sans lui accorder un regard. Il s'arrêta pour remonter sèchement le col de son lourd vêtement et se mit à détailler l'édifice aux allures de temple grec qui se dressait devant lui, survolant les deux ailes symétriquement déployées, s'attardant sur le fronton qui surplombait l'entrée, glissant sur les quatre colonnes doriques, immenses, démesurées.

Armar se balançait d'un pied à l'autre, indécis quant à l'attitude à adopter. Les suspensions grincèrent à nouveau, le sortant de son hébétude.

– Votre Grâce, je vous souhaite la bienvenue dans mon humble demeure, annonça-t-il d'un ton compassé en se tournant vers la duchesse.

– Lord Belmore, le salua-t-elle avec un hochement de tête gracieux.

– Votre fils ne voyage pas avec vous ?

– Il est ici, derrière moi, répondit-elle avec un sourire.

C'est alors qu'il aperçut l'enfant qui se cachait derrière sa mère, le visage enfoui dans ses jupes volumineuses.

– Je vous en prie, entrons. Vous devez avoir froid avec ces températures hivernales.

– Nous sommes en effet frigorifiés. La dernière étape nous a paru bien longue.

– Venez-vous directement de Dublin ?

– Oui. Je n'avais pas réalisé que Castle Coole était situé à plusieurs dizaines de lieues au nord, poursuivit la duchesse, qui se tut brusquement lorsqu'elle saisit le regard tranchant de son époux.

Sans ajouter un mot, ils pénétrèrent dans le hall d'entrée, de taille discrète en comparaison avec le reste de la demeure. Leurs pas résonnaient sur le sol dallé de marbre tandis qu'ils s'avançaient jusqu'au centre de la pièce.

Le duc n'avait toujours pas desserré les lèvres. Son regard froid évaluait Armar, le jaugeant de sa haute taille. Armar, plutôt râblé et court sur pattes, sentit dans ses yeux toute l'arrogance qu'une dizaine de générations de sang bleu pouvaient conférer. Les ducs de Norfolk, aussi riches que puissants, étaient les ducs les plus anciens et les plus titrés du royaume d'Angleterre, proches courtisans des rois depuis toujours.

Issu de l'union du député Galbraith Lowry et de la fille du colonel Corry, Armar n'avait lui-même été élevé au rang de baron qu'en 1781 mais avait rapidement gravi les échelons de la pairie d'Irlande jusqu'à devenir Comte de Belmore deux ans auparavant. Grâce à Castle Coole, il en était convaincu. Sa résidence secondaire était sa plus grande fierté. Il avait dépensé une petite fortune pour l'ériger mais ne regrettait pas le moindre penny. L'étalage obscène de son opulence l'avait mené précisément où il le souhaitait.

– Si Votre Grâce me le permet, je vais vous débarrasser, intervint Byrne, le majordome.

– Cette demeure est somptueuse, Lord Belmore, commenta la duchesse de sa voix claire en se délestant de son manteau pour le confier au domestique.

– Je vous remercie Votre Grâce, répondit Armar en rosissant de plaisir. Le domaine appartient à ma famille depuis des générations. Je l'ai hérité de ma mère et l'ai trouvé idéal pour y bâtir ma résidence d'été. Voyez-vous, la ville d'Enniskillen est toute proche mais suffisamment distante néanmoins pour ne pas gâcher la beauté naturelle de la campagne qui nous entoure. J'ai commencé la construction en 1789 et elle vient à peine...

– Épargnez-nous une visite guidée, je vous en conjure, le coupa le duc d'un ton excédé, prononçant ses premiers mots depuis son arrivée.

Le camouflet jeta un froid parmi la petite assemblée et Armar, mortifié, se détourna pour guider ses illustres visiteurs vers le grand salon. Les parquets de chêne lustrés, couverts d'épais tapis d'orient, contribuaient à donner à la pièce une atmosphère chaleureuse et élégante, et l'agréable flambée qui les accueillit décrispa légèrement la tension qui s'était installée après la remarque du duc.

Un jeune homme vigoureux se leva en hâte du confortable canapé dans lequel il était installé, imité par une demoiselle qui semblait âgée d'une quinzaine d'années.

– Je vous présente mon fils Somerset, et ma fille Louisa. Somerset, Louisa, Sa Grâce Lord Charles Vane, le duc de Norfolk, Sa Grâce Lady Mary, la duchesse de Norfolk, et leur fils Lord Henry Vane, présenta Armar avec une affabilité quelque peu forcée.

Somerset s'inclina tandis que Louisa faisait une gracieuse révérence.

– Je vous en prie, installez-vous. Je vais faire servir un

encas, vous devez être affamés.

– Je vous en serais bien obligé, répondit le duc d'un ton hautain. Ces derniers jours ont été épuisants. Nous imposer un tel exode depuis le sud de l'Angleterre pour rencontrer un nouveau-né, cela frise l'inconvenance. Vous auriez pu faire le déplacement jusqu'à Dublin. Mais soit, passons. Où se trouve donc cette *miraculée* ?

Le duc faisait référence, de façon fort maladroite il fallait en convenir, aux douloureuses circonstances qui avaient entouré la naissance de Juliana, la dernière enfant du comte. L'accouchement s'était déroulé dans une souffrance terrible et avait eu raison de Lady Margaret, la comtesse de Belmore. Affaiblie par une grossesse plus difficile que les précédentes qui l'avait clouée au lit durant de nombreux mois, elle avait poussé son dernier souffle avant même d'avoir pu contempler l'enfant qu'elle rendait orpheline.

Armar rougit face à la mesquinerie de ces paroles et retint de justesse le commentaire acerbe qui lui venait aux lèvres. Se tournant vers sa fille, il lui demanda :

– Louisa, peux-tu t'enquérir d'Abigail ? J'ai requis les services d'une gouvernante anglaise dès que les intentions du roi m'ont été communiquées, ajouta-t-il à l'attention de ses visiteurs.

– Tout de suite, Père.

Lady Mary posa délicatement sa main sur le bras de la jeune fille et l'enveloppa d'un regard d'autant plus doux que celui de son époux était dur :

– Nous sommes sincèrement navrés pour la perte que vous avez subie. Nous vous présentons toutes nos condoléances.

– Oui, cela va sans dire, grogna le duc. Bien, jeune fille, hâtez-vous, nous repartons ce soir même.

– Ce soir Votre Grâce ? s'étonna Armar. J'ai fait préparer notre plus belle suite, vous êtes les bienvenus pour la nuit.

– Non, coupa-t-il. Des affaires de la plus haute importance nécessitent mon retour en Angleterre dans les plus brefs délais. Nous avons déjà suffisamment perdu de temps.

Dieu tout-puissant, la rancœur du duc était plus vaste encore qu'Armar ne l'avait imaginé. Il semblait même le haïr, le tenant sans nul doute pour responsable de cette imposition qui allait à l'encontre de tous ses principes.

Et Armar ne pouvait l'en blâmer.

Lorsque le roi George III, par le biais de son envoyé, l'avait informé de son désir d'organiser l'union de Lord Henry, l'unique fils du duc âgé de sept ans à peine, et de Lady Juliana, sa dernière-née, il s'était empressé d'accepter. Mais si ces fiançailles constituaient pour lui une véritable consécration, elles représentaient en revanche pour les Norfolk une mésalliance qui jetait sur le titre un déshonneur certain.

Les intentions du souverain étaient pourtant louables. Les échauffourées entre la Grande-Bretagne et l'Irlande étaient fréquentes et l'année précédente, les Français s'y étaient mêlés. Une vague de soulèvements particulièrement violente avait eu lieu parmi les milices armées composées de volontaires. La colère du peuple irlandais grondait aux frontières et le roi voulait à tout prix éviter de se retrouver avec une insurrection inutilement meurtrière sur les bras.

C'est alors qu'était née l'idée d'unir l'aristocratie anglaise à celle d'Irlande.

Armar pouvait réciter de mémoire le passage de la missive royale qui avait fait bondir son cœur :

« Notre volonté royale d'éviter les conflits ne peut se manifester que par un geste particulièrement éloquent. Nous espérons que ce que Nous nous apprêtons à vous proposer constituera un gage de notre bonne-foi envers le peuple irlandais, et que votre position au sein du gouvernement vous permettra de faire rayonner nos desseins pacifiques auprès de vos compatriotes les plus réfractaires.

Nous vous informons de Notre désir de voir Lady Juliana de Belmore, née le six septembre de l'An dix-sept-cent-nonante-neuf, et Lord Henry Vane, héritier du duché de Norfolk, né le quatorze mars de l'An dix-sept-cent-nonante-deux, unis par les liens sacrés du mariage.

Assurément, la place qu'occupe le duc de Norfolk au sein de la pairie d'Angleterre devra vous rassurer sans équivoque quant au caractère sérieux de Notre résolution.

Il va de soi qu'au vu du deuil que votre famille porte actuellement, nul déplacement ne peut être envisagé. Lord Vane se rendra prochainement en Irlande pour concrétiser les fiançailles qu'il s'est engagé à conclure devant Nous. »

Somerset, qui effectuait de fréquents allers-retours entre Dublin et Londres pour les besoins de leur campagne électorale, était revenu dare-dare de la capitale anglaise peu de temps après la réception du courrier qui avait créé une agitation sans précédent chez les Belmore.

– Tu n'imagineras jamais ce qui se murmure à la Chambre des lords ! Je sais de source sûre que le duc de Norfolk cherche à faire passer une nouvelle loi sur la Régence afin de faire déclarer Sa Majesté inapte à régner. Il prétend que son état mental s'est encore dégradé.

– Comment ?! Mais c'est précisément la Chambre des

lords qui rechignait à voter la précédente il y a plus de dix ans ! Alors même qu'elle était déjà adoptée par la Chambre des communes. C'est bien pour cela que George III est encore sur le trône.

– Apparemment, ses épisodes de démence se sont réitérés et le duc avance que la décision du roi concernant son fils et Juliana en est la preuve.

– Pardieu, s'il refuse de se plier à la volonté du roi, il va créer un bain de sang. Tout le gouvernement est informé des futures fiançailles.

– Je le sais bien. N'aie crainte, il finira par s'incliner. Selon ce qu'on dit, Georges III ne cèdera pas. Le duc ne devrait pas tarder à entamer le voyage vers Castle Coole.

Cette conversation, qui s'était déroulée deux semaines auparavant, lui avait permis de se préparer mentalement à subir la fureur de Lord Charles Vane, 11e duc de Norfolk. C'est pourquoi il parvenait à encaisser sans broncher les assauts intempestifs de cet aristocrate visiblement imbu de sa personne.

La gouvernante anglaise, tirée à quatre épingles, pénétra enfin dans la pièce en portant dans ses bras un nourrisson de quelques mois. Les voiles blancs de sa petite robe retombaient dans un plissé harmonieux sur l'imposante poitrine de la domestique. L'air doux de la dame entre deux âges contrastait avec la sévérité de sa mise et c'est avec délicatesse qu'elle confia l'enfant à son père.

– Monsieur le Comte, prononça-t-elle imperceptiblement en se retirant.

– Merci Abigail. Votre Grâce, je vous présente Lady Juliana de Belmore, dit Armar en se tournant vers le duc.

– Quelle magnifique enfant ! s'exclama Lady Mary, qui

s'était approchée aux côtés de son mari.

Les yeux écarquillés de Juliana parcouraient les visages penchés sur elle. Inconsciente des enjeux qui se jouaient autour de sa courte existence, elle babillait gaiement.

Henry, un enfant taiseux brimé depuis toujours par ce père irascible et autoritaire, et qui était resté en retrait jusque-là, s'avança avec curiosité vers le paquet gigotant débordant des bras du comte. Ce dernier, captant le regard de l'enfant, s'agenouilla pour qu'il puisse le contempler à son aise. Toujours silencieux, Henry approcha son index de la petite main potelée qui l'agrippa, serrant dans son poing le doigt de l'enfant.

Le temps semblait suspendu.

– Cela suffit, déclara brusquement le duc, interrompant la magie de l'instant. Belmore, vous avez les papiers ?

– Les voici Votre Grâce, dit Armar en se dirigeant vers la table ronde qui trônait au centre de la pièce.

Le duc parcourut les documents, marmonnant entre les dents. Lorsqu'il eut terminé sa lecture, il apposa sa signature au verso du dernier feuillet et tendit la plume au comte. Le comte signa de son côté et, reposant la plume, déclara :

– Voilà qui unit nos deux familles, Votre Grâce. Vous m'en voyez honoré.

– Vous pouvez, répondit méchamment le duc. L'affaire est donc clôturée. N'attendez pas de nos nouvelles avant que ces deux-là ne soient en âge de se marier. Si vous voulez bien nous excuser à présent…

Et ils repartirent aussi rapidement qu'ils étaient venus.

1

Windsor, Angleterre, Mars 1821

Calé dans l'un des nombreux sièges tendus de velours vert disposés le long des murs, Henry patientait. Sa nervosité était tangible, et d'autant plus surprenante pour qui connaissait l'assurance tranquille dont il faisait habituellement preuve. Écoutant d'une oreille distraite Lord Plymouth, son voisin de gauche qui s'évertuait à lui exposer les risques auxquels ils s'exposeraient tous s'ils accordaient plus de droits aux gens du peuple – prenant pour exemple la France, plongée dans le chaos suite à la chute de Napoléon à Waterloo – il jetait de fréquents coups d'œil vers le trône encore vide du roi George IV.

Ses doigts tambourinaient sur l'accoudoir à mesure que la salle du trône, une longue galerie tapissée de bois marqueté, s'emplissait de courtisans devisant à voix basse. Le bruit ambiant qui enflait lentement et la faible luminosité de la pièce, à peine éclairée par quelques hautes fenêtres percées dans le mur de droite et engoncées dans de profondes alcôves, contribuaient largement à son irritation.

– Sa Majesté George IV, par la Grâce de Dieu, roi du Royaume-Uni de Grande-Bretagne et d'Irlande, Défenseur de la Foi, annonça soudain le Grand Chambellan du palais d'une voix forte.

Ils se levèrent comme un seul homme et le roi fit son entrée.

Rendu obèse par la vie dissolue qu'il menait, rongé par la goutte, le « premier gentleman d'Angleterre », comme il fut appelé en son temps, se déplaçait désormais avec difficulté. Il s'affaissa lourdement sur le trône, essoufflé par les quelques pas parcourus depuis l'entrée de la salle.

Tout en guettant l'appel de son nom, Henry en profita pour l'observer, secouant imperceptiblement la tête devant cette vision affligeante. C'eut été un euphémisme d'affirmer qu'il manquait d'exercice physique. Sa perruque glissait sans cesse sur son front luisant et son énorme bedaine tendait son gilet jaune poussin, dont la boutonnière semblait avoir baissé les bras, ne maintenant les pans de celui-ci qu'au moyen d'une seule et unique petite pièce de nacre qui ne tarderait pas à rendre l'âme elle aussi.

Un bien piètre souverain, en vérité. Si d'aucuns soutenaient que son mécénat avait été bénéfique pour le développement de la culture en Angleterre, contribuant au prestige du royaume, on ne pouvait cependant ignorer l'irritation des contribuables face aux excès qu'il encourageait coupablement.

– Lord Henry Vane, Duc de Norfolk !

Plongé dans ces pensées peu charitables, il sursauta presque, comme pris en faute, et se leva en hâte pour s'incliner profondément devant le roi.

– Qu'est-ce qui vous amène, Norfolk ? lui demanda ce dernier d'un air affable.

Les audiences se faisaient rares et Henry misait beaucoup sur celle-ci. Priant pour que Sa Majesté soit dans un bon jour, il se lança :

– Votre majesté, je suis venu vous trouver avec une requête de la plus haute importance et qui nécessite d'être traitée en aparté en raison de son caractère sensible.

Intrigué, le roi lui fit signe de s'approcher sous le dais.

Henry grimpa la marche qui menait à l'estrade royale et prit une profonde inspiration.

– Votre Majesté, Vous n'ignorez pas que feu votre père, le roi George III, avait ordonné de son vivant la conclusion de fiançailles entre la fille du comte de Belmore et moi-même. Lady Juliana venait de naître et je n'avais que sept ans.

– Je suis informé de cet arrangement en effet, marmonna le roi avec une pointe d'ennui, peu sensible aux déboires matrimoniaux de ses sujets.

Forcé lui-même d'épouser Caroline de Brunswick pour éponger ses nombreuses dettes, il s'appliquait depuis près de trente ans à l'éviter consciencieusement, se terrant à Windsor tandis que la reine avait investi Carlton House. Au demeurant, il eut été bien incapable de rejoindre Londres sur une base régulière, l'eut-il souhaité.

– Nous nous sommes effectivement rendus en Irlande du Nord pour accomplir la volonté du roi, poursuivit Henry malgré le manque d'intérêt évident de son interlocuteur. Mais depuis lors, je n'ai jamais revu ma fiancée.

– Et pour quelle raison ?

– Lady Juliana n'était pas encore en âge de se marier et par la suite, mes devoirs m'en ont empêché, bredouilla Henry, qui ne s'était pas attendu à une telle question. Par ailleurs, la mort de mon père l'an dernier nous a plongé dans un long deuil…

– Oui, ce fut une grande perte pour nous tous, commenta le roi, qui montrait déjà des signes d'impatience. Norfolk, vos pairs attendent d'être reçus, présentez-moi vos doléances et concluez je vous prie.

– Bien Votre majesté, grinça Henry, agacé d'être bousculé ainsi après sa longue attente. Je suis venu solliciter de Sa Majesté qu'elle prononce, dans son infinie bonté, l'annulation de ces fiançailles.

– Comment ?! Et pourquoi donc souhaitez-vous rompre cet engagement ? réagit le roi en se redressant soudain.

– Votre Majesté, si vous me permettez, il est de notoriété publique que le roi George III, malgré sa grande sagesse, souffrait de certains… épisodes. Mon père a toujours pensé que sa décision me concernant avait été prise dans un de ses moments d'absence.

– Je suis parfaitement au courant de l'aliénation qui a saisi mon père à la fin de son règne. N'oubliez pas qu'en tant que Prince de Galles, j'ai assumé dix ans de régence avant qu'il ne décède, paix à son âme.

– Bien entendu Votre Majesté, s'empressa d'abonder Henry avec déférence.

– Il n'est cependant pas prouvé qu'au moment d'ordonner l'union de vos deux familles, mon père ait souffert de l'un de ces épisodes. Il allait même plutôt bien à cette époque.

– Oui, je n'en doute point, Votre Majesté. Mais permettez-moi d'ajouter que les signataires de ce contrat ne sont plus de ce monde. Le comte de Belmore est décédé il y a bien longtemps, et le tuteur de Lady Juliana ne s'est jamais manifesté…

– Cela ne vous soustrait en aucun cas à vos obligations ! tonna le roi. Vous êtes le principal concerné.

Furieux que ses arguments ne fassent pas mouche, Henry tenta le tout pour le tout.

– Votre Majesté, vous devez reconnaître qu'un mariage entre les Norfolk et les Belmore n'a plus aucun sens à l'heure actuelle. Je vous rappelle que ces fiançailles ont été ordonnées pour apaiser les tensions entre la Grande-Bretagne et l'Irlande, inexistantes depuis la réunion de nos deux royaumes.

George IV se renfonça dans son trône, songeur.

Serrant les poings, Henry scrutait anxieusement la moindre mimique, le plus petit signe d'encouragement qu'il eut pu déceler sur son visage rubicond. Le roi tarda tant à formuler une réponse qu'il crut un instant qu'il s'était assoupi.

– Norfolk, ne croyez pas que je sois insensible aux arguments que vous me présentez, reprit-il enfin. J'entends bien, vous estimez qu'une fiancée irlandaise, fille d'un simple comte désargenté, est indigne de votre rang.

C'était peu de le dire. Si le comte de Belmore n'avait pas, à l'époque de la signature du contrat, les références ancestrales nécessaires pour s'unir aux Norfolk, il pouvait néanmoins faire valoir son influence politique, ou même son aisance financière. De ces atouts, il ne restait rien. La signature de l'Acte d'Union en 1800, unissant la Grande-Bretagne et l'Irlande, avait considérablement amoindri le pouvoir du Parlement irlandais et il avait fini par se replier à Castle Coole, ruiné par la construction bien trop ambitieuse de son colossal manoir, dans lequel il s'était éteint peu après.

– Pourtant, je puis vous assurer que les Irlandaises ont le sang chaud, ajouta le roi en partant d'un rire gras, suivi d'une toux interminable qui le laissa haletant.

Reprenant son souffle, il poursuivit entre deux quintes :

– Norfolk, vous n'êtes pas sans ignorer que mes vues sur la question religieuse font débat.

Fronçant les sourcils, Henry acquiesça sans comprendre tout-à-fait où le roi voulait en venir. Il n'ignorait pas que George IV était ouvertement anticatholique, le royaume entier était au courant. Il avait même tablé sur cette antipathie pour obtenir du souverain un soutien lorsqu'il lui présenterait sa demande.

– Je subis de plus en plus de pressions à ce sujet de la part de mes ministres, poursuivit le roi. Particulièrement Canning, cet entêté, qui prône l'émancipation des catholiques. Il serait dangereux pour moi d'ignorer son influence, on murmure qu'il sera le prochain leader de la Chambre des communes.

Saisi d'un sombre présentiment, Henry déglutit, attendant la suite tout en devinant confusément sa teneur. Il n'aimait pas, mais alors pas du tout, le sens que prenait son discours.

– Si j'ordonnais la rupture de vos fiançailles alors que cette jeune fille est catholique, cet acte pourrait être interprété comme une déclaration de guerre. Mes ministres me trouvent déjà suffisamment irresponsable comme cela, je ne souhaite pas ajouter de l'eau à leur moulin.

La sentence tomba comme un couperet, lui bloquant le souffle aussi sûrement qu'un direct au plexus.

– Je suis au regret de devoir décliner votre requête, Norfolk. Mes mains sont liées, du moins pour le moment. Nous verrons d'ici quelques mois, peut-être la chance vous sourira-t-elle, conclut George IV avec une moue désabusée.

Il le congédia d'un geste de la main vaguement ennuyé.

– Si vous n'avez pas d'autre point, vous pouvez disposer…

– Henry ! entendit-il dans son dos alors qu'il s'éloignait à grands pas furieux de la salle d'audience.

Henry se retourna et patienta le temps que Charles « Chaz » Fitzalan, deuxième fils du comte de Surrey, le rejoigne au pas de course.

– Attends-moi ! dit ce dernier essoufflé. Qu'est-ce qui te prend ? Nous étions supposés repartir ensemble, tu te rappelles ? J'attends depuis plus d'une heure devant cette salle…

– Excuse-moi, je t'ai complètement oublié, répondit Henry avec un air las.

Chaz était l'un de ses plus proches amis. Le seul véritable ami qu'il avait en réalité. Dans le monde sournois de l'aristocratie, la méfiance était de mise et il ne pouvait jamais vraiment savoir si sa compagnie était recherchée par intérêt ou par réelle envie. Il s'était construit de tels remparts que seules quelques pauvres âmes s'étaient vues accorder l'honneur de faire partie de son cercle d'intimes. Et Chaz y était inclus, à la première place.

Ils avaient convenu de fêter sa « libération » après

l'audience. Chaz était le seul à savoir qu'Henry s'apprêtait à demander l'annulation de ses fiançailles en se rendant à Windsor. Il l'avait accompagné, heureux d'être aux premières loges lorsque sa vie prendrait enfin un nouveau tournant.

Depuis le couronnement de George IV en janvier 1820, Henry n'avait attendu que cela. Nouveau roi, nouveaux espoirs. La mort de son père, survenue peu après celle de leur souverain, avait retardé ses plans de manière désastreuse. Les codes de la bienséance exigeaient pour la perte d'un parent l'observation d'un deuil d'une année entière. Si cela n'avait tenu qu'à lui, il aurait retiré le crêpe noire qui recouvrait les tableaux de Norfolk House dès le lendemain de la mise en bière. Il n'avait jamais porté le vieux duc dans son cœur, il n'allait pas commencer à sa mort.

– Que s'est-il passé là-dedans ? demanda Chaz, anxieux.

– Il s'est passé que ce misérable poltron a décidé de respecter la parole de son père, voilà ce qu'il s'est passé, fit Henry avec rage.

– Que dis-tu ? Il t'a refusé l'annulation ? demanda son ami avec un air choqué.

– Oui, j'ai vraiment été idiot. J'ai cru que ses vues anticatholiques serviraient mes desseins mais c'est tout l'inverse. J'aurais dû m'en douter, ce fumier a peur de se mettre Canning à dos.

– Canning ? Celui qui ne cesse de relancer la question irlandaise ?

– Celui-là même. Dieu m'en est témoin, je pourrais l'étrangler de mes mains ! Quand je pense qu'il dépense l'argent des contribuables sans compter, qu'il encourage les pires excès et qu'il me…

– Chut, calme toi, murmura Chaz, effrayé par ce mépris total de discrétion. Je te rappelle que les murs ont des oreilles. Allons dans un endroit tranquille.

– Qu'il m'impose à *moi*, l'un des pairs les plus puissants et les plus titrés du royaume, probablement le plus riche, de rester enchaîné à ce boulet irlandais ! poursuivit Henry en l'ignorant.

Miséricorde, son orgueil avait dû en prendre un coup. Henry n'essuyait jamais aucun refus.

Chaz entraîna son ami dans le long corridor, cherchant à les mettre à l'abri des oreilles indiscrètes. Tout en marchant, Henry poursuivait sa diatribe, imperméable au monde extérieur.

– Pour la première fois de ma vie, je comprends mon père. Nom d'un chien, la fureur qui a dû s'emparer de lui lorsqu'il a appris que son unique héritier serait lié à la fille d'un misérable comte irlandais !

Dieu sait pourtant qu'il l'avait exécré, ce père autoritaire et distant. Presqu'autant qu'il exécrait ce contrat…

– Que vas-tu faire maintenant ? reprit Chaz lorsqu'ils furent enfin isolés. Tu vas devoir l'épouser ?

– Le roi ne m'a pas clairement opposé un refus. Ma demande sera réexaminée le cas échéant.

– Ah, c'est déjà quelque chose. Et entretemps ?

– Entretemps je ne sais pas, soupira Henry, découragé. J'étais tellement sûr d'y arriver.

Il passa les mains dans ses mèches brunes dans un geste familier trahissant son agitation.

– J'attends depuis plus d'un an d'introduire cette demande, sans compter les années passées à maudire cette fiancée que je ne connais même pas ! Depuis que je suis en âge de comprendre ce que ce contrat signifie, je ne rêve que d'une chose : me débarrasser d'elle. Je ne sais pas si j'ai la force d'attendre indéfiniment un changement d'humeur de notre « bienaimé » souverain...

Chaz lui donna une claque d'encouragement bien masculine, adoptant un ton réconfortant.

– Allez, ça passera vite... On reviendra dans six mois et... Mais attends, s'interrompit-il soudain, et si tu allais la chercher en Irlande ?

– Mais qu'est-ce que tu racontes ?! Tu es fou ? dit Henry en s'arrêtant subitement de faire les cent pas.

– Écoute-moi avant de t'affoler, le calma Chaz avec un geste d'apaisement. Tu pourrais te rendre là-bas pour la convaincre de demander elle-même l'annulation !

– Et comment suggères-tu que j'aborde cette discussion ? « Ma chère fiancée, navré d'avoir mis tant de temps à venir vous chercher. Maintenant que nous faisons finalement connaissance, seriez-vous assez aimable pour demander à notre souverain l'annulation de ces fiançailles ? » Ça ne marchera jamais...

Il se remit à déambuler.

– Ne sois pas ridicule ! Et arrête toi cinq minutes de fouler ce tapis, tu vas finir par l'élimer ! répliqua Chaz. Je ne te suggère pas d'y aller de but en blanc. Tu es capable de faire preuve de subtilité, non ? Quelques petites manipulations bien senties et... Mais oui, je sais ! s'écria-t-il illuminé, s'interrompant pour la seconde fois. Invite-la à Londres pour la saison !

– De mieux en mieux, railla Henry. Décidément, tu devrais arrêter de boire.

– Mais non au contraire, c'est une idée de génie. Écoute-moi bien. Tu te présentes innocemment en Irlande. Après tout, il est temps de concrétiser vos fiançailles. La demoiselle a quoi… vingt, vingt-et-un ans ? Tu lui proposes galamment de l'inviter pour le reste de la saison à Londres. C'est tout à ton honneur : elle est introduite dans le monde et en plus, vous apprenez à vous connaître. Et petit à petit, tu distilles ton venin. Tu la repousses, tu la malmènes un peu, tu l'ignores, que sais-je… Quelles qu'aient été ses intentions de départ, elle en viendra à te supplier de la demander, cette annulation, conclut Chaz triomphant.

L'idée de Chaz faisait lentement son chemin. Retourner la situation et la persuader de faire annuler leurs fiançailles ? Le roi lui-même ne pourrait s'y opposer si la demande émanait de la jeune femme.

– Tu sais que tu n'as peut-être pas tort…, répliqua-t-il enfin.

– C'est une évidence, fanfaronna Chaz. Je ne vois qu'un seul petit problème dans ce plan finement élaboré.

– Lequel ?

– Si elle est un tant soit peu jolie, tu es cuit.

– N'exagère pas… Je ne suis pas un animal en rut !

– Tu sais comme moi que tu es incapable de la garder dans ton pantalon dès que tu vois passer une paire de jupons, dit Chaz en riant.

Henry grimaça, forcé de reconnaître que son penchant pour la gent féminine frisait l'abus.

Tout avait commencé un beau matin de mai lorsque, ayant remarqué la raideur matinale qui tendait sa robe de chambre, la soubrette qui lui apportait habituellement son petit déjeuner s'était tranquillement agenouillée devant lui et avait écarté les pans de velours pour lui faire connaître une félicité insoupçonnée.

Il n'oublierait jamais l'émerveillement procuré par cette petite récréation orale. Émerveillement maintes et maintes fois répété depuis, d'abord au sein du personnel d'Arundel, le château familial situé dans le Sussex, et ensuite étendu à une vélocité impressionnante au moindre carré de dentelle qui tombait sous ses mains devenues expertes.

Son père, qui avait érigé l'abstinence en vertu, en avait fait des sueurs froides, fournissant ainsi à Henry un prétexte supplémentaire pour exercer cette pratique si délicieusement licencieuse.

– Qu'y puis-je si elles se jettent sur moi comme des tigresses ? plaisanta Henry, un peu plus détendu maintenant qu'il entrevoyait une solution à son épineux problème.

C'était à peine s'il en rajoutait. L'effet ravageur qu'il provoquait sur les femmes faisait pâlir d'envie les quelques pauvres hères qui se risquaient à la compétition. Il avait tout, et elles le voulaient toutes.

– Plus sérieusement, reprit Chaz, la dernière chose dont tu as besoin, c'est de t'enticher de cette petite. Si tu veux encore avoir une chance de faire annuler vos fiançailles…

– Il le faut, Chaz. Bon sang il faut que ça marche !

2

Castle Coole, Irlande du Nord, Mars 1821

Paresseusement allongée sur le sol, Juliana fermait les yeux, sa tête posée sur les genoux d'Edward. Elle se gorgeait des rayons du soleil printanier, savourant ces premières chaleurs après un hiver particulièrement rude. Ses orteils nus se glissaient dans l'herbe encore fraîche tandis qu'alanguis, ses bras reposaient croisés sur sa taille mince.

Edward caressait distraitement le front de la jeune fille. Ses doigts étaient étonnamment délicats en comparaison avec sa silhouette, qu'on aurait pu qualifier de légèrement épaisse. Ni beau ni laid, son visage était rendu avenant par la gentillesse qui émanait de sa personne. Deux yeux minuscules, la plupart du temps écarquillés dans une sorte d'étonnement permanent, surplombaient un nez épaté et passaient presqu'inaperçus sous le front bombé qui commençait déjà à se dégarnir malgré son jeune âge. Le tout lui donnait une apparence plutôt comique qui avait surpris Juliana lors de leur première rencontre, mais dont elle s'accommodait à présent avec complaisance.

Surprenant un frisson qui parcourait le décolleté de sa compagne, il s'enquit :

– Tu as froid Mo shíorghrá ?

Juliana sourit, les yeux toujours clos. Elle se contenta d'un grognement en guise de réponse. Enveloppée d'une sérénité que seul le cadre bucolique de leur campagne intouchée pouvait offrir, elle laissait son esprit s'évader avec le chant des oiseaux.

– C'est bientôt la Saint Patrick. Tu réalises que cela fera un an que nous nous sommes vus pour la première fois ? dit-il, ému à l'évocation de ce souvenir.

Ils s'étaient rencontrés lors de cette fête religieuse, célébrée le dix-sept mars dans tout le pays en l'honneur du saint patron de l'île. À Enniskillen, tous les habitants participaient à la parade traditionnelle et les chars se mêlaient aux jongleurs et danseurs folkloriques qui défilaient dans toute la ville jusqu'à la tombée du soir.

Cette année-là, Juliana, qui avait fêté ses vingt ans quelques mois plus tôt, avait été autorisée à participer aux célébrations pour la première fois. Vêtue de vert de pied en cap, un trèfle épinglé à sa boutonnière, elle avait pris place parmi les spectateurs qui se massaient le long des rues et s'était imprégnée avec une joie non dissimulée de la magie festive du moment, échappant rapidement à la surveillance de sa gouvernante.

Fils du baron Digby, un des nobles les plus influents de la région, Edward avait la lourde responsabilité d'ouvrir la parade. Il l'avait aperçue du haut de son gigantesque char – une autruche soutenue par des figures simiesques, reproduction fidèle du blason familial – et avait eu un coup de cœur immédiat pour son joli minois. Sans déroger à la coutume qui voulait que la foule soit invitée à se joindre au défilé, il s'était empressé d'aller la chercher et l'avait hissée à ses côtés pour le reste du défilé. Des étoiles dans les yeux, Juliana avait tellement souri qu'elle en avait eu mal aux joues.

– Je me rappelle surtout du savon que m'a passé Abby. Elle était furieuse de ma disparition, répondit Juliana d'un ton amusé, comprenant qu'elle devait mettre un terme à sa méditation.

Elle se redressa en s'appuyant sur un coude.

– Je ne t'ai jamais posé la question. Savais-tu qui j'étais lorsque tu m'as enlevée sur ton char ?

– Absolument pas... Tu n'évoluais pas dans les cercles de la noblesse locale et malgré le fait que nous soyons voisins, je n'avais pas eu l'occasion de t'apercevoir avant cela.

– Ce n'est pas étonnant, je ne sors pour ainsi dire jamais de Castle Coole.

Ce n'était que le soir, lorsqu'ils avaient ri et chanté ensemble au pub local, qu'Edward avait appris son identité, et ce uniquement grâce à la langue bien pendue du tenancier. L'attitude cavalière de Juliana, bien éloignée de l'image qu'il se faisait de la fille Belmore, ne lui aurait jamais permis de le deviner : à peine avait-il déposé leurs breuvages – une bière pour lui, une limonade pour elle – sur la table crasseuse de la taverne, qu'elle s'était emparée témérairement de son verre et, son regard planté dans le sien, en avait avalé une longue gorgée. Qu'elle avait recrachée aussitôt. Les mains plaquées sur sa bouche et les yeux agrandis par l'horreur de son geste, elle avait fini par se joindre à l'hilarité générale et s'était aventurée à prendre une seconde, et même une troisième rasade.

– Je n'en reviens toujours pas que tu m'aies chipé ma

pinte. Tu n'es tout de même qu'une petite effrontée, la taquina Edward.

– Et tu t'en rends compte aujourd'hui seulement ? prétendit s'étonner Juliana avant d'éclater de rire. Si je ne t'avais pas pratiquement molesté pour que tu m'embrasses lorsque tu m'as raccompagnée, je suis sûre que tu n'aurais jamais fait le premier pas.

C'était le soir de toutes les audaces et elle avait multiplié les allusions sur le chemin du retour, aussi subtile qu'un cob irlandais tirant sa charrue. Il n'en avait saisi aucune. Sapristi, elle n'allait pas laisser passer l'occasion, à vingt ans révolus, de recevoir son premier baiser.

– Que nenni, nia Edward. Après tout tu es... (il lui vola un baiser) irrésistible. Et j'avais bu pas mal de bière. J'aurais fini par le faire, comme tout le monde à la Saint-Patrick...

– Tout le monde sauf toi apparemment, le nargua-t-elle, un brin moqueuse.

Si seulement elle savait. Cette unique rencontre avait suffi à ce qu'il tombe éperdument amoureux d'elle. Étaient-ce ses yeux immenses, d'une profondeur insoupçonnée ? La délicatesse exquise de son ossature ? Ou tout simplement sa hardiesse, qui lui faisait malheureusement défaut à lui ? Toujours est-il qu'elle n'avait plus quitté ses pensées après cela et qu'au fil de leurs rencontres, son béguin s'était peu à peu mué en dévotion qui frisait aujourd'hui l'obsession.

– Tu ne peux pas m'en vouloir, protesta Edward. Après tout, je savais, comme toute la ville, que tu étais fiancée au duc de Norfolk. Ça en aurait arrêté plus d'un...

– Ce n'est pas faux, reconnut-elle magnanime.

Le silence tomba tandis que le fantôme du mystérieux duc flottait entre les jeunes gens.

– Tu n'en parles jamais…, hasarda Edward d'un ton hésitant. Sais-tu au moins à quoi il ressemble ?

– Je n'en ai aucune idée, soupira Juliana.

Elle avait imaginé tant de fois son visage. Leur rencontre, et ce qu'ils se diraient.

Quelquefois, il s'agissait d'un regard échangé au travers d'une salle de bal, alors que leurs pairs festoyaient pour célébrer leur présentation officielle. Un coup de foudre immédiat, un cœur qui bat la chamade.

La plupart du temps cependant, la crainte de croiser des yeux froids et réprobateurs, logés dans le faciès pâle d'un homme pincé, remplaçait ces élucubrations romantiques.

Mais il n'était jamais venu, n'avait jamais correspondu avec elle, n'avait jamais cherché à la connaître. Oh, elle n'était pas idiote. Elle savait parfaitement bien qu'il ne voulait pas de ce contrat. Elle n'aurait pas cru cependant qu'il aurait l'audace d'ignorer l'ordre du roi, ce qu'il semblait pourtant bien décidé à faire.

– C'est tout de même étonnant qu'il ne soit jamais venu, insista le jeune homme. Quelles sont ses intentions ? Vas-tu rester fiancée ta vie entière ?

Juliana serrait les dents, se contenant pour ne pas lui intimer de se taire. Qu'est-ce qu'il s'imaginait ? Qu'elle n'y songeait pas ? Qu'elle appréciait ce désert d'incertitude dans lequel elle évoluait ?

– Et pourquoi ton frère ne réagit-il pas ? s'acharna encore Edward. Il est tout de même ton tuteur depuis la mort de ton père.

– Parce que c'est un lâche, un couard qui a peur

d'affronter la puissante famille Norfolk, voilà pourquoi ! finit-elle par exploser.

Somerset la plaçait, par sa passivité coupable, dans une terrible position. Il aurait dû exiger que leur union soit célébrée il y a bien longtemps de cela, ou qu'on la libère, tout simplement. Mais il n'aurait jamais pris le risque de se mettre les Norfolk à dos, il était bien trop ambitieux pour cela. Il faisait son chemin à la Chambre des communes britannique et ne comptait pas s'arrêter là. Il s'accrocherait à la fabuleuse opportunité que cette alliance représentait tant que faire se pouvait.

Si bien qu'elle se trouvait là, à Castle Coole, laissée pour compte. Figée par les aspirations croisées de ces hommes qui dirigeaient sa vie.

– Pourquoi toutes ces questions ? lui reprocha-t-elle, son humeur soudain gâchée par ces interrogations pourtant légitimes.

– Je… je n'en peux de ces cachotteries, de ces quelques heures volées ici et là. J'aimerais tant que nous puissions vivre cette relation au grand jour…

– Je comprends. Il y a des jours où cela me pèse aussi.

– Est-ce que tu aspires à devenir duchesse ? osa-t-il demander.

– Bien sûr que non ! Qu'est-ce que tu crois ? Que j'ai envie d'être arrachée à l'Irlande ? D'être vendue à cet odieux personnage qui n'a jamais fait l'effort de se déplacer pour me rencontrer, qui de toute évidence ne veut pas de moi ?

– Alors qu'attendons-nous ? s'exclama subitement Edward.

– Que veux-tu dire « qu'attendons-nous » ? Que veux-tu que nous fassions ?

– Je veux partir avec toi, loin.

– Partir ? Mais où ?

– À Gretna Green. Je t'aime Juliana, je veux t'épouser.

Là, il l'avait dit. Ces fiançailles chimériques lui rongeaient l'âme, l'empêchaient de se déclarer. Mais il ne laisserait plus ce détail s'immiscer entre eux.

– Edward je… Mon Dieu je ne sais que te répondre… balbutia-t-elle, estomaquée par cette proposition audacieuse. Je n'oserais jamais m'opposer au duc… et à Somerset.

– Je doute que le duc te reproche cet acte de rébellion. Sans vouloir t'offenser, j'ai plutôt l'impression qu'il en serait soulagé. Quant à Somerset, il ne pourra s'en prendre qu'à lui-même. S'il avait été un peu plus présent…

– Mais… et le roi ? Qu'adviendra-t-il de moi s'il apprend que j'ai délibérément ignoré ses ordres ?

– Le roi George III est mort, Juliana. Et les affrontements qui ont justifié sa décision ont disparu. Crois-tu réellement que le nouveau souverain se soucie de ce mariage arrangé il y a plus de vingt ans ?

– Tout de même, protesta Juliana, il existe un contrat, signé par deux parties consentantes…

– Sottises, balaya Edward d'un geste de la main. Ils ne vont pas te mettre aux fers parce que tu n'as pas respecté les termes d'un engagement qui n'a plus aucune pertinence. Et surtout pas alors que le duc s'abstient lui-même de le respecter. Non, Juliana, une seule question importe réellement…

Voyant qu'elle n'embrayait pas, il eut peur d'avoir précipité les choses mais se lança néanmoins :

– Est-ce que tu m'aimes ?

Assez étrangement, elle ne s'était jamais posé la question. Elle n'était pas libre, elle ne le serait jamais.

Et leurs rencontres somme toute assez innocentes n'étaient pour elle qu'une façon d'égayer son quotidien. Du moins les premiers mois. Il est vrai qu'elle s'était peu à peu animée à la perspective de le revoir, qu'elle anticipait avec joie leurs moments de flânerie, qui apaisaient son besoin de chaleur humaine. Était-ce cela, l'amour ?

– Je… je crois que oui, répondit-elle prudemment.

Vaguement déçu par cette réponse peu enthousiaste, il ne se laissa pas démonter et décida de la pousser dans ses derniers retranchements :

– Dans ce cas, qu'est-ce qui nous empêche de mettre ce plan à exécution ?

Se pouvait-il qu'il ait raison ? Qu'elle n'encourait aucun risque à défier la terre entière ? L'idée de se déjouer de la cupidité de Somerset d'un pied de nez la séduisait particulièrement, et Juliana sentit malgré elle un fourmillement la parcourir.

Mais pour épouser Edward ? Le souhaitait-elle réellement ? Il lui semblait que soudain, tout allait trop vite. La tentation de braver l'interdit était grande mais elle l'envisageait peut-être pour les mauvaises raisons.

Craignant de le blesser en lui exposant ses doutes, elle argua simplement :

– Edward, tu oublies ton père… Je suis prête à parier qu'il n'osera pas s'opposer au roi, ni même affronter le possible courroux d'un duc anglais.

– Que veux-tu qu'il fasse une fois mis devant le fait accompli ? rétorqua Edward.

– Qu'il nous coupe les vivres, tout simplement. Je peux t'assurer de mon côté que Somerset ne donnera jamais son aval, cette union est bien trop importante pour lui. Adieu la dot, adieu Castle Coole. Nous nous retrouverions sans le sou.

Voyant l'air dépité de son compagnon, elle ajouta d'un ton adouci :

– Écoute Edward, laisse-moi y réfléchir. Je ne me suis jamais imaginé épouser quelqu'un d'autre que le duc. Abby me prépare à ce rôle depuis tant d'années… J'ai besoin d'un peu de temps.

Juliana se leva et secoua la poussière et les petits brins d'herbe accumulés sur ses jupes.

– Je dois filer à présent. J'ai prétendu me rendre à la ville pour faire quelques emplettes et cela fait déjà plusieurs heures que j'ai quitté la maison. Abby va s'inquiéter si je ne réapparais pas.

– Tu me manqueras, dit Edward d'une voix empreinte de tristesse.

– Toi aussi, répondit Juliana machinalement.

– On se voit à la Saint Patrick ?

– Sans aucun doute, acquiesça-t-elle en lui adressant un petit sourire avant de s'en retourner vers le manoir.

3

Londres, Angleterre, Mars 1821

Le coquet petit hôtel de ville, idéalement situé dans le quartier de Mayfair, était plongé dans la pénombre comme chaque jour à dix-huit heures tapantes, cette heure entre chien et loup qui convenait particulièrement à Charlotte pour s'assurer le repos nécessaire à la conservation d'un visage lisse et sans défauts. Elle avait compris depuis longtemps qu'un sommeil de qualité était gage de beauté, chassant les vilaines rides de fatigue trop souvent affichées par ses congénères.

Son physique était son atout le plus précieux, Lord Plunket, feu son mari, ne lui ayant laissé qu'un modeste héritage lui permettant tout juste de subvenir à ses besoins. Besoins qui, il fallait en convenir, étaient considérables. Avec son visage aux proportions idéales, ses cheveux d'un noir profond et ses yeux félins, elle parvenait à mettre n'importe quel homme à ses pieds.

Ce jour-là cependant, Charlotte ne parvenait pas à se détendre suffisamment pour glisser dans la torpeur réparatrice tant recherchée. Elle était nerveuse, agitée d'une frénésie qui peinait à s'apaiser. Elle attendait beaucoup du bal de ce soir. Il se murmurait que le duc de Norfolk allait y faire une apparition, la première depuis de nombreux mois. Lord Henry Vane achevait tout juste le deuil de son père et devenait par la même occasion l'un des partis les plus en vue de la capitale. Et ce malgré le fait qu'il soit fiancé depuis l'enfance à une sombre Irlandaise, détail qui semblait ne gêner personne. Le duc n'en parlait jamais, n'avait même jamais prononcé son nom, si bien qu'elle était peu à peu tombée dans l'oubli et que la décision du roi, prononcée il y a de cela deux décennies, avait fini par s'apparenter à une vieille légende.

Charlotte savait qu'elle avait toutes ses chances. Non content d'être la coqueluche de Londres depuis la mort du baron, elle pouvait compter sur la connaissance intime qu'elle avait d'Henry, ce qui lui assurait une longueur d'avance.

Elle l'avait connu des années auparavant, alors qu'elle était encore mariée, et avait vécu la semaine la plus intense et la plus débridée de son existence. Leur liaison s'était achevée aussi brutalement qu'elle avait commencé. Le matin du huitième jour, alors qu'il s'était extirpé du lit conjugal déserté depuis longtemps par Lord Plunket, il lui avait adressé l'un de ses clins d'œil ravageurs et avait refermé la porte derrière lui, tout simplement.

Désœuvrée, Charlotte avait mis des semaines à se remettre de cette rupture. Henry n'avait pourtant fait aucune promesse, il ne pouvait en faire au demeurant. Mais ni la logique criante de cette issue inévitable, ni les nombreux bras dans lesquels elle s'était consolée par la suite n'avaient pu atténuer le sentiment d'abandon qu'elle avait ressenti lors de son départ.

Perdant patience, elle se leva et ouvrit les tentures. Le soleil s'était couché depuis longtemps et les rues étaient plongées dans une épaisse obscurité. Sonnant vigoureusement sa femme de chambre, elle alla s'installer devant sa coiffeuse.

– Tu en as mis du temps, petite gourde, réprimanda-t-elle la domestique lorsqu'elle se présenta quelques minutes plus tard. Je ne vous paye pas pour traînasser dans les cuisines !

Ces domestiques étaient vraiment des bons à rien. Une fois de plus, elle pesta contre le baron qui avait dépensé la moitié de sa fortune au jeu, la laissant pratiquement sans le sou, réduite à devoir se contenter de l'assistance d'une dizaine de larbins tout au plus. Pour un peu, elle allait finir par devoir se vêtir seule, comme une misérable gueuse.

Elle n'avait jamais compris la décision de son père. Certes, le marquis de Tavistock faisait partie de ces nobles familles désargentées qui, pour assurer l'avenir de leurs enfants, ne pouvaient brader que leur titre à défaut d'un capital conséquent. Mais tout de même, elle aurait pu viser plus haut que le baron Plunket. À dix-sept ans, elle était déjà d'une grande beauté et avait récolté près d'une dizaine de demandes en mariage en une saison à peine. Il avait fallu que le marquis accepte celle du baron, qui conjuguait les termes laideur et perversité comme personne. Elle avait longtemps soupçonné d'avoir fait les frais d'une vieille dette mais n'avait jamais pu lui tirer les vers du nez.

Fort heureusement, elle n'avait pas eu à subir ses assauts très longtemps. Le vieil homme était rapidement devenu impotent, lui laissant, à son insu, le champ libre pour satisfaire son appétit vorace, nullement freiné par la mort de ce dernier.

Mais l'heure n'était plus au jeu. Elle savait que son physique ne durerait pas éternellement et devait assurer son avenir le plus rapidement possible. Elle avait bien reçu l'une ou l'autre proposition ces derniers mois, qu'elle avait néanmoins rejetées sans ménagement. Son ambition dévorante la poussait à désirer plus, à atteindre l'inatteignable. C'était Henry qu'elle voulait, et personne d'autre. Henry et ses atouts considérablement... grands. S'il y avait bien une chose qu'elle n'avait pas oublié, c'était qu'il était généreusement doté, bien plus que la plupart des hommes qu'elle avait connus.

– Dépêche-toi, gronda-t-elle à l'attention de la petite qui s'était mise à trembler, on ne va pas y passer la nuit.

La femme de chambre s'empara de la brosse, et se mit à la passer dans l'épaisse chevelure de sa maîtresse. Dans sa nervosité, elle buta malencontreusement contre la tempe de Charlotte, ce qui lui valut un soufflet immédiat qui lui laissa une douleur cuisante sur la joue et des larmes dans les yeux.

– Lorsque tu auras terminé, tu peux aller chercher la robe que la modiste a fait porter cet après-midi. Celle en brocart, pas celle de velours bleu, ajouta-t-elle en captant le regard de la pauvrette dans le miroir.

– Bien Madame, murmura la femme de chambre en baissant les yeux pour dissimuler la lueur mauvaise qui s'y lisait.

Les domestiques ne restaient jamais bien longtemps chez Charlotte Plunket, et elle avait de plus en plus de mal à les recruter, s'étant forgée une solide réputation chez les petites gens. Son tempérament irascible et ses nombreux caprices, cumulés aux maigres gages qu'elle offrait, ne lui attiraient que la fange de la société, ceux dont personne n'avait voulu car trop malhonnêtes ou imbéciles pour constituer du personnel de confiance. Elle n'en avait absolument pas conscience, ayant toujours considéré qu'il devait s'agir pour eux d'un honneur d'être engagés dans une maison de valeur comme la sienne.

Une fois sa coiffure achevée, Charlotte s'attaqua au maquillage. Elle s'en chargeait toujours elle-même, estimant que seuls ses doigts experts connaissaient les gestes qui mettraient en valeur la perfection de ses traits. Satisfaite du résultat, elle fit la moue devant son reflet, testant ses futures manœuvres séductrices sur sa propre personne. Oui, elle n'aurait aucun mal à mettre Henry dans son lit et cette fois-ci, elle ferait tout pour qu'il n'en sorte jamais.

Charlotte avait l'habitude de provoquer des murmures sur son passage. Elle se gorgeait de l'attention qui lui était accordée, des regards envieux des petites dindes et de leurs chaperons, des yeux convoiteurs de ces messieurs posés sur son décolleté plus que suggestif.

D'une démarche langoureuse, elle traversa la salle comme si le monde lui appartenait. Le bal du vicomte Stormont n'était pas différent d'un autre et elle y ferait comme toujours sensation, elle n'avait aucun doute sur ce point.

Et soudain elle l'aperçut. Elle aurait reconnu sa stature entre mille. Il conversait tranquillement avec un groupe de gentlemen, paraissant se soucier comme d'une guigne des regards énamourés que la moitié de la salle, celle composée du sexe féminin, lui jetait à tout bout de champ. La compétition serait rude, mais elle était confiante.

Passant négligemment près du duc dans un nuage de parfum, elle se dirigea vers une connaissance située par un heureux hasard à proximité de sa proie.

– Portia, quel plaisir de vous voir ici ma chère, lâcha-t-elle suffisamment fort pour que sa voix parvienne jusqu'à Henry.

Comme prévu, ce dernier se retourna, un air intrigué sur le visage. Il la reconnut immédiatement et un lent sourire étira ses lèvres. Elle avait attiré son attention.

Charlotte écouta à peine ce que son interlocutrice lui répondait, les yeux fixés sur Henry, brillant d'une lueur non équivoque. Il s'approcha enfin, s'inclinant devant elles.

– Lady Howard, Lady Plunket.

– Votre Grâce, s'exclama Portia, vous voilà enfin revenu d'entre les morts ! Nous commencions à désespérer.

– Moi aussi, répliqua-t-il avec un irrésistible sourire.

Charlotte se sentit fondre, subjuguée par ses charmes. Il n'avait rien perdu de sa prestance, bien au contraire. Ayant hérité de la taille légendaire des Norfolk, il avait, contrairement à son père, développé une carrure athlétique qui semblait s'être renforcée depuis leur dernière rencontre. Elle brûlait de caresser ses membres puissants.

– Lady Plunket, vous êtes très en beauté ce soir, la complimenta-t-il.

– Vous êtes trop aimable, Votre Grâce, répondit-elle avec toute la distance dont elle pouvait faire preuve.

Elle savait qu'elle n'aurait aucune chance de l'attirer dans ses filets si elle se pâmait comme toutes les autres. Henry n'était qu'un homme après tout, il voulait ce qu'il ne pouvait avoir.

Il haussa un sourcil, l'interrogeant silencieusement sur la raison de cette froideur évidente.

– Veuillez m'excuser, je dois saluer notre hôte, ajouta-t-elle en s'éloignant.

Henry ne tarda pas à la rejoindre et elle sentit sa paume dans le creux de ses reins.

– N'êtes-vous pas heureuse de me revoir ? lui glissa-t-il à l'oreille.

– Désirez-vous que je sois heureuse de vous voir ? répondit-elle du tac au tac.

– Mais bien entendu ma chère. Je garde un très bon souvenir de notre petite aventure, ajouta-t-il d'un ton suggestif.

– Moi aussi, mais là n'est pas la question. Sachez, Votre Grâce, que je ne mange jamais deux fois dans le même plat.

Et elle le planta là, priant pour qu'il n'aperçoive pas le petit sourire de satisfaction qu'elle tentait de contenir suite à cet échange prometteur.

Henry sourit, amusé par son audace. Il avait presqu'oublié cette ancienne maîtresse et ne pouvait s'empêcher de parcourir d'un œil appréciateur ses formes voluptueuses. La période brève et passionnée qu'ils avaient passée à faire sauvagement l'amour lui revint en mémoire et sur le moment, il fut bien incapable de se rappeler comment il avait pu s'en lasser.

4

– Abby n'est pas ici ? demanda Juliana en débarquant dans la cuisine.

Elle chipa immédiatement un quartier de pomme sur la grande table de chêne placée au centre de la cuisine, ce qui lui valut une petite tape sur les mains.

– On ne touche pas, gronda Lisbeth. C'est pour ma tarte.

– Tu fais une tarte aux pommes ? demanda Juliana, dont les yeux s'illuminèrent à l'idée de déguster son gâteau favori.

– Tu ne me l'as pas réclamée ce matin encore ? rétorqua la vieille cuisinière, faussement excédée.

– Si, mais je ne pensais pas que tu t'exécuterais. Tu râles toujours comme quoi tu as trop de travail.

– Tu sais bien que je ne peux rien te refuser...

Le travail ne manquait pas pourtant. Le nombre de domestiques s'était réduit au fil des ans et le personnel de Castle Coole ne se composait plus que de Lisbeth, Abigail, Byrne le majordome, Gus le palefrenier et Maureen, qui s'occupait du ménage et aidait à l'occasion en cuisine. Un jardinier entretenait les alentours du manoir une fois par semaine.

C'était tout ce qu'ils pouvaient se permettre avec la maigre rente mensuelle versée par Somerset, heureusement complétée par une dotation royale suite à l'intervention de Louisa. Par l'intermédiaire de son époux le comte de Sandwich, elle avait obtenu de George III qu'il pourvoie aux besoins de la jeune fille jusqu'à son mariage avec le duc de Norfolk. Sans doute le caractère profondément pieux du roi avait-il joué dans la décision. Ou était-ce sa fibre paternelle surdéveloppée qui l'avait influencé face au cas de la jeune orpheline ? Après tout, il avait engendré avec la reine Charlotte une nombreuse descendance et la situation de Juliana avait peut-être touché chez ce couple très uni une corde particulièrement sensible.

– Alors ? Tu sais où se trouve Abby ?

– Non, et d'ailleurs elle te cherchait également. Qu'est-ce que tu lui veux ?

– Je voulais lui demander l'autorisation de me rendre à la Saint Patrick, confia Juliana en grimaçant.

– Après ton escapade de l'an dernier ? Cela m'étonnerait qu'elle accepte, répondit Lisbeth avec une moue sceptique.

– Mon escapade, tout de suite les grands mots.

– Tu lui as tout de même faussé compagnie. Et tu es rentrée à minuit passé…

– Mais je m'y suis tant amusée ! se plaignit Juliana. C'est injuste, je ne sors presque jamais d'ici.

– Je tâcherais d'intervenir, avança Lisbeth, mais je ne te garantis rien.

– Oh merci ma Lisbeth ! Tu es un ange ! s'écria Juliana en déposant un baiser sonore sur sa joue rebondie.

– Lady Juliana ! Lady Juliana ! criait Abigail à tue-tête en parcourant les pièces de l'étage.

Abigail était la seule qui s'obstinait à s'adresser à elle de manière aussi formelle. Elle était intraitable sur l'éducation de Juliana et avait placé, malgré sa grande bonté et sa coupable indulgence, certaines limites qu'elle se refusait à franchir.

– Je suis là, claironna l'intéressée en arrivant en haut des marches.

– Ah vous voilà ! Je vous cherchais partout !

– Je te cherchais aussi. Je voulais te parler de la Saint-Patrick. Avant de dire non, sache que…

– Lady Juliana, nous n'avons pas le temps de palabrer à propos de la Saint-Patrick ! la coupa Abigail.

Étonnée par cette rudesse inhabituelle, Juliana se tut, attendant sagement la suite.

– J'ai une incroyable nouvelle ! poursuivit Abigail en sautillant presque sur place, le regard brillant d'excitation. Le duc a décidé de nous rendre visite !

– Que dis-tu ? Quel duc ? demanda Juliana en sursautant, son esprit refusant soudain de fonctionner.

– Quel duc, me répond-elle. Quel duc. Mais à votre avis ? Le duc de Norfolk, votre fiancé ! Je viens de recevoir à l'instant un courrier de votre sœur nous prévenant de son arrivée. Elle-même ne devrait pas tarder à être là.

– Mais enfin je ne comprends pas… Louisa a fait le déplacement depuis Hinchingbrooke House ? Et le duc avec elle ?

– Non, le duc arrivera peu après. La missive est assez brève. Lady Louisa l'a écrite le jour de son départ, tout ceci a dû certainement s'organiser dans la précipitation.

– C'est impossible, murmura Juliana pour elle-même.

– Elle annonce l'arrivée du duc pour…

Abigail s'interrompit, paraissant déduire la date exacte à partir des informations qui lui avaient été transmises.

– Oh mon Dieu ! Dans huit jours si mes calculs sont bons ! s'affola-t-elle. Il y a tant de choses à faire. Il faut faire préparer la suite, récurer la maison de fond en comble, s'approvisionner en …

– Louisa a-t-elle dit pourquoi le duc avait soudainement décidé de débarquer ici ?

– Elle ne le mentionne pas dans le courrier. Mais cela me paraît évident, il vient pour vous rencontrer. Enfin Lady Juliana, nous avons tant attendu ! C'est merveilleux !

– Merveilleux, oui, c'est le mot, ironisa Juliana d'un air absent.

– Allez, filez vous apprêter. Lady Louisa pourrait débarquer d'un moment à l'autre et elle ne manquera pas de me faire une remarque si elle vous trouve dans cet état. Vous êtes toute ébouriffée, vos ongles sont noirs et votre robe est tâchée. Miséricorde, elle va encore penser que je suis trop permissive. Et puis nous devrons aussi passer en revue votre garde-robe et vérifier si nous ne devons pas nous rendre chez la modiste au plus vite. Et…

Juliana la laissa poursuivre son inventaire sans y prêter attention. Elle tentait encore d'assimiler la nouvelle. Ainsi donc il s'était enfin décidé à venir… Quelle étrange coïncidence, cette annonce faite précisément alors qu'elle s'était laissée aller à rêver d'un futur différent. Le jour où s'étaient éveillés en elle des désirs enfouis de liberté.

Il n'était plus question de prendre le moindre risque à présent. C'était une chose d'envisager de se rebeller alors qu'il n'avait pas donné signe de vie depuis vingt ans, mais sa venue changeait les plans du tout au tout.

Lord Henry Vane, Duc de Norfolk… Elle frémit en formulant silencieusement son nom. Que signifiait cette soudaine apparition ? S'était-il passé quelque chose pour qu'il désire enfin la rencontrer ? Il devait faire le déplacement pour lui annoncer qu'il voulait annuler leurs fiançailles, il ne pouvait en être autrement. Sinon, pourquoi ne se serait-il pas manifesté plus tôt ? Mais en avait-il seulement le pouvoir ?

Doux Jésus, elle qui avait cru être en proie aux tourments avant cela… Comment sa vie pouvait-elle basculer en quelques secondes à peine ?

Elle respira profondément, cherchant à se raisonner. Quelles que soient les intentions du duc, cette visite inopinée aurait le mérite de mettre fin à ces atermoiements sans fin. Tant d'années à s'interroger sur son avenir… Finalement elle saurait.

5

– Mon chéri, la soirée d'hier était tout simplement divine, soupira Charlotte.

L'esprit ailleurs, Henry ne répondit pas. Il partirait pour l'Irlande dans quelques heures et à mesure que le départ approchait, il regrettait davantage la décision qu'il avait prise. Il aurait dû se contenter d'attendre que le roi tranche dans l'autre sens. Qu'est-ce que six mois de plus ou de moins auraient changé… Oui, mais si le roi ne changeait pas d'avis ?

Il était trop tard pour faire marche arrière à présent. Sa mère avait été avertie, elle chaperonnerait la jeune fille pour le reste de la saison et s'était fait une joie de l'accueillir chez elle. Heureusement, car il n'avait pu compter en aucun cas sur la famille Belmore. Le frère de sa fiancée n'avait pas donné signe de vie. Sa sœur, la comtesse de Sandwich, avait accepté de se rendre à Castle Coole en prévision de son arrivée mais l'avait déjà informé qu'elle ne pouvait se permettre de rester à Londres. Il plaignait presque la pauvre fille qui semblait seule au monde.

Se concentrant sur l'instant présent, Henry mordilla

langoureusement l'épaule nacrée qui dépassait des draps de soie blanche.

Charlotte avait constitué une distraction idéale le temps qu'il prenne ses dispositions pour ce voyage inattendu. Leur rencontre au bal du vicomte Stormont avait été providentielle et ils avaient passé les deux dernières semaines de la manière la plus délicieuse qui soit. Non sans qu'elle ne lui ait préalablement imposé une petite chasse fort amusante. Elle avait pris de l'assurance depuis leur précédente liaison et ne s'en était révélée que plus intéressante.

– Charlotte, je vais devoir m'absenter durant quelques semaines, lui annonça-t-il enfin.

– Pourquoi ? demanda-t-elle surprise.

– Je dois me rendre en Irlande du Nord.

– En Irlande du Nord ?! Mais qu'est-ce qui peut bien t'attirer dans cette sinistre destination ?

– Je dois aller voir ma fiancée.

Charlotte sursauta. Enfer et damnation ! Ainsi donc, la mystique fiancée était bel et bien une réalité. Elle avait fini par douter de son existence. Contrariée par ce léger retournement, elle demanda d'un ton qui se voulait détaché :

– Je ne comprends pas. Ça fait plus de vingt ans que vous êtes fiancés sans que tu paraisses y accorder de l'importance. Qu'est-ce qui t'a soudain décidé à aller la voir ?

– C'est compliqué, répliqua-t-il sans élaborer.

S'appliquant à maîtriser les accents de panique qui menaçaient d'envahir son élocution, elle insista :

– Tu comptes l'épouser alors ?

– Non.

C'était à n'y rien comprendre.

Elle le regarda fixement, la perplexité se lisant dans ses grands yeux, et Henry comprit qu'il ne s'en tirerait pas avec une réponse aussi laconique. Avec un soupir las, il se leva et se mit à déambuler dans la chambre.

– Écoute, juste avant le bal de Stormont, j'ai demandé au roi d'annuler mes fiançailles. Tu dois bien te douter que je n'ai jamais souhaité épouser cette petite Belmore, je ne la connais même pas. Mais malgré les arguments parfaitement logiques que je lui ai exposés, il a refusé, expliqua-t-il avec des accents rageurs. C'est mon dernier recours, tu comprends ? Je me rends en Irlande pour la convaincre de plaider elle-même notre cause auprès du roi.

– Cela m'étonnerait qu'elle accepte, le coupa Charlotte, à peine rassurée par ces explications. Quelle imbécile refuserait de devenir la prochaine duchesse de Norfolk ?

Henry lui lança un regard irrité. Il n'avait pas besoin qu'elle lui rappelle à quel point la tâche serait ardue.

– Je ne compte pas lui exposer cette requête sans autre forme de cérémonie. Je vais d'abord tâter le terrain. Soit elle est dans les mêmes dispositions que moi, ce qui serait le plus simple, soit elle s'attend effectivement à m'épouser et dans ce cas, je vais tâcher de la persuader qu'il s'agirait pour elle d'une très, très mauvaise idée.

Tout en exposant son plan qu'il savait quelque peu scabreux, il refermait les boutons de sa chemise et cherchait des yeux les souliers qu'il avait fait voler quelques heures plus tôt, impatient de lutiner sa compagne.

– Et comment comptes-tu t'y prendre ?

– J'ai tout le reste de la saison pour y parvenir.

– La saison ?! Parce que tu comptes la ramener ici ?

– Je viens de te l'expliquer. J'ai besoin de temps pour connaître ses intentions, et si nécessaire pour l'amener à rompre, répondit-il en perdant patience.

– Tu sembles oublier qu'en sus d'être le duc de Norfolk, tu as le physique d'un Adonis, commenta-t-elle avec une moue dubitative. Toutes les femmes rêvent d'être à sa place.

Se redressant, elle dévoila sa lourde poitrine tandis que le drap glissait jusqu'à sa taille.

Henry s'arrêta un instant pour l'admirer.

– Ce sont plutôt tous les hommes qui rêvent d'être à la mienne…

– Viens te recoucher, dit-elle en s'étirant lascivement. J'ai encore envie de toi.

– Tu es la tentation personnifiée, grogna-t-il. Mais je ne peux plus retarder mon départ. La saison reprendra dans un mois, je dois être de retour avant cela.

Il se pencha pour prendre un petit écrin de cuir noir dans la poche intérieure de sa veste qui se trouvait toujours sur le sol. Il espérait qu'avec ce geste, elle comprendrait qu'il ne mettait pas fin à leur relation malgré la démarche qu'il s'apprêtait à faire. Le déposant sur les draps, il prit son menton entre les doigts et apposa un baiser goulu sur ses lèvres.

– Je t'ai acheté une petite babiole qui devrait largement compenser ta frustration.

Charlotte l'ouvrit et son visage s'illumina à la vue des longues boucles d'oreille en or blanc, parsemées de dizaines de petits diamants.

– Oh Henry, elles sont magnifiques ! Merci mon chéri.

Soulagée par cette marque d'affection, elle prit un ton suggestif :

– Allez, reviens au lit pour que je puisse te remercier

comme il se doit.

Il éclata de rire et lui fit un clin d'œil coquin.

– Tu es incorrigible. Nous nous reverrons à mon retour.

– Tu vas me manquer, murmura-t-elle alors qu'il franchissait déjà le seuil de la chambre.

Charlotte pria pour qu'il ne s'absente pas trop longtemps. Tout s'était parfaitement déroulé jusqu'à présent. Henry s'était empressé de lui courir après, et elle avait protesté exactement comme il le fallait. Elle avait retrouvé avec bonheur les coups de reins de ce fantastique amant et avait même senti chez son partenaire quelque chose de différent, un intérêt sous-jacent qui lui faisait croire de toutes ses forces à son rêve insensé. Elle deviendrait la prochaine duchesse de Norfolk avant la fin de l'année, il ne pouvait en être autrement.

À bien y réfléchir, Henry venait de lui annoncer une excellente nouvelle. Il cherchait à rompre ses fiançailles et n'avait aucune intention d'exécuter l'ordre de George III. Elle ne s'était jamais autant rapprochée de son but.

Devait-elle craindre cette rivale potentielle ? Elle décida que non. Ce n'était pas une petite Irlandaise mal fagotée qui allait lui donner du fil à retordre.

6

– Comme tu as changé depuis mon dernier séjour ici, ma chérie ! s'exclama Louisa en prenant sa sœur dans ses bras.

Elles s'étreignirent longuement. La dernière visite de Louisa remontait à plus de cinq ans. Depuis qu'elle avait épousé le comte de Sandwich, elle ne revenait à Castle Coole que de manière sporadique. C'était en 1804, Juliana n'avait pas encore six ans et avait déjà perdu ses deux parents. En tant qu'amiral britannique de la flotte du roi, son époux était souvent absent et Louisa devait donc le remplacer pour gérer leurs terres dans le Cambridgeshire.

Elle s'écarta pour contempler sa sœur à loisir. Lorsqu'elle avait vu Juliana pour la dernière fois, elle n'était encore qu'une adolescente efflanquée dont le corps peinait à sortir de l'enfance et elle reconnut à peine la jeune fille qui se tenait devant elle.

Sa chevelure brune, parsemée de reflets mordorés, cascadait librement jusqu'à sa taille fine. Son allure svelte était renforcée par ses longues jambes, bien qu'il se dégage de sa silhouette une féminité indéniable.

La simplicité de sa mise, loin de la desservir, faisait ressortir sa beauté naturelle. Oui, l'enfant qu'elle avait quittée était bel et bien devenue une femme.

– Tu m'as manqué, souffla Juliana.

– Toi aussi, lui répondit Louisa, émue. Je regrette de ne pas te voir plus souvent. Mais peut-être cela va-t-il changer maintenant que le duc s'est enfin manifesté.

– T'a-t-il dit pourquoi il faisait le déplacement jusqu'ici ? demanda Juliana avec appréhension.

– Non. Sa Grâce m'a seulement demandé de me rendre à Castle Coole en prévision de sa visite.

Ce n'était pas l'entière vérité. Sans lui exposer ses motivations, le duc lui avait demandé de chaperonner Juliana pour le reste de la saison, c'est donc qu'il comptait sur sa présence à Londres les prochains mois. Louisa préférait néanmoins lui laisser le soin de l'annoncer lui-même à sa sœur.

Elle poursuivit sur un ton délibérément neutre :

– J'imagine qu'il souhaitait la présence d'un aîné de la famille pour les présentations officielles. Somerset n'est pas en Angleterre pour le moment, je suis donc venue seule.

– Peut-être vient-il ici pour nous annoncer son intention de mettre fin aux fiançailles ? avança Juliana d'une voix teintée d'espoir.

– Mais enfin, comment peux-tu t'imaginer des choses pareilles ?

– Ouvre les yeux, Louisa. Je suis loin d'être un bon parti pour les Norfolk. Je ne l'étais déjà pas il y a vingt ans et depuis la mort de Père…

– Peu importe, répliqua Louisa. C'est la volonté du roi, le duc ne peut s'y soustraire. Et je suis certaine qu'il n'en a pas l'intention, ne t'inquiète pas, ajouta-t-elle avec assurance, songeant aux dispositions qu'il avait prises pour les prochains mois.

Soudain submergée par un trop-plein d'émotions, Juliana fut saisie d'une crise de larmes aussi surprenante qu'incontrôlable. Elle redevenait d'un seul coup cette enfant qui avait dû lui faire ses adieux il y a tant d'années.

– Oh Louisa, je ne veux pas me marier avec lui, avoua-t-elle entre deux sanglots.

– Ma chérie, ne pleure pas, lui dit tendrement Louisa en la reprenant contre elle. J'ai cru que cette nouvelle te ferait plaisir, nous avons tant attendu…

Juliana n'osa pas mentionner Edward. Elle ne pouvait confier à sa sœur l'excitation qu'elle avait ressentie à l'idée de pouvoir diriger son destin, son brusque besoin de liberté ou même la peur trouble qui grandissait en elle à l'idée d'être liée à un homme qui ne voulait visiblement pas d'elle. Elle n'aurait pas compris. Pour Louisa comme pour le reste du monde, devenir duchesse constituait un avancement considérable qui ne se refusait pas.

Elle ne put s'empêcher d'insister et demanda en reniflant :

– Ne pourrais-tu parler à Somerset ? Si les deux parties souhaitent résilier ce contrat, peut-être notre nouveau souverain sera-t-il enclin…

– Et quel intérêt aurais-tu à demander cette résiliation ? Je ne comprends pas Juliana, cette alliance est particulièrement avantageuse. Et ce n'est pas comme si tu avais d'autres perspectives…

Juliana sécha ses larmes du dos de sa manche.

– Je n'ai pas envie de quitter l'Irlande, et Castle Coole…

– Tu t'y feras vite, trancha Louisa d'un ton ferme,

mettant fin à la discussion.

Juliana comprit qu'il ne servait à rien de persister dans cette voie-là. Elle s'écarta pour faire quelque pas et recouvrer un semblant de calme. Alors qu'elle parvenait au manteau de marbre de l'immense cheminée, elle songea soudain à lui poser une question qui lui brûlait les lèvres depuis l'annonce d'Abigail :

– L'as-tu rencontré ?

– Le duc ? Non malheureusement, nous n'avons échangé que par correspondance. Je ne saurais te dire à quoi il ressemble. Mais j'imagine qu'il est beau garçon vu sa réputation auprès des femmes.

Louisa s'interrompit, gênée. Elle en avait dit plus qu'elle ne l'aurait souhaité.

– Sa réputation ? Quelle réputation ?

– Je ne devrais pas parler de ces choses-là avec toi, dit-elle fermement. Allez, il est grand temps de s'activer, le duc sera là dans quelques jours et tu ne voudrais pas le recevoir dans ce genre de tenue, ajouta-t-elle en regardant d'un œil critique la simple robe de coton que portait Juliana.

La proximité de Castle Coole avec la ville d'Enniskillen était l'une des raisons pour lesquelles Armar Lowry-Corry avait choisi de bâtir son immense demeure sur le domaine hérité de sa famille. Cela facilitait l'organisation des tâches domestiques nécessairement engendrées par une résidence de cette taille.

Enniskillen, construite en bord de fleuve, était une petite ville rurale pleine de charme. Juliana y flânait habituellement avec beaucoup de plaisir et se rendait souvent chez Ciara, la modiste. Elles se connaissaient depuis l'enfance, à l'époque où Lisbeth, qui était sa tante, amenait de temps à autre la petite pour égayer les journées de Juliana, qui manquait bien trop souvent d'un compagnon de jeu. En grandissant, Ciara avait repris la boutique de sa mère et les deux jeunes femmes discutaient volontiers autour d'une tasse de thé dans la petite pièce arrière.

Ce jour-là cependant, Juliana n'avait pas du tout la tête aux potins et ne tenait pas en place, juchée sur le petit tabouret tandis que Ciara épinglait l'ourlet de son jupon. Les heures filaient et il restait tant à faire. Ajuster de quelques centimètres la robe de gala de leur défunte mère aurait dû être le cadet de leurs soucis mais Louisa avait insisté. Elle tenait à ce que Juliana apparaisse sous son meilleur jour pour rencontrer son illustre fiancé.

– Arrête donc de bouger, Juliana ! tempêta Ciara.

– Tu as bientôt terminé ? s'impatienta cette dernière.

Son teint brouillé témoignait des nuits sans sommeil ayant suivi l'arrivée de Louisa, et ses grands yeux laissaient transparaître l'inquiétude qui l'habitait depuis l'annonce fatale.

– J'en ai encore pour quelques minutes, répondit calmement Ciara. Je n'arrive pas à croire que ton fiancé arrive demain.

– Moi non plus figure-toi. Et je dois dire que je redoute un peu cette rencontre. Les domestiques parlent encore de la dernière visite du duc, il y a plus de vingt ans. Il paraît qu'il était absolument imbuvable. Imagine-toi dans quelle galère je vais me trouver si son fils lui ressemble, dit Juliana en se mordant la lèvre inférieure.

– Je suis certaine que ce sera un homme des plus charmants, la rassura Ciara.

Juliana ne pouvait lui confier qu'outre ses

inquiétudes concernant le duc, elle craignait la réaction d'Edward, qui n'était pas encore au courant. Personne, pas même la jeune modiste, ne connaissait les liens qui l'unissaient à lui. Leur relation risquerait de porter préjudice à la famille du baron Digby si elle venait à éclater au grand jour, en particulier maintenant que le duc avait annoncé sa venue. Edward allait-il causer un esclandre et la pousser à saisir cette occasion pour rompre ses fiançailles sur le champ ?

– Tu crois qu'il est venu pour t'épouser ? demanda Ciara avec un gloussement d'excitation.

– Ce serait un peu soudain, tu ne crois pas ? répliqua Juliana, cherchant à s'en convaincre elle-même.

– Soudain… Cela fait plus de vingt ans que vous êtes fiancés, se moqua Ciara.

– Bon, si tu as terminé, j'ai des milliers de détails à régler avant l'arrivée du duc, la coupa Juliana.

Ciara ne s'offusqua pas outre-mesure des manières brutales de la jeune fille. Sa nervosité était bien compréhensible au vu des circonstances. Libérant son amie, elle promit de lui faire parvenir la robe retouchée pour le soir-même.

Juliana referma la porte de la boutique avec soulagement. L'après-midi était déjà bien entamé et il ne lui restait plus beaucoup de temps pour prévenir Edward. Avec la présence de Louisa à Castle Coole, elle n'avait pas encore eu l'occasion de s'échapper pour aller le retrouver.

Le château des Digby ne se trouvait qu'à quelques lieues de Castle Coole, mais elle devait encore se changer et seller Silver, sa jument argentée. Tout ceci dans une discrétion absolue, de manière à éviter que sa courte absence ne soit remarquée. Pardieu, sa vie était soudain bien compliquée.

7

Henry se défoulait dans un grand galop, évacuant ses angoisses en poussant sa monture à prendre de la vitesse. Il ne se trouvait plus qu'à quelques foulées de Castle Coole. Il arriverait avec un jour d'avance mais n'avait de comptes à rendre à personne. Il était le duc de Norfolk après tout.

Ayant terminé plus rapidement que prévu les quelques affaires qui l'avaient retenu à Dublin, il avait hésité à prendre la route. Il était peu convenable de débarquer sans être annoncé. Son souhait de s'éterniser le moins possible sur l'île avait cependant fini par l'emporter et, faisant fi des convenances, il s'était décidé à franchir la dernière étape qui le séparait de sa fiancée.

Son humeur morose ne l'empêchait pas d'apprécier la beauté du paysage environnant. L'herbe verdoyante déroulait son tapis émeraude sur le territoire vallonné de la campagne irlandaise. Les bouquets de chênes se profilaient et l'on apercevait ici et là des lacs miroitants, qui agrémentaient de leur couleur bleutée ce cadre idyllique. Il ne gardait que peu de souvenirs de son précédent séjour, quand l'hiver rude avait recouvert le panorama de son manteau blanc.

La magnificence de Castle Coole se dressa soudain au détour d'un chemin et il tira sur les rênes pour faire ralentir son étalon afin qu'il prenne le pas. Il savoura les derniers mètres en contemplant la grandiose demeure du comte de Belmore, dont on disait qu'elle avait coûté une telle fortune qu'il avait fini ruiné et n'y avait pas survécu. Il se rappelait cette bâtisse symétrique, les colonnades blanches, mais aussi son sentiment de curiosité mêlée de crainte lorsqu'il avait scruté, vingt ans auparavant, la façade se profilant dans la pénombre. Et voilà qu'il était de retour, seul cette fois. Qu'allait-il trouver derrière ces murs ?

Juliana se dirigeait d'un pas rapide vers les écuries lorsqu'elle perçut le bruit caractéristique de sabots frappant les pavés de la cour intérieure, annonçant ainsi un visiteur. L'étalon puissant qui surgit manqua de la renverser et elle s'écarta vivement. Bon sang, quel était donc cet inconscient qui n'était pas capable de contrôler sa monture ?! Prête à le tancer vertement, elle s'arrêta net, intriguée par l'homme qui mettait pied à terre.

Grand, large d'épaules, il était doté de cuisses puissantes moulées dans ses pantalons d'équitation d'une coupe irréprochable. Il imposait un respect immédiat sans pour autant susciter la crainte, et Juliana sut d'instinct qu'il faisait partie de ces hommes dont la présence ne pouvait être ignorée.

Ses cheveux d'un brun profond, ébouriffés par la chevauchée, retombaient en boucles soyeuses sur son front, adoucissant les traits quelque peu sévères de son visage. Un nez sans doute un peu trop droit, un menton trop carré. Du moins s'échina-t-elle à lui trouver des défauts car à la vérité il était...

Il était d'une beauté à se damner.

Et elle se sentit... toute chose.

Il finit par l'apostropher d'une voix forte, la tirant de sa contemplation rêveuse :

– Alors mon jeune garçon, vas-tu t'occuper de ma monture ?

Mon jeune garçon ?! Fichtre, avec cette arrivée impromptue, elle en avait presqu'oublié qu'elle portait sa tenue de cheval : de vieux pantalons ayant jadis appartenu à son frère, une chemise qui avait connu des jours meilleurs et même une cape, qu'elle avait fauchée au passage à la cuisine en prévision de la pluie. Une tenue peu conventionnelle, c'était indéniable, qu'elle enfilait pour pouvoir enfourcher sa jument. Elle mettait au défi quiconque imposait aux femmes de chevaucher en amazone de s'astreindre à cette position barbare pendant plus de quelques minutes. Les hommes et leurs idées étriquées... Comme si le simple fait de devoir écarter les cuisses suffisait à les rendre inconvenantes.

– Alors ? insista-t-il en lui tendant les rênes. Et fais donc prévenir ta maîtresse que le duc de Norfolk est arrivé.

Doux Jésus, c'en était fini d'elle ! Le duc ?! Mais il était attendu pour le lendemain ! Que faisait-il là, à darder sur elle son regard noir et hautain ? Il était hors de question qu'elle l'accueille ainsi vêtue !

Paniquée et incapable de réfléchir, elle tourna brusquement les talons et se dirigea d'un pas rapide vers les écuries. Elle s'engouffra dans le bâtiment, cherchant frénétiquement des yeux un endroit où se réfugier. Des rais de lumière pâle, chargés de poussière et de minuscules particules de foin, éclairaient faiblement les stalles.

Avisant l'arrière pièce qui servait de sellerie, elle s'y dissimula en toute hâte et garda une main prudente sur la poignée avec l'espoir dérisoire de parvenir à retenir la porte en cas d'invasion. L'odeur de cuir l'écœurait et son cœur battait follement dans sa poitrine tandis qu'elle guettait silencieusement les bruits extérieurs.

Pourquoi avait-elle réagi de façon aussi stupide ? Elle aurait dû s'occuper de son cheval sans piper mot, le duc n'aurait probablement pas réalisé sa méprise. Il était trop tard pour faire marche-arrière à présent.

Quelques minutes désespérément longues s'écoulèrent et elle l'entendit enfin mener son cheval aux écuries. Il referma la porte d'une stalle d'un coup sec et le silence se fit à nouveau.

Le duc avait dû se rendre au manoir pour se plaindre du service des domestiques. À peine rassurée, elle s'aventura hors de sa cachette et prit l'allée centrale, mais se sentit aussitôt happée vers l'arrière par une main importune.

– Te voilà, petit insolent !

Le mouvement brusque fit chuter la capuche de Juliana, révélant ainsi son visage et sa longue tresse qui se déroula jusqu'à sa taille.

Une expression d'intense surprise passa sur son visage lorsqu'il la découvrit.

– Qui es-tu ? Dis-moi ton nom, la pressa-t-il sur un ton plus doux.

Juliana, muette, oscillait entre peur et fascination. Troublée de rencontrer pour la première fois, dans des circonstances aussi grotesques, l'homme qu'elle devait épouser, elle ne pouvait s'empêcher de le dévisager. De près, il était encore plus ridiculement beau. Les nuances pailletées de son regard noisette exerçaient sur elle un étrange attrait.

Elle fit un mouvement pour se dégager mais il raffermit sa prise et empoigna son autre bras, l'encerclant à présent, et lui faisant perdre tout espoir de fuite.

Henry, hypnotisé par la splendeur de la jeune fille qu'il avait sous les yeux, ne pouvait se résoudre à la laisser aller. Toute sa colère avait disparu tandis qu'il contemplait avec un intérêt grandissant son visage, dont la finesse était accentuée par des pommettes hautes et un nez mutin. Ses yeux magnifiques, qui brillaient comme des joyaux. Mais c'était surtout sa bouche qui attirait son regard. Elle était charnue, trop charnue pour être innocente. Dieu du ciel, la vision de ces lèvres pulpeuses posées sur son sexe déclencha une érection immédiate et inattendue.

Il relâcha légèrement son emprise. La jeune fille pouvait aisément se dégager mais restait pourtant immobile, semblant attendre la suite des événements. Qui était-elle ? Que faisait-elle ici ? Elle devait être plutôt nigaude pour avoir délibérément ignoré les ordres d'un duc. Mais d'une beauté à couper le souffle…

Presque malgré lui, il remonta les mains vers ses épaules dans une douce caresse puis vint encadrer son visage. Elle n'opposait toujours aucune résistance, semblait même paralysée. Irrémédiablement attiré par ses lèvres, il posa simplement sa bouche contre la sienne dans un innocent baiser.

Elle eut un mouvement de surprise et tenta de se dérober mais Henry l'enlaça un peu plus, enivré par son odeur de rose. S'enhardissant, il passa sa langue sur les contours de sa bouche, l'invitant à l'entrouvrir pour l'accueillir pleinement.

D'abord choquée par l'intimité de cette caresse, Juliana se laissa bien vite envahir par ces sensations nouvelles. Elle avait l'impression que son cœur allait éclater, qu'elle allait manquer de souffle à tout instant. Son corps entier protesta lorsqu'il se détacha d'elle. Il resta dangereusement proche, exhalant son souffle chaud qui lui enflammait les lèvres.

Il semblait la mettre au défi de prendre une décision. Mais que se passait-il enfin ? Venait-elle vraiment d'échanger un baiser avec son fiancé ? Elle ne parvenait plus à réfléchir, son cœur battait la chamade, elle avait une conscience aigüe de ses mains qui l'encerclaient. Elle brûlait de renouveler l'expérience. Son caractère impétueux prit le dessus et, laissant libre cours à ses pulsions, elle se haussa sur la pointe des pieds et l'embrassa à pleine bouche.

Henry ne s'était pas attendu à un tel élan et sentit aussitôt la morsure du désir au creux de ses reins. Sa bouche était d'une douceur exquise et il approfondit leur étreinte, laissant sa langue caresser la sienne, d'abord avec douceur puis furieusement. C'était comme s'il s'abreuvait de son souffle après une longue traversée du désert. Il n'avait qu'une envie, la prendre sur le champ, sans connaître son nom ou sans même avoir entendu sa voix. Jamais un baiser n'avait provoqué en lui une telle réaction.

Avec un grognement de bête sauvage, il glissa ses mains sous ses fesses et la souleva du sol, lui enroulant les jambes autour de sa taille.

Pressée contre sa virilité, Juliana découvrait, abasourdie, la puissance du désir masculin et elle ondula instinctivement contre lui pour mieux le sentir.

Sans lâcher ses lèvres, il la transporta jusqu'au ballot de paille le plus proche et l'y déposa avec précaution. Dieu qu'elle était belle, les joues roses, la bouche gonflée par ses baisers, les yeux mi-clos obscurcis de désir… Il se mit à parcourir fiévreusement son corps. Elle se laissait faire, offerte à son ardeur, et il sentit ses petites mains se frayer un chemin dans le creux de sa nuque et se mêler à ses cheveux. N'y tenant plus, il arracha d'un coup sec les pans de sa chemise, exposant sa poitrine pleine, magnifique symbole de sa féminité. Il prit un sein au creux de la main, en caressa la peau veloutée, titilla le mamelon fièrement dressé entre le pouce et l'index.

Elle laissa échapper une longue plainte qui le rendit fou.

Juliana, éperdue de désir, cherchait confusément à reprendre pied. Elle sentait son cœur cogner dans sa poitrine, un pincement (ou était-ce une étincelle ?) prendre naissance loin, très loin au creux de son ventre et grandir jusqu'à se répandre dans tout son corps. C'était comme si elle touchait du feu sans se brûler. Elle avait chaud, froid, et sentait son entrejambe palpiter entre ses cuisses.

Attrapant ses hanches, elle l'attira vers elle avec une force qui le surprit. Elle ressentait le besoin instinctif de se frotter contre lui jusqu'à ce que leurs peaux fusionnent, qu'ils ne forment plus qu'un.

Un cheval hennit dans une stalle toute proche et une alarme se mit à sonner dans un coin de sa tête. Qu'était-elle en train de faire ?! Elle se conduisait comme une fille de joie, purement et simplement. Allait-elle s'offrir à lui à même le sol, sans aucune pudeur ? S'arrachant à son étreinte, elle parvint tant bien que mal à se secouer et à reprendre ses esprits.

Ils se regardèrent intensément, comme s'ils se découvraient à l'instant.

Rabattant sa chemise sur sa poitrine dénudée, elle sauta à bas du ballot et courut vers la maison.

Surpris, Henry ne put réagir assez rapidement pour la retenir et la regarda s'éloigner avec un cri de frustration, avant de se mettre lui aussi en marche vers le manoir.

Juliana ne s'arrêta de courir qu'une fois la porte de sa chambre refermée sur elle. Reprenant bruyamment son souffle, elle s'adossa contre le bois verni.

Elle pressa ses mains contre ses joues en feu pour en éprouver la chaleur. Miséricorde, qu'était-ce donc cela ? Elle qui s'était tant de fois figuré cette rencontre… Même lorsque ses divagations adolescentes la poussaient à draper celle-ci d'un voile de romantisme, elle ne s'était jamais hasardée à imaginer plus qu'un baiser délicatement accordé du bout des lèvres. De ces chastes baisers dispensés par les preux chevaliers à leurs gentes dames. Il n'y avait rien de chaste dans ce qu'elle venait de vivre. C'était un moment de pure bestialité, un besoin brutal de se prendre et de s'agripper pour apaiser… apaiser quoi ?

L'excitation retomba lentement et elle réalisa l'ampleur du désastre. Pourquoi avait-elle laissé son impulsivité prendre le dessus ? D'où lui venait cet élan de passion qu'elle n'avait jamais ressenti auparavant, pas même avec Edward ?

Edward ! songea-t-elle soudain. Elle n'avait pas eu le temps de le prévenir, elle était à présent coincée par l'arrivée du duc. Elle ressentit une pointe de culpabilité. Elle l'avait trahi, avec un homme qu'elle ne connaissait même pas bien que, ironiquement, il ait plus de droits sur elle que n'importe qui.

Elle s'approcha de la coiffeuse et observa son reflet dans le miroir, effarée par le spectacle qu'elle offrait. Les pans de sa chemise déchirée pendaient tristement de part et d'autre de son corps. Ses cheveux en bataille s'échappaient des vestiges de sa tresse, qui n'était plus qu'un amas de mèches ébouriffées. S'approchant encore du miroir, elle toucha du bout des doigts ses lèvres gonflées.

Elle se demanda soudain quelle serait la réaction du duc lorsqu'il constaterait que la jeune dévergondée qui s'était oubliée dans ses bras comme une fille de ferme se trouvait être sa fiancée, et fut prise d'un rire incontrôlable. Il s'imaginerait certainement qu'elle avait perdu depuis longtemps sa vertu. Finalement, se dit-elle avec pragmatisme, il prendrait peut-être ce prétexte pour rompre leurs fiançailles et elle n'aurait plus à batailler avec Somerset ou Louisa pour obtenir sa liberté. Elle pourrait rester en Irlande.

Et épouser Edward.

Se déshabillant en vitesse, elle se demanda une nouvelle fois si c'était ce qu'elle souhaitait. La puissance du désir qu'elle avait ressenti dans les bras du duc donnait à sa relation avec le jeune homme une autre perspective. Cette attirance incontrôlable qu'elle avait éprouvée pour lui… Pourrait-elle un jour ressentir cela avec Edward ? Cela signifiait-il qu'elle n'était pas amoureuse du jeune homme, qu'elle ne l'avait jamais été ?

Seigneur, il y avait bien pire ! Elle ne pensait qu'à une chose… Recommencer.

8

– Cesse de faire l'enfant et tiens-toi tranquille ! gronda gentiment Louisa en nouant les lacets du corset de sa sœur qui se tenait au pilier du grand baldaquin.

– J'étouffe, répliqua Juliana avec un gros soupir.

Ayant toujours refusé de se plier à l'étiquette, elle ne portait habituellement pas de corset, ce qui rendait son inconfort particulièrement pénible ce soir-là. Finalement harnachée comme il se doit, elle se mit à déambuler sur l'épaisse moquette couleur crème et lança sur le ton de l'exaspération :

– Doit-on vraiment se prêter à ces formalités inutiles ? Après tout, je n'ai aucun besoin de me déguiser de la sorte. Tout ceci est tellement stupide, je ne me rends pas à un bal !

– Juliana, surveille ton langage, lui répondit tranquillement sa sœur. Tu ne peux tout de même pas te présenter à un duc nue comme un ver sous tes toilettes de coton.

Louisa la regardait, attendrie. Il y avait si longtemps qu'elle n'avait eu l'occasion de s'occuper d'elle. Depuis qu'elle avait épousé John, elle avait bien malgré elle délaissé ses responsabilités d'aînée et Juliana s'était retrouvée seule à Castle Coole. Elle revoyait le petit être tremblant qu'elle avait laissé sur le porche. Elle avait pris le rôle d'une mère durant ses premières années, et son départ l'avait rendue orpheline pour la troisième fois de son existence.

La vie pouvait être tellement injuste par moments. Pourquoi fallait-il qu'elle vive si loin de l'Irlande ? Elle avait bien plaidé sa cause auprès de John, mais il avait été catégorique. Il n'était pas prêt à assumer les responsabilités d'un autre. Des années plus tard, il était trop tard pour altérer l'état des choses. Juliana avait sa vie et ne souhaitait pas en changer, et Louisa, qui avait mis au monde un fils un an à peine après avoir célébré ses noces, s'était jetée à corps perdu dans son rôle de mère.

– Je suis sûre que c'est ce que Mère aurait voulu, ajouta-t-elle en repensant à la femme douce et délicate qu'avait été la comtesse, d'une élégance irréprochable en toutes circonstances.

– Comment diable pourrais-je le savoir !

– Juliana, vraiment ! N'as-tu donc aucune manière ?! Je vais en toucher deux mots à Abigail. Ce langage ne sied pas à une jeune fille de ton rang, dit-elle en fronçant les sourcils.

Abigail choisit ce moment précis pour entrer dans la pièce avec sur les bras des mètres de velours carmin.

– Que faut-il me dire, Lady Louisa ?

– Juliana jure comme un charretier, c'est indécent.

– J'ai fait tout mon possible mais Lady Juliana se permet de telles libertés. J'ai dû me résigner. J'espère que le duc aura suffisamment de poigne pour dompter le caractère de votre sœur.

– Vous avez terminé de parler de moi comme d'une pouliche qu'on doit dresser ?! s'offusqua Juliana.

– Pourquoi a-t-il fallu qu'il se présente avec un jour d'avance ! se plaignit Louisa comme si elle n'avait rien entendu. Heureusement que Ciara avait terminé l'une des tenues. Les domestiques sont dans tous leurs états.

– Tout se passera bien, affirma Abigail. Quand le duc verra l'allure de Lady Juliana, il oubliera tout le reste, dit-elle avec fierté en lui passant le vêtement.

La jeune fille était particulièrement en beauté ce soir-là, c'était indéniable. Le rouge de sa robe, dont la profondeur était mise en valeur par le velours de qualité, faisait ressortir l'éclat de sa peau légèrement hâlée par le grand air. La coupe quelque peu défraichie avait été délicatement remise au goût du jour. Ceinte par un entrelac de fils dorés, la finesse de sa taille faisait écho à la rondeur de sa poitrine, dévoilée par le profond décolleté. Ses bras fins, perdus dans un nuage diaphane du plus bel effet, semblaient jaillir des manches bouffantes qui tombaient en cascade depuis ses épaules dénudées.

Louisa, loin d'égaler l'éclat de sa sœur, possédait néanmoins une grâce et une harmonie qui lui avaient valu de bénéficier d'un succès certain lors de ses débuts. Son visage doux à la beauté classique restait serein en toutes circonstances. Elle était à l'opposé de Juliana : calme, d'une nature foncièrement pacifiste, et soucieuse de plaire. Rapidement fiancée au comte de Sandwich, elle n'avait pas profité longtemps des festivités ayant cours dans la capitale et s'était retirée à Hinchingbrooke House, le domaine de son époux dans le Cambridgeshire, peu après leur mariage.

– Venez ici pour que je puisse vous coiffer, dit Abigail,

qui faisait office de femme de chambre pour l'occasion.

– Rien de trop sophistiqué, l'avertit Juliana. Tu sais que je ne supporte pas ça.

– Sa Grâce mérite un petit effort, Lady Juliana. Je sais bien que vous n'aimez pas cela mais il faudra vous y habituer.

– Abigail a raison, renchérit Louisa.

– Voilà, vous êtes prête, dit la gouvernante en reposant le fer à boucler.

Juliana s'examina dans le grand miroir sur pied. Satisfaite du résultat final, elle remerciait sa sœur de l'avoir poussée à apporter un tel soin à sa toilette. Cela lui avait permis de calmer un peu les battements de son cœur qui s'étaient dangereusement accélérés à mesure que l'heure de la rencontre avec le duc approchait.

Dieu tout-puissant, ce baiser ! Elle n'avait cessé d'y songer, tour à tour affolée, transie, prise de bouffées de chaleur ou encore honteuse de son attitude impudique. Allait-il y faire allusion ? Se sentait-il lui aussi embarrassé d'avoir cédé à ses pulsions avec une parfaite inconnue ?

Avait-il pensé à elle autant qu'elle avait pensé à lui ?

Pensif, Henry se tenait face à la grande baie vitrée, regardant sans le voir son visage se refléter sur les carreaux noircis par la nuit. Il sentait bourdonner l'excitation qui régnait dans le manoir. Son arrivée prématurée avait soulevé un affolement qui commençait à peine à se tasser.

Il avait passé la dernière heure à visiter les lieux, patientant avant d'être introduit auprès de sa fiancée. La demeure imposante était subtilement décorée, et le bon goût du propriétaire se devinait dans le choix des créations d'artisans de renom, savamment mises en valeur dans chaque pièce de la maison. La pièce la plus exceptionnelle était sans conteste la chambre des maîtres, qu'on lui avait galamment attribuée. Elle était décorée dans un style flamboyant, à grand renfort de draperies en soie carmin, de gravures et de fines dorures. Le résultat était certes chargé mais l'esthétique y était soignée, et la richesse de l'ensemble était impressionnante.

Malgré sa surprise, Lady Louisa l'avait chaleureusement accueilli, s'excusant de l'absence de sa sœur qui était introuvable. Elle avait semblé sincèrement ravie de le revoir après tant d'années. Cette liesse ne présageait rien de bon et confirmait les doutes formulés par Charlotte : les Belmore s'attendaient à ce que Lady Juliana devienne la prochaine duchesse de Norfolk. Pourquoi en aurait-il été autrement ?

Il ne connaissait rien d'elle. Elle n'avait jamais fait son entrée dans le monde, n'avait pas fréquenté les salles de bal, n'avait même, à sa connaissance, jamais mis les pieds à Londres. Personne n'avait pu lui fournir la moindre information sur la jeune femme, restée depuis l'enfance dans le giron de son Irlande natale. Pas même Chaz qui avait pourtant une oreille partout.

Il appréhendait cette rencontre plus qu'il ne voulait l'admettre. Après tout, leurs destins seraient liés pour les prochaines semaines, voire même pour le reste de leur existence s'il ne parvenait pas à la convaincre du bienfondé d'une annulation. Et pourtant il le fallait. Il était de son devoir de préserver la lignée des Norfolk en s'associant avec une famille d'une puissance égale à la sienne. Une famille telle que celle de Charlotte par exemple, même si jusqu'à présent, il ne s'était jamais projeté sa future femme.

Le bruit d'une porte qui s'ouvrait interrompit le cours de ses pensées. Les dames de la maison entrèrent dans un bruissement de robes et Lady Louisa s'éclaircit la gorge :

– Votre Grâce, je vous présente Lady Juliana de Belmore.

Henry se retourna lentement et s'arrêta, interdit, lorsqu'il découvrit le visage de sa fiancée.

Le cœur battant la chamade, Juliana attendait sur le seuil. Elle aurait presque été tentée de rire son expression ébahie mais à la pensée des conséquences de son comportement effronté, son hilarité fut instantanément douchée. Mon Dieu, s'il décidait de l'humilier publiquement…

– Juliana, je te présente Sa Grâce, le duc de Norfolk, poursuivit tranquillement Louisa, ne paraissant pas remarquer que la tension était montée d'un cran.

Henry ne parvenait pas à bouger, figé par la stupeur. Il l'avait instantanément reconnue. Ce regard profond qui le hantait, ces lèvres qu'il avait sauvagement embrassées. Leur rencontre torride l'avait plongé dans les tourments du désir et en la voyant franchir la porte du grand salon, il s'était instinctivement réjoui de la retrouver. Avant de réaliser qu'il se trouvait devant sa fiancée.

Juliana fit une légère révérence. Le duc était toujours immobile, les mains nouées dans le dos, les toisant sévèrement. C'en était fini, il allait démasquer cette imposture, elle le sentait. Qu'allait dire Louisa ?

Cette dernière commençait à sentir le malaise ambiant sans pouvoir en déterminer la cause. Quelle attitude étrange. Pourquoi ne venait-il pas saluer

Juliana ? Était-il déçu de son apparence ? Non, cela n'avait pas de sens, sa sœur était bien trop jolie. Et si Juliana avait raison ? S'il n'avait aucune intention de respecter l'engagement de son père ? Peut-être cet accueil glacial était-il destiné à le leur faire comprendre...

Empoignant le bras de sa sœur, elle se décida à l'amener vers lui.

Henry voyait l'inquiétude poindre dans ses grands yeux violets à mesure qu'elle s'approchait. Elle scrutait sa réaction et finit par murmurer :

– Je suis honorée Votre Grâce.

Sa voix le surprit et il sortit enfin de son hébétude. Chaude, profonde, elle était en contradiction avec l'apparence éminemment féminine de la jeune femme.

– L'honneur est pour moi, Madame. Quel plaisir d'entendre enfin le son de votre voix, avança-t-il avec un sourire narquois.

Juliana retint son souffle. Sa sœur allait-elle relever l'ambiguïté de cette remarque ? Louisa ne sembla pas remarquer le sous-entendu et, soulagée, elle avança sa main afin que le duc puisse la baiser.

Henry se pencha et laissa glisser ses lèvres sensuelles sur la peau douce de la jeune fille. Elle sentit aussitôt un frisson la parcourir et retira promptement ses doigts. Une lueur malicieuse dans le regard, il l'observait, et sa bouche s'étira en un sourire imperceptible.

– Quelle joie de vous voir ici, Votre Grâce, reprit gaiement Louisa. Nous attendions votre venue avec impatience.

– Je suis enchanté d'être reçu dans votre magnifique demeure, Lady Louisa. Et sincèrement impressionné par la beauté des lieux. Ainsi que par celle de votre sœur, ajouta-t-il galamment.

Le regard brûlant qu'il lui décocha par-dessus l'épaule de Louisa la cloua sur place. Les jambes flageolantes, Juliana rougit, embarrassée. Elle n'avait pas l'habitude du badinage, n'ayant jamais fréquenté les jeunes gens de la région, à l'exception d'Edward.

– Merci Votre Grâce, répondit Louisa à la place de sa sœur, qui restait muette. Si nous nous dirigions vers la salle à manger ? Le dîner va être servi dans quelques minutes.

L'immense table en noyer ciré pouvait accueillir une vingtaine de convives au bas mot. Elle avait été dressée pour trois personnes et Henry s'installa à la place du maître de maison, sur l'insistance de Louisa.

Maureen ne tarda pas à entrer, chargée d'une soupière qui semblait trop lourde pour elle. Henry faillit se lever pour l'aider lorsqu'il la vit sur le point de la lâcher mais elle se rattrapa fort heureusement et déposa son encombrant fardeau au milieu des assiettes.

– Je reviens avec le reste, Lady Louisa, murmura-t-elle avant de s'enfuir par la porte de service.

– Nous n'avons pas beaucoup de personnel, se justifia Louisa en s'empourprant.

Henry ne releva pas, se contentant d'un hochement de tête poli.

– Je vais faire le service, se proposa-t-elle pour briser le silence. Désirez-vous un peu de consommé, Votre Grâce ?

– Volontiers, je vous remercie.

La petite servante revint à plusieurs reprises déposer de nombreux plats tandis qu'ils dégustaient le velouté d'asperges blanches préparé par Lisbeth, qui avait ronchonné en cuisine depuis l'arrivée du duc, pestant contre ces aristocrates sans aucune manière, qui se permettaient de débarquer avec un jour d'avance.

– C'est exquis, commenta Henry.

– Merci Votre Grâce. Lisbeth sera heureuse de savoir que son plat vous a plu. Votre Grâce, reprit Louisa d'un ton plus bas, je n'ai pas eu l'occasion de vous présenter nos condoléances les plus sincères pour le décès de votre père.

– Je vous remercie. Sa mort nous a pris par surprise, c'était un homme vigoureux sans problème de santé particulier.

– Qu'est-il arrivé ? demanda Juliana, qui n'avait pas encore pris la parole depuis qu'ils s'étaient installés à table.

– Une mauvaise chute à cheval. Il n'est pas mort sur le coup mais son état s'est dégradé après cela.

– Cela n'a pas été trop dur pour votre mère ? demanda Louisa avec sollicitude. Je me rappelle de Lady Mary comme d'une dame charmante.

Henry ne sut que répondre. Il ne pouvait décemment leur avouer que le décès de son père les avait tous deux soulagés, qu'il avait vu la lumière renaître sur le visage de sa mère lorsque sa présence pesante avait disparu de Norfolk House. Étonnamment, elle avait pris la décision presqu'immédiate de déménager dans un hôtel particulier fraîchement construit sur Eaton Square, si bien qu'il s'était retrouvé seul dans son immense demeure en l'espace d'un mois.

– Elle est tout-à-fait remise à présent, se contenta-t-il de dire. Elle habite dans l'une des dernières maisons construites par l'architecte John Nash, je ne sais pas si vous êtes familières avec son œuvre ?

– Je suis passionnée par son œuvre ! s'exclama

vivement Juliana à la surprise générale.

– Vraiment ? s'étonna Henry. C'est plutôt étonnant pour une jeune fille de votre âge de s'intéresser à l'architecture.

La conversation glissa tranquillement vers ce sujet qu'affectionnait tout particulièrement Juliana, et ils poursuivirent le repas dans une atmosphère nettement plus détendue.

De temps à autre, Henry posait sur elle son regard troublant et elle sentait son estomac se nouer tandis que ses mains devenaient moites. Amusé par sa gêne évidente, il la provoquait de plus belle en lui adressant de nombreux sourires en coin dont elle était la seule à pouvoir comprendre la signification.

Juliana découvrait, surprise, un homme enjoué, presque taquin, bien loin de l'aristocrate rigoureux qu'elle s'était imaginé. Dieu du ciel, il avait un charme fou et elle ne s'étonnait pas qu'il ait acquis une « réputation », tel que l'avait mentionné sa sœur. Curieusement irritée par l'image de ses lèvres si sensuelles posées sur la bouche d'une autre femme, elle demanda avec brusquerie :

– Votre Grâce, pourriez-vous nous éclairer sur la raison de votre venue à Castle Coole ?

– Juliana ! s'offusqua Louisa. Où sont tes manières ?!

– Ce n'est rien, Lady Louisa. C'est une question légitime.

– Votre Grâce, vous être trop aimable. Juliana devrait apprendre à tenir sa langue, dit Louisa avec un regard d'avertissement à l'attention de Juliana.

La franchise de sa fiancée l'enchantait. Il n'avait jamais vraiment réfléchi à l'idée qu'il s'en faisait. Elle constituait dans son esprit une forme vague et lointaine, un vieux problème logé dans un coin de sa tête dont il devrait à terme se débarrasser. La rencontrer en chair et en os bousculait complètement ses aprioris et il se sentait malgré lui intrigué par le petit chat sauvage qu'il avait en face de lui.

Et puis, elle était divinement belle, et il rêvait de la voir entièrement nue sur des draps de satin.

Ses cheveux répandus autour de ses courbes laiteuses.

Il se força à chasser cette vision totalement inappropriée pour pouvoir répondre à la jeune fille.

– Vous avez parfaitement le droit de vous demander ce que je fais ici, plus de vingt ans après ma dernière visite. Je tiens tout d'abord à vous présenter mes plus plates excuses pour cette absence prolongée. J'ai tant tardé à venir que vous avez dû vous poser de nombreuses questions, et à juste titre. (Il fit une pause et prit une profonde inspiration.) Mais vous pouvez être rassurée à présent. Je suis venu honorer l'engagement pris par mon père.

Juliana déglutit. Cela n'avait pas de sens, cela ne pouvait avoir de sens. Elle était tellement persuadée qu'il allait leur annoncer… Elle sentit la panique l'envahir.

– Honorer cet engagement ? Vous voulez dire *nous marier* ?! demanda-t-elle d'une voix étranglée qui tira dangereusement vers les aigus.

– Je n'entends pas programmer une date pour notre mariage d'ici la fin du repas, répondit-il avec un sourire amusé, étonné par la violence de sa réaction. Nous commencerons d'abord par vous introduire dans le monde. J'estime qu'il est temps pour vous…

– Vous estimez qu'il est temps ? le coupa Juliana d'un

ton railleur. Je vous rappelle que j'ai vingt-et-un ans Votre Grâce. Votre rapidité de réaction laisse un peu à désirer.

– Juliana ?! s'écria Louisa, outrée. Vraiment, excusez-la Votre Grâce. Ma sœur est perturbée par ces changements brutaux. Elle sera certainement dans de meilleures dispositions une fois accoutumée à cette idée, ajouta-t-elle en lui jetant un regard indigné.

– Lady Juliana, dit Henry avec douceur. Je comprends vos appréhensions. Tout ce que je vous propose pour le moment, c'est une saison à Londres. Cela nous permettra de faire plus ample connaissance avant de célébrer nos noces. Si c'est ce que vous souhaitez bien entendu…

Il leva un sourcil interrogateur, la défiant de dire le contraire. Sa fiancée semblait manifester de la réticence envers cette union, ce qui était plutôt encourageant, même s'il ne pouvait s'empêcher de se sentir un tantinet vexé par son manque d'enthousiasme. Il aurait pourtant juré qu'elle avait ressenti les mêmes émotions que lui, tout à l'heure dans les écuries. Pourquoi paraissait-elle à présent s'offusquer de sa proposition ? Était-ce parce qu'il n'avait pas donné signe de vie pendant toutes ces années ?

– Mais bien entendu c'est ce qu'elle souhaite, répondit Louisa à la place de sa sœur.

– Si cela peut vous rassurer, sachez que j'ai déjà pris mes dispositions pour que vous logiez chez ma mère, elle pourra vous chaperonner pour la saison.

– Pourquoi cela devrait-il me rassurer ? demanda Juliana. Je ne la connais même pas. Ne puis-je plutôt rester chez ma sœur ?

– Juliana, tu sais parfaitement que je ne peux rester

à Londres, soupira Louisa. John repartira bientôt vers la Jamaïque et cette fois-ci, Somerset l'accompagnera. Je serai seule pour gérer Hinchingbrooke House, je ne peux malheureusement pas courir les bals avec toi. Et puis John William a besoin de moi, bien qu'il prétende le contraire. Mais je suis certaine que tu seras reçue dans le plus grand confort chez la duchesse de Norfolk.

– Absolument, renchérit Henry. Elle est ravie de vous accueillir. Et je m'occuperai bien entendu de vous fournir un trousseau digne de la fiancée d'un duc.

Le regard de Juliana s'enflamma.

– Me croyez-vous incapable d'être habillée correctement ? répliqua-t-elle, vexée.

– Madame, je m'excuse si je vous ai offensée. Néanmoins, la situation financière dans laquelle votre père vous a laissée ne m'est pas inconnue et en tant que futur époux, il est de mon devoir de prendre le renouvellement de votre garde-robe à ma charge, l'apaisa Henry d'une voix douce.

– Bien, si cela vous chante, répliqua Juliana avec un soupçon de colère mal dissimulée. Si vous voulez bien m'excuser, je vais de ce pas boucler mes valises. (Son ton se fit sarcastique.) Même si je n'ai pas beaucoup d'affaires à transporter. À propos, quand partirons-nous ?

– J'aimerais prendre la route dès demain. Cela vous convient-il ? ajouta Henry, s'adressant également à Louisa.

– Bien entendu, Votre Grâce, nous serons prêtes, répondit celle-ci.

De plus en plus étonné, Henry regarda sa fiancée quitter la pièce sans même les saluer, suivant des yeux sa démarche furieuse. Quelle étrange et fascinante demoiselle. Entre la passion dont elle avait fait preuve entre ses bras et ses éclats au cours du dîner, elle promettait de se révéler des plus intéressantes. Ce qui n'arrangeait pas du tout ses affaires...

9

Demain ! Ils partiraient déjà demain ! ragea Juliana en parvenant à sa chambre, dont elle claqua violemment la porte.

Elle était consciente de s'être comportée comme une mal élevée en prenant congé de la sorte mais n'avait pu s'en empêcher. Le duc n'avait pourtant rien fait pour la provoquer. Il respectait enfin les termes du contrat conclu il y a tant d'années et sa proposition était plus que généreuse : une saison à Londres tous frais payés, le renouvellement de son trousseau… Quelle imbécile refuserait cette opportunité ?

Alors pourquoi son attitude l'avait-elle mise dans un tel état de fureur ? Était-ce son arrogance, cette façon qu'il avait de lui dicter sa vie sans prendre en compte ses desideratas ? Vingt années passées à l'attendre et il la sommait de préparer ses bagages pour le lendemain ! Après leur avoir laissé un délai ridiculement court pour préparer son arrivée. Et en débarquant avec un jour d'avance, en sus de tout le reste. Il était indéniablement d'une outrecuidance à faire pleurer.

Elle frappa du poing son oreiller, faisant voleter

quelques plumes qui retombèrent lentement en tourbillonnant vers le sol. *Lui constituer un trousseau digne de la fiancée d'un duc.* Non mais pour qui se prenait-il, avec ses grands airs ? *Pour un duc*, ironisa-t-elle intérieurement.

Comment pouvait-il exiger qu'elle se prépare à un tel bouleversement en moins de vingt-quatre heures ? Sans compter qu'elle n'allait jamais pouvoir prévenir Edward à temps. Il allait être furieux lorsqu'il découvrirait qu'elle avait plié bagage sans mot dire. Curieusement, la tristesse qu'elle pensait ressentir à l'idée de leur séparation peinait à venir.

Alors qu'elle refermait la dernière malle, la fatigue s'abattit d'un seul coup et elle se glissa dans les draps frais de son étroite couchette. Elle avait gardé le même lit qu'étant enfant et c'était la dernière fois qu'elle y dormirait pour de nombreux mois. Demain, elle quitterait sa demeure, ses proches, ses habitudes. Demain, elle affronterait le duc une nouvelle fois.

Elle réalisa soudain que ses craintes n'étaient pas tant liées à l'angoisse d'une séparation qu'à l'appréhension de le revoir sans se laisser submerger par ces pulsions charnelles inconnues jusqu'alors. Qu'allait-il advenir d'elle ?

Juliana avait décidé de s'accorder une ultime chevauchée avant leur départ. Sachant que Louisa n'aurait pas approuvé, elle s'était levée en catimini aux aurores et avait scellé Silver dans la lueur du soleil levant. Elle ressentait une sorte d'urgence, le besoin de se défouler au grand air avant d'affronter ce long voyage vers sa nouvelle vie.

Henry l'aperçut du coin de l'œil alors qu'elle

bifurquait au détour d'un fourré. Surpris de la découvrir si matinale, animée du même besoin d'exercice physique que lui, il se décida à la rejoindre et fit faire une volte à son cheval.

En le voyant s'approcher, Juliana ralentit le pas et ils chevauchèrent côte à côte durant un moment, sans échanger un mot. La campagne qui s'éveillait les entourait de sa douce mélopée et le silence se suffisait à lui-même.

Henry constata qu'elle portait le même accoutrement étrange que la veille et comprit soudain la raison de cette tenue. Elle montait à califourchon, et diablement bien d'ailleurs. Décidément, cette jeune fille était pleine de surprises. Jetant un œil au pantalon qui moulait ses cuisses, il ne put s'empêcher de repenser à la façon dont elle avait enroulé ses jambes autour de lui et sentit son désir s'éveiller.

Juliana ne savait pas comment entamer la conversation. Elle se sentait un peu stupide après son emportement de la veille et lui coula un regard tandis qu'il progressait tranquillement à ses côtés. Était-il en colère contre elle ? Et surtout, allait-il faire allusion à ce qui s'était passé dans les écuries maintenant qu'ils étaient seuls ?

– Avez-vous bien dormi, Votre Grâce ? se risqua-t-elle enfin à demander.

– Très bien merci, et vous-même ?

– Un peu agitée, avoua-t-elle, soulagée néanmoins de constater qu'il ne semblait pas prendre ombrage de son impolitesse.

– J'espère que je ne vous ai pas offensée hier soir en mentionnant votre situation financière ?

– Non, Votre Grâce. Vous êtes très généreux à mon

égard, ajouta-t-elle avec une pointe d'ironie qu'elle ne put contrôler.

Nom d'un chien, elle était incapable de se retenir. Elle se mordit la langue, mortifiée de réagir au quart de tour à chacune de ses paroles.

– Lady Juliana, puis-je me permettre de vous demander si le séjour que j'ai prévu pour vous vous agrée ? interrogea Henry, faisant fi de son sarcasme.

– Que voulez-vous dire ?

– J'ai eu le sentiment que vous ne souhaitiez pas quitter l'Irlande après notre conversation d'hier soir, précisa Henry.

– Comment sauriez-vous ce que je souhaite ou ne souhaite pas ? Vous ne me connaissez pas, vous n'en avez jamais pris la peine.

– Voilà donc la raison de votre colère… Vous auriez préféré que je vienne plus tôt.

– Pas du tout ! Je…

Elle s'interrompit. S'il lui plaisait de croire qu'elle se languissait en attendant qu'il daigne lui manifester de l'intérêt, grand bien lui fasse. Mieux valait qu'il ne découvre jamais qu'elle avait été sur le point de défier les ordres et de s'enfuir pour s'engager auprès d'un autre homme.

Ceci étant dit, et puisque son invitation à Londres semblait vouloir signifier qu'il comptait concrétiser leur engagement, elle était curieuse de découvrir pourquoi il n'avait effectivement pas fait cette démarche plus tôt.

– Oserais-je vous demander pourquoi vous avez tant tardé à venir ?

Flûte. Pourquoi s'était-il aventuré sur ce terrain-là ?

– Après le décès de mon père, j'ai dû observer

une période de deuil relativement importante. Vous connaissez les codes de la bienséance…

Il s'empêtrait.

– Vous avez eu deux bonnes années avant cela pour vous manifester, remarqua-t-elle en haussant un sourcil dubitatif. J'ai fêté mes dix-huit ans il y a bien longtemps.

– Écoutez, vous n'avez aucune idée des responsabilités qu'implique la gestion d'un duché vous qui n'êtes…

– Qu'une simple fille de comte ? termina-t-elle à sa place.

– Ne soyez pas mesquine. J'allais dire : vous qui n'êtes qu'une femme, la provoqua-t-il.

Elle éclata de rire. Un rire délicieux, profond et sincère, qui le remua étonnamment.

– Et qu'en est-il à présent ? Ces fameuses responsabilités ont-elles disparu ?

– À vous entendre, je devrais m'excuser d'être là, éluda-t-il. Je suis prêt à remplir à votre égard mon rôle de fiancé, c'est tout ce qui importe.

– Ce rôle n'a pas l'air de vous enchanter, insista-t-elle sournoisement.

Juliana ne comprenait pas ce qui la poussait à le provoquer de la sorte. Que cherchait-elle à lui faire admettre ? Qu'il était ici contre son gré ? Elle s'en doutait déjà.

– Il n'a pas l'air de vous enchanter non plus. Écoutez, Lady Juliana, nous sommes tous deux dans une situation que nous n'avons pas choisie, il est inutile de le nier. Mais c'est la volonté du roi et nous devons nous y plier.

Ainsi donc il l'admettait à demi-mots. Il devait

estimer, comme son père avant lui, qu'elle n'était pas digne de lui. Atteinte dans son orgueil, Juliana en oubliait presque qu'elle aussi avait souhaité être libérée de cet engagement ridicule. Du moins avant de faire sa rencontre. À présent, elle n'en était plus si certaine…

– *C'était* la volonté du roi. Comment être sûr que son successeur soit dans les mêmes dispositions ?

– Que voulez-vous dire ?

– Et bien, George III cherchait la paix en ordonnant ces fiançailles et il l'a obtenue de toute façon. Vous admettrez que d'aucuns pourraient juger que cette union n'est plus pertinente.

Son imagination lui jouait-elle des tours ? Tout comme la veille, la jeune femme avait l'air de plaider pour un abandon pur et simple de toute cette mascarade. Elle n'avait pourtant aucun intérêt à le faire…

Il ne la connaissait pas suffisamment pour savoir si elle voyait dans ce mariage la contrainte qu'il avait toujours représenté pour lui ou si comme son père, elle le considérait comme une opportunité de s'élever dans l'échelle sociale. Il n'était pas naïf au point de croire que sa fortune et son titre ne suscitaient pas l'envie.

Méfiant, il préféra ne pas abonder dans son sens. Si elle découvrait qu'il s'était adressé au roi avant sa venue, elle pourrait – à juste titre – s'en offenser, et il perdrait l'avantage de la surprise. Quels que soient les moyens dont il userait, il devait l'amener à ce qu'elle réclame elle-même cette annulation.

– Vous montez souvent dans cette tenue ? demanda-t-il en détournant habilement la conversation.

– Oui, cela vous pose un problème ? répliqua-t-elle sur la défensive, exaspérée de constater qu'elle était loin d'être indifférente à l'opinion qu'il pouvait avoir d'elle.

– Je crains que vous ne provoquiez quelques haussements de sourcils si vous décidez de porter cet… accoutrement à Londres, répondit-il en grimaçant légèrement.

– Vous craignez surtout que je vous embarrasse, avouez-le.

Dieu du ciel, les Norfolk cesseraient-ils donc un jour de les juger ? De s'estimer supérieurs en tous points à sa famille ? Il avait raison bien entendu, et elle n'aurait jamais osé porter ces vêtements en public. Mais le simple fait qu'il puisse la soupçonner d'un tel impaire la mettait hors d'elle.

– Ne vous inquiétez pas, poursuivit-elle, dédaigneuse. Je doute que vos petits parcs urbains me donnent envie de monter sur un cheval.

Et elle talonna sa jument qui démarra en laissant un nuage de poussière derrière elle.

Piqué au vif par cette réaction, il se mit à sa poursuite. Son étalon n'eut aucun mal à rattraper la jument devant lui et il fit une manœuvre pour chevaucher à ses côtés.

– Lady Juliana, que vous arrive-t-il ? (En l'absence de réponse, il insista.) Ai-je dit quelque chose pour vous blesser ?

Voyant qu'elle ne ralentissait pas, il parvint à agripper les rênes de la jument et à la faire ralentir. Après l'avoir arrêtée, il mit pied à terre et attrapa la jeune fille par la taille pour la faire descendre de son cheval.

– Lâchez-moi, exigea-t-elle en se démenant. Pour l'amour du ciel enlevez vos satanées pattes de mon corps et reposez moi !

– Mais enfin qu'est-ce qui vous prend, petite folle, s'énerva-t-il.

– Vous n'êtes qu'un arrogant personnage qui se croit tout permis ! Vous pensez que parce que vous êtes le duc de Norfolk, vous m'êtes supérieur, que vous pouvez m'imposer votre bon vouloir à tout bout de champ sans même prendre la peine…

Agacé par cette tirade rageuse, il imprima durement ses lèvres sur les siennes pour la réduire au silence.

Refusant de répondre à son baiser, Juliana commença par se débattre, bourrant son torse de coups de poings. Henry ne lâchait pas et elle finit par se laisser choir, déterminée à rester indifférente jusqu'à ce qu'il se lasse. Malgré elle, elle sentait les signes familiers du désir se manifester et retint de justesse un soupir languide.

Lorsqu'il la relâcha enfin pour la poser sur le sol, elle prit une longue inspiration et le gifla de toutes ses forces. Ulcéré, il lui attrapa le poignet alors qu'elle s'apprêtait à le gifler une seconde fois.

– Vous vous oubliez, Madame, grinça-t-il entre ses dents. Veuillez-vous comporter avec un peu plus de retenue !

– C'est vous qui devriez apprendre ce qu'est la retenue, rétorqua-t-elle froidement. La prochaine fois que vous déciderez de vous imposer à moi, vous m'obligerez grandement en me donnant un avertissement afin que je puisse mentalement me préparer à subir vos assauts.

– De m'imposer à vous ?!

Vexé, il lui agrippa le bras et lui caressa la poitrine à travers le fin tissu, provoquant chez elle une réaction immédiate. La pointe de son sein dressée, Juliana maudit intérieurement son corps qui la trahissait. De l'autre main, il se mit à lui caresser les fesses et elle se cambra involontairement.

– Alors comme ça, je m'impose à vous, railla-t-il.

Je peux le constater en effet. Ne vous inquiétez pas, vous n'aurez plus à subir mes « assauts ». Je ne vous toucherai plus même si vous me le suppliez, ajouta-t-il froidement. Veillez à vous tenir prête, nous partons dans une heure.

10

Ils se tenaient tous en rang devant l'entrée. Lisbeth, Maureen, Byrne, et même Gus, qui habitait pourtant à plusieurs lieues de Castle Coole et qui, vu son âge avancé, ne se rendait plus qu'une fois par semaine au manoir pour s'occuper des écuries. Heureusement, Abby l'accompagnait à Londres.

Juliana serrait sa sacoche de voyage contre elle. Une boule se forma dans sa gorge tandis qu'elle imprimait chacun de leurs visages dans sa mémoire. Les joues bien pleines de Lisbeth, le petit nez retroussé de Maureen, l'air renfrogné de Gus et les nombreux plis de Byrne, qui tentait de rester impassible malgré son émotion manifeste. C'était ridicule, elle ne partait que pour la saison… et quelle qu'en soit l'issue, elle pourrait toujours revenir les voir. Mais elle sentait confusément que sa vie ne serait plus jamais la même.

N'y tenant plus, elle jeta sa sacoche à terre et se précipita vers les domestiques pour les enlacer un à un en pleurant.

Henry, qui se tenait en retrait, retint un sursaut d'étonnement devant cette familiarité. À Norfolk

House, les membres du personnel étaient si nombreux qu'il n'avait jamais vraiment prêté attention à eux. Il hésitait à interrompre cette scène attendrissante mais les adieux s'éternisant, il se décida à annoncer en se raclant la gorge :

– Je pense qu'il est temps de partir.

Juliana sécha ses larmes et se dirigea vers Lisbeth. Alors qu'elle lui accordait une dernière étreinte, elle glissa discrètement un petit morceau de papier plié en quatre dans la main de la cuisinière et lui souffla à l'oreille :

– Fais parvenir ce message au fils du baron Digby.

Elle lui planta un dernier baiser et, marchant à reculons vers l'entrée, leur adressa à tous un ultime regard.

En grimpant dans la calèche que le duc avait louée pour le voyage, elle remarqua son étalon, accroché à l'arrière du véhicule. Seigneur, il voyagerait donc avec elles. Elle invita Abby à s'installer à ses côtés sur la banquette capitonnée. Il ne manquerait plus qu'elle subisse sa proximité des heures durant. Il ne tarda pas à les rejoindre, suivi par Louisa, et ils entendirent le cocher fouetter les chevaux et lancer le départ.

Juliana posa son front sur la vitre. Les larmes menaçaient à nouveau de déborder. À mesure qu'ils s'éloignaient vers la grand route, elle voyait Castle Coole rétrécir jusqu'à disparaître au dernier détour du chemin. Elle contempla sa campagne adorée, les étendues verdoyantes, les couleurs vives et joyeuses. Repensa à Silver, qu'elle avait caressée la mort dans l'âme, lui chuchotant qu'il s'agissait d'un aurevoir mais pas d'un adieu, et lui promettant de trouver le moyen de revenir. En son absence, Byrne avait accepté à contrecœur de la nourrir et de la sortir une fois par jour, lui qui avait pourtant une peur terrible des chevaux.

Elle adressa enfin une pensée à Edward, qu'elle n'avait pas pu revoir avant son départ. Même si son cœur nageait en pleine confusion, tiraillé entre ce qu'elle avait pris pour de l'amour à l'égard du jeune homme et ce qu'elle ne pouvait s'empêcher d'éprouver pour l'homme sombre qui lui faisait face, elle n'oublierait jamais qu'il avait été son seul véritable ami et qu'en le perdant, elle perdait une petite partie d'elle.

Assis en face d'elle, Henry observait silencieusement la jeune fille. Malgré leur altercation, il était peiné par la douleur qu'il sentait chez elle. Il lui aurait épargné cet épisode inutile si cela n'avait tenu qu'à lui. Malheureusement, l'entêtement du roi les plaçait tous deux dans une situation qu'ils ne pouvaient plus contrôler. La machine était en marche à présent.

Il repensa à leur étreinte dans les écuries et au baiser qu'ils avaient échangé le matin même. Était-elle encore vierge ? La sensualité bouleversante qu'il devinait chez elle permettait d'en douter. Si ce n'était pas le cas, peut-être disposait-il d'un argument pour la répudier…

Pourquoi le fascinait-elle autant ? Il n'aurait su le dire. Elle était la dernière personne avec laquelle il aurait dû chercher à partager une intimité et pourtant, il ne pensait qu'à cela. Rien qu'à la regarder, si misérable dans son cocon de tristesse, recroquevillée sur les coussins de velours, il devait se retenir de la prendre sur ses genoux pour la consoler en lui promettant de sécher ses larmes.

Il lui dénouerait les cheveux et les caresserait en laissant sa main s'égarer vers sa chute de reins vertigineuse… Il enlacerait ses épaules délicates et enfouirait son nez au creux de son cou avant d'y déposer les lèvres… Il éprouverait la chaleur de sa peau, respirerait son odeur dans ce petit recoin intime, juste sous l'oreille, et elle pencherait la tête vers l'arrière pour s'offrir à lui…

Pardieu, son esprit divaguait une nouvelle fois et il se sentait soudain à l'étroit dans ses pantalons. L'air devint irrespirable. Quel enfer ! Sans réfléchir plus avant, il tapa sur le toit et lâcha aux trois femmes qui le dévisageaient d'un air ahuri :

– Mesdames, vous m'excuserez mais j'ai besoin d'un grand bol d'air frais. Je vais poursuivre le reste de la route jusqu'à notre prochaine étape à cheval.

La calèche, qui avait ralenti à son signal, finit par s'arrêter et Henry sortit du véhicule en les saluant.

– Quelle mouche a piqué Sa Grâce ? demanda Abigail.

– Je suis certaine qu'il ne supporte pas ma vue. Il ne veut pas m'épouser, dit Juliana d'un ton absent, son regard toujours fixé vers la fenêtre.

– Juliana, tu ne vas pas recommencer, la gronda gentiment Louisa. Pourquoi le duc t'aurait-il invitée à Londres s'il ne souhaitait pas te courtiser ?

Juliana ne pouvait leur expliquer comment elle avait obtenu ces informations sans en révéler plus qu'il n'en fallait sur sa rencontre matinale avec le duc. Elle se contenta donc de dire en haussant les épaules :

– Ça n'a rien à voir. Peut-être va-t-il respecter les termes du contrat, mais contre sa volonté, crois-moi. Et contre la mienne aussi d'ailleurs, ajouta-t-elle un ton plus bas.

– Juliana, je t'interdis de tenir un discours pareil. C'est un outrage à Sa Grâce, qui a eu la gentillesse de t'inviter pour la saison. J'espère que tu ne feras pas preuve d'une telle ingratitude durant ton séjour.

– Ce n'est pas comme s'il m'avait laissé le choix…

– Mais enfin Juliana, tu ne réalises pas la chance que tu as ! Tu vas devenir duchesse et ton futur époux est on ne peut plus charmant. Qu'est-ce qu'il te faut de plus ?

– C'est facile à dire pour toi. Tu n'as jamais dû te plier à la volonté d'un roi fou à lier. Tu as fait tes débuts à Londres et tu as pu choisir ton futur époux, l'attaqua Juliana aigrement.

– Parce que tu crois que j'ai eu le choix ? glapit Louisa, presqu'hystérique d'un seul coup. J'avais à peine dix-huit ans et Somerset pour seule compagnie lors de mes débuts. Je savais pertinemment que nous n'aurions pas suffisamment d'argent pour une saison supplémentaire. Il me fallait trouver un époux, et vite. Alors j'ai prié le ciel pour qu'il ne soit ni trop vieux, ni trop laid, ni trop pervers. J'en ai pleuré de soulagement quand John a demandé ma main.

Louisa reprit son souffle, surprise par son propre éclat.

– Je suis désolée, murmura Juliana, je ne savais pas.

– Comment aurais-tu pu le savoir ? Tu étais si jeune, et tu vivais à des milliers de kilomètres sans personne, à l'exception d'Abigail. Je culpabilisais tant de t'abandonner. Si Somerset ne m'avait pas mis la pression pour que j'épouse un homme capable de me prendre en charge… dit-elle avec un sanglot.

Juliana se déplaça à ses côtés, entourant les épaules de sa sœur.

– Ne t'en veux pas. On s'est débrouillées avec Abby, n'est-ce pas ? dit Juliana en adressant un sourire à sa gouvernante, qui acquiesça d'un air ému.

– J'aurais pu revenir un peu plus souvent ces dernières années, maintenant que John William a grandi… insista

Louisa en se mordant les lèvres. (Elle reprit après un moment.) Enfin, mieux vaut ne pas s'appesantir sur le passé. Juliana, je t'en conjure, garde l'esprit ouvert. Le duc est un homme d'honneur, il te traitera avec respect, j'en suis sûre. Ne mets pas ton avenir en péril en laissant ton caractère emporté prendre le dessus.

– Je te promets de faire des efforts, répondit sagement Juliana.

Même si ça ne dépend pas entièrement de moi… pensa-t-elle néanmoins.

11

Le deuxième jour s'achevait à peine et le voyage semblait déjà interminable à Juliana. Elle enviait le duc, qui n'avait plus mis les pieds dans leur attelage depuis leur départ. Elle aussi aurait bien aimé passer la journée sur le dos de son cheval, l'attente lui aurait paru moins longue.

La veille au soir, il les avait rejointes à l'auberge choisie pour faire étape. L'établissement, une discrète exploitation familiale, n'avait pas pu leur attribuer des chambres personnelles et Juliana et Louisa avaient dû partager le même espace. Ils avaient dîné dans la salle commune, observant un silence gêné, et la fatigue les avait découragés de faire l'effort d'une conversation. Chacun s'était ensuite retiré pour la nuit, épuisé.

Juliana s'était couchée avec le regard du duc gravé sur la rétine. Elle se repassait leurs rencontres en boucle dans son esprit. La sensation de son membre dur lorsqu'il l'avait soulevée dans ses bras. La douceur de sa langue sur ses lèvres. Ses mains possessives sur ses seins. Alors qu'elle aurait dû se morfondre d'avoir quitté Edward, c'était le duc qui l'avait poursuivie dans ses rêves une fois la nuit tombée.

Elle remua sur son siège, les membres endoloris par les heures passées à cahoter au rythme de la calèche. Les routes poussiéreuses qu'ils avaient traversées se ressemblaient toutes. Ce soir, ils embarqueraient sur le grand voilier qui devait les mener jusqu'à Liverpool, en Angleterre. Son cœur se serra à l'idée de quitter le sol irlandais.

– J'espère que nous aurons chacune notre cabine, soupira Louisa. La nuit passée tu n'as pas arrêté de bouger, j'ai à peine pu fermer l'œil. Je manque cruellement de sommeil.

– Excuse-moi, je suis un peu préoccupée ces derniers temps, ironisa Juliana, qui rougit néanmoins à l'évocation de cette agitation nocturne nullement causée par l'angoisse.

– Je comprends, répondit Louisa d'un ton apaisant. Je ne disais pas ça pour te faire culpabiliser. Je suis simplement exténuée par ce voyage. D'autant que je l'ai fait dans l'autre sens il y a peu. Et la route est encore longue jusqu'à Londres, puis Hinchingbrooke House. J'ai hâte de revoir John.

– Il te manque beaucoup ? demanda Juliana avec un peu plus de sollicitude.

– À chaque minute… J'espère que tu connaîtras la même chance que moi. John et moi partageons une affection sincère l'un pour l'autre. Tu verras que le mariage peut t'apporter énormément ma chérie. Cela te changera de la solitude de Castle Coole.

Juliana ne répondit pas, haussant les épaules. Sa solitude était devenue toute relative après sa rencontre avec Edward, et elle affectionnait en outre l'isolement et le calme qu'il apportait. Elle ne redoutait pas de se retrouver seule avec ses pensées et craignait bien plus la bruyante capitale et son lot de frivolités qu'elle ne manquerait pas de lui imposer.

– Regardez, on voit la mer ! dit soudain Abigail.

Juliana tendit le cou pour observer les eaux sombres qui se profilaient au loin. C'était la première fois qu'elle voyait la mer. Émerveillée par ce spectacle grandiose, elle en oublia pour un instant ses appréhensions. Elle n'avait jamais quitté l'Irlande, bien trop jeune à l'époque pour assister au mariage de sa sœur et n'ayant ni les fonds ni l'envie de le faire par la suite.

Le port de Dublin était surplombé d'une gigantesque coupole et il y régnait une agitation frénétique qui la fascina. Malgré l'heure tardive, une centaine de dockers fourmillaient, chargeant les malles, hurlant des ordres par-dessus leur épaule. Les chevaux piaffaient, rechignant à emprunter la passerelle qui enjambait l'eau. Des caisses de toutes tailles s'empilaient sur les quais et les passagers se pressaient pour obtenir une place à bord du navire.

Les femmes se tinrent à l'écart de cette agitation, attendant que le duc les amène à bord. Moulues après cette deuxième journée sur les routes, Louisa et Abigail s'étaient assises sur un muret.

Juliana en profita pour déambuler parmi les vendeurs à la criée qui vociféraient leurs prix, vantant la qualité de leur marchandise. Elle glissait une main intrépide vers un singe minuscule, intriguée par l'animal, quand elle se sentit happée vers l'arrière.

Le duc la toisait d'un air furieux.

– Vous arrive-t-il de faire ce qu'on vous demande ? la gronda-t-il.

Lorsqu'il avait vu Juliana approcher sa main de la

cage, il avait senti son cœur s'arrêter un bref instant. Cette petite inconsciente n'avait aucune idée du danger qu'elle venait de courir. Les singes écureuils, importés du Nouveau Monde, étaient plus sournois qu'ils n'en avaient l'air. Une seule de leur morsure pouvait terrasser un homme en quelques heures à peine.

Vexée d'être traitée comme une enfant, elle se dégagea d'une secousse.

– Je ne pensais pas à mal. Vous mettiez du temps à revenir, j'ai simplement voulu me dégourdir un peu les jambes.

Henry observa son petit visage rouge de colère. Attendri, il réalisa qu'il s'agissait là de son premier voyage et que chaque chose devait constituer pour elle une découverte. Il avait du mal à imaginer ce que devait ressentir quelqu'un qui n'a jamais quitté sa région natale, lui qui avait voyagé aux quatre coins de l'Europe pour y jeter sa gourme.

– Bon, passons, marmonna-t-il. Nous devons embarquer. Veillez à rester près de moi. Il serait dommage de vous perdre, ajouta-t-il d'un ton narquois.

Quel mufle, pensa Juliana en se frottant le bras qu'il venait d'agripper. Et dire qu'il n'y aurait aucun moyen de l'éviter une fois qu'ils auraient levé l'ancre…

Lorsqu'on les amena à leurs cabines, Juliana releva que le duc n'avait pas lésiné sur les moyens pour rendre le voyage confortable. Tapissé de bois, l'endroit était luxueux et un petit hublot permettait d'apercevoir l'étendue bleu nuit de la mer d'Irlande. L'aménagement était simple : une petite couchette, un bureau en bois massif et un cabinet de toilette. D'épais tapis aux motifs orientaux rendaient l'espace agréable.

– Je suis navré mais vos cabines ne se trouvent pas dans le même couloir, annonça Henry. J'ai eu du mal à les obtenir. Heureusement, le capitaine est un ami.

– Ne vous inquiétez pas, répliqua gracieusement Louisa. Elles ont l'air tout à fait confortables, c'est tout ce qui compte.

Après une rapide toilette, Juliana s'allongea sur sa couchette pour se reposer. Bercée par le roulis des vagues, elle pensait à son exploration, brève mais intense, du port de Dublin. Découvrir Londres ne serait sans doute pas si terrible que cela. Elle allait pouvoir admirer de ses yeux les œuvres architecturales qu'elle affectionnait tant et qu'elle n'avait pu qu'imaginer jusque-là. Elle découvrirait enfin les joies de la danse, de la musique et des conversations de salon. Elle pourrait se promener avec bonheur dans les nombreux parcs aménagés de la capitale.

Pour la première fois, elle vit dans ce voyage autre chose que la contrainte qu'il constituait. Bien sûr, elle devrait subir la compagnie de l'arrogant duc, mais les deux derniers jours lui avaient prouvé que même cet obstacle pouvait être surmonté, pour autant qu'elle lui accorde le moins d'attention possible.

Lorsqu'elles arrivèrent dans la salle de réception principale, le duc et le capitaine se levèrent galamment de leur siège pour les accueillir. Le capitaine avait convié ses passagers de marque à partager sa table. Le vin coulait à flot et les mets proposés étaient divinement bons. La première étape du voyage était franchie, ils se retrouveraient sur le sol anglais dès le lendemain. Tout ceci contribua à faire de ce moment un agréable intermède.

Le capitaine passa la majeure partie du dîner à vanter

les mérites du bateau à vapeur, qui ne tarderait pas selon lui à remplacer les voiliers sur tous les fleuves du pays. Juliana commençait à trouver son discours éminemment soporifique et lorsqu'elle croisa le regard du duc, elle vit qu'elle était loin d'être la seule. Souriant malicieusement, elle profita de ce que le capitaine avalait goulûment une gorgée de vin pour glisser avec un air innocent :

– Votre Grâce, parlez-nous de Sa Majesté. Connaissez-vous personnellement George IV ?

Avec un clin d'œil de connivence, il ne se fit pas prier et les régala de nombreuses anecdotes toutes plus divertissantes les unes que les autres. Il leur parla du goût de George IV pour l'art, en particulier pour le mobilier et les objets d'art décoratif français du XVIIIe. Il avait croisé le roi à de nombreuses reprises aux enchères de *Sotheby's*, et la collection qu'il s'était lui-même constituée à Arundel valait le détour.

– Vous semblez avoir de nombreux goûts en commun, commenta joyeusement la jeune fille.

Les pensées d'Henry s'égarèrent. Des goûts en commun, ils en avaient effectivement.

Il fut un temps, durant sa période de régence, où George IV fréquentait les maisons closes les plus exclusives de la capitale. Henry l'y avait aperçu à plusieurs reprises. Ils n'avaient jamais été proches – à cette époque, Henry n'avait pas encore vingt ans tandis que George avait dépassé la quarantaine – mais ils avaient de par ce fait partagé cette connivence commune à ceux qui fréquentent silencieusement le monde parallèle, un accord tacite et universel selon lequel ce qui se déroule dans une maison close reste dans une maison close. George avait disparu de ces cercles lorsqu'il avait rencontré Isabella Anne Seymour-Conway, Marquise de Hertford. Le Prince de Galles en était tombé éperdument amoureux et avait multiplié les séjours dans le Warwickshire pour y retrouver sa belle.

Il ne pouvait naturellement pas raconter à la candide jeune fille les détails croustillants de ces virées de débauche. Juliana le dévisageait, intriguée par son embarras soudain.

– Oui c'est certain, répondit-il en se raclant la gorge. Après tout, il fut appelé en son temps le « premier gentleman d'Angleterre ». Tout comme moi, il est intelligent, brillant, instruit… dit-il avec une arrogance amusée qui fit sourire Louisa. Enfin, j'espère néanmoins que la comparaison s'arrêtera là, ajouta-t-il.

– Ah bon ? Même Sa Majesté ne vous arrive donc pas à la cheville ? le provoqua Juliana.

– Vous le constaterez par vous-même mais George IV a malheureusement abusé de la bonne chair et de la boisson. Enfin, si vous en avez l'occasion car son embonpoint rend ses déplacements difficiles. Il ne quitte pratiquement plus Windsor.

– J'ai lu dans le Times récemment qu'il préférait « une fille et une bouteille à la politique et à un sermon », intervint le capitaine, qui reprenait la parole pour la première fois depuis un temps qui avait dû lui paraître considérable.

Tandis que la jeune fille secouait la tête, horrifiée d'entendre parler des excès de leur bon roi, il l'imagina devant George IV, plaidant pour leur libération. Curieusement, cette pensée fut loin de lui apporter le soulagement qu'il anticipait.

La soirée était déjà bien avancée lorsqu'ils se levèrent

pour quitter la table. La cabine de Juliana était située à l'autre bout du bateau et Henry se proposa aimablement de l'y accompagner. Épuisée, Louisa ne protesta pas et disparu derrière sa porte après avoir pris congé.

Juliana sentit la tension la gagner à mesure que l'air se chargeait d'électricité. C'était la première fois qu'elle se retrouvait seule avec le duc depuis leur départ de Castle Coole. Il ne pouvait en aucun cas découvrir les pensées licencieuses qui l'avaient habitée durant le trajet. Elle ne savait comment se comporter et tenta malhabilement de faire la conversation.

– J'espère que le repas vous a plu, Votre Grâce, bredouilla-t-elle.

– C'était délicieux. Et vous ?

– Je me suis régalée.

Le duc ne semblait pas plus à l'aise et une fois ces quelques banalités échangées, ils restèrent silencieux, progressant côte à côte dans l'étroite coursive.

Henry se traita mentalement d'imbécile. Qu'est-ce qui lui avait pris de vouloir raccompagner Juliana jusqu'à sa cabine ? Il jouait avec le feu…

Une fois devant la porte de la jeune fille, il s'apprêtait à prendre congé quand elle lui dit soudain :

– Votre Grâce, je n'ai jamais eu l'occasion de vous remercier.

– Me remercier ? Mais de quoi donc, Madame ?

– D'avoir gardé le silence sur notre rencontre… disons… peu commune. J'avais peur que vous ne mentionniez nos échanges à ma sœur et que vous ne décidiez de me répudier publiquement pour ma conduite scandaleuse.

Encore une fois, sa spontanéité l'enchanta. Elle ne prenait pas de détours pour exprimer sa pensée, parlait clairement et de manière directe. Face à cette ingénuité innocente, les minauderies dont usaient ses fréquentations habituelles lui parurent fades et surannées.

– Je dois vous avouer que je n'ai effectivement jamais imaginé que notre rencontre serait aussi… explosive, dit-il en cherchant ses mots.

Il sentit une légère ivresse le gagner et libérer malgré lui ses instincts de séducteur. Il ne voyait plus que sa bouche, aussi tentante qu'un fruit mûr. Elle était proche, beaucoup trop proche.

– Je n'aurais jamais pu vous répudier, Juliana, fit-il d'une voix devenue rauque. J'aurais pris le risque de ne jamais vous revoir, de ne plus contempler vos charmes délicieusement féminins ou de ne plus … embrasser vos lèvres.

Tout en parlant, il réalisait que c'était la stricte vérité. À cet instant précis, il aurait préféré mourir que d'être privé de sa compagnie.

– Juliana, vos lèvres sont si…

Oserait-il lui dévoiler ce qu'il imaginait avec ses lèvres… ?

Juliana se sentait fondre sous son regard de braise. Ses seins s'alourdirent, leurs pointes, parcourues de picotements, se dressèrent à l'idée de ses mains sur elle. Elle brûlait de revivre les sensations qu'il avait provoquées en elle dans les écuries.

– Vous jouez un jeu dangereux, Votre Grâce, articula-t-elle avec difficulté.

– Vous avez raison, Madame, souffla-t-il. (Sa voix n'était plus qu'un murmure plein de promesses.) Il serait plus sage que je prenne congé.

Alors qu'il se penchait pour lui faire un baisemain, l'espace exigu du couloir le rapprocha du doux renflement de son décolleté et il put voir Juliana respirer bruyamment, par à-coups. Comme mue par une volonté propre, sa bouche s'y posa. Il respira son odeur de savon et de rose. Juliana glissa les mains dans ses boucles brunes et il sentit son cœur battre frénétiquement sous ses lèvres.

Se maudissant intérieurement, il prit ses mains et les souleva au-dessus de sa tête. Fondant sur elle, il l'embrassa sauvagement, soulageant l'urgence qui le tenaillait depuis deux jours. Au diable la raison, il voulait étancher la soif qu'il avait d'elle, lui arracher sa robe et lui faire l'amour. C'était inéluctable dans le fond, et il avait été idiot de penser que leur attraction mutuelle évidente pouvait être ignorée.

Elle répondit avec toute la violence de ses sentiments et lui mordit la lèvre inférieure.

Galvanisé par cette réaction, il ouvrit précipitamment la porte de sa chambre et la referma sur eux. Il reprit ses lèvres tout en faisant glisser les manches de sa robe sur ses épaules délicates. Tirant sur son décolleté, il libéra sa poitrine qui luisit dans la clarté lunaire filtrant à travers le hublot. Avec un soupir admiratif, il se pencha et saisit le bourgeon tendu entre ses lèvres.

Juliana poussa un cri rauque et sentit son corps s'embraser, éblouie par la sensuelle découverte. Son entrejambe se chargeait d'une moiteur délicieuse, et elle pressa la bouche du duc contre son sein pour qu'il approfondisse sa caresse.

Il l'allongea sur la moquette moelleuse et, reprenant le ballet incessant de sa langue, se mit à retrousser doucement ses jupes.

Juliana, effrayée par le tour que prenaient les événements, referma vivement les cuisses sur sa main et se redressa.

– Votre Grâce, il ne faut pas, l'arrêta-t-elle d'une voix sourde.

Mais Henry n'était plus en état de l'écouter. Il l'embrassa à nouveau, profondément.

– Laissez-vous faire, souffla-t-il contre sa bouche. Laissez-moi vous montrer la passion qu'il y a en vous.

Vaincue, elle relâcha la pression qu'elle maintenait sur sa main.

Henry se contenait à grand peine. La peau veloutée de Juliana l'étourdissait tandis que sa main remontait lentement le long de sa jambe jusqu'à atteindre le triangle soyeux. Ses doigts se posèrent enfin sur le cœur de sa féminité et il sentit le miel de sa passion couler entre ses doigts.

– Oh mon Dieu, comme tu es humide ma douce, glissa-t-il fou de désir.

Son sexe en érection était tellement dur que cela en devenait presque douloureux. Il glissa un doigt en elle et elle soupira avec une langueur qui le chavira. S'enhardissant, il commença à bouger au creux de son intimité, appliquant du pouce une divine pression sur son mont de Venus. Les hanches de la jeune fille se soulevaient à sa rencontre dans une réponse fiévreuse.

Soudain, il sentit la fragile barrière de son hymen et cela lui fit l'effet d'une douche froide.

Miséricorde elle était bel et bien vierge.

Frustrée par cette interruption, Juliana l'incita à poursuivre ses caresses en l'attirant plus près d'elle.

– Ne vous arrêtez pas, gémit-elle.

– Juliana, soupira-t-il à regret. Nous ne pouvons

continuer.

– Pourquoi ? s'écria-t-elle éperdue.

Honteuse de s'abaisser à le supplier de la sorte, elle murmura néanmoins :

– Je vous en prie, Votre Grâce, continuez…

– Juliana, vous êtes vierge.

– Oui, bredouilla-t-elle, confuse.

Il ne pouvait aller plus loin, franchir cette limite qui n'autoriserait plus aucun retour en arrière alors qu'il nourrissait à son égard des intentions peu charitables. Bon sang, cette rupture lui coûtait déjà plus qu'il ne l'aurait imaginé !

– Je ne peux prendre votre virginité de cette manière… (*même si j'en meurs d'envie,* soupira-t-il intérieurement.)

Mortifiée, Juliana rabattit ses jupes et se releva tant bien que mal.

– Laissez-moi vous aider, dit-il en lui prenant la main.

– Lâchez-moi, articula-t-elle, glaciale. Je sais parfaitement me débrouiller seule.

En se détournant, elle lui demanda d'une voix blanche :

– Sortez, Votre Grâce. Vous aviez raison, j'ai fini par vous supplier. Et je m'en mords les doigts.

Henry aurait voulu lui dire à quel point il était désolé de l'avoir humiliée ainsi. Il s'en voulait d'avoir laissé les choses dégénérer, regrettait presque la maîtrise de soi qui lui avait permis d'interrompre cette étreinte ravageuse. Se faisant violence pour ne pas la reprendre contre lui, il sortit de la pièce.

La journée du lendemain se déroula dans un silence de mort. Juliana n'avait pas desserré les lèvres et après quelques tentatives pour casser la morosité ambiante, Louisa abandonna. Elles se promenèrent sur le pont, admirant la vue.

Henry, maussade, les évita toute la journée. Il cherchait le moyen d'échapper à cette situation inextricable. Cette fille lui faisait perdre la tête. Ainsi donc elle était vierge… Adieu la cause de rupture. Et adieu l'idée brève et saugrenue qu'il avait eue de céder à la tentation…

Les prochaines semaines allaient être une torture si à chacune de leur rencontre ils ne pouvaient garder leurs mains pour eux. S'il n'y prenait pas garde, il pourrait mettre toute l'entreprise en péril. Par-dessus tout, il se savait incapable de la malmener pour lui faire comprendre que sa présence était indésirable alors que c'était tout le contraire.

Il devrait veiller à s'en éloigner le plus possible, il ne voyait pas d'autre solution. Après tout, quel meilleur moyen pour la décourager que de l'ignorer publiquement ? Il se rappela sa conversation avec Chaz et s'en voulut de son machiavélisme, mais il n'avait pas d'autre choix. Chaz aurait bien ri en le voyant, lui qui l'avait mis en garde avant le voyage.

Juliana brûlait intérieurement de honte. Ne pouvait-elle se contrôler ? Elle avait l'impression que son corps ne lui appartenait plus. *Je vous en prie, Votre Grâce, continuez…* Elle en était mortifiée. Elle aurait dû lui être reconnaissante d'avoir eu la présence d'esprit d'arrêter cette folie. Elle aurait pu commettre une grave erreur, s'abandonner entre ses bras alors qu'elle n'était même pas certaine de vouloir s'engager sur cette voie-là. S'il prenait sa virginité, elle pouvait dire adieu à l'Irlande. Et à Edward…

Alors pourquoi lui en voulait-elle à ce point ?

Le débarquement à Liverpool s'effectua dans la même effervescence que le départ. Le port était deux fois plus grand que celui de Dublin. L'économie anglaise était en plein essor et les importations et exportations atteignaient des records cette année-là. Des centaines de mâts pointaient vers le ciel plombé par de lourds nuages gris, parfait écho à l'humeur sombre des quatre voyageurs. Les dames prirent place dans un salon privé mis à la disposition du duc pendant que leurs bagages étaient déchargés.

– Peux-tu me dire ce qu'il se passe entre le duc et toi ? explosa soudain Louisa, ce qui était très inhabituel chez elle.

Juliana la regarda sans répondre. Que répondre d'ailleurs ? Elle ne le savait pas elle-même. Leur relation n'était qu'une suite de contradictions. Une passion dévorante, des explosions de colère, mais aussi ce charme irrésistible qui la faisait succomber. Le moins qu'on puisse dire, c'est qu'elle ne risquait pas de s'ennuyer en sa compagnie.

– Que veux-tu dire ? répondit-elle innocemment.

– Je vois bien qu'il y a quelque chose entre vous. La tension est à son comble depuis ce matin. As-tu fait quelque chose qui l'a incommodé lorsqu'il t'a raccompagnée hier soir à ta cabine ?

– Pourquoi tu ne le lui demandes pas directement ? rétorqua Juliana avec une moue enfantine.

Elle se sentait à bout de patience. Leur arrivée en Angleterre et l'appréhension qu'elle provoquait, la sensation d'être écartelée entre deux pays, deux hommes et deux destins, l'humiliation subie la veille…

Depuis qu'elle avait rencontré le duc, elle avait l'impression que son cœur ne cessait de battre à un rythme dangereusement élevé et qu'il pouvait lâcher à tout moment.

– Ce que tu peux être immature par moments.

– Heureusement, tu n'auras plus à me supporter très longtemps, dit-elle d'un ton acide.

– Vraiment Juliana, tu es d'une humeur de chien !

Juliana s'enferma dans un silence éloquent. Peu lui importait l'opinion de Louisa après tout. Elle retournerait à sa petite vie tranquille sitôt le paquet livré. Se sentant plus impuissante que jamais, elle contempla l'agitation du port sans la voir.

Henry pénétra dans la petite pièce et mouilla de ses bottines le parquet ciré. Une fine pluie s'était mise à tomber et il s'était fait tremper en quelques minutes.

– Si Mesdames veulent bien me suivre.

Elles se levèrent toutes trois et se dirigèrent vers la porte.

– Après vous, dit-il tandis que Juliana, qui fermait la marche, passait à moins d'un mètre de lui.

Il respira son odeur en fermant brièvement les yeux.

Elle détourna sèchement la tête sans répondre, blessée par la froide indifférence qu'il lui avait opposée toute la journée sur le bateau.

– Petite chipie, glissa-t-il si bas qu'elle crut avoir rêvé.

L'attelage qui les attendait à la sortie du port portait les armoiries ducales. Il était d'une élégance folle, avec sa carrosserie lustrée, ses garde-boues chromés et les lanternes qui garnissaient les portières.

Le duc s'inclina devant les trois femmes.

– Mesdames, je suis navré de devoir vous abandonner ici mais je dois adresser une urgence qui m'a été communiquée dès notre arrivée à Liverpool. Vous poursuivrez donc le voyage sans moi.

– C'est une plaisanterie ?! s'exclama Juliana.

Louisa lui donna discrètement un coup de coude.

– Malheureusement non. Mais soyez sans crainte, le reste du voyage est parfaitement organisé. Les établissements ont déjà été réservés et vous parviendrez à Londres d'ici trois jours en principe.

– Vous allez réellement nous planter ici ?

– Juliana, il suffit ! répliqua Louisa. Votre Grâce, nous comprenons bien entendu. J'espère que votre voyage se déroulera dans les meilleures conditions.

– Merci, Lady Louisa.

S'inclinant une nouvelle fois, il disparut dans les méandres du port, laissant Juliana bouche-bée devant son impolitesse flagrante. Sa muflerie ne connaissait donc aucune limite ! Elle ne croyait pas une seule seconde à son histoire d'urgence.

Il avait pris soin de s'esquiver à chaque fois qu'ils s'étaient croisés aujourd'hui, ne se donnant même pas la peine d'apparaître au déjeuner. Certes, son absence providentielle l'avait dispensée des efforts qu'elle aurait immanquablement dû fournir pour masquer son embarras, mais elle l'avait également confortée dans l'idée persistante qu'il ne supportait plus sa présence, et elle en avait été attristée plus qu'elle n'aurait souhaité l'admettre.

Elle comprit soudain que cette attitude était peut-être le reflet d'un combat similaire au sien. Il avait été honnête avec elle : il respectait la volonté du roi, un point c'est tout. Et c'était bien naturel dans le fond. Elle n'avait pas la prétention de croire qu'elle constituait un parti digne d'intérêt pour une famille telle que la sienne. Et pourtant, il avait été sur le point de céder à la tentation… avant de faire machine arrière et de la traiter avec une brusque froideur. Se pouvait-il qu'elle ne soit pas la seule à ressentir cette attirance magnétique qui les poussait l'un vers l'autre, peu importaient les conséquences ?

12

Elles atteignirent les faubourgs de Londres l'après-midi du troisième jour. La pluie n'avait pas discontinué durant le trajet sur les routes anglaises et Juliana fut accueillie par une grisaille persistante qui résonna comme une sombre prémonition à ses yeux. Elle soupira longuement. Elle avait déjà l'impression d'étouffer. Les vastes étendues herbeuses de l'Irlande lui manquaient plus que jamais.

Son humeur s'égaya à mesure qu'ils progressaient vers des quartiers de plus en plus luxueux. Elle contemplait les magnifiques résidences londoniennes qui se succédaient quand la voiture s'arrêta devant une demeure particulièrement élégante sur Eaton Square. Son inspiration néoclassique lui rappela Castle Coole et cela allégea quelque peu son humeur. Les colonnes qui entouraient la porte d'entrée noire donnaient au bâtiment une majesté renforcée par les balustrades de fer forgé, chargées de gerbes de fleurs.

Lorsqu'elles descendirent de l'habitacle, le majordome se tenait à l'entrée, prêt à les introduire auprès de la duchesse.

– Si vous voulez bien me suivre, Mesdames. Votre femme de chambre peut s'installer dans le quartier des domestiques.

Juliana ne rectifia pas le majordome. Abigail était sa gouvernante et non sa femme de chambre et elle était certaine que cette dernière prendrait ombrage de la confusion.

Reniflant avec mépris, Abigail se dirigea vers l'arrière du vestibule et disparut derrière la porte de service.

– Sa Grâce vous attend dans son boudoir, ajouta le majordome.

Elles pénétrèrent dans une pièce joliment décorée. Des fauteuils tendus de soie jaune égayaient l'espace, d'un confort indéniable avec ses épais tapis et sa cheminée de marbre, dans laquelle une flambée quotidienne était allumée malgré le printemps bien avancé. La duchesse avait tendance à souffrir du froid.

– Bienvenue Mesdames, les accueillit chaleureusement Lady Mary. Comme je suis heureuse que vous soyez enfin arrivées.

La duchesse était menue. Les traces de l'âge se remarquaient à peine sur son visage à la beauté délicate. Ses boucles d'un blond cendré étaient élégamment relevées sur le sommet de sa tête. Sa robe bleu pâle, d'une coupe impeccable, mettait en valeur sa carnation de porcelaine. Juliana pensa à la beauté ténébreuse du duc et se fit la réflexion qu'il devait tenir beaucoup de son père.

Juliana et Louisa firent la révérence mais la duchesse les arrêta d'un geste.

– Pas de cela entre nous ! s'exclama-t-elle joyeusement. Vous allez être ici pour de nombreuses semaines et vous faites presque partie de la famille. Je veux que vous vous sentiez ici comme chez vous.

Les larmes aux yeux, Juliana reçut cet accueil chaleureux avec d'autant plus de soulagement que le contraste avec la froideur du duc était frappant.

– Laissez-moi vous contempler ma chère enfant. Comme Henry a de la chance, vous êtes absolument époustouflante.

Juliana rougit du compliment. Elle se sentait pourtant sale, mal peignée, et sa robe froissée par les heures de trajet se répandait en plis disgracieux autour d'elle.

– Sa Grâce est trop bonne, répondit-elle gênée.

– Appelez-moi Mary, je vous en prie.

Se tournant vers Louisa, elle ajouta :

– Madame, je tenais à personnellement vous remercier d'avoir amené Lady Juliana jusqu'à Londres. Cela ne devait pas être une mince affaire de faire un tel voyage aller et retour en si peu de temps. Et je parle en connaissance de cause.

– Merci Votre Grâce, mais c'était mon devoir. C'est moi qui vous remercie d'accueillir ma sœur avec tant de générosité.

– Mais bien entendu, répondit Mary avec un geste gracile de la main signifiant le peu de soucis que cela lui causait. Je connais les obligations de votre époux et je sais pertinemment bien que vous ne pouvez vous attarder à Londres. Mais n'ayez aucune crainte, je m'occuperai bien de votre sœur, ajouta-t-elle avec bienveillance.

Elle se dirigea vers Juliana et lui prit les mains.

– Venez ma chère enfant, laissez-moi vous montrer la maison. Elle est relativement récente. Vous êtes familière avec l'œuvre de John Nash ?

– Vous êtes trop bonne Votre… Mary. Mais à dire vrai, je suis rompue par ce trajet interminable. J'aimerais me rafraîchir un peu si cela ne vous fait rien.

– Oh mais bien sûr, où ai-je la tête, dit-elle en riant avec légèreté. Je vais vous conduire à votre chambre.

Comme si elle réalisait à l'instant que Louisa et Juliana s'étaient présentées seules, elle ajouta avec un léger froncement de sourcils :

– Où est donc Henry ?

– Lord Vane ne nous a pas accompagnées pour la dernière partie du voyage. Il s'est éclipsé lors du débarquement à Liverpool.

– Vraiment ? dit la duchesse en haussant un sourcil. Cette attitude est tout à fait inconvenante. Je vais lui en toucher un mot lorsqu'il reviendra. (Son visage s'éclaira.) Mais ne vous en faites pas ma chère, nous nous débrouillerons parfaitement sans lui. Venez, venez. Votre chambre est très confortable. Je vais vous faire préparer un bain tout de suite. Oh je sens que nous allons passer de fabuleux moments vous et moi, dit-elle avec un enthousiasme communicatif.

Malgré son dépassement face aux bouleversements qu'elle vivait, malgré l'hébétude et la fatigue après cette semaine de voyage et enfin malgré l'attitude déconcertante de son fiancé, Juliana se sentit soudain un tout petit peu mieux.

*

Charlotte s'observait dans le miroir qui surplombait la coiffeuse de sa chambre. Haussant le sourcil droit, puis le gauche, elle fit plusieurs mimiques destinées à apprécier la fermeté de son épiderme. Voyait-elle une ride qui se formait à la commissure des lèvres ? se demanda-t-elle affolée en tirant sur sa peau d'un doigt laqué de rouge.

Henry allait arriver d'une minute à l'autre et elle tenait à ce que tout soit absolument parfait. Une bouteille de champagne était disposée dans le seau à glace. Des petits fours attendaient sur le plateau d'argent posé sur la table basse. Elle alla s'installer à l'endroit précis où elle souhaitait qu'il l'aperçoive en franchissant la porte.

D'ordinaire préoccupée par son apparence, elle avait mis ce jour-là encore plus de soin à sa toilette. Ses longues mèches étaient relevées dans un chignon lâche et retombaient en vagues faussement désordonnées sur ses épaules. Les boucles d'oreilles offertes par Henry s'y mêlaient, renvoyant ici et là un éclat de lumière. Subtilement fardée, de manière à mettre ses yeux de chatte en valeur, elle se savait irrésistible. Son déshabillé de dentelle noire était du plus bel effet sur l'ottomane couleur lie-de-vin sur laquelle elle s'était allongée telle une houri. La combinaison de couleurs faisait ressortir la blancheur de sa poitrine opulente et les plis du vêtement retombaient gracieusement sur son corps alangui, dévoilant juste ce qu'il fallait de ses longues jambes étendues.

La porte s'ouvrit et Henry apparut dans l'embrasure.

– Bonjour mon chéri, tu m'as manqué, roucoula-t-elle en guise d'accueil.

– Toi aussi, répondit-il distraitement.

Il lui jeta à peine un regard et se dirigea vers le seau à champagne. Il s'attaqua au bouchon qui émit un « Plop ! » caractéristique lorsqu'il sauta et lança par-dessus son épaule :

– Je meurs de soif. Tu en veux ?

– Bien sûr, répondit-elle, légèrement déçue de l'effet qu'elle avait produit sur son amant.

Elle se releva et lui caressa le bras tandis qu'il lui tendait une coupe pétillante.

– Il y a des petits fours aussi, tu as faim ?

– Non merci, fit-il poliment en vidant sa coupe d'un trait.

Il se resservit aussitôt et la but silencieusement, assis aux côtés de Charlotte.

– Tu as l'air épuisé.

Elle s'approcha se lui et se mit à lui masser les épaules.

– Je vais te détendre, ajouta-t-elle en pressant subtilement sa poitrine contre le bras d'Henry, qui assistait à la scène, détaché. Comment s'est passé ce petit voyage en Irlande ?

– Bien, répondit-il, laconique.

– Cela n'a pas été trop dur de supporter ta fiancée sur le trajet du retour ? insista-t-elle.

– J'ai voyagé à cheval la plupart du temps et je l'ai laissée à Liverpool.

C'était la pure vérité. Sa réponse succincte en taisait cependant la raison. Il n'allait certainement pas lui détailler la traversée en voilier, qu'il ne parvenait pas à chasser de son esprit. La rencontre avec Juliana, empreinte d'un érotisme latent, ne s'était pas du tout déroulée comme prévu. Le dernier jour, il avait dû la fuir comme la peste pour éviter de céder à l'envie qu'il avait eue de la faire sienne.

Sans doute pour se prouver qu'il n'appartenait à personne, et certainement pas à cette petite diablesse, il avait décidé de revoir Charlotte dès son retour à Londres. Il s'était persuadé qu'elle lui avait manqué et qu'ils pourraient reprendre leurs petits jeux là où ils les avaient interrompus.

Observant sa maîtresse, il réalisa, horrifié, qu'il avait perdu toute attirance pour elle. Il ne pouvait s'empêcher de la comparer à Juliana, dont la sensualité spontanée était comme une bouffée d'air frais dans le monde de séduction désabusée qui était autrefois son quotidien. Il comprit confusément qu'en voulant revoir Charlotte, il avait cherché à se convaincre que l'attirance qu'il avait éprouvée pour sa fiancée n'avait été qu'une exaltation passagère et certainement circonstancielle. Et il était bien obligé d'admettre que c'était loin d'être le cas.

Par dépit, il agrippa la nuque de Charlotte et prit ses lèvres dans un baiser violent. Elle se laissa faire, poussant un petit soupir, et se blottit contre son torse. Non, il ne ressentait rien. Atterré par cette constatation, il la repoussa et se leva pour faire les cent pas dans la chambre.

Charlotte ne comprenait pas sa nervosité. Elle sentait qu'il s'éloignait, que quelque chose était différent. Terrifiée à l'idée de le perdre, elle le rejoignit et se pendit à son cou.

– Allons au lit mon chéri, murmura-t-elle à son oreille en lui mordillant le lobe.

Elle passa sa main sur l'entrejambe d'Henry sans parvenir à l'émouvoir.

– Je crois que je ne suis pas d'humeur, répondit-il en la repoussant pour la seconde fois.

– Que se passe-t-il ? s'écria-t-elle sans parvenir à contrôler l'hystérie qui s'emparait d'elle. Tu n'as plus envie de moi ?

Sa voix trop aigüe l'horripila.

– Ça n'a rien à voir avec toi. Je suis sous pression. Juliana est à Londres chez ma mère et je vais devoir me comporter comme un goujat pour la pousser à refuser ce mariage. C'est un rôle que je ne vais pas jouer de gaieté de cœur, cette pauvre fille n'a rien demandé après tout.

Charlotte tiqua lorsqu'elle l'entendit parler de *Juliana*. Ainsi donc, elle n'était déjà plus *Lady* Juliana, ce qui signifiait sans nul doute qu'il y avait eu un rapprochement durant le voyage. Et voilà qu'il se mettait à la plaindre. D'un point de vue rationnel, elle ne pouvait l'en blâmer, il n'était pas insensible. Mais cette empathie n'était pas pour la rassurer. Elle aurait nettement préféré qu'il la décrive comme une mégère qui l'insupportait et dont il rêvait de se débarrasser.

Elle devait en apprendre plus sur le compte de cette petite ingénue, dont elle se méfia instinctivement.

– Pauvre petite ! J'espère que ce séjour ne la fera pas souffrir inutilement… À quoi ressemble-t-elle ? ajouta-t-elle le cœur battant, appréhendant sa réponse.

– Elle est assez… quelconque. On ne peut pas dire qu'elle manque de charme mais elle est loin d'avoir ta beauté.

Pourquoi s'acharnait-il à lui mentir ? Il ne lui devait rien dans le fond, il ne lui avait fait aucune promesse. Certes, ils s'étaient quittés avec l'idée de se revoir mais elle avait toujours su qu'il ne pouvait s'engager, du moins pas tant qu'il n'aurait pas réglé son « problème ».

À peine rassurée, Charlotte revint à la charge.

– Viens simplement t'allonger, ça te détendrait. Nous verrons ensuite où l'après-midi nous mène…

Il s'imagina dans ses bras et cette pensée amena chez lui un frisson de dégoût qui l'effraya plus que de raison. Il en attribua la cause à la fatigue et aux nombreux courriers qui attendaient d'être traités après cette absence de près de trois semaines.

– Écoute Charlotte, c'était une mauvaise idée de venir, je n'ai pas la tête à cela, dit-il en remettant sa veste. Nous nous reverrons à un autre moment.

Charlotte esquissa une moue boudeuse mais en croisant son regard ennuyé, elle décida de ne pas insister. Il ne fallait surtout pas le pousser dans ses retranchements, qu'il ne se sente plus captif qu'il ne l'était déjà.

Loin d'être stupide, elle comprit qu'elle devrait faire preuve de patience mais surtout, qu'elle devrait s'occuper elle-même d'éloigner la petite Irlandaise.

13

Londres, Angleterre, Mai 1821

– Vous ne voulez pas un autre scone, chère enfant ? proposa Mary.

– Merci Mary mais je ne pourrais plus avaler une autre bouchée, répondit Juliana avec un soupir de satisfaction en s'enfonçant dans le confortable canapé du boudoir de la duchesse.

Mary regarda la jeune fille, attendrie. Voilà six semaines qu'elle partageait son quotidien avec la délicieuse fiancée de son fils et sa présence l'enchantait à chaque instant. Une amitié sincère s'était créée entre elles et c'était pour Mary une source de joie inattendue.

Elle n'avait pas eu de fille et, après plusieurs fausses couches qui l'avaient laissée un peu plus affaiblie à chaque fois, les médecins avaient été formels : elle ne pourrait plus avoir d'enfant. Charles, son défunt époux, n'avait jamais compris l'immense tristesse que cette nouvelle avait provoqué en elle. Il avait un héritier mâle, son devoir était accompli. Elle avait donc reporté toute son affection sur la jeune fille lorsqu'elle avait débarqué dans sa vie.

Juliana le lui rendait bien. Elle qui n'avait jamais connu l'amour maternel, à l'exception du dévouement affectueux des domestiques de Castle Coole, savourait à présent avec délice la sollicitude protectrice que Mary lui manifestait. Cette dernière témoignait à l'égard de son entourage une bonté sincère et une empathie naturelle dont ferait bien de s'inspirer son fils.

Ces dernières semaines s'étaient révélées bien plus plaisantes qu'elle ne s'y attendait. La seule ombre au tableau, et elle n'était pas des moindres, était l'absence remarquée du duc, qu'elle n'avait plus revu depuis leur débarquement à Liverpool.

Bien qu'elle s'en défende, elle était affectée par ce mépris affiché qui faisait jaser. D'une part parce qu'elle n'en pouvait plus de subir les regards affligés des matrones endimanchées qui, lors des interminables Tea Parties, s'étonnaient une fois encore de cette carence inexplicable dans ses devoirs de fiancé. Mais aussi et surtout parce qu'il lui manquait, terriblement. Elle se sentait affreusement gourde de s'être attachée ainsi alors qu'elle ne l'avait finalement côtoyé que trois petites journées. D'autant qu'elle avait entendu les pires rumeurs sur son compte. On le décrivait comme un coureur de jupons impénitent qui ne s'était imposé aucune limite par le passé, ou presque. Les caresses enjôleuses qu'il lui avait prodiguées n'étaient finalement que le résultat d'une envie incontrôlable de séduire tout ce qui lui passait à portée de mains.

Elle ne comprenait pas pourquoi il avait choisi de l'ignorer, purement et simplement, alors que c'était lui qui était venu la chercher en Irlande. Et elle ne savait comment réagir à un tel outrage. Au demeurant, quels étaient les choix qui s'offraient à elle ? Avait-elle le pouvoir de demander à ce que leurs fiançailles soient rompues ? Les propos du duc étaient sans équivoque : ils devaient respecter la volonté du roi. Et Somerset n'accepterait jamais.

Mais alors à quoi devait-elle s'attendre à l'avenir ? Allait-il continuer à vivre sa vie comme si elle n'existait pas ? Allait-elle retourner en Irlande à la fin de la saison, à jamais fiancée sans espoir d'être un jour mariée ?

Nom d'un chien, par moments elle aurait voulu qu'il se matérialise devant elle juste pour pouvoir l'étrangler, le gifler ou... l'embrasser.

Lady Mary dut percevoir sa mélancolie car elle reprit d'un ton léger :

– Nous ne devons pas tarder à nous préparer. La comtesse de Dorset nous attend pour seize heures.

– Oh non, pas encore un thé ! s'exclama Juliana avant de se reprendre en rougissant. Excusez-moi Mary. C'était inconvenant.

– Ne vous en faites pas. Ça venait du cœur en tous cas, répondit Mary en riant.

– Simplement, j'avais espéré pouvoir faire une promenade à Eaton Square Gardens, peut-être même pousser jusqu'à Westminster Hall, soupira Juliana. Avec toutes ces obligations mondaines, je n'ai jamais l'occasion de sortir et je ne connais presque pas Londres, pour ainsi dire.

– Je comprends, dit Mary avec un sourire, amusée par la réticence de la jeune fille. Ces mondanités peuvent parfois nous demander une énergie folle.

Elle commençait à la connaître. Si la plupart des jeunes filles de son âge auraient rêvé de discuter des potins les plus croustillants ou du chapeau à la dernière mode que portait Lady MachinChose, Juliana, elle, ne rêvait que de chevauchées au grand air, de magnificence architecturale et de balades en solitaire. L'entretien des relations sociales, partie intégrante des contraintes aristocratiques, ne soulevait dès lors que peu d'enthousiasme chez sa protégée.

Par ailleurs, elle n'ignorait pas que celle-ci souffrait de l'affront qui lui était infligé par Henry, même si elle ne s'en plaignait jamais. Elle ne comprenait pas à quel jeu jouait son fils. Alors qu'il s'était finalement décidé à aller chercher sa fiancée en Irlande et qu'elle se révélait absolument délicieuse, ce qu'il avait bien dû remarquer, il disparaissait soudainement en la laissant en plan.

Oh, elle avait bien entendu parler des rumeurs qui couraient sur son compte. Des amies « bienveillantes » s'étaient fait une joie de l'informer qu'il passait un temps considérable auprès d'une certaine veuve dévergondée. Elle avait même rencontré cette Lady Plunket à l'occasion d'une sortie au théâtre. Et elle ne comprenait pas ce qu'il pouvait lui trouver. Certes, sa beauté criarde devait sans peine attirer les hommes, mais son regard froid et hautain n'inspirait que l'inimitié. Consciente de son pouvoir, il était évident qu'elle s'en servait de manière calculée. C'était tout le contraire de Juliana, qui riait à gorge déployée sans se soucier du qu'en-dira-t-on et dont le sourire franc parvenait jusqu'aux yeux, pour le plus grand bonheur de celui qui le recevait.

– Allons, je vous promets que demain, je refuserai toute invitation pour que nous puissions faire une balade dans le quartier.

Avec un sourire vaguement triste, Juliana s'engagea à la suite de la duchesse et elles se coiffèrent de leurs chapeaux dans l'entrée. Au passage, elle jeta un regard noir à la pile de cartons brochés qui s'accumulait sur le plateau d'argent posé sur le guéridon. Si cela n'avait tenu qu'à elle, elle aurait empoigné toutes ces invitations et les aurait balancées dans la cheminée. Leur vie en aurait été grandement simplifiée.

Dieu seul savait la patience dont elle devait faire preuve lors de ces visites de courtoisie. Le cercle de la duchesse était immense et même en déclinant la plupart des événements auxquels elles étaient conviées, il y avait toujours un prétexte pour se montrer. Si au moins ils avaient eu le mérite de comporter un quelconque intérêt culturel, peut-être aurait-elle pu s'en accommoder. Mais à part l'une ou l'autre sortie au théâtre, Juliana n'avait pas encore eu l'occasion de tremper même un orteil dans la fameuse effervescence culturelle dont se vantaient les londoniens.

Il est vrai que la saison mondaine s'était précisément interrompue à son arrivée, interruption qui devait traditionnellement permettre à l'aristocratie de profiter de la suspension de la session parlementaire pour se rendre dans la giboyeuse campagne anglaise afin de s'y adonner aux plaisirs de la chasse. Sans doute les activités reprendraient-elles à un rythme plus soutenu d'ici quelques jours. Les bals surtout, à commencer par le bal des débutantes, qui avait été retardé cette année-là en raison d'importantes crues de la tamise et qui aurait lieu d'ici une semaine à peine, au début du mois de juin.

La comtesse de Dorset habitait fort heureusement à un jet de pierre d'Eaton Square et le court trajet en phaéton ne froissa en rien la soie de leurs toilettes. Non qu'elle s'en préoccupât outre mesure. Si elle avait accepté que Mary la traîne chez la modiste pour constituer son trousseau, elle avait en revanche insisté pour conserver une certaine simplicité dans sa mise. Elle privilégiait le coton, les coupes simples et les couleurs unies, au désespoir de Mary qui rêvait de l'habiller comme une poupée.

Elles furent guidées vers le jardin, le thé étant organisé en extérieur vu les températures estivales. Sans surprise, une fois les salutations d'usage échangées, Mary se dirigea vers les dames d'un certain âge regroupées autour des plateaux de mignardises. La comtesse de Dorset, dont l'embonpoint frisait l'obésité, ne manquait pas une occasion d'avancer furtivement sa main pour en attraper une sitôt qu'elle avait enfourné la précédente.

Juliana n'avait développé aucune affinité avec ces personnages coincés dans leur petit monde fermé, jugé supérieur au reste de la population. Ils étaient aux antipodes des Irlandais, si chaleureux, si amicaux, qui accueillaient les étrangers à bras ouverts avec une bière sur le comptoir et une grande claque dans le dos.

Les jeunes demoiselles étaient les pires. La guerre faisait rage entre elles, et elles n'hésitaient pas à se moquer ouvertement du moindre faux pas commis fortuitement par une infortunée malchanceuse. Le droit à l'erreur leur était inconnu et bien que ses poils se hérissent à leur contact, Juliana ne pouvait s'empêcher de les plaindre. Elles subissaient une telle pression dans cette quête au mari. Elles ne laissaient jamais passer une occasion de rappeler aux malheureuses laissées-pour-compte qu'elles en étaient à leur troisième ou quatrième saison ce qui, dans ce dernier cas, leur valait un regard de commisération bien plus difficile à encaisser qu'une rivalité certes venimeuse mais somme toute relativement saine dans cette traque animale que constituait la course au bon parti.

Juliana, nullement concernée par cette compétition sans merci, n'en était pas pour autant acceptée dans leur petite bande. Enviée pour ses liens immérités avec la puissante famille Norfolk, ostracisée pour ses origines étrangères ou encore taxée de rusticité pour son absence de snobisme, elle récoltait tour à tour sourires mielleux, ricanements silencieux ou dédain circonspect, tout ceci dans une discrétion irréprochable eu égard à la déférence due à son rang.

Cette fois encore, aucune d'entre elles ne prit la peine de l'inclure dans la discussion. Dépitée, Juliana s'éloigna rapidement du groupe et se dirigea vers les portes-fenêtres grandes ouvertes de la maison des Dorset. Elle espérait qu'une bonne âme avait eu la présence d'esprit de rabattre les persiennes du salon de réception afin d'y conserver un peu de fraîcheur, et constata avec soulagement que c'était bien le cas. Malgré la chaleur extérieure, peu de gens avaient choisi de se réfugier au salon et Juliana retrouva un peu de calme.

– Tu as vu ce qu'elle portait aujourd'hui, dit une voix nasillarde proche d'elle.

Juliana, assise dans un sofa dissimulé derrière une grande plante en pot, se retrouva malgré elle à espionner les ragots de ces petites pestes.

– Oui, c'est d'un mauvais goût ! répondit la deuxième avec un accent hautain.

Elle reconnut immédiatement la voix d'Isabella, fille de la comtesse de Dorset. La première devait donc être sa comparse de toujours Elizabeth, fille du vicomte Hawkesbury.

– Franchement, avec son air de Sainte-Nitouche, dans

ses petites robes toutes simples. Je me demande ce que le duc peut lui trouver, reprit Elizabeth.

Juliana comprit qu'elles parlaient d'elle et tendit involontairement l'oreille.

– Tu sais bien qu'il ne l'a pas choisie ! Ces fiançailles sont organisées depuis la naissance de cette petite gourde. D'ailleurs, tu as vu le temps qu'il a mis à aller la chercher en Irlande ?

– Et depuis qu'il est revenu, il n'est jamais apparu en public avec elle. Tu crois qu'il en a honte ?

– Je ne sais pas. Je crois surtout qu'il est bien occupé avec Lady Charlotte Plunket.

– Ah bon ? Il est toujours avec elle ?

– Oui, on dit qu'ils passent tous les après-midis au lit.

– Elle est à l'opposé de sa fiancée en tous cas. Ses tenues osées sont d'un vulgaire ! Ta mère ne l'aurait jamais invitée ici. Mais comme j'aimerais être à sa place, ajouta Elizabeth en soupirant. Il est si beau !

– Et j'ai entendu dire qu'il n'avait pas son pareil pour vous faire grimper au rideau.

– Elizabeth ! répondit Isabella d'un ton faussement choqué. Je ne te savais pas si dévergondée.

Les jeunes filles se mirent à rire puis Juliana entendit leurs pas s'éloigner. Elle retenait ses larmes avec difficulté. Elle savait qu'elle ne devait accorder aucun crédit aux racontars de ces chipies mais elle ne pouvait s'empêcher de repasser la conversation qu'elle venait de surprendre en boucle dans sa tête : *le temps qu'il a mis à aller la chercher, tu crois qu'il en a honte*. Leurs dernières paroles la blessaient tout particulièrement. *On dit qu'ils passent tous les après-midis au lit.*

Qui était cette Lady Charlotte Plunket dont les jeunes filles avaient parlé ? Le duc passait-il réellement ses après-midis avec elle ? Cela expliquerait beaucoup de choses. Elle sentit la jalousie s'emparer d'elle et s'en défendit tant qu'elle put.

Elle se vit soudain dans les yeux de ces individus : une petite campagnarde catapultée dans un milieu qui ne lui appartenait pas, simple fille de comte irlandais fiancée à un duc qui n'en voulait pas.

14

Henry, le cou croqué vers l'arrière, sentait venir une crampe. Melvil, son nouveau valet de chambre, recommençait pour la troisième fois son nœud de cravate et il perdait patience.

– Pardieu, Melvil, as-tu bientôt terminé ?

– Je m'excuse Votre Grâce, bafouilla le valet, subitement aussi rouge que la courtepointe du grand lit.

– Bon, écarte-toi. On ne va pas y passer la soirée, dit Henry un peu brutalement.

Il se plaça devant le miroir sur pied et dénoua la piètre tentative du valet avec des gestes secs qui trahissaient sa nervosité.

– Que Votre Grâce me pardonne, dit piteusement Melvil derrière lui.

– Ce n'est rien, marmonna Henry. Tu viens à peine de commencer, je t'accorderai donc le bénéfice du doute. Mais tâche de t'exercer pour la prochaine fois. Tu peux disposer.

Melvil s'éclipsa sans demander son reste.

Henry, vaguement honteux de s'être emporté ainsi, reporta bien vite ses pensées sur le départ imminent pour Eaton Square. Après ces longues semaines durant lesquelles il s'était imposé un éloignement salutaire destiné à l'obliger à respecter ses résolutions, il allait enfin revoir Juliana.

Cela l'avait rendu fou de la savoir si proche et pourtant inaccessible. Leur séparation n'avait en rien effacé le souvenir qu'il gardait d'elle et elle s'était immiscée dans son esprit à chaque instant. Par tous les Saints, pourquoi s'imposait-elle à lui de cette manière ? Elle était loin d'être la première jolie fille à qui il avait conté fleurette. Et quand bien même se serait-elle révélée la plus exquise des perles du pacifique, elle resterait malgré tout indigne des Norfolk.

Il avait tourné et retourné la question mais ne pouvait tout simplement pas se résoudre à envisager une union avec elle.

Armar Lowry-Corry était devenu comte de Belmore à la force du poignet. Son ascension politique fulgurante lui avait permis d'atteindre ses idéaux et d'élever sa famille dans l'échelle sociale et c'était tout à son honneur. Mais leur situation ne pouvait en rien se comparer aux ducs de Norfolk, une des familles les plus anciennes d'Angleterre.

Le premier titre de duc de Norfolk avait été créé par Richard II en 1397 pour Thomas de Mowbray, 1er comte de Nottingham. Les ducs de Norfolk assumaient la fonction de comte-maréchal d'Angleterre, l'un des plus importants hauts fonctionnaires honorifiques du Royaume-Uni. Ils étaient aujourd'hui chargés de l'organisation des funérailles royales ainsi que des couronnements des monarques à l'abbaye de Westminster.

Le poids de ces responsabilités lui pesait par

moments. Certes, la puissance de son titre, le pouvoir qui y était associé et la richesse de sa famille constituaient des atouts que beaucoup lui enviaient. Mais le prix à payer en était d'autant plus lourd.

Depuis toujours, la lignée avait été assurée par des alliances prestigieuses. Les ducs de Norfolk ne s'unissaient qu'à des aristocrates anglaises au pedigree irréprochable. Il ne pouvait être le premier à y associer du sang irlandais, dont les origines récemment anoblies ne compenseraient jamais l'absence de cette légitimé que confèrent d'illustres ancêtres.

Et ce même s'il se languissait de Juliana.

Arrivé de bonne heure à Eaton Square, Henry patientait dans le hall d'entrée.

Il n'aurait pas dû venir. La délaisser pour le bal des débutantes, pour son entrée officielle dans le monde, aurait constitué le coup de grâce, celui qui l'aurait poussée à exiger une rupture immédiate et sans condition. Mais il n'avait pu pousser la muflerie jusque-là. Elle ne méritait pas ce traitement injuste.

Il abhorrait pourtant cette tradition inaugurée en 1780 par le roi George III. À l'origine, cette célébration avait été organisée pour l'anniversaire la reine Charlotte qui fêtait cette année-là ses trente-six ans. Toutes les jeunes filles de l'aristocratie britannique avaient été conviées au Palais Saint James pour le grand bal qui y serait donné. Elles étaient pour le roi le symbole de la jeunesse éternelle de son épouse bienaimée.

Le bal de la reine Charlotte, devenu depuis un rite de passage marquant leur entrée dans le monde, avait survécu à son décès en 1818. De nombreuses unions s'y nouaient et c'était somme toute l'avenir du royaume qui se jouait au cours d'une seule soirée. Il permettait en outre de fêter dignement le retour de l'aristocratie à Londres et marquait la reprise de la saison, qui se poursuivrait jusqu'en juillet.

Henry, qui n'y avait participé qu'une seule fois sur l'insistance de Chaz, avait senti la peur transpirer chez ces pauvrettes propulsées sur la piste de danse sous l'œil attentif de leurs chaperons. Il en avait été atterré et n'avait pas renouvelé l'expérience, n'y voyant aucun intérêt. Tant qu'il ne serait pas débarrassé de sa fiancée actuelle, il ne pouvait se mettre en quête de la suivante. Maintenant qu'il connaissait Juliana, il avait cependant du mal à se figurer le visage de la prochaine duchesse de Norfolk.

Et soudain il la vit. Elle descendait le grand escalier recouvert d'une épaisse moquette bleu roi et il se fit la réflexion que seul un décor aussi luxueux était à la hauteur de sa perfection. Elle était vêtue d'une robe taille empire d'un blanc pur, couleur virginale imposée aux demoiselles qui faisaient leurs débuts et qui seyait à son teint de pêche. Le modèle était pourtant tombé en désuétude quelques années auparavant pour accueillir le grand retour du corset, qui affinait davantage la taille et faisait ressortir la poitrine de ces dames. Sur elle, c'était magistral. Tant la coupe que la couleur rappelaient les tuniques portées par les romaines en leur temps – référence faite selon toute vraisemblance à dessein, vu le drapé de tissu retombant fluidement des épaules vers la chute de reins à la manière d'une toge.

Lorsqu'elle parvint à sa hauteur, elle s'inclina dans une profonde révérence qui lui donna l'occasion d'admirer ses rondeurs appétissantes. Il revit soudain sa chemise déchirée, cette poitrine offerte sur son écrin de paille, et cette vision lui fouetta les reins.

Seigneur, son existence de moine lui pesait plus que jamais. Il avait bien tenté de revoir Charlotte mais chacune de ses visites s'était soldée par un échec cuisant. Le dernier soir, il s'était saoulé jusqu'à plus soif avant d'arriver chez elle dans l'espoir de s'ôter ces inhibitions insensées, et s'était effondré sur le sofa à peine le seuil de son boudoir franchi. Quelque peu honteux, il avait fini par renoncer et n'avait plus donné signe de vie après cela. Elle ne suscitait plus aucun désir chez lui, aucune femme n'y parvenait d'ailleurs, et cette impotence inédite le plongeait dans la perplexité autant qu'elle l'enrageait.

– Votre Grâce, murmura Juliana si faiblement qu'il ne fut pas sûr de l'avoir entendue.

– Lady Juliana, la salua-t-il sobrement. Ma mère n'est pas avec vous ?

– Lady Mary n'est pas encore prête. Elle nous demande de patienter encore quelques instants.

– Pourquoi cela ne m'étonne-t-il guère ? fit-il avec sourire en secouant la tête. La connaissant, cela peut prendre encore un certain temps avant qu'elle ne nous rejoigne. Pourquoi ne pas nous installer dans la bibliothèque avec un rafraîchissement ?

– Bien volontiers, répondit Juliana, incertaine quant à l'attitude à adopter en sa présence.

Quelle étrange sensation de le revoir ainsi après cette absence prolongée. Il agissait comme s'il n'avait pas disparu durant des semaines, comme si leurs contacts n'avaient pas brutalement été interrompus, de son unique fait, après l'échange… brûlant de leur dernière soirée ensemble.

Devait-elle calquer son comportement sur le sien ?

Prendre un air détaché et parler de la pluie et du beau temps ? Lui demander comment allaient les affaires ? Cela lui paraissait au-dessus de ses forces. Elle ne pouvait s'empêcher d'être en colère contre lui et sa désinvolture nonchalante ajoutait encore à son irritation. Avait-il seulement idée de l'humiliation constante dont elle avait été victime par sa faute ?

Par-dessus tout, elle brûlait de mentionner la fameuse Lady Plunket pour voir la réaction qu'elle provoquerait chez lui.

Elle s'installa sur un sofa et se mit à tapoter fébrilement sa cuisse du bout des doigts.

– Vous paraissez nerveuse, Madame, dit Henry en la rejoignant.

– Pas du tout ! répondit-elle, un peu précipitamment.

Le duc haussa un sourcil, les traits empreints d'un scepticisme amusé.

L'abreuver de reproches ne lui apporterait rien d'autre qu'une migraine et gâcherait au demeurant son humeur, qui s'était faite joyeuse en prévision de la soirée à venir. L'excitation de Lady Mary à la perspective d'accompagner la jeune fille pour son premier bal était contagieuse, et elle avait passé l'après-midi à se pomponner, ce qui, à son grand étonnement, n'avait pas été pour lui déplaire.

– Vous êtes particulièrement en beauté ce soir, la complimenta Henry, cherchant visiblement à lui être agréable. (Elle sourit timidement.) Cette robe est… étonnante, même si je ne suis pas certain que le terme soit approprié.

Toute à son agitation intérieure, elle répondit sans réfléchir :

– Je suis consciente que le modèle n'est pas

particulièrement en vogue, mais elle me plaît à moi. Et puis, elle a pour avantage de pouvoir se dispenser d'un corset.

Semblant soudain réaliser l'inconvenance de ses propos, elle s'empourpra et esquissa une moue qu'il trouva absolument adorable.

– Veuillez excuser mon impolitesse Votre Grâce, je ne devrais pas parler de dessous féminins avec un gentleman.

Henry dut faire tous les efforts du monde pour rester impassible. Avait-elle conscience de flirter outrageusement avec lui ? S'éclaircissant la gorge, il poursuivit sans relever ses propos :

– Appréciez-vous Londres, jusqu'à présent ?

Juliana se contenta de hocher la tête, posant ses yeux sur le manteau de cheminée, puis sur le guéridon qui supportait un immense bouquet de fleurs et enfin sur la porte d'entrée, partout sauf sur le duc. Elle savait que si elle croisait son regard, il y surprendrait des éclairs de rage qui ne manqueraient pas de déclencher les hostilités. Si elle appréciait Londres ? Quel goujat. Il le saurait s'il avait daigné lui rendre visite.

Henry était parfaitement conscient de la fureur bouillonnante qui couvait chez la jeune fille, et qui était entièrement justifiée. Il avait cherché par tous les moyens à détourner son attention mais réalisait à présent que sa question avait été maladroite. Il essaya de se rattraper :

– Si je ne me trompe, vous assisterez à votre premier bal.

– C'est bien cela, Votre Grâce. Castle Coole est particulièrement retiré, les mondanités n'étaient pas courantes dans la région. Et comme je n'avais pas de chaperon de toute façon…

– Vous avez été élevée par votre gouvernante, celle qui a fait le voyage avec nous ?

– Oui, principalement.

– Savez-vous danser ? demanda-t-il, comme s'il réalisait soudain qu'il était fort possible que la jeune fille n'ait pas eu l'occasion d'acquérir ce talent, pourtant indispensable pour un bal.

– Bien entendu ! répondit-elle vivement, offusquée qu'il mette en doute la qualité de son éducation. Mais je n'ai jamais dansé en public, avoua-t-elle néanmoins en baissant les yeux. Je crains de me ridiculiser.

Il se leva et lui tendit la main.

– Voyons donc si vos craintes sont justifiées.

– Je vous demande pardon ?

– M'accorderez-vous cette danse, Madame ? demanda-t-il pompeusement en s'inclinant.

– C'est hors de question, répliqua-t-elle gênée. Je refuse de danser avec vous !

– Excusez-moi ? dit-il en haussant un sourcil. Vous allez me vexer. N'oubliez pas que je suis votre fiancé.

– Désolée, ce n'est pas ce que j'ai voulu dire… Je refuse de danser avec vous … ici.

Et seule, pensa-t-elle, n'ayant nullement oublié comment réagissait son corps lorsqu'elle se trouvait proche de lui.

– Ne soyez pas effrayée par une petite danse innocente. Allons, levez-vous, insista-t-il.

– Mais il n'y a pas de musique ! protesta-t-elle encore.

– Fredonnez-la dans votre tête, suggéra-t-il en lui prenant la main d'autorité.

Insister encore pourrait carrément s'interpréter comme de l'impolitesse, Juliana se leva donc à contre-cœur. Fort heureusement, leurs mains gantées empêchaient un contact de peau à peau. Il l'enlaça en respectant une distance courtoise et l'entraîna gracieusement vers le centre de la pièce.

Il dansait merveilleusement bien.

À cette faible distance, elle distinguait sans peine la petite veine qui battait à la base de son cou et elle mourut d'envie de la toucher du bout du doigt. Elle serra un peu plus sa main dans la sienne.

Le pas suivant, elle eut l'occasion d'apercevoir la courbe sensuelle de ses lèvres et elle sentit son souffle s'accélérer brusquement. Elle baissa volontairement les yeux pour éviter de se trahir.

Enfin concentrée sur ses pas, Juliana parvint à oublier sa dangereuse proximité mais le duc se pencha soudain vers elle, lui chuchotant d'un ton suave :

– Je vous ai manqué ?

Juliana sursauta et manqua le pas suivant, lui écrasant les orteils. Mortifiée, elle le regarda grimacer en silence.

– Je suis tellement navrée, Votre Grâce. Je vous l'avais dit, je ne sais pas danser ! Je ferais mieux de renoncer à ce bal.

– Sottises, dit-il avec un sourire. Vous êtes la délicatesse incarnée, vous n'avez pas à rougir de vos prouesses.

Pourquoi avait-il fallu qu'il lui pose une telle question ? Mais Seigneur, elle était si attirante. Son désir pour elle était loin de s'être émoussé et quelque chose le pressait à chercher chez sa partenaire un écho à ce besoin lancinant qu'il avait d'elle.

– Alors, je vous ai manqué ? répéta-t-il d'un ton charmeur.

Juliana s'arrêta de danser, et le toisa avec un air de reproches, les poings sur les hanches.

– Votre Grâce, vous avez un certain toupet !

Il éclata d'un grand rire, parfaitement conscient de l'effronterie de sa question dans ce contexte mais pas le moins du monde chagriné par ce constat.

À ce rire saugrenu, lâché dans le malaise ambiant de ces étranges retrouvailles, la colère de Juliana fondit instantanément. Il était tout simplement irrésistible et elle se dérida enfin, lui adressant un sourire lumineux.

C'était le premier vrai sourire qu'elle lui adressait, il s'en rendait compte à présent, et il en fut complètement déboussolé. Il remarqua qu'une de ses incisives chevauchait très légèrement la dent d'à-côté et ce petit défaut la rendait… divine.

– Et pour répondre à votre question, non, vous ne m'avez pas manqué, dit-elle avec un air de défi en haussant son petit menton.

La duchesse interrompit leur joute oratoire en pénétrant dans la bibliothèque.

– Henry, mon chéri ! Quel plaisir de te revoir après tout ce temps, lança-t-elle provocatrice.

Henry eut la décence de ne pas relever et l'étreignit affectueusement.

Captant le regard de Juliana par-dessus l'épaule de sa mère, il articula silencieusement le mot *Menteuse* avant de laisser un lent sourire étirer ses lèvres. Les yeux de la jeune fille lancèrent des éclairs mais elle ne put empêcher ses lèvres de s'incurver avec espièglerie.

– Bien, il est temps de nous mettre en route si nous ne voulons pas être en retard, dit Mary avec un certain culot que les jeunes gens décidèrent tacitement de ne pas relever.

15

Les attelages défilaient devant l'immense double porte du Palais Saint James, y déposant leurs occupants parés de leurs plus beaux atours. Suivant la file des courtisans qui s'enfonçait sous les deux tours monumentales, Juliana eut l'impression de pénétrer dans une forteresse. Elle raffermit sa main sur le bras du duc qui eut pour elle un regard rassurant. Dieu merci, il ne l'avait pas abandonnée et elle réalisa qu'elle avait craint jusqu'au bout qu'il ne le fasse. La cour intérieure, illuminée par des centaines de flambeaux, éclairait la bâtisse de briques rouges, lui donnant fort heureusement un aspect plus accueillant que sa façade.

Le palais Saint James était l'un des plus beaux exemples de l'architecture Tudor. Construit au début du XVIe siècle à la demande d'Henry VIII, il avait été la principale résidence des rois dans la capitale et notamment celle de George III et de son épouse. Un incendie survenu une dizaine d'années auparavant avait cependant détruit une partie des appartements royaux. Le palais ne servait plus que de centre administratif et de lieu de réception, et le bal des débutantes y était traditionnellement donné.

Juliana ne put s'empêcher d'être impressionnée par la richesse du décor. La salle de réception, éclairée par des lustres majestueux couronnés de mille chandelles, était flamboyante. Les murs semblaient courir jusqu'au ciel. Recouverts de boiseries et d'épaisses tentures, ils étaient surplombés d'un plafond ouvragé. La somptuosité des lieux était mise en valeur par la myriade de couleurs des soies et velours de ces dames, qui créaient un kaléidoscope du plus bel effet.

La danse d'ouverture étant réservée aux débutantes, elle fut rapidement séparée du duc. Les demoiselles furent placées en file derrière le maître de cérémonie et attendirent en gloussant que l'orchestre attaque les première mesures. Juliana tordait régulièrement le cou pour tenter d'apercevoir Henry mais il n'était visible nulle part.

Cette année-là, l'état de santé du souverain ne lui permettait pas d'assister au bal mais son épouse la reine Caroline était bien présente. Contrairement à sa prédécesseuse, qu'on disait friande de potins, elle paraissait s'ennuyer ferme et finit par décocher au maître de cérémonie un petit signe du menton, signifiant ainsi le début des festivités.

Juliana se concentra tant qu'elle en oublia de sourire. Le quadrille fut terminé bien plus rapidement qu'elle ne s'y attendait et elle relâcha enfin sa respiration en regagnant les bancs disposés le long des murs.

Henry ne l'avait pas quittée du regard, et il n'était pas le seul. Sa lumière naturelle irradiait la pièce et conquit le cœur de tous les jeunes hommes présents ce soir-là. Bien malgré elle, elle fut rapidement assaillie de demandes, s'attirant les regards courroucés des autres débutantes et de leurs mères qui espéraient ferrer un bon parti. Son carnet de bal ne désemplit pas pour l'heure qui suivit.

Serrant les lèvres, Henry tentait de contenir le violent sentiment de possessivité qui s'était emparé de lui lorsqu'il avait vu les hommes papillonner autour de Juliana. Adossé au mur, il l'observait évoluer gracieusement sur la piste de danse, souriant à ses partenaires, riant à leurs plaisanteries. Elle était absolument renversante et ne paraissait même pas en avoir conscience. Il était peut-être temps d'aller se rappeler au bon souvenir de tous ces paons enfarinés.

Charlotte sourit à son partenaire, mais son regard était ailleurs. Frémissant de rage, elle jaugeait sa concurrente à quelques mètres d'elle. Lady Juliana était bien plus jolie que ce qu'avait prétendu Henry. Elle était même époustouflante, cette petite peste. Le mensonge flagrant de son amant renforça son sentiment d'insécurité.

Elle n'était même pas certaine de pouvoir encore considérer Henry comme son amant. Il ne cherchait plus à la voir et ne lui avait plus fait l'amour depuis ce satané voyage en Irlande. Elle remarquait bien les regards intenses qu'il réservait à la jeune fille et elle en était verte de jalousie. Elle avait essayé d'attirer son attention, mais elle aurait tout aussi bien pu être transparente. Il ne la voyait pas.

Elle était en train de le perdre, elle le sentait. Elle avait pourtant été si proche du but ! Ravie de son empressement à la rejoindre à son retour, elle s'était convaincue que la présence de sa fiancée n'avait changé en rien à ce qu'il éprouvait pour elle. Certes, elle avait été inquiète et pour tout avouer quelque peu vexée lorsqu'il avait refusé de partager son lit, mais elle avait mis ce manque d'enthousiasme sur le compte de la fatigue et des soucis. Elle avait dû revoir son jugement lorsque les échecs s'étaient répétés et se reprochait à présent sa passivité.

La situation était plus grave que ce qu'elle avait imaginé, et il était temps qu'elle prenne les choses en main.

La musique s'achevait enfin. Juliana, en nage, remercia son partenaire et déclina d'un sourire l'invitation d'un jeune homme boutonneux qui ne parvenait pas à détacher les yeux de son décolleté. Se retournant pour s'éloigner de la piste, elle buta contre un torse puissant. Surprise, elle releva la tête et tomba nez-à-nez avec le regard pénétrant du duc.

Sans attendre ses protestations, il lui prit le coude d'un geste caressant et l'éloigna vers le buffet sur lequel étaient disposés des centaines de mets tous plus appétissants les uns que les autres. Les nombreux plateaux à étage côtoyaient des coupes de champagne frais et pétillant, alignées sur la longue table.

Henry en saisit deux et lui tendit la première. Juliana l'avala d'un seul trait, assoiffée. Avec un regard amusé, il lui tendit la seconde coupe.

– Doucement ma chère. Vous ne voudriez pas être ivre. Vous risqueriez de ne plus répondre de vos actes, la provoqua-t-il d'une voix suggestive.

Juliana avala de travers, toussant et hoquetant. Quelques regards se tournèrent vers eux et Henry l'emmena un peu plus à l'écart.

– Votre Grâce, dit Juliana après avoir repris son

souffle, cessez donc de jouer avec moi.

– Jouer avec vous ? l'interrogea-t-il.

Il voyait pourtant très bien ce qu'elle voulait dire. Il ne s'expliquait pas lui-même son attitude. Irrémédiablement attiré par elle tout en étant parfaitement conscient qu'une telle union était inenvisageable, il avait adopté depuis leur rencontre un comportement contradictoire qui devait sans nul doute la dérouter.

Paraissant lire dans ses pensées, elle répliqua :

– C'est simple. Vous me séduisez, puis vous me jetez. Vous disparaissez, puis vous me demandez si vous m'avez manqué. Que voulez-vous à la fin ? s'impatienta-t-elle.

– Je ne le sais pas moi-même, avoua-t-il, pour la première fois sincère avec elle.

Elle le dévisagea longuement.

– Je vous suggère de m'en avertir lorsque vous l'aurez découvert, répliqua-t-elle simplement en s'éloignant à reculons.

Resté seul, Henry médita la remarque de la jeune fille. Elle avait raison, ce petit jeu ne pouvait plus durer. Il se rendait compte que la stratégie d'évitement qu'il avait adoptée jusque-là, non content d'être totalement infructueuse, n'était pas uniquement destinée à la pousser à la rupture. Il n'avait tout simplement pas pu se résoudre à la perdre pour de bon. Mais cette prostration apathique leur était néfaste à tous les deux.

À contrecœur, il se mit à sa recherche. L'heure de la vérité avait sonné.

Juliana sortit sur la terrasse donnant sur le parc Saint James, cherchant à profiter de la douce brise de cette soirée estivale. Elle laissa le vent léger lui caresser le visage, se délectant de cette fraîcheur bienvenue. La salle était surchauffée, la foule étouffante et le bruit assourdissant. Elle espérait qu'un de ses admirateurs éperdus ne l'avait pas suivie, désireuse de savourer un moment de calme après toute cette agitation.

Ce premier bal était très amusant, principalement parce qu'elle y avait découvert un monde si différent de ce qu'elle avait connu jusqu'à présent. Mais peu coutumière d'une fréquentation sociale d'un tel volume, elle avait rapidement été rassasiée du babillage intempestif et superficiel de ces individus prétendument importants.

Qu'avait donc voulu dire le duc ? *Je ne le sais pas moi-même...*

Dire qu'elle n'avait pas hésité à entrer dans son jeu chez la duchesse, au lieu de lui dire ses quatre vérités. Il avait fallu qu'il pose les yeux sur elle pour qu'elle ait l'impression de se liquéfier sur place. Est-ce qu'il lui avait manqué ? Chaque heure, chaque minute, chaque seconde même. Quel toupet, comment osait-il lui poser cette question alors qu'il l'avait lâchement délaissée dès qu'elle avait posé le pied sur le sol anglais.

– Juliana, chuchota une voix derrière elle.

Elle se retourna brusquement, surprise de découvrir qu'elle n'était pas seule. Plissant les yeux dans la pénombre, elle découvrit avec stupeur Edward, tapi dans un recoin de la terrasse.

– Edward ! Mais que fais-tu ici ?

– Juliana, suis-moi, nous devons absolument parler.

Edward l'entraîna d'un pas rapide vers le parc et ne s'arrêta qu'une fois certain d'être à l'abri des regards.

– Juliana, comme tu m'as manqué ! dit-il dans un élan,

l'enlaçant contre lui.

Gênée par cette démonstration affective, Juliana se laissa mollement étreindre. Elle s'étonnait elle-même de son manque d'enthousiasme. Penser qu'il n'y avait pas trois mois, ils envisageaient de s'enfuir ensemble… Leurs rencontres clandestines à Castle Coole lui paraissaient à des années-lumière de sa vie actuelle, elle avait l'impression d'être une autre femme. Et surtout, elle réalisait qu'elle n'avait pas une seule fois songé à lui depuis qu'elle était à Londres.

– Edward, mais que fais-tu donc ici ? répéta-t-elle en s'écartant.

– Je suis venu te voir, naturellement. J'ai bien reçu ta note, j'étais fou d'inquiétude à l'idée de te savoir entre les mains du duc. Que s'est-il passé ?

– Il a débarqué sans prévenir ou presque, et il a décidé de m'inviter à Londres pour la saison.

– Ne pouvais-tu refuser ?

– Et sous quel prétexte ? Non, dit-elle en secouant la tête, je n'avais pas le choix.

– Mo shíorghrá, dit-il en reprenant le surnom affectueux qu'il lui réservait, tu m'as tellement manqué. J'ai dû faire des pieds et des mains pour que mon père accepte ce voyage à Londres.

– Tu n'aurais pas dû… murmura Juliana.

– Je ne supportais plus de rester sans nouvelle. Pourquoi ne m'as-tu pas écrit ? lui demanda-t-il d'un ton qui masquait mal le reproche sous-jacent à sa question.

Horrifiée, Juliana se rendit compte que cela ne lui avait pas effleuré l'esprit.

– C'est compliqué… Je loge chez la duchesse, j'aurais dû justifier ma correspondance, s'empêtra-t-elle. Et puis pour te dire quoi ? Que je suis à Londres pour le reste de la saison ? Tu le savais déjà.

– Je ne sais pas, pour me dire que tu penses à moi, pour me raconter ta vie ici, les intentions du duc.

– Je ne les connais pas moi-même.

– Que veux-tu dire ?

– Je l'ai à peine vu depuis mon arrivée. On peut dire que sa cour laisse à désirer. Lorsqu'il a prévenu qu'il venait en Irlande, j'étais persuadée qu'il allait m'annoncer qu'il souhaitait rompre nos fiançailles. Mais il m'a proposé une saison à Londres à la place. Pour finir par me délaisser sitôt débarqués en Angleterre. Je n'y comprends plus rien.

– Tu pourrais profiter de l'occasion pour lui demander toi-même de rompre ces fiançailles, suggéra Edward.

– Edward, je n'oserais jamais m'opposer à la volonté du roi. Ma situation est déjà suffisamment précaire comme cela. Et puis je te l'ai déjà dit, Somerset n'accepterait jamais. Ni Louisa d'ailleurs. Avant l'arrivée du duc, j'ai tenté de la convaincre…

Elle s'interrompit. Dieu du ciel, cette discussion semblait si loin et si proche à la fois. Elle était encore plus déboussolée aujourd'hui qu'elle ne l'était alors.

– Mais tu reviendras donc à Castle Coole une fois la saison terminée ? persista Edward.

– Je ne sais pas. Honnêtement je suis aussi perdue que toi, répondit-elle avec sincérité.

– Alors je resterai à Londres, décida-t-il fermement.

Le cœur de Juliana manqua un battement. Sa vie était déjà suffisamment compliquée pour qu'Edward y ajoute son grain de sel. Que dirait le duc s'il apprenait l'existence du jeune homme ? Malgré ses sentiments mitigés, c'était la dernière chose qu'elle souhaitait.

– Edward tu ne peux pas faire cela. Et puis d'abord, où

logerais-tu ?

– Je prendrai une chambre à l'hôtel bien sûr, fit-il sur le ton de l'évidence.

– C'est ridicule. Tu ne vas dépenser des centaines de livres simplement pour être dans la même ville que moi. Je ne suis pas libre de mes mouvements, je loge chez la mère de mon fiancé, je te le rappelle.

– Juliana, j'ai la sombre impression que tu cherches le moindre prétexte pour me voir partir, dit-il après un moment. Tu n'es pas heureuse de me voir ?

– Si bien sûr, protesta-t-elle faiblement.

Sceptique, Edward chercha son regard dans la pénombre et ce qu'il y vit confirma ses doutes.

– Juliana. Sois honnête avec moi, je t'en supplie. Tu me dois bien cela.

Juliana sentait sa gorge se nouer. C'était si difficile de lui répondre. Elle avait l'impression que si elle lui avouait le fond de sa pensée, elle renoncerait définitivement à l'Irlande mais surtout, qu'elle serait obligée de reconnaître l'importance que le duc avait pris dans sa vie. Pourtant, c'était indéniable : elle nourrissait à son encontre le désir complexe de lui appartenir alors même qu'il avait tout fait pour l'y décourager.

Edward attendait, fébrile, qu'elle formule tout haut ce qu'il devinait déjà.

– Edward, commença-t-elle, hésitante. Tant de choses ont changé depuis mon départ.

– Quoi exactement ? la coupa-t-il.

– Moi, mes perspectives d'avenir… tout en réalité.

Elle prit ses mains dans les siennes. Les tièdes sentiments qu'il avait éveillés en elle étaient bien loin de la passion dévorante qu'elle ressentait pour Henry. Comment ne l'avait-elle pas réalisé plus tôt ?

– Je… je ne suis pas prête à m'engager avec toi.

Il ferma les yeux, incapable d'affronter son regard.

– Je ne le souhaite pas en réalité, admit-elle tristement.

– Tu veux savoir le pire ? répliqua-t-il avec un sourire désabusé.

– Quoi donc ?

– Je pense que je le savais déjà…

Elle ne répondit rien. Il n'y avait rien à répondre au demeurant.

– Edward, je suis désolée. Tu ne mérites pas cela, ajouta-t-elle en secouant la tête. Je dois retourner au bal, mon absence finirait par être remarquée. Adieu, glissa-t-elle avec de la peine dans la voix.

S'éloignant doucement de lui, elle se retourna pour le regarder une dernière fois. Le cœur serré, elle réalisa qu'elle disait adieu à sa jeunesse et à l'Irlande car elle devait à présent accueillir l'Angleterre dans son cœur.

Henry se détacha lentement du tronc d'arbre sur lequel il s'était appuyé. Il n'avait pas quitté des yeux les silhouettes clandestines.

Ayant suivi Juliana sur la terrasse pour tout lui avouer, il l'avait vu s'éclipser vers le parc en compagnie masculine. Fou de jalousie, il s'était faufilé dans leur sillage et s'était dissimulé à l'abri de la végétation.

Il se dégoûtait lui-même et en voulait à Juliana de le mettre dans cette position humiliante. Quel âge avait-il pour espionner une rencontre furtive au cœur de la nuit ?

Écœuré, il tourna les talons. Si cette petite dévergondée pensait pouvoir se jouer de lui et entretenir une relation amoureuse à ses dépens, elle allait être déçue. Il refusait d'être pris pour un bouffon.

Le fait qu'il ait fréquenté Charlotte à son retour d'Irlande ne lui effleura même pas l'esprit, il était incapable de penser de manière rationnelle. La fureur engendrée par la vision de Juliana dans les bras d'un autre homme prenait toute la place, grondait exponentiellement, faisait battre son sang dans ses oreilles.

Pourtant, ce qu'il avait cherché avec tant d'ardeur lui était à présent offert sur un plateau : Juliana avait un amant et venait de lui donner le prétexte parfait pour la forcer à demander l'annulation. Alors pourquoi cette victoire lui semblait-elle si amère ?

Resserrant le châle de laine autour de ses épaules, Juliana frissonna malgré la chaleur de la nuit. Après sa rencontre avec Edward, elle avait été incapable de reprendre le cours de la soirée, perturbée par le tour qu'avaient pris ses pensées. Fichtre, elle était bel et bien tombée amoureuse du duc. Comment était-ce possible ? Ils avaient passé si peu de temps ensemble. Fallait-il qu'elle soit naïve pour succomber comme toutes les autres...

Comme si le sort ne s'était déjà pas suffisamment acharné sur elle, elle avait en outre eu le déplaisir d'apercevoir la fameuse Charlotte Plunket à son retour dans la salle de bal. Sa tenue d'un rouge éclatant, de laquelle débordait une poitrine plantureuse, et sa gestuelle suggestive correspondaient en tous points à la description qui lui en avait été faite par inadvertance lors du thé de la comtesse de Dorset. Les murmures qui avaient amplifié sur son passage avaient achevé de la convaincre qu'elle se trouvait bien en présence de la maîtresse de son fiancé. Nom d'un chien elle était d'une beauté ravageuse. Elle comprenait sans peine pourquoi Henry avait succombé à ses charmes.

Elle sut immédiatement qu'elle ne supporterait pas de les voir côte à côte. Elle redoutait en outre de devoir saluer la femme qui partageait avec son fiancé une intimité qui la mettait au supplice. Prétextant une soudaine fatigue, elle avait sollicité auprès de Mary un retour immédiat à Eaton Square. Même si elle était à présent tenaillée par l'angoisse à l'idée de les savoir ensemble au bal.

À peine s'étaient-elles installées sur la banquette que la porte de la voiture s'ouvrit. La silhouette du duc se découpa dans le faible éclairage de la rue et il se courba pour grimper dans le véhicule.

– Si vous n'y voyez aucun inconvénient, Mesdames, je préfère vous raccompagner vu l'heure tardive.

– Nous n'avons eu aucun mal à nous débrouiller sans toi jusqu'à présent, fit remarquer la duchesse, levant son sourcil délicat d'un air narquois.

– Épargnez-moi vos reproches, Mère. Vous pensez que je passe mon temps à bayer aux corneilles ? répliqua-t-il irrité.

– Je n'ai rien dit de tel. Mais tu avoueras que tu as fait preuve jusqu'ici d'une grossièreté que je ne te connaissais pas à l'égard de notre invitée.

Henry ne répondit rien, observant Juliana qui conservait un silence gêné. La fureur contenue qui se dégageait de lui la mettait mal à l'aise. Avait-il des soupçons quant à la raison de ce départ précipité ? Non, c'était impossible. Il ne pouvait pas avoir vu Edward, leur rencontre avait eu lieu dans le parc. Elle ne comprenait pas la raison de la colère évidente qui se lisait sur son visage sombre.

Le reste du trajet se déroula dans un climat de tension et c'est avec un soulagement partagé que tous trois sortirent de l'attelage lorsque celui-ci s'arrêta. Après avoir été débarrassés de leurs manteaux, la duchesse proposa :

– Tu resteras prendre un digestif avec nous, Henry ?

– Avec plaisir Mère.

– Si vous voulez bien m'excuser, je souhaite me retirer. Je tombe de fatigue, prétendit la jeune fille.

– Montez vite vous coucher, lui conseilla tendrement Mary. Vous méritez amplement une bonne nuit de sommeil.

16

Juliana ôtait distraitement les nombreuses épingles de ses cheveux, libérant une par une les mèches soyeuses qui retombaient au creux de son dos. Assise derrière la coiffeuse surmontée d'un grand miroir au cadre doré, elle tentait de démêler l'écheveau d'émotions qui l'envahissaient.

Elle avait l'impression d'être tiraillée entre deux pôles : l'excitation face à cet avenir qui se révélait complètement différent de ce qu'elle avait imaginé, et la peur, une peur qui la terrassait. Cette relation resterait-elle à sens unique ? Allait-il la renvoyer en Irlande une fois la saison terminée ? Cette idée seule la dévastait, alors qu'elle l'avait si ardemment souhaité lorsqu'il était venu la chercher.

Elle sursauta violemment lorsqu'elle le vit apparaître dans le reflet du miroir. Il refermait sans bruit la porte derrière lui. Se levant précipitamment, elle fit tomber le tabouret sur lequel elle était assise.

– Votre Grâce, que faites-vous ici ? s'écria-t-elle.

– Nous devons parler Juliana.

– Bien Votre Grâce. Mais... ici ? demanda-t-elle

surprise.

– Oui ici, répliqua-t-il sèchement. Lorsque vous entendrez ce que j'ai à vous dire, vous me remercierez de l'avoir fait en privé.

Juliana avait la gorge nouée, gagnée par un sombre pressentiment.

– Je tenais à vous informer de mon intention de réclamer au roi une audience. (Elle pâlit.) Aussi rapidement que possible, ajouta-t-il.

– Une audience ? Que comptez-vous demander à Sa Majesté ?

– Ne faites pas l'innocente Juliana. Vous souhaitez aussi bien que moi rompre ces fiançailles.

Juliana sursauta, interdite. Que racontait-il ? Le jour-même où elle admettait avoir des sentiments pour lui, le jour où elle décidait de s'engager vers l'inconnu en acceptant pleinement ce qu'elle ne pouvait contrôler, il la rejetait sans ménagement. La douleur n'en était que plus grande.

– Que dites-vous ? demanda-t-elle le cœur battant la chamade, avalant sa salive avec difficulté. Pourquoi pensez-vous que je souhaite rompre nos fiançailles ?

– Vous pensiez peut-être avoir été suffisamment discrète ce soir mais je n'ai rien perdu de votre rencontre clandestine, l'accusa-t-il d'un ton rageur.

– Oh mon Dieu ! Je…

– N'essayez pas de le nier, la coupa-t-il. Pardieu, je vous jure que…

Il inspira profondément, tentant de calmer cette rage écumante qui menaçait de déborder.

– Je ne le nie pas, dit-elle d'une voix chevrotante. Mais laissez-moi vous expliquer…

– Il n'y a rien à expliquer. Nous irons nous présenter

devant le roi et vous lui demanderez en personne l'annulation de ces fiançailles. Je vous informerai de la date de l'audience dès qu'elle sera connue, dit-il en tournant les talons.

– Votre Grâce ! cria-t-elle en se précipitant vers la porte pour faire barrage de son corps. Écoutez-moi je vous en supplie !

Elle cligna des yeux pour chasser les larmes qui fleuraient à ses paupières.

– Le jeune homme qui m'a rejoint est venu directement d'Irlande. Il voulait simplement avoir de mes nouvelles.

– Vous espérez me faire croire que cet homme a traversé la mer d'Irlande pour venir vous saluer ? railla-t-il.

– Non je... J'ai fréquenté brièvement Edward avant votre venue, je l'admets. Mais il ne s'est jamais rien passé entre nous, ajouta-t-elle précipitamment en voyant l'air furieux qui se peignait sur le visage du duc.

Henry l'observa froidement. Alors comme ça elle avait un amour de jeunesse ? Il comprenait mieux ses éclats de colère lors de leur premier dîner, sa réticence lorsqu'il l'avait invitée pour la saison. Dire qu'il s'était laissé prendre à son petit jeu de dupes. Elle n'avait pas son pareil pour donner le change ! Il se rappelait ses supplications sur le bateau, la façon qu'elle avait eu de se cambrer pour qu'il continue ses caresses. Soit c'était une catin qui ne pouvait se satisfaire d'un seul homme, soit c'était une menteuse hors-pair qui se languissait de son amant tout en prétendant apprécier sa compagnie.

– Mais j'ai mis un terme à cette relation. Je vous le jure ! ajouta-t-elle d'un ton suppliant.

– Peu m'importe. J'en ai entendu assez pour

comprendre que cette comédie devait prendre fin. Vous allez nous libérer de cette promesse qui n'a plus aucune raison d'être.

– Vous ne comprenez pas, insista-t-elle, Edward n'a…

– Je comprends surtout que vous êtes une petite intrigante et que vous devriez avoir honte de votre sournoiserie. Peut-être les mœurs sont-elles plus libérées en Irlande mais ici Madame, les jeunes filles de bonne famille ne se comportent pas en catins.

Il se savait injustement méchant, après tout il avait pu constater lui-même qu'elle était innocente. Mais l'image des deux jeunes gens enlacés dans la nuit tournait devant ses yeux et il ne parvenait pas à réagir de manière raisonnable.

Blessée par ces paroles insultantes, Juliana sentit peu à peu la colère la gagner. Il pouvait bien parler, lui qui avait mis la moitié de Londres dans son lit.

Elle bomba le torse et se redressa de toute sa hauteur pour le toiser avec suffisance.

– Vous avez un certain aplomb à juger ainsi ma conduite alors que personne n'ignore que vous couchez avec Lady Plunket.

Surpris d'entendre le nom de son ancienne maîtresse dans la bouche de Juliana, Henry répondit sur la défensive.

– Taisez-vous, vous ne savez pas de quoi vous parlez !

– Je sais parfaitement de quoi je parle. Franchement, vous me décevez Votre Grâce, je vous pensais plus sélectif dans le choix de vos fréquentations. De ce que j'ai pu constater, c'est une véritable traînée.

– Surveillez vos paroles Madame, gronda-t-il.

– Non, je refuse de me laisser insulter quand c'est vous qui devriez avoir honte de votre comportement !

Henry était hors de lui. Elle venait de rencontrer son amant et se permettait de le juger, lui !

Il l'agrippa par les épaules avec l'envie furieuse de la secouer.

Juliana releva la tête avec un air de défi et le dévisagea.

Soudain, elle se haussa sur la pointe des pieds et l'enlaça avant de lui donner un baiser provoquant. Il éprouva un choc à son contact. Cela faisait si longtemps qu'il n'avait senti son corps pressé contre le sien. Incapable de résister, il se laissa embrasser et glissa machinalement les mains sur sa taille, dont il pouvait éprouver la finesse à travers le tissu diaphane. Elle se colla un peu plus à lui, le mettant au supplice, et il dut mettre toute sa force de volonté pour s'arracher de sa bouche.

Essoufflés, ils restèrent à quelques centimètres l'un de l'autre.

– Embrassez-moi encore, chuchota-t-elle dans un soupir.

– Non Juliana, nous nous égarons, répondit-il en l'écartant. Notre relation est terminée.

Juliana serra les poings. Elle ne se laisserait pas éconduire, pas maintenant qu'elle avait découvert à quel point elle désirait lui appartenir. Mais que pouvait-elle faire pour l'en empêcher ? Dès le lendemain, il informerait le roi qu'ils souhaitaient tous deux rompre leurs fiançailles.

Et soudain elle sut.

Elle devait le séduire, le pousser à prendre sa virginité. Ainsi il serait forcé de l'épouser.

Sitôt née dans son esprit, l'idée provoqua une vague d'excitation qui se propagea dans tous ses membres. Elle avait trouvé le moyen de l'empêcher de rompre certes, mais surtout, il allait la toucher. Elle réalisa qu'elle aurait vendu son âme au diable pour qu'il la touche encore.

Un changement imperceptible flotta dans la pièce.

Retournant vers la coiffeuse, elle prit négligemment la brosse et commença à la passer entre ses cheveux. Elle réfléchissait à toute vitesse, ne sachant comment mettre en œuvre ses maigres talents de séductrice en herbe. Malgré son innocence, elle n'ignorait pas l'effet qu'elle produisait sur lui. C'était de cette manière qu'elle devait s'y prendre.

– Très bien Votre Grâce, je comprends. Après tout, vous et moi n'avons été que des pions dans cette histoire…, dit-elle en soupirant d'un air faussement ennuyé. (Elle reposa la brosse.) Vous avez raison, ces fiançailles n'ont plus aucun sens et n'en ont sans doute jamais eu.

Faisant glisser une manche, puis l'autre, elle dévoila ses épaules nacrées.

– Mais voyez-vous Votre Grâce, vous avez éveillé en moi les prémisses de la passion, et je ne peux continuer à l'ignorer.

Ayant dénoué les liens qui retenaient le tissu, elle fit tomber sa robe dans un bruissement et le vêtement forma une corolle à ses pieds. Elle l'enjamba, vêtue de la chemise transparente qui dévoilait plus ses formes qu'elle ne les cachait, et se dirigea d'un pas tranquille vers le lit, pleinement consciente de sa semi-nudité.

Il la suivait des yeux silencieusement, cherchant à savoir jusqu'où elle irait, quel était le but de cette petite scène. Ses cheveux retombaient en vagues ruisselantes le long de son dos. Elle était follement désirable.

– Un feu brûle en moi, chuchota-t-elle.

Henry sursauta. Le pouvoir de ces mots agissait sur lui comme un tison incandescent. Son sexe dur ne demandait qu'à être libéré et il contemplait la jeune fille d'un regard avide, rêvant d'arracher la dentelle et de caresser son corps délicieux.

– Un feu ? interrogea-t-il d'une voix enrouée.

– Un feu dévorant, répondit-elle en le fixant d'un regard direct, sans détours. Et puisque Sa Grâce ne souhaite pas prendre ma virginité, je serai forcée de me tourner vers quelqu'un qui voudra bien de moi.

Posant le pied sur le rebord du lit, elle commença à dérouler son bas.

– Quelqu'un comme Edward par exemple, ajouta-t-elle innocemment.

En trois enjambées, il fut sur elle. Glissant sa main dans sa chevelure défaite, il agrippa une poignée de cheveux et pencha sa nuque vers l'arrière. Il approcha son visage tout près du sien et plongea son regard dans les yeux envahis de désir de la jeune fille.

– Diablesse, murmura-t-il contre sa bouche.

Et il y glissa la langue, léchant ses lèvres, aspirant son souffle brûlant. Toute la violence de son désir contenu éclata et il la souleva pour la déposer sur le lit.

– Alors comme ça la chienne en chaleur doit être satisfaite, grogna-t-il. Fort bien Madame, votre petit corps va enfin connaître l'assouvissement qu'il désire.

Le bout de ses seins tendait le satin de sa chemise. Il se pencha et prit une pointe entre les lèvres, laissant une trace humide sur le tissu. Elle poussa un petit cri de bonheur, ivre de désir. Sans cesser de la tourmenter, il lui ôta le vêtement et s'écarta un peu pour la contempler. Elle était d'une beauté à faire damner un saint avec un seul bas, les cheveux en bataille et les lèvres enflées par ses baisers.

Les yeux chavirés, elle le fixait, son corps tendu par l'attente. Il reprit un mamelon dans la bouche et le suça, le mordilla, jusqu'à provoquer ses gémissements. De ses mains, il pétrissait la peau douce et chaude, taquinait les bourgeons roses qui durcissaient sous ses doigts experts.

Juliana avait l'impression qu'elle ne parviendrait jamais à reprendre son souffle. Dieu que c'était bon de sentir sa langue parcourir son corps, descendre le long de son ventre, laissant une traînée de feu sur son passage. Elle se sentait parcourue d'une vibration qui partait de son diaphragme, se déployait dans son dos en remontant vers sa nuque, agaçait la plante de ses pieds et titillait le bout de ses doigts, comme un écho ou une pulsation lancinante.

Quand il parvint à son entrejambe, elle empoigna sa tête, affolée :

– Votre Grâce !

– Tu veux connaître la passion Juliana. Il n'y a pas de place pour la pudeur dans la passion.

Et reprenant sa lente descente, il finit par glisser la langue dans les replis de son intimité palpitante. Dieu qu'elle était douce. Elle avait un goût exquis et il la lutina de plus belle, se délectant de son précieux nectar.

Électrifiée par la sensation nouvelle, elle s'abandonna dans un râle. Chaque centimètre carré de sa peau hurlait de plaisir, elle se tenait au bord d'un précipice mystérieux qui l'attirait autant qu'elle le craignait. Elle plaqua la tête du duc contre son entrejambe et ses hanches se soulevèrent à sa rencontre tandis qu'il prolongeait ces préliminaires interminablement.

Revenant vers sa bouche, il l'embrassa langoureusement. Sa main reprit le chemin de ses cuisses et il titilla la petite crête avec dextérité. Juliana gémissait, se tordait sous ses doigts. Elle ne savait pas ce qu'elle cherchait mais elle le voulait.

Henry sentit qu'il ne pourrait plus se contenir très longtemps. Perdu dans les méandres de la passion, il renonça définitivement à la raison, à tout ce qui le poussait à s'éloigner d'elle et se plaça enfin entre ses cuisses, son membre tendu à l'extrême, prêt à exploser.

– Penses-tu qu'Edward pourrait te satisfaire comme ça Juliana ? susurra-t-il, son érection frôlant l'orée de son sexe brûlant.

Juliana, éperdue, secoua la tête de droite à gauche.

– Dis-moi que tu m'appartiens. Dis-le moi Juliana.

– Je t'appartiens Henry, lâcha-t-elle dans un souffle. Je t'en prie, prends-moi, le supplia-t-elle en abandonnant toute retenue.

Accédant à ses désirs, il s'introduisit en elle, sentant son étroit fourreau se refermer autour de lui. Elle se contracta sous l'effet de la douleur.

– Tout va bien ? lui chuchota Henry en s'interrompant.

– Oui, murmura-t-elle après un moment. Continue, ne t'arrête pas.

Il lui embrassa doucement l'épaule, déposant de petits baisers sur sa peau moite tandis qu'il s'enfonçait délicatement de quelques centimètres supplémentaires. Juliana poussa un petit cri et il serra les dents sous la torture de l'attente. S'assurant d'un regard qu'elle était prête à continuer, il entama un lent mouvement de va-et-vient, s'enfonçant chaque fois un peu plus loin avant de se retirer et de recommencer.

Juliana se détendit imperceptiblement et commença à l'accompagner.

Henry sentait son cœur cogner comme un fou dans sa poitrine. Il perdait sa maîtrise légendaire tandis que ses coups de rein se faisaient puissants, les amenant tous deux au bord de l'extase. Haletants, gémissants, leurs corps s'accordaient à la perfection, fusionnaient dans une rare harmonie. Laissant le brasier se déchaîner en elle, Juliana enroula instinctivement ses jambes autour de lui afin de l'accueillir plus profondément et se sentit soudain emportée dans un tourbillon, sans plus ni voir ni entendre quoique ce soit, seulement ces vagues de jouissance qui déferlaient à l'infini, la laissant pantelante.

Contemplant son visage torturé par la passion, il donna un ultime coup de bassin et s'emboîta entièrement en elle avant d'exploser enfin, ravagé par un orgasme d'une violence inouïe.

Reprenant lentement ses esprits, Henry se glissa aux côtés de la jeune fille qui gardait les yeux fermés, un demi-sourire flottant sur ses lèvres pleines. Elle paraissait se repaître de la tranquillité de ce moment, et ses longs cils projetaient sur le velouté de ses joues de fines ombres arachnéennes. Il fut tenté de caresser la douceur de pêche, de suivre du doigt la ligne de la mâchoire mais s'abstint par peur de briser l'aura de sérénité qui les enveloppait.

Le moment qu'ils venaient de partager le plongeait dans la confusion la plus totale. Sa longue expérience lui permettait de réaliser qu'ils partageaient une affinité comme on en rencontre peu. Mais il réalisait aussi l'ampleur des conséquences de ce qu'il venait de faire. Il avait pris sa virginité, ce qui compromettait sérieusement son intention de mettre fin aux fiançailles non désirées. En outre et pour la première fois, il avait omis de se retirer, et la jeune fille pouvait fort bien payer le prix de cette inconséquence.

Pourrait-il encore demander une annulation dans ces conditions, et faire preuve d'un tel mépris à l'égard de Juliana ?

Le soleil dardait ses rayons chauds sur le voile léger qui s'agitait devant la haute fenêtre de la chambre, le traversant sans peine. Juliana, tirée du sommeil par la vive luminosité, s'éveilla en s'étirant. Elle étouffa un bâillement et se reprocha vaguement d'avoir oublié de tirer les tentures la veille au soir.

La veille au soir ! Le souvenir de la nuit passée lui revint brusquement en mémoire et une vive rougeur envahit son visage. Dieu du ciel, qu'avait-elle fait ? Séduire le duc lui avait paru une idée ingénieuse sur le moment mais à la lumière du jour, elle n'en était plus si sûre. Elle avait laissé une fois de plus son impétuosité naturelle prendre le pas sur la raison.

Elle tenta de réfléchir posément à sa situation. Henry allait-il agir avec honneur et concrétiser leurs fiançailles maintenant qu'il avait pris sa virginité ? Son comportement était tellement contradictoire depuis qu'ils s'étaient rencontrés. Et il avait lui-même avoué ne pas savoir ce qu'il désirait. Cela signifiait-il qu'il avait envisagé de ne pas honorer l'engagement de son père ? Peut-être même était-ce la raison pour laquelle il l'avait publiquement humiliée en refusant d'apparaître en sa compagnie depuis qu'elle était arrivée en Angleterre ? Mais c'était pourtant lui qui était venu la chercher en Irlande… Et il l'avait tout de même accompagnée au bal des débutants.

Nom d'un chien, elle n'y comprenait décidément rien du tout.

Elle réalisa soudain avec horreur que leurs ébats n'allaient pas tarder à être connus dans toute la maison. Bondissant hors du lit, elle souleva frénétiquement les draps et repéra très vite la tache de sang évocatrice. Elle se demanda mortifiée ce qu'allaient en penser les domestiques et surtout la duchesse. Cette dernière n'ignorait jamais ce qui se passait sous son toit.

Complètement perdue, elle se rassit sur le lit, ramenant ses genoux sous son menton. Henry n'avait même pas pris la peine de s'attarder après leurs ébats. Il s'était enfui comme un voleur au milieu de la nuit. Elle ne pouvait s'empêcher d'y voir la concrétisation de ses doutes. Elle n'oubliait pas qu'il avait exigé l'annulation de leurs fiançailles après sa rencontre avec Edward. Avait-il changé d'avis ?

La mort dans l'âme, elle se prépara à affronter la duchesse et, après une rapide toilette, se vêtit sans l'assistance de sa femme de chambre. Elle avait peur que cette dernière ne remarque les traces de sa conduite honteuse de la veille.

Rejoignant la salle à manger, elle trouva la table dressée pour le déjeuner et Mary déjà attablée, dégustant une tasse de thé. Une délicieuse odeur de bacon grillé lui chatouilla les narines.

Juliana s'installa à l'autre bout de la table et commença à se beurrer un toast, ne sachant comment entamer la conversation.

– Vous avez bien dormi ? lui demanda gentiment Mary.

– Oui Mary, très bien merci, dit Juliana en

s'empourprant légèrement.

– Je vois que le sommeil vous a redonné des couleurs, dit-elle en haussant un sourcil interrogateur.

– Mary, je dois vous parler d'une chose délicate, se lança Juliana. (Elle n'avait jamais pris de gants et n'allait pas commencer maintenant.) Vous finirez très certainement par l'apprendre...

– Apprendre quoi, ma chère ?

– Bien, commença-t-elle en se raclant la gorge. Hier soir, euh, cette nuit… enfin, après le bal…

Elle s'empêtrait. Dieu que c'était difficile à aborder.

– Ma chérie allez-y, ne soyez pas effrayée, vous pouvez tout me dire.

– Votre fils et moi-même avons consommé notre union avant que celle-ci ne soit célébrée, dit-elle précipitamment et d'un seul trait, cramoisie à présent.

– Oh ! dit simplement Mary.

– Vous n'avez rien à en dire ? demanda Juliana, anxieuse.

– Lorsque vous avez commencé votre phrase par « hier soir », j'ai vite compris de quoi il en retournait.

– Et vous ne me jugez pas ?

– Que voulez-vous, ce qui est fait est fait. Vous êtes fiancée à Henry. Je suppose qu'il était parfaitement conscient des conséquences de ses actes lorsqu'il a décidé de vous séduire.

– Oh, il ne m'a pas séduite ! s'écria Juliana. C'est bien moi qui l'ait poussé à la faute.

– Ma chère enfant, votre innocence me ravit. Croyez-vous que j'ignore la façon dont mon fils vous regarde ? S'il n'avait pas souhaité vous faire… mmm, dit la duchesse avec une petite moue, il ne l'aurait pas fait.

– Vous croyez ? dit Juliana avec une lueur d'espoir au

fond des yeux.

– J'en suis certaine Juliana.

– J'ai parfois l'impression que votre fils ne désire pas m'épouser.

Mary laissa passer quelques instants, choisissant soigneusement ses mots.

– Henry a été élevé pour devenir un duc de Norfolk. Cette famille est extrêmement puissante... mais surtout extrêmement élitiste. Je ne vous cache pas que feu mon époux ne souhaitait pas cette union. Je pense que quelque part, Henry a toujours imaginé qu'il trouverait le moyen de contourner la volonté du roi, persuadé qu'il pourrait faire une meilleure alliance. C'est pourquoi il a tant tardé à venir vous chercher en Irlande. Mais je ne m'étonne pas qu'il ait abandonné ses vieilles croyances depuis qu'il vous connait. Et vous m'en voyez ravie. Je n'aurais pu rêver d'une belle-fille plus magnifique.

Sincèrement émue, Juliana se précipita vers la duchesse, les larmes aux yeux. Elle enlaça spontanément cette dernière qui se laissa faire avec joie.

L'étreinte affectueuse se prolongea un moment puis Juliana finit par se rassoir.

– Naturellement, poursuivit Mary, il faudra songer à commencer l'organisation du mariage à présent.

– Je... Que dois-je faire ? Attendre qu'Henry se manifeste ? Après tout, il n'a pas donné signe de vie depuis que je suis arrivée, à l'exception d'hier soir.

– Il est hors de question qu'il continue à se comporter de la sorte, particulièrement maintenant qu'il a ... fauté. S'il a l'audace de disparaître à nouveau, j'irai le chercher moi-même.

– Mais Mary, balbutia Juliana, je n'ai aucune envie de le voir traîné devant l'autel.

– N'est-ce pas la raison de votre présence ici ? (Elle vit la couleur se retirer du visage de la jeune fille). Je ne cherche pas à vous blesser mais il faut voir les choses en face. Si ce mariage a été envisagé, c'est bien parce que Sa Majesté l'a ordonné. Oh ma chère enfant, je vois que je vous cause de la peine ! Comprenez-moi bien : cela n'empêche pas qu'Henry semble très épris de vous. Comment pourrait-il en être autrement ? Vous êtes absolument divine. Je tenais simplement à souligner qu'il devra vous épouser, qu'il le veuille ou non, et maintenant plus que jamais.

– J'aurais voulu… je préférerais… Oh et puis zut ! se fâcha-t-elle, frustrée de ne pas parvenir à formuler sa pensée.

– Juliana ma chérie, vous souhaitez certainement qu'Henry vous courtise et s'engage pleinement dans cette relation, qu'il ait *envie* de vous épouser. C'est parfaitement compréhensible et je suis certaine que c'est le cas. Mais n'oubliez pas qu'Henry est un homme, et un homme puissant qui plus est. Il réagit mal aux injonctions et ne sera peut-être pas à la hauteur de vos attentes sur ce point. Du moins pas au début. Il faudra lui laisser le temps de venir à vous, de mettre son ego de côté.

– Vous avez raison, soupira tristement Juliana. Puis-je vous demander néanmoins de lui laisser le bénéfice du doute ?

Mary haussa un sourcil interrogateur.

– Accordez-moi un peu de temps. Peut-être est-ce ma fierté qui parle cette fois mais j'en ai besoin. J'ai besoin de voir s'il viendra vers moi de sa propre volonté ou par obligation. De voir à tout le moins s'il se comportera avec honneur et non parce que vous l'exigez.

Mary secoua la tête avec un air dubitatif.

– Très bien, je ferai ce que vous me demandez, soupira-t-elle enfin. Mais je pense qu'il s'agit d'une erreur. Vous risquez de vous faire souffrir pour rien mon enfant.

*

– Sa Grâce ne reçoit pas, répondit fermement Jenkins, s'apprêtant à refermer la porte d'entrée.

– Et moi je vous dit qu'il fera une exception pour moi, répliqua charlotte en fulminant.

– Madame, je vais devoir vous demander de quitter les lieux.

– Que se passe-t-il Jenkins ? demanda Henry qui apparut dans le fond du hall.

Intrigué par les éclats de voix qu'il avait perçus depuis son cabinet de travail, il était sorti pour s'enquérir de la cause de tout ce raffut.

Nom d'un chien, qu'est-ce qu'elle faisait là ? Irrité par cette visite impromptue et totalement inappropriée, il s'interposa et lâcha sèchement :

– Charlotte ? Que fais-tu ici ?

Se penchant vers elle, il ajouta sourdement :

– Tu es devenue folle ?

– Ce vieux débris refuse de me laisser entrer, répliqua-t-elle d'un ton outré. Henry, laisse-moi entrer ou je te jure, je ferai une scène ici même sur le perron.

– Je m'en occupe Jenkins, dit Henry à l'attention du majordome. Entre alors, soupira-t-il à l'adresse de Charlotte.

Il la précéda dans le hall et se dirigea vers la bibliothèque, dans laquelle il l'invita d'un geste à entrer.

Charlotte n'avait jamais mis les pieds à Norfolk

House. Ils se voyaient toujours chez elle. Elle avait fini par comprendre qu'Henry agissait de cette manière pour pouvoir quitter les lieux à sa guise, sans devoir subir une présence jugée indésirable au bout d'un moment. Et il lui semblait que ces dernières semaines, c'était ce qu'elle était devenue, une indésirable.

Impressionnée par luxe qui l'entourait, elle laissa courir son regard sur la cheminée en marbre, monumentale, le lustre de cristal qui occupait la moitié du plafond et les centaines de volumes disposés le long des murs d'une hauteur vertigineuse. Un jour, tout ceci serait à elle.

– Que veux-tu ? demanda-t-il en interrompant cet examen dégoulinant de cupidité.

– Je... Je suis venue voir comment tu allais, dit-elle d'une voix beaucoup moins assurée, déstabilisée par son ton brutal.

– Tu vas me faire croire que la petite scène dont tu viens de régaler le voisinage n'avait d'autre but que de prendre de mes nouvelles ?

– Tu ne m'as pas laissé le choix, Henry. Cela fait presque deux semaines que je ne t'ai plus vu. Tu ne m'as même pas saluée au bal des débutantes hier soir !

Elle devait faire des efforts surhumains pour contrôler l'hystérie qui s'emparait d'elle.

Bon sang, fallait-il vraiment qu'il lui mette les points sur les i ? Il n'avait ni l'envie ni l'énergie d'expliquer à cette gourgandine esseulée les raisons de son désintérêt subi. Il devait néanmoins reconnaître qu'il n'avait pas eu la décence de lui signifier un congé ferme et définitif. Avec un air de commisération qu'il eut du mal à masquer, il soupira :

– Charlotte, je pensais que tu avais compris...

– Compris quoi ?

– Qu'il n'y a plus rien entre nous, dit-il doucement, comme s'il s'adressait à un enfant qui accusait d'un léger retard.

– Qu'est-ce que tu veux dire ? répliqua Charlotte, franchement paniquée à présent.

– Tu refuses de voir la réalité en face, dit Henry en secouant la tête.

– Henry je ne comprends pas ! Avant ton départ, tu m'avais assuré que tu souhaitais poursuivre notre relation malgré la présence de ta fiancée en Angleterre. Et la première chose que tu as fait en revenant c'est de venir me voir.

Elle s'approcha de lui, s'accrochant à ses épaules, cherchant désespérément son contact.

– Je ne l'ai pas rêvé tout de même ? murmura-t-elle d'un ton suppliant.

– Je suis navré si mes actions t'ont laissé entrevoir un quelconque futur avec moi, répliqua-t-il en la maintenant à distance.

Charlotte le dévisagea, les dents serrées par la rage. Sans plus chercher à se maitriser, elle cracha son venin :

– Si cette petite moins-que-rien n'avait pas été là, tu n'aurais...

– Je crois qu'il vaut mieux que tu t'en ailles, coupa froidement Henry.

– Henry je t'en prie, laisse-moi une chance ! C'est l'attrait de la nouveauté, ta fiancée est alléchante, on ne peut pas le nier. Mais tu finiras par te lasser, n'oublie pas qu'elle n'est qu'une petite Irlandaise sans...

– Je t'interdis de parler d'elle.

– Tu ne peux pas me sortir de ta vie comme ça, comme si j'étais une quantité négligeable, vociféra-t-elle. Je vaux mille fois mieux qu'elle ! Qu'est-ce qui m'empêche d'aller la trouver et de lui révéler que tu n'as jamais cessé de me fréquenter, que tu comptes la répudier comme une malpropre ?

Henry sentit soudain une fureur sans nom s'emparer de lui. Il s'approcha jusqu'à la frôler et la domina de toute sa hauteur. Se contenant pour ne pas placer ses mains autour de sa gorge et se mettre à serrer de toutes ses forces jusqu'à sentir la vie quitter le corps de cette harpie, il murmura d'un ton glaçant :

– Si tu t'approches un jour de Juliana, je te jure que je n'aurai de répit que lorsque je verrai ton cercueil descendre dans ta tombe. Me suis-je bien fait comprendre ?

Charlotte, épouvantée, se contenta de hocher la tête.

– Maintenant sors de chez moi, asséna-t-il d'un ton sans réplique.

Une fois sur le perron, Charlotte laissa éclater sa rage, poussant un cri de désespoir. Pour la première fois, elle se sentit perdue. Elle avait fait une grave erreur en venant chez Henry, elle ne le réalisait que trop tard. Elle n'aurait jamais dû le confronter.

Grimpant dans la chaise au porteur qui l'attendait sur le trottoir, elle évacua ses angoisses, soufflant bruyamment à plusieurs reprises.

Oui, elle avait fait une erreur. Celle de s'attaquer de front au problème. Mais tout n'était peut-être pas perdu.

17

Juliana épongea délicatement son front à l'aide du petit mouchoir brodé aux initiales de la duchesse. La chaleur étouffante la mettait au supplice. Massés dans le hall d'entrée de la Royal Academy of Music à l'occasion de son inauguration, les aristocrates, artistes et autres mécènes piaillaient à qui mieux mieux, se rengorgeant de leur présence à cet événement très en vue, prétendant admirer la beauté des lieux.

Fondée par Lord Burghersh avec le concours du célèbre et excentrique harpiste français Nicolas Bochsa, exilé à Londres, elle était située le long de Regent's Park. Le grand bâtiment de briques rouges et de pierres blanches, flanqué de ses quatre cheminées, contenait de nombreuses installations : une salle de concert, un opéra, une salle de récital et même un musée d'instruments de musique. Des violons de renom tels que des Stradivarius ou des Guarneri y étaient exposés, et c'était la raison pour laquelle les Norfolk avaient été conviés à l'événement : le duc avait fait don d'un Guarneri datant de 1705 appartenant à sa famille depuis le milieu du XVIIIe siècle.

Juliana sentit une goutte de sueur couler le long de sa nuque. C'était intenable, il fallait qu'elle s'éloigne. Lord Cavendish était beaucoup trop proche et elle ne savait plus comment se débarrasser discrètement de ses fréquents postillons. Sans réellement prêter attention à son discours pédant, elle cherchait une échappatoire lorsque ses yeux se posèrent sur le duc.

Son cœur manqua un battement. Il était venu ! Toujours aussi séduisant dans sa redingote bleu marine portée sur un court gilet beige, il ne paraissait pas souffrir de la chaleur, et elle en conçut un léger ressentiment. Ses bottes de cuir cirées à la perfection rehaussaient l'élégance de sa tenue. Ses boucles brunes caressaient ses tempes et même à cette distance, elle pouvait voir la légère fossette qui se formait au creux de sa joue alors qu'il tentait visiblement de retenir un sourire amusé, observant ses vaines tentatives de fuite.

Savait-il qu'elle serait présente à l'événement ? Et dans l'affirmative, avait-il décidé de venir en espérant la voir ?

Les trois derniers jours avaient été un enfer. Elle avait d'abord été convaincue qu'il aurait la décence de se présenter au domicile de la duchesse après ce qu'ils avaient vécu et l'avait attendu de pied ferme. Mais il n'était pas venu. Ni le lendemain, ni le surlendemain. Et ses illusions avaient volé en éclats. Malgré la nuit qu'ils avaient partagée, il avait à nouveau disparu, lui exprimant sans équivoque ce qu'elle signifiait pour lui. Elle ne serait jamais digne d'être la prochaine duchesse de Norfolk.

Elle en avait été mortifiée. Quelle idiote elle avait été de croire que, peut-être, ses sentiments étaient partagés. Elle n'avait été qu'un nom de plus dans la longue liste de son palmarès. Comment pouvait-elle à présent envisager de l'épouser ? Il ne voulait pas d'elle et elle ferait mieux d'accepter sa proposition de réclamer une audience au roi.

Mary n'avait cessé de lui lancer des regards entendus. Juliana craignait qu'elle ne mette sa menace à exécution et qu'elle aille chercher son fils pour l'obliger à assumer ses responsabilités. Et c'était la dernière chose qu'elle souhaitait. Maintenant qu'elle savait ce qu'était l'amour, elle ne pouvait envisager passer sa vie aux côtés d'un homme qui ne ressentait rien pour elle.

C'est pourquoi lorsque Mary lui avait proposé de l'accompagner à l'inauguration de la Royal Academy of Music – à laquelle était convié Henry, avait-elle incidemment ajouté – Juliana n'avait pas hésité une seule seconde. Elle devait le voir pour lui déclarer qu'elle ne s'opposerait pas à une annulation. Quelle importance après tout qu'il ait ravi sa virginité ? Ce n'était pas comme si elle envisageait d'épouser un autre homme.

Henry se détourna de Lord Burghersh qui déclamait à sa gauche les mérites de l'acoustique révolutionnaire de la salle de concert et se rapprocha de la jeune fille, un verre de limonade à la main. Il avait eu besoin de quelques minutes pour se donner une contenance.

Qu'est-ce qu'elle lui avait manqué !

Depuis trois jours, il ne cessait de franchir le seuil de Norfolk House pour ensuite revenir sur ses pas. Complètement perdu, il avait hésité mille fois à lui rendre visite et s'était ravisé mille autre fois. Avait-il encore la possibilité d'exiger une annulation maintenant qu'il avait franchi le pas ? Peut-être n'était-ce pas trop tard. Personne n'était au courant de leur petit écart et il arrivait plus fréquemment qu'on n'eut pu le penser que de jeunes mariées soient précocement déflorées. Il était bien placé pour le savoir, il avait lui-même eu de nombreuses aventures avec des demoiselles bien plus dévergondées qu'elles n'y paraissaient, même s'il préférait en général l'éviter pour se tourner vers des partenaires plus expérimentées.

Bon sang, la simple idée de la perdre lui donnait des sueurs froides. Elle s'était donnée à lui… Il ne pouvait l'imaginer dans les bras d'un autre, dans les bras d'Edward.

À la voir ainsi, dans sa robe légère d'un vert émeraude qui lui faisait penser aux prairies irlandaises, il sentit son cœur se gonfler de tendresse. Il devinait les manches courtes sous la pelisse de coton qui lui protégeait les épaules et mourrait d'envie de passer son doigt sur le liseré de dentelle de Venise qui bordait sagement son décolleté.

Sans un mot, il lui tendit le rafraîchissement et leurs doigts se frôlèrent.

Un courant électrique les traversa.

– Votre Grâce, l'accueillit-elle froidement en détournant la tête.

– Madame, répondit-il en s'inclinant.

– Vous appréciez la visite ?

– Tout à fait. Ces lieux sont remarquables.

– Vous avez été très généreux, releva-t-elle poliment.

– C'est notre devoir de soutenir la culture et les arts, répondit-il avec une éloquence délibérément exagérée. Particulièrement ceux qui ont eu la chance de naître dans des circonstances aussi clémentes que les nôtres, dotés d'un titre et d'une fortune. Ils doivent en faire profiter les moins nantis.

Il avait espéré par cette petite tirade débitée sur le ton de la boutade la dérider quelque peu. Elle lui en voulait clairement de sa défection et il ne pouvait l'en blâmer. Il s'était comporté comme un malotru.

– Certes, répondit-elle d'un ton pincé.

– Juliana... (Elle fit de gros yeux, effrayée qu'il use de son prénom en public). Lady Juliana, se reprit-il, pourrions-nous discuter un moment... en privé ?

– Je pense pouvoir affirmer que les discussions privées ne nous réussissent pas, Votre Grâce, asséna-t-elle sèchement.

– J'en conviens. Néanmoins, il me semble que nous devons aborder certaines choses... qui ne peuvent être débattues ici.

– Vous connaissez mon adresse, rétorqua-t-elle, caustique.

Il ne put masquer un sourire. Son impertinence le ravissait. Il n'avait jamais aimé les caractères gentils et sans reliefs.

Elle s'obligea à inspirer profondément. Pourquoi réagissait-elle comme ça ? Elle était venue précisément pour « aborder certaines choses ». Mais elle ne pouvait s'empêcher d'être irritée. Elle enrageait de le voir profiter tranquillement de cette occasion mondaine alors qu'il n'avait pas cherché à la revoir. Pire, elle enrageait de réagir à sa présence, de ressentir une fois de plus les mêmes émotions stupides qui l'envahissaient à chaque fois qu'elle posait les yeux sur lui.

Il la regarda soudain avec une intensité qui fit flageoler ses jambes. Son souffle s'accéléra et la chaleur se fit encore plus insupportable.

– Lady Juliana, murmura-t-il, je...

Ils furent soudain interrompus par Lady Mary qui

apparut aux côtés de Juliana.

– Juliana, vous voilà ! Il faut absolument que vous veniez admirer les instruments qui sont exposés au musée. Le prochain tour va commencer.

Avec un profond soupir, Juliana s'éloigna au bras de la duchesse, jetant un dernier regard au duc.

– Elle te plaît, glissa Chaz d'un ton moqueur en le rejoignant.

Cela faisait un moment qu'il observait Henry. Ce dernier n'avait pu détacher les yeux de sa fiancée depuis qu'il l'avait aperçue, et paraissait si dépité en la regardant s'éloigner qu'il n'avait pu s'empêcher de venir le taquiner.

– Tais-toi, répondit sombrement Henry.

– C'est vrai qu'elle est tout à fait… charmante. Tu me la présentes ? ajouta-t-il malicieusement.

– Si tu oses t'approcher… menaça soudain Henry avant de s'interrompre, réalisant qu'il venait de se trahir.

– Elle te plaît, admets-le, se contenta de souligner Chaz.

– Pardieu oui elle me plaît ! Beaucoup trop même.

– Je ne t'ai jamais vu comme cela, observa Chaz. Tu as l'air… ensorcelé.

– C'est le cas. Elle me rend fou, Chaz. Je ne sais plus quoi faire.

Il passa ses mains dans ses cheveux.

– Elle est… je ne sais pas. Elle est… différente.

– J'ai bien vu la façon dont elle te regardait. Tu n'as pas résisté, c'est cela ? devina-t-il avec un sourire jusqu'aux oreilles.

– Ça s'est passé après le bal des débutantes il y a trois jours, finit par avouer Henry d'un air renfrogné. Oh et puis je n'ai aucun compte à te rendre, va te faire voir avec tes questions indiscrètes.

– Pourquoi te mets-tu ces barrières ? demanda Chaz, faisant comme s'il n'avait rien entendu.

– Tu sais parfaitement pourquoi.

– Sincèrement, je n'ai jamais compris cette obsession que vous avez, vous les ducs de Norfolk, avec vos alliances prestigieuses. Je connais nombre d'aristocrates qui se sont mariés en-dessous de leur condition, et même à des roturiers. Les temps ont changé Henry.

– Nous avons de lourdes responsabilités Chaz. Mais tu ne peux pas comprendre, tu n'as jamais subi la pression de porter un titre. Tu te comportes comme un vaurien depuis ta naissance.

Chaz ne prit pas ombrage de ces paroles. Ils avaient l'habitude de se dire tout et n'importe quoi, sans prendre de gants. Et puis il se comportait effectivement comme un vaurien. Ayant eu ce qu'il considérait comme une chance d'être le second fils du comte de Surrey, il n'avait jamais pris la vie au sérieux, laissant bien volontiers cet honneur à son frère, qui deviendrait comte à la mort de leur père.

– L'avantage de ne compter pour rien du tout, lança Chaz en levant les bras dans un geste de fatalisme amusé. (Il reprit, plus sérieusement.) Que vas-tu faire d'elle maintenant ?

– Je n'en ai pas la moindre idée.

18

Charlotte passait distraitement sa main sur le torse velu de son compagnon. Les prouesses du comte de Devon étaient loin d'égaler celles d'Henry mais il faisait l'affaire. Et puis elle ne l'avait pas choisi pour ses charmes mais pour sa position privilégiée auprès du roi.

– Vous m'avez épuisée, mon cher. Votre appétit est sans limite, dit-elle avec un petit rire.

– Vous seriez capable de donner envie à un moine de se défroquer. Je n'allais pas m'empêcher d'en profiter, rétorqua-t-il tranquillement.

– Vous me flattez Thomas.

Il posa sa main avec possessivité sur son sein, dont il tordit la pointe avec un air égrillard.

– Je suis prêt à recommencer ma beauté.

– Calmez vos ardeurs Monsieur le Comte, l'après-midi est encore jeune, répliqua-t-elle, s'interdisant néanmoins d'ôter la main importune.

Il eut un rire gras et lui donna une grande claque sur les fesses.

– Très bien, vous jouez les jeunes vierges effarouchées. Très excitant, continuez !

Charlotte poussa un soupir, excédée par ce petit jeu sans fin. Mais elle devait tenir bon. Elle avait une mission et elle s'en acquitterait coûte que coûte.

Après sa visite désastreuse à Norfolk House, elle avait mis sur pied à toute vitesse un plan d'attaque. La situation s'était par trop dégradée et elle perdait le contrôle. Avant toute chose, elle devait s'occuper de l'Irlandaise. Elle s'était creusé les méninges pour trouver le moyen de l'éloigner et c'est alors qu'elle avait pensé à se servir du comte de Devon. Ce pervers salace, dans les petits papiers de George IV, lui avait fait entendre à de nombreuses reprises qu'il aurait volontiers goûté à ses charmes si elle lui en laissait l'occasion.

– Dites-moi mon cher, commença-t-elle d'un air détaché, êtes-vous si proche de Sa Majesté qu'on le prétend ?

– George et moi ? Nous sommes comme les deux doigts d'une main. Si vous saviez les catins que nous nous sommes partagées. Pourquoi ? Vous êtes intéressée par une petite partie à trois ?

Il eut un sourire graveleux qui lui donna froid dans le dos.

– Ne soyez pas ridicule, Monsieur. Je suis une veuve respectable ! protesta-t-elle avec un brin d'ironie qui adoucit suffisamment son refus.

– Je plaisantais. Je ne suis pas prêt à vous partager !

Il partit d'un grand rire et Charlotte trépigna. Elle n'en pouvait plus de devoir tourner autour du pot.

– Si je vous ai posé la question, c'est parce que j'ai une petite faveur à vous demander.

– Une faveur ?!

– Une toute petite, rien du tout en vérité.

– Dites toujours, nous verrons si je peux vous agréer.

– Il y a quelques temps, Lord Vane a adressé à Sa Majesté une requête qu'il s'est vu refuser.

– L'annulation ? Oui, je suis au courant. Vous voyez que je suis proche de George IV ! ajouta-t-il triomphant.

– Je n'en doutais pas Thomas, répondit-elle d'un ton rassurant en tapotant son torse. Ma demande est très simple : je souhaiterais que vous abordiez le sujet avec Sa Majesté afin de savoir si Elle est parvenue à une décision. Peut-être intervenir en faveur de Lord Vane, si cela n'est pas trop demander.

– En quoi cela vous concerne-t-il ? demanda-t-il, soudain soupçonneux.

– Vous n'êtes pas sans ignorer les liens que j'ai eus avec Henry il y a quelques temps. Je voudrais le remercier des bons moments que nous avons partagés en l'aidant dans cette petite croisade.

– Vous espérez le récupérer au passage ? fit le comte, moqueur.

– Loin de moi cette idée, prétendit-elle sur un ton faussement épouvanté. Henry et moi sommes restés bons amis et il me fait de la peine, coincé avec cette petite Irlandaise qui n'est pas faite pour lui.

– On dit pourtant qu'elle est d'une beauté époustouflante. Connaissant Norfolk, je suis même étonné qu'il n'ait pas cherché à la mettre dans son lit.

– Henry n'est nullement intéressé par les petites vierges. Il s'est récemment confié à moi, je vous l'ai dit nous sommes restés proches. En réalité c'est moi qui ait mis fin à notre relation.

– Vous auriez mis un homme aussi puissant à la porte ? Permettez-moi d'en douter Madame, dit-il avec un petit rire sceptique.

– J'ai fini par me lasser, que voulez-vous. Vous savez, malgré sa réputation, Henry n'est pas… Eh bien, il n'est pas vous, mon cher.

– C'est vrai que sans me vanter, je suis un amant de premier choix, se gaussa-t-il en plissant son cou de dindon.

– Vous interviendrez auprès de Sa Majesté, alors ? insista-t-elle.

– Oh bon très bien, si vous y tenez. Je ne vous garantis rien, George a ses humeurs. Bon maintenant, si nous revenions à notre petite affaire, dit-il en lui fourrageant les seins de ses mains épaisses.

Elle gloussa juste ce qu'il faut, soupirant intérieurement de satisfaction. La première étape était franchie.

19

Juliana se tenait devant le petit secrétaire de la bibliothèque. Bien que cela ne lui procure aucun plaisir, elle avait décidé d'entretenir sa correspondance et de décrire à sa sœur son séjour à Londres. Elle devait également s'enquérir de la situation à Castle Coole et rédiger un courrier à l'attention de Byrne.

Elle entendit qu'on toquait discrètement à la porte et Mary entra, un sourire aux lèvres.

– Je vous dérange ? demanda-t-elle poliment.

– Pas du tout Mary. Que puis-je faire pour vous ?

– Henry vient de partir. (Le cœur de Juliana sauta un battement.) Il s'excuse de ne pas avoir eu l'occasion de vous saluer, il ne faisait que passer.

– Que voulait-il dans ce cas ?

– Vous inviter pour une promenade dans Hyde Park. Cet après-midi, précisa-t-elle, son sourire s'élargissant encore.

– Vraiment ? demanda Juliana en retenant son souffle.

– Votre petite rencontre à l'inauguration d'hier n'a donc pas été inutile, ajouta Mary d'un ton réjoui.

– C'est vous qui aviez orchestré tout cela ? soupçonna soudain Juliana.

– Mais pas du tout, se défendit-elle avec une lueur malicieuse dans le regard. J'ai simplement mentionné à Henry que nous serions présentes lorsqu'il m'a annoncé son intention de décliner cette invitation. Cette information a dû le convaincre de changer d'avis. Ou une autre raison pour l'inciter à venir s'est-elle présentée entretemps... Comment savoir ce qui passe par la tête des hommes ?

– Vous pensez vraiment qu'il est venu pour moi ? demanda Juliana, qui sentait malgré elle renaître un soupçon d'espoir.

– Je n'en doute pas une seconde, ma chérie. Henry est certainement revenu à la raison, et il était plus que temps.

Charlotte poussa la porte de chez la modiste. La petite boutique, qui ne comptait qu'une clientèle de luxe triée sur le volet, était à peine visible depuis la rue. Daniela, la propriétaire, était une vieille amie et Charlotte lui avait récemment confié qu'elle espérait plus de sa relation avec le duc de Norfolk. C'est pourquoi Daniela s'était empressée de dépêcher un commis pour avertir Charlotte sitôt que Juliana avait mis un pied dans sa boutique.

Charlotte n'aurait pu rêver d'une plus belle occasion. La petite séance accordée au comte de Devon avait été couronnée de succès et voilà qu'elle avait à présent l'opportunité inespérée d'affronter le petit fléau irlandais dans un face-à-face qui, elle l'espérait, ferait suffisamment de dégâts pour lui redonner une longueur d'avance. En outre, elle devait avouer qu'elle brûlait de connaître celle qui avait réussi à ensorceler le duc de Norfolk, celle qui avait réussi là où toutes les autres avaient échoué.

La pièce était silencieuse. Des dizaines de modèles de robes, chapeaux, gants et dessous affriolants étaient exposés dans un fouillis de matières et tissus chamarrés. Un rouleau de dentelle de Bruxelles était posé en travers du comptoir. Charlotte le caressa distraitement du bout des doigts, scrutant l'arrière-boutique de laquelle lui parvenaient des sons étouffés. Elle s'approcha subrepticement de l'unique porte qui menait au salon d'essayage, entrouvrant celle-ci sans faire de bruit.

Elle se trouvait au centre de la pièce, vêtue de sa seule chemise en soie chatoyante qui épousait ses formes parfaites dans un doux plissé. Charlotte grinça des dents. Elle était vraiment d'une beauté sans pareille. Deux seins ronds, hauts placés, un ventre plat, des hanches en amphore qui s'arrondissaient vers ses jambes fuselées. Reflétée par les trois miroirs qui l'entouraient, dans cette tenue légère, elle n'en était que plus resplendissante.

Elle semblait attendre Daniela, sans doute partie chercher la tenue qu'elle devait essayer pour qu'elle l'ajuste. C'était le moment d'en profiter si elle souhaitait avoir un moment seule à seule avec elle.

– Daniela ! fit-elle en poussant la porte. Oh ! Excusez-moi, je cherchais Daniela, nous avions rendez-vous à quinze heures et elle ne se trouvait pas en boutique.

Juliana attrapa bien vite le peignoir pendu à une patère et s'en recouvrit, les joues en feu. Se tournant vers l'intruse, elle reconnut Lady Plunket et se méfia instinctivement de cette rencontre fortuite. Ainsi donc elle finissait par subir cette confrontation tant redoutée.

Sur ses gardes, elle acquiesça en murmurant un vague « Bonjour ».

– Mais... seriez-vous par hasard Lady Juliana de Belmore, dont tout le monde parle ? prétendit s'étonner Charlotte.

– En personne. Et vous êtes ?

– Lady Charlotte Plunket. Enchantée.

– De même, concéda Juliana du bout des lèvres, resserrant les pans de son peignoir avec raideur.

– Il est étonnant que nous ne nous soyons jamais croisées auparavant, avec toutes les connaissances que nous avons en commun, ajouta mielleusement Charlotte, un sourire faux plaqué sur le visage.

Juliana fulminait. Quel toupet ! Venir s'afficher devant elle en lui rappelant l'intimité qu'elle avait partagée avec son fiancé.

– Nous ne fréquentons pas vraiment les mêmes cercles, répondit-elle avec le même sourire hypocrite que son adversaire. Les intimes de la duchesse sont tellement sélectifs, c'est vraiment dommage d'être fermés à ce point.

Charlotte encaissa l'insulte sans broncher. Seul le léger tressautement de sa mâchoire trahit sa vexation. Elle décida de passer à la vitesse supérieure.

– Nous aurions pu à tout le moins nous croiser chez le duc, minauda-t-elle.

Pour rien au monde, Juliana n'aurait laissé paraître qu'elle n'avait encore jamais mis les pieds chez le duc et surtout, qu'elle était atteinte par les affirmations de cette traînée. Henry continuait-il à la fréquenter ? Et chez lui, de surcroît ?

Manquant soudainement d'air, elle se demanda ce que fabriquait la modiste. Elle avait prétendu revenir dans quelques minutes, or cela faisait déjà un bon moment qu'elle avait disparu.

– Cela m'étonnerait fortement, répondit-elle avec une assurance qu'elle était loin de ressentir. Henry n'aurait jamais accepté que des fréquentations douteuses franchissent le seuil de Norfolk House.

Elle constata avec plaisir que l'usage du prénom de son fiancé avait ébranlé cette vilaine.

Charlotte mourrait d'envie de couper la chique de cette petite peste en lui annonçant de but en blanc que le duc avait demandé l'annulation de leurs fiançailles. Dieu que c'était tentant ! Un tel soufflet porterait un sérieux coup à leur charmante petite romance. Elle pouvait presque voir l'expression choquée qu'elle ne manquerait pas de provoquer chez sa rivale et se délecta un moment de la sensation de puissance que cette idée faisait naître. Elle repensa néanmoins aux menaces d'Henry. Non, elle devait se montrer plus subtile que cela si elle voulait une chance de le récupérer par la suite. Au demeurant, abattre ses cartes aussi prématurément lui ferait perdre l'effet de surprise, sans lequel les machinations qu'elle mettait en place avec le concours du comte de Devon n'auraient que peu de chance d'aboutir. Elle se contenta donc de répondre, hautaine :

– Détrompez-vous ma chère. J'y suis venue tellement de fois que je ne les compte plus.

Une lueur de joie malsaine au fond du regard, elle ajouta pour faire bonne mesure :

– J'en reviens d'ailleurs à l'instant. Nous avons passé un moment délicieux.

Elle ne prenait pas trop de risques, la jeune fille venait de passer près de deux heures chez la modiste.

Touchée malgré elle, Juliana se détourna pour masquer la peine que cette dernière réplique avait causée. Henry avait annulé la promenade dans Hyde Park, prétextant un déjeuner d'affaires urgent. Il s'était présenté chez la duchesse en personne pour s'en excuser et s'était montré charmant, promettant de se rattraper en les invitant à l'opéra le soir-même. Juliana y avait vu le signe qu'il cherchait à la revoir parce qu'il désirait passer du temps en sa compagnie. Le cœur léger, elle s'était rendue chez la modiste, heureuse d'avoir une toilette somptueuse à porter le soir-même.

Se pouvait-il qu'il se soit désisté pour passer un moment avec sa maîtresse ?

Daniela choisit ce moment pour faire son entrée, la tenue sur le bras.

– Madame ? fit-elle d'un ton interrogateur à l'adresse de Charlotte, une lueur de connivence dans le regard.

– Excusez-moi Daniela, je pensais que nous avions rendez-vous à quinze heures et je suis tombée par hasard sur cette charmante demoiselle.

– Lady Plunket, notre rendez-vous était à seize heures. J'espère que vous n'avez pas été importunée par cette erreur Lady Juliana, ajouta-t-elle en se tournant vers la jeune fille.

– Ne vous inquiétez pas, répondit Juliana d'un ton légèrement éteint. De toute façon je dois filer. J'ai promis à la duchesse de Norfolk de la rejoindre pour le thé.

Elle sentait le brusque besoin de fuir. Fuir cette vilénie, ce triangle amoureux dans lequel elle se trouvait empêtrée bien malgré elle.

Elle s'esquiva vers le fond de la pièce, masqué par un

paravent chinois.

– Vous êtes sûre de vouloir écourter notre séance ? insista Daniela.

– Tout à fait. Je reviendrai un autre jour.

– Alors, comment tu la trouves ? s'enquit Charlotte avec avidité sitôt la jeune fille partie.

– Elle est... C'est une beauté Charlotte, grimaça Daniela.

– Je sais, grogna cette dernière, contrariée. Quelle poisse !

– J'ai tenté de lui soutirer quelques informations, poursuivit la modiste, mais elle n'est pas très causante. Elle se sent un peu isolée, n'a pas beaucoup d'amies... Rien de très croustillant.

– T'a-t-elle parlé du duc ?

– Non, elle est restée très discrète. Je ne pouvais pas la questionner ouvertement, j'ai une image à conserver, s'excusa Daniela. La duchesse est l'une de mes meilleures clientes.

– Tout de même, réfléchit Charlotte à voix haute, je me demande s'il s'est passé quelque chose entre eux. Tu aurais dû voir la façon dont il la regardait au bal des débutantes... Il est parti dès qu'elle a quitté la soirée.

– Tu ne penses pas que tu devrais laisser tomber ? hasarda Daniela. Après tout, c'est sa fiancée et de ce que tu me dis, elle lui a tapé dans l'œil... Peut-être tes chances se sont-elles envolées ?

– Jamais ! Henry est à moi, murmura-t-elle pour elle-même, une lueur démente dansant dans le fond du regard.

– Mais Charlotte... Le duc approche la trentaine, il va certainement chercher à avoir un héritier bientôt. Cette petite est jeune, bien constituée. Tandis que toi...

– Quoi, moi ? Fais bien attention à ce que tu t'apprêtes à dire…, répliqua Charlotte d'un ton menaçant.

– Charlotte, tu m'as toi-même confié tes doutes il y a bien longtemps, fit Daniela prudemment. Tu n'as jamais réussi à enfanter avec le baron. Pour un homme tel que Lord Vane, cela peut constituer un frein, même inconsciemment.

Refusant de lui montrer que ses propos appuyaient précisément sur un point douloureux chez elle, Charlotte releva le menton.

– Le baron était un vieil impotent qui ne savait pas se servir de son engin. Je ne prends aucune responsabilité quant à l'issue de ce mariage. Et je suis encore jeune et bien constituée moi aussi, ajouta-t-elle sèchement. Tu oublies que je n'ai que quelques années de plus que cette petite sotte.

Bien que furieuse de la comparaison effectuée par son amie, Charlotte sentit peu à peu sa colère retomber. Cette conversation venait de lui donner une idée.

20

La salle était comble. *La figlia dell'aria*, dernier opéra de Rossini, avait attiré toute la haute société pour la grande ouverture. La relation d'amitié que le compositeur entretenait avec le roi y était pour beaucoup. Le génie italien avait récemment connu plusieurs échecs, dont la représentation de *Semiramide* à Venise, et espérait redorer son blason.

Juliana trépignait sur son siège de velours rouge, penchée sur le balcon de la loge des ducs de Norfolk. C'était le premier opéra qu'elle avait l'honneur d'écouter. Elle avait posé des centaines de questions sur Rossini durant le trajet jusqu'à la Royal Opera House, voulant tout apprendre sur son œuvre. Henry et sa mère y avaient répondu avec complaisance, attendris par son ingénuité. Lorsqu'il avait cherché à capter son regard cependant, il lui avait trouvé un air fuyant. C'était pourtant la première fois qu'il l'invitait officiellement à un événement mondain, à l'exception du bal des débutantes. Il avait cru qu'elle comprendrait qu'il s'agissait d'un pas vers elle. Du premier pas qu'il faisait, et qui avait tant tardé.

Il sentait ses résolutions fondre comme neige au soleil. Sa conversation avec Chaz n'y était pas étrangère, ou était-ce la visite de Charlotte ? La panique qui s'était emparée de lui à l'idée que Juliana apprenne qu'il avait demandé l'annulation de leurs fiançailles avait été révélatrice. Il ne supporterait pas de la perdre.

Sur un coup de tête, il s'était présenté le matin-même pour lui proposer une balade dans Hyde Park, qui avait malheureusement dû être annulée suite à une réunion imprévue réclamée par Lord Bowmont au sujet de la prochaine session parlementaire. Membre actif de la Chambre des lords, Henry avait toujours pris ses responsabilités politiques très à cœur et il s'était vu dans l'obligation d'accepter.

Les murmures se turent tandis que les lourds rideaux s'écartaient pour dévoiler un décor grandiose. Juliana ne perdait pas une miette de la représentation, fascinée par les somptueux costumes, emportée par la beauté de la musique, bouleversée par la tragique histoire des protagonistes.

En retrait derrière la jeune fille, Henry se régalait d'un tout autre spectacle. La poitrine de Juliana se soulevait au rythme de ses émotions, son joli visage se crispait ou s'illuminait au fil du récit. Il était tout simplement sous le charme, touché par son authenticité.

Les applaudissements se tarirent et Juliana plissa les yeux, éblouie par la vive lumière qui s'était rallumée. Se tournant vers lui, elle déclara des étoiles dans les yeux :

– C'était magnifique. Merci Votre Grâce.

– Je suis ravi que l'opéra vous ait plus Madame, répondit-il avec un sourire. Nous aurons certainement l'occasion d'en écouter d'autres.

– Rien ne me ferait plus plaisir, répliqua joyeusement

Juliana.

Une délicieuse tendresse passa entre eux.

Du coin de l'œil, il aperçut Charlotte en contrebas qui se dégageait de sa rangée pour se diriger visiblement vers les étages. Aurait-elle l'audace de venir se présenter à sa loge alors qu'il se trouvait en présence de sa mère et de sa fiancée ? Après la scène qu'elle lui avait faite à Norfolk House, il ne pouvait rien exclure. Pardieu il ne pouvait prendre ce risque, pas alors que Juliana semblait enfin dans de meilleures dispositions.

– Si vous voulez bien m'excuser à présent, je dois aller saluer certaines de mes connaissances.

Il se leva sans autre forme de cérémonie et sortit de la loge.

Cruellement déçue par ce qu'elle perçut comme une rebuffade déguisée, Juliana retint de justesse un juron bien senti. Quel manque de courtoisie. Henry aurait pu lui consacrer un peu de son temps une fois l'opéra terminé. Dire qu'elle avait cru que cette invitation était le signe d'un rapprochement… Sans doute s'était-elle baignée d'illusions. Le duc était habitué à fréquenter des femmes qui s'accordaient ce genre de libertés et c'était tout ce qu'elle avait représenté pour lui. Elle en était d'autant plus convaincue depuis sa rencontre avec Lady Plunket.

Henry poussa la porte du White et sentit l'atmosphère enfumée typiquement masculine l'envelopper de son aura réconfortante. Le gentlemen's club, réservé à une poignée d'aristocrates, était le plus élitiste de la capitale. Il chercha Chaz des yeux mais il n'avait pas l'air d'être présent.

Lorsqu'il était parvenu en bas de l'escalier principal

de la Royal Opera House, il n'avait fait qu'apercevoir son ex-maîtresse qui s'éloignait vers un groupe d'amis. À l'intense soulagement qu'il avait ressenti avait aussitôt succédé une consternation affligée. Il avait quitté Juliana si brutalement, qu'avait-elle dû s'imaginer ?

Louvoyant à contre-courant dans le flot ininterrompu de spectateurs qui se dirigeaient vers la sortie, il avait fini par rejoindre la loge des Norfolk en pestant, passablement énervé. Juliana était partie.

C'est alors qu'il avait décidé d'en finir. De prendre une décision, le soir-même. La quitter ou la faire sienne. Il n'était plus question de naviguer dans l'entre-deux. Torturé par son combat intérieur, il avait ressenti le besoin d'entendre une nouvelle fois le point de vue réformiste de son ami sur la question du mariage, qu'il le convainque de la futilité de sa quête.

Henry décida qu'il pouvait bien patienter un instant et commanda un whisky avant de s'assoir dans un confortable fauteuil de cuir marron. Tirant pensivement sur un cigare, il tenta de mettre de l'ordre dans ses pensées en observant son extrémité rougeoyante.

Pourquoi avait-il fallu qu'elle soit si merveilleuse ? Elle ne se contentait pas d'être belle, non, elle pouvait en outre se targuer d'être intelligente, drôle et vraie. Sa personnalité le ravissait et c'était la première fois qu'il était charmé au-delà du physique. Et le sexe… Dieu, le sexe. Il ne rêvait que d'une chose, recommencer. Il avait toujours considéré l'amour comme un jeu pratiqué entre deux adultes consentants, sans que cela ne mène à quelque chose de plus sérieux. Mais avec elle, tout était différent, il ne pouvait pas l'expliquer.

Il repensa à sa conversation de la veille avec Chaz. La

valeur d'un homme pouvait-elle se mesurer à la pureté de son sang ? Pouvait-on, pour cette absurde raison, dénigrer des artistes tels que Rossini, dont le père devait cumuler sa fonction de corniste avec celle d'inspecteur de boucherie, Beethoven, qui venait d'une modeste famille de roturiers, ou même Haydn, fils de charron ? Les membres de sa pairie oisive, fruits dégénérés pour certains d'entre eux de mariages consanguins, ne soutenaient pas la comparaison.

Lord Talbot, Comte de Shrewsbury, choisit ce moment pour s'installer dans le fauteuil voisin. En parlant d'artistocrates futiles...

– Votre Grâce, le salua ce dernier avec entrain. Il y avait un moment qu'on ne vous avait plus vu ici.

– J'ai été bien occupé, répondit Henry, vaguement irrité par cette interruption intempestive.

– Occupé par Lady Plunket ? lui demanda-t-il avec un clin d'œil égrillard en lui donnant un léger coup de coude.

– Cessez donc vos commérages, Shrewsbury. Vous n'avez plus douze ans.

Vexé, Lord Talbot se renfonça dans les coussins et laissa Henry méditer en paix. Sa jambe remuait nerveusement et il le relança au bout d'un moment.

– Une petite partie de cartes ? J'ai entendu dire que Carrick est là ce soir. Vous ne serez pas dépaysé, dit-il avec un sourire, fier de sa plaisanterie.

Thomas Butler, 3e comte de Carrick, était le neveu de Margaret Butler, la défunte mère de sa fiancée. La référence de mauvais goût fit grincer Henry qui se tut néanmoins, tenté par la proposition de Lord Talbot.

– Très bien, dit-il en écrasant son cigare dans l'épais cendrier de cristal. Il est grand temps que je vous déleste de quelques livres.

– Comme vous y allez, n'oubliez pas que j'ai gagné notre dernière partie.

– Une revanche bien sentie me fera le plus grand bien.

Ils s'installèrent autour d'une table de jeu, ayant alpagué au passage le fameux Carrick ainsi que Richmond, et ils entamèrent une partie de piquet.

Carrick commença la donne.

– Combien de cartes écartez-vous, Norfolk ?

Henry examina attentivement son jeu. Il avait été plutôt chanceux.

– Une, déclara-t-il, confiant.

Les joueurs procédèrent à l'écart chacun à leur tour et comme personne n'avait cartes blanches, ils procédèrent aux annonces.

Henry parvint un moment à se détendre et même à sourire à l'une ou l'autre plaisanterie de ses partenaires de jeu, mais à mesure que la soirée avançait, il perdit peu à peu tout intérêt pour la partie en cours. Il ne cessait de penser à Juliana, à son air peiné lorsqu'il l'avait laissée à l'opéra.

La vision particulièrement dérangeante de la galerie des portraits à Norfolk House s'imposa soudain à lui. Les tableaux, qui représentaient la lignée des ducs de Norfolk, se mirent à danser devant ses yeux, se superposant aux cartes qu'il tenait en main. Il eut l'impression de devenir fou.

Jetant ses cartes sur le tapis de jeu, il se leva et annonça :

– Messieurs, je vous souhaite bien le bonsoir.

– Ne soyez pas mauvais perdant, protesta Lord Talbot. Vous allez vous refaire.

Sans répondre, il s'éloigna des gentlemen qui le

suivirent des yeux en plaisantant.

Puisque Chaz était introuvable, il parlerait avec sa mère. À l'exception de son ami, elle était la seule à pouvoir comprendre le dilemme auquel il devait faire face et qui l'empêchait de trouver le sommeil. Il espérait que ses conseils avisés lui permettraient de prendre cette fameuse décision, même si cela signifiait devoir lui avouer ce qui s'était passé le soir du bal.

– Ma chère Juliana, je vous abandonne. Je tombe de fatigue, déclara Mary en se levant du canapé.

Les deux compagnes avaient décidé de terminer la soirée par un moment de lecture tranquille mais l'heure tardive avait eu raison de Lady Mary, qui s'éclipsa en souhaitant une bonne nuit à la jeune fille.

Restée seule, Juliana se replongea dans le fascinant pamphlet intitulé « Défense des droits de la femme », de Mary Wollstonecraft, qui fustigeait la société patriarcale anglaise. Selon elle, l'infériorité supposée des femmes était le résultat d'un manque d'éducation appropriée auquel elles étaient malheureusement soumises, et non d'une injustice liée à la nature. Elle soutenait que les femmes devaient, au même titre que les hommes, être traitées en êtres rationnels.

Juliana s'étonnait qu'un tel écrit se trouve dans la bibliothèque de la duchesse et se mit à réfléchir à sa propre vie. Pouvait-elle considérer que les hommes l'avaient traitée comme un être inférieur ? Les quelques interactions sociales qu'elle avait vécues jusqu'à présent ne lui avaient pas permis de tirer cette conclusion, mais il est vrai qu'elle en avait eu peu. Et qu'elle avait un caractère plutôt affirmé… D'un autre côté, sa vie entière était gouvernée par des hommes : son père, son frère, son fiancé,...

Plongée dans ses pensées, elle n'entendit pas la porte du petit salon s'ouvrir et sursauta lorsqu'elle entendit la voix du duc :

– Ma mère n'est pas avec vous ?

– Vous m'avez surprise Votre Grâce, dit Juliana une main sur la poitrine. Non, Mary s'est retirée pour la nuit.

– Ne devriez-vous pas faire de même ?

– Et vous ? répliqua-t-elle piquée. N'avez-vous pas d'autre occupation que de venir me gronder et m'envoyer au lit ?

– D'où vient cette animosité Madame ?

– Je vous prie de m'excuser, murmura-t-elle en détournant la tête. Je suis fatiguée voilà tout. Vous avez raison, je vais aller me coucher.

Henry s'apprêtait à tourner les talons quand il surprit une larme qui perlait au coin de l'œil de la jeune fille.

– Qu'y a-t-il Juliana ? demanda-t-il avec sollicitude en s'approchant.

– Rien Votre Grâce, répondit-elle avec un air fermé.

La distance qu'il mettait sciemment entre eux jour après jour, ce jeu du chat et de la souris l'épuisait soudain. Elle ne voyait pas comment ils pourraient sortir de cette impasse. Elle avait renoncé à tout ce qui la rattachait à l'Irlande et pour quoi ? L'ultime affront de ce soir, cette façon qu'il avait eue de la congédier comme une malpropre et puis surtout, ses relations avec une autre femme... C'était plus qu'elle ne pouvait en supporter.

– Dites-le moi, Juliana, je vous en prie, dit-il doucement en s'agenouillant devant la jeune fille recroquevillée sur l'ottomane.

Il ne pouvait rester indifférent à sa détresse, c'était

plus fort que lui.

Juliana tourna la tête vers lui et le contempla. Pourquoi devait-il être si beau, avec son visage parfait, ses yeux dans lesquels elle rêvait de se perdre, ses boucles souples dans lesquelles elle mourrait de passer les doigts. Elle serra les poings pour s'en empêcher.

– Je me sens si seule, murmura-t-elle.

Le cœur d'Henry se serra. Il se détesta pour la peine qu'il lui avait causée.

– Vous ne devez pas ma douce. Je suis là, dit-il malgré lui en s'asseyant à ses côtés.

– Non vous n'êtes pas là. Pourquoi me fuyez-vous Votre Grâce ?

– Appelez-moi Henry, Juliana. Et je ne vous fuis pas.

– À quoi bon mentir ? Depuis que je suis arrivée en Angleterre, c'est à peine si je vous ai croisé. Avez-vous seulement idée de l'humiliation que vous m'avez infligée en me délaissant ainsi ? « Où se trouve votre fiancé, Lady Juliana ? », « Le duc ne vous accompagne pas aujourd'hui, Lady Juliana ? ».

– Si quelqu'un vous a manqué de respect... commença-t-il, menaçant.

– *Vous* m'avez manqué de respect, Henry. Par votre absence notoire, par votre silence après... la soirée du bal (elle ne put s'empêcher de rosir à l'évocation de leurs ébats) et ce soir encore, par votre départ précipité après l'opéra.

– Ce n'est pas ma... tenta-t-il de se justifier avant de s'interrompre.

Il n'avait aucune excuse. Aucune qu'il puisse élaborer sans la blesser nécessairement. Comment lui expliquer qu'il l'estimait indigne de son rang comme feu son père avant lui, et que s'il n'avait été complètement ensorcelé par ses charmes, il aurait déjà mis fin à cette comédie hypocrite ?

– Henry, qu'attendez-vous de moi ? lui demanda-t-elle, le mettant au pied du mur.

– Je ne sais pas, répondit-il la gorge nouée.

– Non ! s'exclama-t-elle, criant presque tant sa frustration était grande. Je refuse d'accepter cette réponse ambigüe une fois de plus. Vous êtes venu me chercher en Irlande, vous m'avez fait l'amour et pourtant, vous continuez à m'éviter. Combien de temps allez-vous continuer à me tenir la dragée haute ? Que voulez-vous ? asséna-t-elle en le regardant droit dans les yeux.

– Vous voulez savoir ce que je veux vraiment ? Ce que je désire au plus profond de mon être ? dit-il en frémissant. (Elle hocha la tête.) Je ne rêve que d'une chose Juliana, c'est de vous faire l'amour à nouveau. De plonger dans votre petit corps délicieux et vous faire crier de plaisir, avoua-t-il d'un ton brûlant.

Juliana en perdit le souffle. Elle le dévisagea intensément, cherchant dans ses yeux le reflet de sa propre frustration. Un feu ardent y flamboyait. N'y tenant plus, elle jeta à terre le livre qui se trouvait encore sur ses genoux et, transportée par ses paroles, trouva l'audace de l'enjamber pour venir s'assoir à califourchon sur lui.

Le corps d'Henry réagit instinctivement. Cessant de lutter contre la faim qu'il avait d'elle, il posa les mains sur sa taille en la rapprochant de lui pour qu'elle sente l'envie qu'il avait de la posséder. Juliana se frotta contre son membre dur et, pressant ses seins contre son torse, posa doucement ses lèvres sur les siennes. Elle se sentait comme une courtisane, ravie du pouvoir qu'elle avait sur ses sens. Sa confession lui donnait des ailes et elle souffla contre sa bouche :

– Montrez-moi comment vous donner le même plaisir que vous m'avez offert l'autre soir, Henry. Montrez-moi comment vous goûter, ajouta-t-elle en chuchotant.

Henry faillit exploser. Fou de désir, il passa frénétiquement ses mains sur le corps de Juliana, l'empoigna, la caressa, froissant le tissu sous ses doigts. Dieu que c'était bon de retrouver la rondeur de ses formes, la saveur de sa bouche.

Il la souleva et la reposa au sol. Ne la quittant pas des yeux, il déboutonna ses pantalons et se rassit au creux des coussins, sortant son sexe qu'il se mit à caresser lentement tout en la contemplant. Son cœur cognait violemment dans sa poitrine et il ne comprenait même pas comment il avait réussi à se retenir de la jeter à terre et de la prendre sans autre forme de cérémonie, simplement pour soulager cette urgence qui le taraudait.

Elle s'agenouilla devant lui. Dieu tout-puissant, c'était donc cela un pénis… Il paraissait énorme, long et… magnifique. Elle s'approcha hésitante, ne sachant quels gestes adopter. Henry lui prit la main et la posa sur l'objet de sa convoitise, l'incitant à reproduire les mouvements qu'elle avait observés avec tant d'intérêt. Sa peau était à cet endroit plus douce que de la soie. Il gémit de plaisir tandis qu'elle le parcourait, le torturant par ses caresses incertaines.

Alors qu'il pensait perdre la tête, elle se pencha et posa ses lèvres sur lui. Avec un soupir d'aise, il laissa la jeune fille déposer de timides baisers sur son gland, la contemplant tandis qu'elle s'enhardissait à le lécher, d'abord timidement, puis avec plus d'assurance. Quand elle le prit entièrement dans sa bouche, il poussa un léger cri et elle s'interrompit.

– Je vous ai fait mal ? s'inquiéta-t-elle.

– Non... Oh mon Dieu, Juliana, c'est si bon... continue..., lui enjoignit-il en s'enfonçant un peu plus loin, haussant les hanches à sa rencontre.

Juliana se délectait d'être la source de son ardeur, elle découvrait avec bonheur le plaisir qu'elle pouvait lui donner.

Proche de la jouissance, il l'écarta avant de se relever presque brutalement et de la redresser à sa suite. Il l'embrassa à perdre haleine. Elle voulut le reprendre au creux de sa main mais il la retira doucement et se plaça derrière elle. Il souleva ses cheveux qui dégageaient cette odeur entêtante de rose qui ne l'avait pas quitté, et lui chuchota à l'oreille à quel point il avait envie d'elle, déposant ensuite une pluie de baisers légers sur sa nuque. La tête penchée sur le côté, elle s'abandonnait à ses caresses, offerte, et il fut touché de la confiance totale qu'elle lui accordait.

Ses mains se posèrent sur ses hanches et remontèrent jusqu'à ses seins. Il la caressa à travers le tissu, descendit sur son ventre, entre ses cuisses, la barrière de sa robe l'empêchant d'accéder à la douceur de sa peau. Cette frustration avait quelque chose de terriblement excitant. Enfin, il posa sa main sur son dos, l'invitant à s'agenouiller sur le canapé.

Il souleva impérieusement ses jupes et jupons et dévoila ses fesses. Juliana rougit de se savoir impudiquement exposée par la position lascive dans laquelle elle se trouvait à présent. Mais son corps ne lui obéissait plus, elle bouillonnait et se sentait parcourue par des milliers de petits courants électriques qui la poussaient à onduler, à s'offrir encore plus à sa vue.

Il la caressa, frôlant son intimité, glissant son doigt dans le creux humide. Les yeux fixés sur son corps partiellement dénudé, la chute de reins perdue dans le fouillis de dentelle, il prit soudain ses hanches et plongea en elle avec un soupir d'extase. Il avait l'impression de revenir chez lui. C'était un sentiment primitif, complexe, qu'il chassa bien vite de son esprit pour se concentrer sur la sensation de douceur veloutée enserrant son sexe.

Juliana se tordait de plaisir, s'arc-boutant pour mieux l'accueillir. Dans cette position, il l'emplissait de sa glorieuse virilité et elle le sentait pleinement, totalement. Il se mit alors à bouger, et elle crut mourir de plaisir. Accélérant progressivement ses mouvements, il entama une danse plus vieille que le monde, agrippant ses hanches pour mieux lui imprimer ses coups de boutoir. Il ne savait plus où il était, seuls existaient leurs deux corps semblant se fondre l'un dans l'autre. Juliana haletait, empoignait les coussins pour ne pas tomber, entraînée dans ce tourbillon merveilleux. Avec un cri de libération, il répandit sa semence en elle, ébloui par une jouissance fulgurante. Juliana sentit ses vibrations de plaisir et fut parcourue par la même vague, l'accompagnant sur les rives de la félicité.

Les deux amants savouraient en silence le calme qui s'installait après la tempête. Calée dans les bras d'Henry, son dos posé sur son torse musclé, Juliana regardait le cristal du lustre scintiller à la lueur des bougies.

– Henry ?

– Oui ma douce ?

– Est-ce toujours ainsi... entre un homme et une femme ? demanda-t-elle timidement.

– Si c'est ainsi que se déroule un accouplement ? (Il eut un léger rire.) Cela dépend, il y a de nombreuses positions qui permettent à un couple de s'aimer, la taquina-t-il.

– Non, répliqua-t-elle gênée. Ce n'est pas ce que je voulais dire.

– Ah bon ? demanda-t-il innocemment. Je suis pourtant tout-à-fait disposé à vous les apprendre.

– Arrêtez, Henry, protesta-t-elle, cramoisie.

– Très bien, dit-il en frottant son menton contre sa chevelure répandue autour d'elle. J'arrête de vous provoquer. Vous êtes novice en la matière, vous n'avez donc aucun point de comparaison mais ce que nous vivons est relativement rare.

– Vraiment ? demanda-t-elle en tordant le cou pour le regarder.

– Oui, croyez-en ma longue expérience. Il y a quelque chose d'assez magique entre nous, il faut le reconnaître.

– Votre longue expérience ? répéta-t-elle, soudain dévorée par la jalousie, le visage de Lady Plunket lui crevant les yeux.

Gêné, Henry regretta immédiatement de s'être aventuré sur ce terrain-là.

– Juliana, j'ai un passé et il ne disparaîtra pas.

– Un passé ? demanda-t-elle sceptique. Tout dépend de ce que vous entendez par le mot « passé ».

– Que voulez-vous dire ?

Il se redressa, la forçant à lui faire face.

– Exprimez le fond de votre pensée, Juliana.

– Oh rien, dit-elle d'un ton faussement désinvolte. Une petite chose me tracasse...

Elle s'interrompit, encore incertaine de pouvoir aller jusqu'au bout. Prenant une grande inspiration, elle se lança néanmoins :

– J'ai eu la grande chance de rencontrer une de vos... connaissances. (Henry restait silencieux, appréhendant la suite.) Cet après-midi chez la modiste, Lady Plunket s'est présentée et m'a appris des choses intéressantes sur votre compte.

– Maudite chienne ! Qu'est-ce que cette vipère a été répandre comme mensonges ?

Surprise par son éclat, Juliana poursuivit.

– Elle était ravie du moment que vous veniez de passer ensemble, fit-elle avec un air entendu, soutenant intensément son regard. Henry, l'avez-vous vue cet après-midi ? Êtes-vous toujours impliqué avec cette femme ?

– Juliana, répondit-il en lui prenant le visage entre ses longues mains, soulagé que la conversation se soit limitée à cela. Je n'ai plus revu Lady Plunket depuis mon retour en Angleterre.

Il s'en voulut de ce mensonge mais il ne pouvait se permettre de laisser le doute s'instiller dans l'esprit de la jeune femme. Après tout, ce n'était pas entièrement faux. Il n'avait plus couché avec elle depuis sa rencontre avec Juliana.

– Vous devez me croire ! ajouta-t-il, impérieux.

– C'est vrai ? demanda Juliana d'une petite voix.

– Absolument vrai, souffla-t-il contre ses lèvres. Vous êtes la seule femme avec qui j'ai envie d'être.

Il lui bécota la bouche, ponctuant chacun de ses mots d'un léger baiser.

– C'est vrai ? répéta encore Juliana sur un ton presque suppliant, n'osant croire à ce qu'il disait.

– Absolument vrai, répéta aussi Henry.

Et il l'embrassa longuement. Très doucement, avec une tendresse nouvelle. Bien qu'il ne fut pas encore tout à fait prêt à s'avouer l'étendue de ses sentiments naissants, les raisons parfaitement objectives qu'il avait listées depuis tant d'années pour se défaire de cet engagement ne lui parurent plus si importantes. Une à une, les défenses qu'il avait érigées tombaient et il s'abandonna enfin, serrant Juliana contre son cœur avec force.

21

Henry prit la main de Juliana pour l'aider à descendre du phaéton puis se tourna vers sa mère pour faire de même. Le temps était idéal pour une promenade dans Hyde Park et ils en avaient profité longuement avant de se rendre au kiosque situé au centre du parc. Ils devaient y écouter le quintette en ut majeur de Schubert, considéré comme l'une des plus belles œuvres de musique de chambre.

Henry avait tenu à ce que Juliana assiste au concert donné en extérieur. La musique était sa seule source de joie étant enfant. Il avait lui-même piètrement tenté de maîtriser le violoncelle mais s'était résigné au bout de quelques années d'efforts infructueux. Il restait néanmoins passionné par cet art qu'il considérait comme un don des anges.

Il était prévu que Chaz les rejoigne. Il lui tardait de présenter son ami à Juliana. Il avait le sentiment que ce serait comme lui dévoiler une petite partie de lui, de son passé. Il lui avait parlé avec un tel enthousiasme du jeune homme qu'elle avait fini par l'accuser en riant de vouloir les introduire pour mieux se débarrasser d'elle. Si seulement elle pouvait deviner à quel point elle se fourvoyait… Il était jaloux de tous les hommes qui posaient les yeux sur elle. Il aurait voulu pouvoir l'enfermer dans une tour d'ivoire et lui faire l'amour à longueur de journée.

Les dernières semaines s'étaient déroulées dans la plus parfaite harmonie. Ils avaient couru les bals ensemble, enchaînant les danses sans se soucier des convenances. Il l'avait emmenée faire un tour en barque sur le Serpentine Lake. Ils avaient ri à gorge déployée en assistant aux nombreux vaudevilles joués à Drury Lane.

Que n'avait-il compris plus tôt qu'il était vain de résister à ce lien puissant qui semblait les lier. Il se serait épargné nombre de nuits blanches et n'aurait pas perdu tout ce temps avec elle. Il se rassura en se rappelant qu'ils avaient toute la vie devant eux.

Juliana lui adressa un sourire lumineux, posant sur lui un regard confiant. Par moments, elle ne pouvait s'empêcher de se pincer. Tout ceci était-il bien réel ? Elle ne pouvait croire à sa chance. Ce devait être un rêve, un tel bonheur n'existait pas. Depuis le soir de l'opéra, son attitude envers elle avait radicalement changé. Tour à tour prévenant ou charmeur, il s'était révélé le compagnon idéal et si elle n'avait déjà été totalement éprise de lui, la façon qu'il avait de la cajoler aurait définitivement suffi à la faire fondre.

Elle ne comptait plus les nombreux bouquets de roses, gardénias ou même orchidées dont il l'avait abreuvée. La résidence d'Eaton Square était littéralement ensevelie sous une montagne de fleurs. Le matin-même, il lui avait passé autour du cou un foulard d'une finesse exquise, qu'elle s'était gardée de dénouer malgré la chaleur.

Henry s'approcha subrepticement de Juliana et glissa discrètement sa main dans la sienne. Leurs doigts se nouèrent machinalement, dissimulés par les jupes de la jeune fille. Dieu qu'il rêvait de l'embrasser, là tout de suite, sous les regards indignés qu'ils ne manqueraient pas de récolter. L'idée de se comporter de façon aussi impudique en public était même particulièrement excitante.

Il n'en pouvait plus de cette distance respectueuse qu'ils devaient observer à tout instant. Il brûlait de caresser son corps, de la couvrir de baisers des pieds à la tête, de lécher la moindre parcelle de sa peau exquise. Chacun de leurs contacts le mettait au supplice. Il avait bien tenté de se retrouver seul avec Juliana mais sa mère s'arrangeait toujours pour apparaître de façon inopinée, confortablement installée dans son rôle de chaperon. Il la soupçonnait d'être au courant de leurs écarts et de veiller à ce qu'ils ne se reproduisent pas.

Elle n'avait pas tort. Il se savait incapable de se contrôler en présence de sa fiancée et il avait pris un risque considérable en lui faisant l'amour par deux fois sans prendre de précautions. Ces fiançailles n'avaient que trop duré, il était grand temps de prévoir le mariage.

– Henry, n'est-ce pas votre ami qui s'avance à notre rencontre ? l'interrogea Juliana.

Henry aperçut Chaz qui se frayait un chemin parmi les froufrous couleurs pastel et il lui fit un signe de la main. Ce dernier mima un geste de frayeur avec une grimace comique lorsqu'il faillit se faire embrocher par une ombrelle, et Juliana éclata de rire.

Lorsqu'il parvint à leur hauteur, il s'inclina galamment devant elle et lui prit la main pour la baiser.

Il lui plut immédiatement. Il était moins grand

qu'Henry, ce qui le rendait plus accessible. Aussi séduisant que son fiancé, il en était pourtant fondamentalement différent. Blond comme les blés, il avait des yeux rieurs et son visage ouvert invitait au partage. Il paraissait prendre la vie avec légèreté et baignait dans une aura d'insouciance qui suscitait l'envie.

Surprenant le regard d'Henry qui les surveillait étroitement, Chaz lui lança d'un air narquois :

– Calme-toi mon cher, on s'attendrait presque à te voir retrousser les babines. Excusez mon langage Madame, dit-il en s'adressant à Juliana avec un air malicieux. Miséricorde, je ne l'ai jamais vu aussi possessif !

Juliana pouffa, enchantée par son franc-parler.

– Lord Fitzalan, ravie de faire enfin votre connaissance. Sa Grâce m'a beaucoup parlé de vous.

– Sa Grâce vous a parlé de moi ? demanda-t-il d'un ton sarcastique avant de partir d'un grand rire. Vous m'en voyez ravi Madame. Je commençais à penser que Sa Grâce m'avait oublié.

– Ça suffit Chaz. Tu t'es assez donné en spectacle, grommela Henry, bougon.

– Au contraire mon cher ami, je ne fais que commencer, répondit-il provocateur.

Ils se mirent en route vers le kiosque. Juliana marchait quelques pas en avant avec Mary et Chaz et Henry restèrent en retrait.

– Tu as changé, dit Chaz.

Henry ne répondit pas. Il se sentait différent, il ne pouvait le nier.

– Elle est absolument délicieuse, reprit Chaz sans faire cas de son silence.

– Oui, se contenta de répondre Henry.

– Tu sais que tout le monde parle de vous ? Votre idylle naissante est sur toutes les lèvres, c'est charmant, fit le jeune homme, moqueur.

– Grand bien leur fasse.

– Que vas-tu faire pour l'annulation ?

– Rien.

– Comment ça « rien ». Bon sang Henry, ça t'arracherait la bouche de prononcer plus de deux mots d'affilée ?

– Que veux-tu que je te dise ? Rien, c'est rien. Je laisse tomber. Elle est trop importante pour moi, je ne peux plus envisager ma vie sans elle.

– Sacredieu, le puissant duc de Norfolk serait-il tombé amoureux de la fille d'un pauvre petit comte irlandais ? Tu réalises qu'il est de très mauvais ton d'être entiché de sa fiancée… le taquina Chaz.

Henry laissa flotter la question et son regard s'éclaira tandis qu'il posait les yeux sur la jeune fille qui flânait d'un pas tranquille à quelques mètres de lui. Son silence était une réponse en soi. Oui, il était tombé amoureux d'elle. Il était fou d'elle.

Les dernières notes s'achevèrent et la foule applaudit bruyamment. Des clameurs s'élevèrent du public, on entendait « bravo » ou encore « magnifique » ici et là.

Juliana essuya une larme de sa main gantée. Les musiciens leur avaient offert une parenthèse féérique dans ce cocon de verdure. Vivre dans la capitale avait ses avantages. Certes, l'Irlande et ses gigantesques étendues sauvages lui manquaient, mais elle découvrait à Londres un monde totalement nouveau, tout en finesse, imprégné d'une culture exquise.

– Merci Votre Grâce, dit-elle en se tournant vers Henry. C'était... Je n'ai pas de mots.

– Je suis heureux que vous ayez apprécié, lui répondit-il tendrement. Je vous laisse quelques instants, je vais aller saluer Lord Bowmont, j'ai un mot à lui toucher à propos de la dernière proposition de loi déposée sur le bureau de la Chambre des Lords.

– Êtes-vous aussi férue de musique classique que l'est Henry ? lui demanda Chaz, resté seul avec la jeune fille.

– Je dois vous avouer que je suis plutôt novice en la matière, la vie culturelle d'Enniskillen n'est malheureusement pas aussi développée que celle de Londres.

– Si je puis me permettre, j'aimerais vous dire que je vous trouve tout à fait charmante, la complimenta-t-il soudain.

– Merci Lord Fitzalan, dit-elle avec une simplicité désarmante.

– Appelez-moi Chaz.

– Seulement si vous m'appeler Juliana dans ce cas.

Ils se sentirent immédiatement à l'aise en compagnie l'un de l'autre.

– Dites-moi Chaz, vous connaissez Henry depuis longtemps ?

– Depuis toujours, à peu de choses près.

– Parlez-moi de lui.

– Je ne suis pas sûr qu'Henry approuverait, répondit-il avec un petit rire. Mais ce sera notre petit secret.

Il lui fit un clin d'œil puis l'invita à faire quelques pas en sa compagnie.

– Henry était un enfant assez solitaire. Son père était très dur avec lui. Heureusement si l'on peut dire, il était la plupart du temps absent. Henry a énormément souffert de sa froideur, il a grandi avec le poids des responsabilités sur ses épaules.

– Et sa mère ? Elle est tellement bonne avec moi, j'imagine qu'elle a compensé ce manque d'amour.

– Lady Mary était totalement dominée par le duc. Il lui interdisait d'être trop douce avec son fils. Et puis elle a vécu des années difficiles, elle ne pouvait être là pour Henry. Je ne sais pas si la duchesse vous a parlé de ses fausses-couches.

– Elle m'a raconté ces épisodes douloureux en effet, dit doucement Juliana.

– Cela a eu un impact sur Henry également. Il se chargeait de la consoler à chaque fois, il était très mûr pour son âge. Aucun enfant ne devrait vivre une telle expérience. On peut dire qu'il n'a pas manqué de courage.

– Un enfant si jeune… dit Juliana, affligée. C'est sûr qu'il a dû en avoir, du courage. Je me demande si c'est un trait de personnalité qui est inné ou que nous acquérons avec l'âge et les expériences qui nous mettent à l'épreuve…

– C'est une bonne question, fit-il pensif. Peut-être un peu des deux…

Ils marchèrent silencieusement quelques instants, puis Chaz reprit :

– C'était une époque tourmentée pour Henry. Il s'est réfugié dans la musique, l'art en général. C'est un véritable passionné. Mais il a conservé de cette période une sombreur qui s'efface peu à peu depuis que vous êtes entrée dans sa vie.

– Vous me flattez Chaz, dit-elle d'un ton léger, néanmoins profondément touchée par cette confession.

– Nullement, Juliana. Vous ne pouvez vous en rendre compte car vous ne l'avez pas connu avant, mais vous êtes la première femme à lui faire un tel effet.

Le cœur de Juliana fit un bond dans sa poitrine. Pour un Don Duan tel qu'Henry, cela voulait dire beaucoup.

– A-t-il connu beaucoup de… femmes ? en profita-t-elle pour demander à brûle-pourpoint.

– Je ne vais pas m'aventurer sur ce terrain-là, protesta-t-il gaiement en levant les mains avec de grands gestes de dénégation. Vous devrez lui poser vous-même la question.

– Je crois que je connais déjà la réponse, murmura-t-elle sombrement.

– Peu importe les femmes qu'il a connues, Juliana. Il n'y en a qu'une qui compte à ses yeux. Mais assez parlé d'Henry, je dois déjà suffisamment supporter sa présence, plaisanta-t-il. Parlez-moi de vous.

– Il n'y a pas grand-chose à dire…

– Je suis sûr que si. Je connais un peu votre histoire. Après tout, vous êtes fiancée à mon meilleur ami depuis qu'il a sept ans. Mais je ne sais rien de vous. Comment occupiez-vous vos journées en Irlande ?

– Vous êtes très aimable de vous intéresser à moi Chaz. Et bien, si vous insistez. J'adore lire, je déteste broder, je pratique l'équitation ou plutôt je la pratiquais. La campagne irlandaise et ses sublimes paysages s'y prêtent nettement plus que vos petits parcs urbains. Par ailleurs, si Henry est passionné par la musique, c'est l'architecture qui m'a toujours intéressée moi. Sans doute ai-je été influencée par le cadre idyllique de mon enfance. Castle Coole est une des splendeurs de la région, vous devriez voir cette demeure, elle est époustouflante.

– J'en aurai certainement l'occasion une fois que vous serez mariés.

– Henry vous a-t-il parlé de notre mariage ? Il est tellement taciturne sur ce point. J'en viens parfois à douter de ses intentions. Je n'ignore pas qu'il était réticent à propos de notre union, ajouta-t-elle avec sa franchise habituelle.

Chaz était mal-à-l'aise. Il ne pouvait décemment expliquer à la jeune fille la raison pour laquelle Henry s'était rendu en Irlande, et ce dernier n'avait visiblement pas été totalement transparent sur ce point.

– Si je ne m'abuse, reprit-il d'un ton détaché en éludant sa question, vous avez perdu vos parents très jeune… ?

Juliana lui lança un long regard, intriguée par son esquive, mais répondit néanmoins :

– En effet, je n'ai jamais connu ma mère, elle est décédée en me mettant au monde. Et mon père est mort alors que j'avais à peine trois ans, je n'en garde aucun souvenir.

– Qui vous a élevée ?

– Ma gouvernante Abigail. Tous les domestiques de Castle Coole, en réalité.

– Regrettez-vous parfois le fait d'avoir été privée d'une famille ?

– Que vous répondre ? Peut-on réellement dire que quelque chose nous manque quand on ne l'a jamais connu ?

Henry les rejoignit à ce moment-là et la conversation reprit un tour plus léger tandis que les jeunes gens quittaient le parc.

Chaz se promit néanmoins d'informer Henry des

inquiétudes de Juliana. Peut-être devrait-il lui avouer la vérité. Il n'était pas impossible qu'elle apprenne ses intentions initiales d'une manière ou d'une autre et s'il n'y prenait pas garde, il pourrait se retrouver avec un bel imbroglio sur les bras.

22

L'été plongeait les londoniens demeurés dans la capitale dans une douce torpeur. Henry profitait chaque matin des allées vides du parc pour talonner sa monture, les élégants promeneurs ayant déserté la ville dès la fin de la saison.

Il réservait une surprise de taille à Juliana et il lui tardait de la lui offrir. Le « paquet » était arrivé la veille au soir et depuis, il ne tenait plus en place. C'est pourquoi ce jour-là, sitôt les traditionnelles foulées équines exécutées, il se présenta à Eaton Square malgré l'heure bien matinale.

Il savait que Juliana se levait habituellement tôt et c'est donc d'un pas confiant qu'il pénétra dans la salle à manger, un écrin de cuir noir à la main. Il eut la surprise d'y trouver sa mère, attablée aux côtés de la jeune fille.

– Mère ! s'étonna-t-il avec des inflexions déçues dans la voix. Que faites-vous donc levée de si bonne heure ?

– Je me lève toujours de bonne heure !

Juliana toussota, ce qui lui valut un regard faussement courroucé de la duchesse.

– Souvent, corrigea-t-elle d'un ton guindé avant de

pouffer malgré elle, ses grasses matinées étant célèbres dans toute la maison. Que fais-tu donc ici à l'aube, mon cher fils ? Aurais-tu décidé de m'apporter un présent ?

Henry eut l'air contrit avant de réaliser que sa mère le taquinait.

– Je suis venu voir Juliana, répondit-il en adressant à l'intéressée un regard pénétrant, auquel elle répondit avec la même intensité.

Il se tourna à nouveau vers sa mère.

– Pourriez-vous nous accorder quelques instants ?

Mary se racla la gorge, ses yeux passant rapidement de l'un à l'autre tandis qu'elle essayait de jauger les risques que cette requête comportait.

– Mmmm… Je ne sais pas si c'est très sage, fit-elle pensivement.

– Je n'en aurai pas pour longtemps, insista Henry.

– Très bien. Je vous laisse quelques minutes.

Elle leur lança un dernier regard d'avertissement et finit par sortir de la pièce.

– Enfin seuls, soupira Henry, qui jeta l'écrin sur la table et rejoignit Juliana en quelques enjambées.

Elle se leva précipitamment et il la cueillit dans ses bras avant de prendre ses lèvres dans un long baiser qui les laissa tous deux pantelants, brûlant d'un désir qui ne demandait qu'à être assouvi.

– Comme vous m'avez manqué, soupira Juliana.

– Vous aussi ma douce. À chaque instant.

Se détachant d'elle à regret, il revint sur ses pas pour aller chercher l'écrin, qu'il lui tendit avec un grand sourire.

– Ouvrez-le, ordonna-t-il, impatient de sa réaction.

Juliana prit délicatement le boitier et peina à l'ouvrir. Henry était à deux doigts de le lui arracher des mains pour s'acquitter de la tâche lui-même lorsqu'elle parvint enfin à actionner le mécanisme, et découvrit avec stupeur la parure de diamants qui brillait de mille feux sur le velours grenat.

– Henry, ce bijou est absolument magnifique ! s'écria-t-elle, les yeux écarquillés. Mais c'est beaucoup trop, je ne peux accepter un tel présent.

– Bien sûr que vous pouvez. Je ne vous avais pas encore offert de cadeau de fiançailles après tout. Et la fiancée d'un duc se doit d'être parée des plus beaux bijoux. Il en va de ma réputation, dit-il en plaisantant pour masquer l'émotion qui se cachait derrière ces paroles.

Juliana le regarda de ses grands yeux, émue par son geste. Par ce présent, il lui faisait implicitement comprendre qu'il faisait sien l'engagement de son père.

Prenant le collier dans ses mains, il se plaça derrière la jeune fille.

– Soulevez vos cheveux pour que je vous l'accroche, souffla-t-il à son oreille.

Avec un frisson de plaisir, Juliana prit la masse soyeuse et la souleva au-dessus de sa tête. Henry en profita pour frôler la naissance de son décolleté. Surprise par l'éclair de plaisir qui la traversa, elle sursauta avec un petit cri. Henry lui mordilla la nuque, sentant son sexe durcir.

– Henry, si vous ne vous arrêtez pas tout de suite, je ne réponds plus de moi. Vous devrez me prendre ici, au milieu de la salle à manger et en plein jour, susurra-t-elle en se frottant contre lui de manière provocante.

– Argh ! Ne me dites pas ça Juliana, ou je risque de vous prendre au mot…

Il mit néanmoins fin à cet interlude délicieux, inquiet

à la pensée que sa mère, ou n'importe quel domestique au demeurant, puisse débarquer dans la salle à manger à tout moment, et déposa la parure autour de son cou. Juliana sentit le poids du bijou et laissa retomber les bras. Se dirigeant vers le grand miroir qui surplombait la cheminée centrale, elle découvrit les pierres précieuses avec ravissement.

– C'est le plus beau présent qu'on m'ait fait.

– Non Juliana, le plus beau présent c'est celui que vous vous apprêtez à recevoir.

– Parce qu'il y a plus ? s'écria-t-elle. Non Henry vraiment, je suis gênée d'être gâtée de la sorte.

– Ne vous inquiétez pas ma douce. Celui-ci ne m'a rien coûté. Venez avec moi.

Intriguée, Juliana sortit de la pièce à sa suite, trottinant presque pour se maintenir à sa hauteur, et le suivit dans le dédale des couloirs. Ils empruntèrent la porte de service pour se rendre à l'arrière de la demeure. Elle n'était jamais venue dans cette partie de la maison. Poussant la dernière porte, ils débouchèrent sur une cour intérieure.

– Attendez-moi ici, dit Henry avec un sourire d'enfant. Je reviens tout de suite.

Juliana entendit le bruit familier d'un cheval qui renâcle tandis que le duc se dirigeait vers ce qu'elle supposa être les écuries. Son cœur se mit à battre la chamade. Se pourrait-il que… ?

Il réapparut après quelques minutes, guidant à la longe une magnifique jument à la robe argentée.

Juliana fondit en larmes en s'approchant de Silver et lui caressa l'encolure, s'imprégnant de sa chaleur. Elle laissa glisser sa main sur la peau si douce entre les naseaux, entoura la tête de la jument.

Celle-ci, paraissant reconnaître sa maîtresse, hennissait joyeusement et grattait le sol avec son sabot. C'était son fidèle compagnon qu'elle retrouvait, mais aussi un petit bout de l'Irlande que le duc lui avait offert. Elle réalisa à quel point son pays lui manquait.

– Mon présent vous plaît-il ? l'interrogea Henry, qui connaissait déjà la réponse.

Trop émue pour articuler un mot, Juliana le regarda les yeux pleins de larmes et le remercia silencieusement d'un signe de la tête.

– J'ai pensé que nous pourrions la laisser se défouler un peu dans Hyde Park. Je n'ai pas trop poussé Eclipse ce matin, il est donc encore frais pour une balade.

– Quelle merveilleuse idée ! Laissez-moi vite me changer. Oh non ! dit-elle soudain, je n'ai pas de selle. J'ai bien une tenue d'équitation, Mary a insisté pour l'ajouter à mon trousseau, mais j'ai toujours détesté monter en amazone.

– Je m'en suis rappelé, dit Henry avec un clin d'œil. J'ai pris la liberté de commander une selle qui vous évitera des commentaires désobligeants, ne vous en faites pas.

– Vous avez pensé à tout, ma parole !

– Si vous saviez comme j'étais impatient que vous découvriez ma surprise. Cela fait presqu'un mois que je l'organise avec la complicité de votre majordome, qui a eu du mal à joindre votre palefrenier qui ne vient qu'une fois par semaine… bref, c'était un véritable casse-tête mais j'y suis arrivé.

– Vous préparez cela depuis un mois ? demanda-t-elle d'une petite voix, complètement remuée par son geste et par le fait qu'il y ait pensé depuis tant de temps. Mais… mais vous paraissiez pourtant… balbutia-t-elle, n'osant le confronter à ses doutes.

– Juliana, ne vous ai-je pas fait comprendre que le passé était derrière moi ? répondit-il doucement en lui caressant la joue.

Elle attendit qu'il ajoute quelque chose, qu'il prononce les mots qui auraient scellé ses promesses à jamais : je vous aime, marions-nous, voulez-vous m'épouser... Mais ils ne vinrent pas. Elle hésita elle-même à les prononcer mais retenue par une étrange pudeur, elle se tut. Elle pensa à cette phrase de Confucius qu'elle avait découvert il y a bien longtemps au détours d'une lecture, et qui lui revenait soudain en mémoire : une image vaut mille mots.

Oui, songea-t-elle avec une sourde émotion, les mots étaient vains sans un acte pour les concrétiser. Et les actes d'Henry parlaient d'eux-mêmes...

23

– C'est étrange, dit la duchesse en fronçant les sourcils.

– Quoi donc Mary ? demanda Juliana.

– Le roi vous convoque à Windsor, répondit-elle en reposant la missive royale. Il exige également la présence d'Henry et vous accordera audience dans deux jours précisément.

– Pourquoi est-ce étrange ?

– Vous n'avez pas demandé à être reçue par le roi à ce que je sache ? demanda-t-elle à Juliana, qui répondit aussitôt par un signe de dénégation vigoureux. C'est rare qu'il convoque ses courtisans d'initiative. Je me demande ce qu'il vous veut à tous les deux…

– Peut-être Henry a-t-il demandé audience à Sa Majesté ? répliqua la jeune fille, sentant ses vieilles craintes resurgir brutalement.

– Il ne m'en a pas parlé en tous cas. Il est possible que le roi souhaite simplement que vous soyez introduite à la Cour. Nous demanderons à Henry s'il en sait plus, conclut Mary. Le roi vous attend dans deux jours, nous devons faire nos malles de ce pas si nous voulons être partis demain matin.

– Devons-nous emporter tant d'affaires ? demanda Juliana, étonnée.

– Ma chère enfant, votre candeur me ravit encore et toujours. Une invitation à Windsor signifie bal, chasse et activités en tous genres. Ne croyez pas vous en sortir avec un aller-retour en une journée. Nous serons absentes au moins une semaine.

Après l'agitation du départ, Juliana goûta au calme qui régnait dans l'habitacle de la calèche. Henry et sa mère étaient assis côte-à-côte en face d'elle et semblaient profiter eux aussi d'un repos bien mérité, les yeux clos. Elle sourit en repensant à leur premier trajet ensemble, le jour du départ de Castle Coole. Comme les choses avaient changé depuis ! Elle avait quitté l'Irlande désespérée, inquiète de l'homme étrange qui l'avait arrachée au confort de sa petite vie rangée. Et voilà qu'elle se tenait à présent à ses côtés, impatiente de devenir sa femme.

Elle brûlait de lui avouer son amour mais redoutait malgré les dernières semaines que la profondeur de ses sentiments ne soit pas réciproque. Certes, il ne faisait aucun doute qu'Henry la désirait, il ne s'en cachait pas. Il tenait à elle, même s'il ne le lui avait jamais dit dans ces mots-là. Dieu du ciel, il avait fait venir sa jument depuis Castle Coole, ce geste incroyable était suffisamment éloquent. Mais il ne lui avait jamais dit qu'il l'aimait. Vu les circonstances dans lesquelles était née leur histoire, elle ne pouvait s'empêcher de se demander s'il l'épouserait sans ce maudit contrat.

Comme s'il avait senti ses doutes, Henry ouvrit les yeux et lui fit un clin d'œil en souriant, creusant son adorable fossette dans sa joue gauche. Juliana sentit son cœur se gonfler de joie. Elle lui sourit en retour et ils échangèrent un long regard.

Henry regrettait la présence de sa mère dans la voiture. Ce qu'il aurait pu faire avec Juliana s'ils avaient été seuls… Ces pensées lubriques éveillèrent son désir et il changea de position sur la banquette, réveillant la duchesse.

– Henry, as-tu la moindre idée de ce que vous veut le roi ? lui demanda-t-elle au bout d'un moment.

Il s'était posé la même question. Était-ce lié à sa demande, formulée il y a de cela plusieurs mois ? Il en était étonné. Le roi lui avait pourtant laissé entendre qu'il devrait réclamer lui-même une décision ferme et définitive, ce qu'il s'était bien gardé de faire.

Devait-il en parler à Juliana ? Non, il ne servait à rien de prendre le risque de la blesser inutilement. Il profiterait d'ailleurs de ce séjour pour informer discrètement le roi de ses nouvelles intentions à l'égard de sa fiancée.

– Aucune, répondit-il sans leur faire part de ses doutes. J'imagine qu'il a eu vent de la présence de Juliana à Londres et souhaite la rencontrer.

– C'est ce que j'ai pensé également.

– Alors vous n'avez pas demandé… ? intervint Juliana. Je veux dire, vous aviez parlé à un moment de réclamer au roi…

Elle laissa sa phrase en suspens, piquant un fard au souvenir de cette conversation, et surtout de ce qui avait suivi. Fronçant les sourcils, Henry tentait de se rappeler à quel moment ils avaient évoqué le sujet quand soudain, le souvenir de la soirée du bal des débutantes lui revint en mémoire. Un lent sourire se dessina sur ses lèvres.

– Non Juliana, je n'ai demandé aucune audience au roi, la rassura-t-il.

– Franchement, je me serais bien passée de cette invitation à Windsor, dit la duchesse d'un air boudeur. Je n'ai aucune envie de faire la courbette devant George IV.

– Mère, je ne vous connaissais pas si licencieuse ! s'exclama Henry, choqué.

– Ça doit être la présence de Juliana qui déteint sur moi, répondit Mary, taquine.

– Madame, je nie toute implication dans votre conduite inconvenante, répliqua Juliana en riant.

Et le reste du trajet se déroula dans une ambiance bon-enfant qui leur fit oublier leurs interrogations initiales.

Juliana contemplait la forteresse médiévale qui se dressait devant eux, bouche bée. L'immense palais, l'un des plus grands d'Europe, avait été construit il y a plus de sept-cents ans et n'avait cessé d'être agrandi depuis. Le roi George III l'avait particulièrement apprécié et avait reconstruit l'extérieur pour en faire un bâtiment gothique. Son fils, l'actuel souverain, avait entrepris il y a peu un important programme de modernisation, toujours en cours.

Lorsqu'ils arrivèrent au château, on les guida relativement vite vers leurs appartements et les domestiques s'affairèrent immédiatement à déballer leurs malles.

Juliana en profita pour aller faire un tour des jardins avec Mary.

– J'appréhende un peu la rencontre avec Sa Majesté,

confia Juliana. Je n'ai jamais rien vécu d'aussi… officiel.

– Tâchez de ne pas le dévisager lorsque vous serez présentée à lui, conseilla Mary.

– Pourquoi le dévisagerais-je ?

– Vous verrez par vous-même de quoi je parle mais lors de ma dernière visite, George IV était déjà mal en point. Il souffre d'une surcharge pondérale importante et de la goutte. Il se déplace difficilement.

– Henry m'en avait déjà parlé en effet, se rappela Juliana. C'est la première fois que je rencontrerai un roi, ajouta-t-elle.

– Ils sont bien moins impressionnants qu'on ne peut l'imaginer vous savez. Les gens sont souvent déçus lorsqu'ils font connaissance de leur souverain, qu'ils voient comme un être tout puissant, une incarnation divine. Encore que dans ce cas, je ne pense pas que l'opinion publique soit particulièrement favorable à notre pauvre monarque.

– En tous cas je suis déjà impressionnée par Windsor. Je n'ai jamais rien vu d'aussi grand, dit la jeune fille avec enthousiasme.

– Oui, il est facile de s'y perdre. Ne me demandez pas de vous servir de guide, on nous retrouverait dans une semaine au fond d'un placard obscur, répondit Mary en riant.

Elles s'attardèrent encore quelques instants puis reprirent le chemin du château.

Depuis la fenêtre de sa chambre, Charlotte observa les deux femmes revenir vers le palais. L'entente de Juliana et de la duchesse l'horripilait. S'attirer les faveurs de Lady Mary était un bon point pour cette petite sournoise qui s'était immiscée dans la vie d'Henry en quelques semaines. C'était elle qui aurait dû déambuler au bras de la vieille.

La première partie de son plan avait fonctionné à merveilles. Le roi George IV, sur les conseils de son plus fidèle courtisan, avait décidé d'accorder l'annulation au duc de Norfolk. Fait rarissime, il l'avait convoqué à Windsor sans même attendre que le duc ne réclame une décision. Elle avait eu raison de porter son choix sur le comte de Devon.

Mais rien n'était encore joué. Henry pouvait tenter d'intervenir auprès du roi s'il s'était ravisé. Sa terrible réaction lorsqu'elle l'avait menacé à Norfolk House parlait d'elle-même. Charlotte ne pouvait miser son avenir sur les humeurs changeantes de ce casanova en quête de rédemption. Elle devrait le surveiller étroitement jusqu'à ce que cette satanée annulation soit prononcée.

Restait en outre un dernier problème : tant que cette péronnelle resterait dans les parages, les chances de récupérer le duc restaient faibles. Il paraissait subjugué par ses charmes, ce qui l'enrageait au plus haut point. Il fallait à tout prix trouver le moyen de la renvoyer d'où elle venait.

24

Juliana se prélassait dans la grande baignoire, se délectant de ce moment de bien-être. L'odeur parfumée de rose qui s'échappait de la mousse la plongeait dans un état de félicité qu'elle aurait voulu pouvoir prolonger indéfiniment. Entendant le bruit caractéristique d'une porte qui se referme, elle se redressa brusquement.

– Mmm, fit Henry en la contemplant d'un regard paresseux. Je vois que je n'ai pas fait le déplacement pour rien.

Dans sa précipitation, Juliana n'avait pas remarqué que sa poitrine était sortie de l'eau. Les mamelons dressés par la fraîcheur de la pièce, elle offrait un spectacle des plus appétissants pour Henry dont les sens étaient déjà aiguisés par les semaines d'abstinence qu'il venait de vivre.

– Henry, s'écria-t-elle, choquée par la présence de son fiancé dans sa salle de bain personnelle. Que faites-vous ici ? Et si quelqu'un vous avait vu entrer ?

– Ne vous inquiétez pas ma douce, ce n'est pas mon premier séjour à Windsor. J'ai réclamé des suites qui communiquent au moyen d'un passage qui n'est connu que de peu de monde.

– Pardon ? demanda-t-elle, prétendant d'être scandalisée par son audace. Serais-je donc une courtisane à votre disposition Votre Grâce ?

Le petit jeu qu'elle semblait entamer le ravit.

– Tout à fait Juliana. Tu es ici pour mon plaisir. Et tu ferais bien de t'acquitter de ta tâche, répondit-il d'une voix rauque.

Tout en parlant, il s'avança vers la baignoire dans laquelle s'était enfoncée la jeune fille. Le renflement parfaitement visible de son entrejambe se trouvait à présent à moins d'un mètre de son visage.

– Et que désire Sa Grâce ? dit-elle ingénue. Je suis nouvelle, vous devez m'apprendre.

– Je vais te montrer ce dont j'ai besoin. (Il plaça sa main sur son sexe.) Oui c'est ça, dit-il dans un râle tandis qu'elle appliquait savamment une pression de haut en bas. Tu apprends vite.

– Vous êtes un bon professeur Votre Grâce, répliqua-t-elle langoureusement.

– Maintenant, dit-il en s'écartant, relève-toi un peu.

La jeune fille s'exécuta docilement, faisant descendre le niveau de l'eau en redressant le buste.

Henry prit le téton frémissant entre le pouce et l'index, pétrissant son sein tout en titillant son extrémité. Juliana se tortilla de plaisir, éclaboussant ses pantalons. Le souffle court, l'entrejambe en feu, elle s'agrippa au bord de la baignoire. Il laissa doucement glisser sa main qui disparut sous la mousse et atteignit son sexe palpitant. La combinaison de ses doigts et de l'eau chaude rendit la jeune fille folle de désir.

Lorsqu'il retira sa main, elle gémit.

– Votre Grâce… Je vous en prie, continuez.

– Non, ordonna-t-il. Mets-toi debout.

Le ton impérieux contrastait avec la passion dévorante qui se lisait dans ses yeux. Elle brûlait de connaître ce qu'il lui réservait. Debout dans la baignoire, l'eau lui arrivait à présent au milieu du mollet. Il s'approcha à nouveau et sa bouche prit le relais de ses mains, la tourmentant inlassablement.

Juliana sentait ses jambes faiblir, elle se raccrocha au cou de son amant. Tout en léchant sa peau humide, il caressa ses fesses, introduisant ses doigts dans les replis de sa chair. La baignoire l'empêchait d'accéder pleinement à son corps et il finit par en enjamber le rebord pour mettre un pied dans l'eau. Ses habits trempés lui collaient au corps et Juliana se frotta contre le tissu rêche, cherchant à apaiser cette indéfinissable démangeaison.

Henry s'écarta à nouveau et elle poussa un cri de frustration. Il l'aida à sortir de la baignoire et il la retint d'un geste lorsqu'elle allongea le bras pour attraper une serviette de coton.

– Reste comme ça, grogna-t-il avec un sourire de loup. Je veux t'admirer entièrement nue.

Il s'éloigna à reculons, la laissant seule au milieu de la pièce. Elle tentait de cacher tant bien que mal les parties intimes de son anatomie, les mains croisées sur le triangle de poils sombres.

– Non, lui ordonna-t-il simplement.

Laissant ses bras retomber le long de son corps, Juliana vit son reflet se répéter sur les nombreux miroirs de la salle de bain. Cette posture libertine l'excita au plus haut point et elle se demanda si elle devait se considérer comme une dépravée.

– Caresse-toi, murmura-t-il enfin.

– Je vous demande pardon ?

– Caresse-toi Juliana. Je veux te voir te caresser.

Les joues rosies, Juliana approcha timidement ses mains de son entrejambe. Henry ne la quittait pas des yeux.

– Je ne peux pas Henry, dit-elle en laissant retomber ses bras.

– Si tu peux. Je te l'ordonne.

Juliana reprit le chemin de son intimité et entama un lent mouvement avec ses doigts. Elle découvrait stupéfaite les joies de la masturbation, et s'enhardit à mesure que le plaisir montait. La contemplant d'un regard lubrique, Henry se contenait à grand peine, prêt à exploser avant même de l'avoir pénétrée.

– Maintenant viens ici, parvint-il à articuler.

Juliana s'approcha lentement d'une démarche féline. Elle s'immobilisa à quelques pas de lui.

– Déshabille-moi.

Très excitée, elle s'approcha encore jusqu'à le toucher. C'était la première fois qu'elle déshabillait un homme. Pièce après pièce, elle lui ôta tous ses vêtements, frôlant son sexe des lèvres tandis qu'elle se penchait pour baisser ses pantalons.

Fasciné par sa lascivité naturelle, Henry serrait les mâchoires, le visage crispé sous l'effort de retenue qu'il devait faire. Il se retrouva enfin nu devant elle, sa virilité fièrement dressée. Il était magnifique avec ses membres puissants mais racés.

Juliana s'écarta pour se repaître de la splendeur de sa nudité, se demandant si tous les aristocrates étaient aussi musclés. Elle avait toujours cru que la force était l'apanage du pauvre et que la noblesse se rengorgeait de l'oisiveté qu'elle pouvait se permettre de cultiver.

– Le spectacle te plaît ?

– Beaucoup Votre Grâce, répondit-elle avec un air concupiscent, se léchant les lèvres.

– Voudrais-tu le voir de plus près ?

– Oui Votre Grâce, je ne demande que cela.

– Alors approche-toi, lui susurra-t-il.

Quand elle ne fut plus qu'à quelques centimètres de lui, il la surprit en la repoussant doucement vers le meuble sur lequel étaient posés serviettes, flacons, brosses et autres accessoires de toilette. Il balaya tout ce qui se trouvait sur la tablette et ils perçurent tous deux le bruit de verre brisé tandis qu'une odeur de jasmin emplissait la pièce. Henry n'en avait cure. À l'agonie, il n'avait plus qu'une idée en tête, se retrouver profondément enfoui en elle. Il souleva la jeune fille et l'installa sur le rebord, s'introduisant en elle d'une seule poussée. Il faillit jouir tout de suite et s'immobilisa pour calmer les battements de son cœur.

Juliana l'embrassa enfin, à pleine bouche, avec une violence décuplée. Leurs dents s'entrechoquaient dans l'urgence d'assouvir leur faim mutuelle. Ils se dévoraient, se suçaient les lèvres, s'interrompaient et reprenaient, insufflant dans chacun de leurs soupirs le désir qu'ils avaient l'un pour l'autre.

Juliana oscilla légèrement pour mieux le sentir en elle. Alors seulement, il commença à bouger, son long sexe allant et venant en elle, s'enfonçant chaque fois un peu plus loin. Elle enroula ses jambes autour de sa taille, ondoyant à chaque mouvement. Lui soulevant les fesses, il la prit contre lui et se mit à lui faire l'amour debout.

– Je rêve de te prendre comme cela depuis le tout premier jour, murmura-t-il contre ses lèvres.

Il voyait sa poitrine pleine tressauter à chaque coup qu'il lui assénait. Il voulait la pourfendre et mourir en elle.

Leurs corps entremêlés se reflétaient dans toute la pièce.

Titubant sous la violence du désir, il fit quelques pas, Juliana toujours empalée sur son membre, et la plaqua contre un miroir de plain-pied. Elle enfonça ses ongles dans les épaules d'Henry.

– Encore, oh oui encore ! gémit-elle au bord du précipice.

– Vos désirs sont des ordres Madame, souffla-t-il contre son oreille en la martelant de plus belle.

La jouissance, foudroyante, les prit tous deux par surprise et ils retombèrent ensemble sur le sol, se laissant flotter dans un océan de béatitude.

Ils restèrent un long moment sans bouger, intriqués l'un dans l'autre jusqu'à ce qu'Henry sente l'engourdissement gagner ses membres inférieurs. Il remua légèrement pour rétablir la circulation sanguine dans ses jambes et Juliana émergea de sa somnolence.

– Restez, plaida-t-il tandis qu'elle commençait à se relever. Je voudrais prolonger ce moment avec vous… Nous en avons si peu.

Il l'allongea avec délicatesse sur le sol et posa sa tête sur son ventre. Juliana en fut bouleversée. Il paraissait si vulnérable dans cette position d'abandon, cherchant la tendresse de ses bras. Intimidée par l'intimité particulière du moment, elle passa une main d'abord hésitante sur ses cheveux ébouriffés puis laissa glisser ses doigts sur sa nuque, son épaule, le haut de son bras. Elle rencontra dans son exploration une légère boursouflure et redressa la tête pour examiner ce dont il s'agissait. Une longue estafilade, blanchie par les années, courait de la base de son cou jusqu'au sommet de son omoplate.

– Comment vous êtes-vous blessé ? demanda-t-elle, impressionnée par la taille de la cicatrice.

Henry se contracta involontairement au souvenir de ce sombre épisode.

– C'est une vieille histoire. Je n'ai pas envie d'en parler, marmonna-t-il en se redressant sur un coude.

– Je vous en prie Henry, racontez-moi. Je ne sais presque rien de votre passé, vous n'en parlez jamais.

Les souvenirs affluèrent et leur intensité prit Henry par surprise.

Le jardinier pénétra en catastrophe dans le salon de réception d'Arundel, dont les portes-fenêtres qui donnaient sur la terrasse étaient maintenues grandes ouvertes vu la chaleur étouffante. Il portait l'enfant, inanimé, couvert de sang.

– Votre Grâce, balbutia-t-il, je l'ai trouvé comme cela, près des écuries.

Sa main était sur le cou d'Henry, duquel s'écoulait un flot de sang malgré la pression qu'il maintenait pour endiguer l'hémorragie. Face à cette vision insoutenable, ce liquide visqueux maculant le jardinier et son fils, la duchesse poussa un cri qui mourut dans sa gorge, et s'effondra de tout son long.

– Posez-le ici, exigea immédiatement le duc. Doucement ! Et courez chercher le médecin !

Il s'empara de la délicate nappe crochetée qui recouvrait la table basse et s'en servit pour garroter la blessure béante.

– C'est le jardinier qui m'a raconté tout cela, bien entendu, ajouta Henry en interrompant son récit.

– Et comment était-ce arrivé ? murmura Juliana, horrifiée.

– J'ai voulu couper une branche basse qui gênait le passage à l'entrée des écuries. J'avais entendu mon père s'en plaindre le matin-même et je voulais rendre service. J'ai trébuché sur la paire de cisailles que je tenais en mains.

– Mon Dieu, vos parents ont dû croire qu'ils allaient vous perdre !

Henry émergea de l'inconscience trente-six heures après le drame. Blanc comme un linge, il cligna des yeux, étonné de se trouver dans son lit, une douleur lancinante lui transperçant l'épaule.

– Mère, chuchota-t-il en tournant la tête vers la gauche.

Lady Mary se précipita à son chevet et empoigna sa main pour la serrer convulsivement entre les siennes.

– Henry, mon petit Henry. J'ai eu si peur, gémit-elle en contenant tant bien que mal ses larmes qui coulaient malgré tout en abondance sur ses joues désertées de couleur.

– Que s'est-il passé ?

– Un accident, un terrible accident. Nous avons cru que tu…

– Écartez-vous, tonna sévèrement le duc en entrant dans la chambre.

Mary sursauta et se recula à peine, tenant toujours la main de son fils.

– Père…

– Avez-vous idée de l'inconscience dont vous venez de faire preuve ? Petit idiot !

– Père, je suis navré de vous avoir inquiété…

– Vous auriez pu mourir ! C'est un miracle que vous ayez survécu.

– Je vais bien maintenant, le rassura faiblement Henry.

– Vous êtes mon seul héritier, asséna le duc avec un regard furieux. À ce titre, vous avez des responsabilités que vous ne pouvez ignorer. Et votre jeune âge n'est pas une excuse !

La gorge nouée, Henry ne put poursuivre. Cette phrase l'avait anéanti, avait détruit le peu d'amour qu'il ressentait pour son père. Lord Charles Vane n'avait pas eu peur de perdre son fils, il avait eu peur de perdre son héritier. Il ne s'en était jamais remis, il le réalisait à présent.

– Je ne peux croire ce que j'entends, dit Juliana en pleurant et en le serrant contre elle. C'est affreux, tout bonnement affreux. Quelle cruauté.

Henry était toujours silencieux, incapable d'ajouter quelque chose.

– Quel âge aviez-vous ?

– Huit ans, répondit-il d'une voix éraillée.

– Je comprends mieux la froideur qui s'empare de vous chaque fois que son nom est évoqué. Comment peut-on causer un tort pareil à son propre enfant ?

Alors qu'il restait une nouvelle fois muet, Juliana osa timidement :

– Avez-vous déjà songé à vos futurs enfants ?

Sortant de sa mélancolie, Henry tourna la tête vers elle et la regarda longuement.

– Non… Et vous ?

– J'ai toujours eu envie d'être mère. Peut-être est-ce parce que je n'ai moi-même jamais profité d'une protection maternelle.

– Et combien en voulez-vous ?

– Au moins six !

– Six ?! répéta-t-il avec un amusement scandalisé. Nous avons du travail dans ce cas…

Et chassant les derniers reliquats de tristesse qui alourdissaient encore l'atmosphère, il se pencha sur elle pour la couvrir de baisers.

25

– Montrez-la moi, dit le roi affalé sur son trône. Que je voie à quoi ressemble cette petite dont cherche à se débarrasser Norfolk…

Les courtisans avaient été étonnés de la présence du roi, qui se faisait rare lors des fêtes données au château. Poussé par la curiosité, il avait exceptionnellement décidé d'assister au bal masqué qui se donnait ce soir-là. Incapable de tenir debout cependant, il passait la soirée à observer les danseurs, entouré de sa cour.

– C'est la jeune fille qui porte la robe bleu nuit Votre Majesté. Avec la parure de diamants et le masque argenté, répondit le comte de Devon en désignant Juliana.

– Cette petite beauté ? Avec une poitrine pareille, pourquoi diable Norfolk voudrait-il rompre ses fiançailles !

– Vous savez comment sont les ducs de Norfolk. Leur arrogance est connue du nord au sud du pays. Lord Norfolk maintient qu'on le force à une alliance qui n'est pas avantageuse pour lui. Remarquez je peux le comprendre. La dame est catholique en plus.

– Pour un morceau de choix comme celui-ci, je me serais bien converti, dit le roi sur un ton envieux. Dommage que je ne l'ai pas rencontrée dix ans plus tôt. Je l'aurais mise avec plaisir dans mon lit…

– Vous êtes très en beauté Madame, fit le duc en se penchant vers Juliana pour lui faire un baisemain.

– Merci Votre grâce. Mais comment savez-vous qui je suis ? prétendit-elle s'étonner avec un regard coquin qu'il pouvait apercevoir sous son loup.

– J'aurais reconnu vos lèvres entre mille Juliana, lui chuchota-t-il.

Il brûlait de l'embrasser. Leurs ébats torrides de l'après-midi l'avaient comblé comme jamais. Glissant une main possessive au creux de ses reins, il l'entraîna vers la piste de danse.

Il aperçut le roi à l'autre bout de la pièce et se promit d'aller le trouver sitôt le quadrille terminé. Il était temps d'en finir avec tout ça.

Lady Charlotte Plunket observait, méprisante, le duc s'incliner devant sa fiancée. La rage l'étouffait. Dire qu'elle aurait pu devenir la prochaine duchesse de Norfolk si cette petite sotte n'était pas arrivée avec ses grands yeux de biche effarouchée.

Songeant une fois encore à l'audience du lendemain, elle se rassura. Ses efforts ne tarderaient pas à porter leurs fruits. Du moins si cet imbécile d'Henry ne se débrouillait pas pour la faire annuler, ce dont elle le soupçonnait tandis qu'il se frayait justement un chemin vers le trône.

Elle s'interposa au moment où il atteignait le bord

de l'estrade, à quelques mètres du roi. Bombant le torse, elle mit savamment sa poitrine en valeur. Elle se savait particulièrement désirable ce soir-là. Son corsage ajusté faisait ressortir la naissance de ses seins et un petit saphir venait s'y nicher, comme une invitation à prendre les deux fruits mûrs qui s'offraient de manière indécente.

– Henry, souffla-t-elle aguicheuse. Tu m'as surprise.

– Charlotte, répondit-il en inclinant la tête d'un mouvement raide. Tu m'excuseras, je dois toucher un mot à Sa Majesté.

Elle posa une main possessive sur son bras et insista.

– Henry je dois te parler. Cela nous concerne.

– Il n'y a plus de nous Charlotte, je pensais avoir été suffisamment clair, la rabroua-t-il sèchement.

Vexée, elle se dressa sur ses ergots.

– Je le sais bien, tu crois que j'ai besoin de toi ! glapit-elle.

Elle se reprit rapidement, s'obligeant à adopter un ton doucereux.

– Ce dont j'ai à t'entretenir ne peut attendre et est lié à notre relation.

– Je t'écoute, dit-il en jetant des regards fréquents vers le roi, trépignant d'impatience.

Avec un mouvement gracieux, elle pencha le buste jusqu'à le frôler de sa poitrine. Elle voulait montrer au monde entier qu'il lui appartenait toujours. Au monde entier et surtout à une personne en particulier. Elle espérait que Lady Juliana regardait dans leur direction.

Se haussant sur la pointe des pieds, elle approcha ses lèvres de l'oreille d'Henry.

– Pas ici, chuchota-t-elle. C'est assez délicat. Rejoins-moi cette nuit, nous pourrons discuter en privé.

Les mâchoires serrées, Henry contenait à grand peine son irritation.

– Charlotte pour la dernière fois, il n'y a plus rien entre nous. Écarte-toi de mon chemin, dit-il froidement entre les dents.

Enfin débarrassé de son encombrante entrave, Henry se tourna vers le trône seulement pour constater, dépité, que le roi avait quitté la salle. Maudite catin qui l'avait retenu ! Il savait pertinemment que la chasse prévue dans la matinée compromettrait ses chances d'aborder le roi avant qu'ils ne soient reçus devant lui.

Pouvait-il espérer que cette audience soit l'expression d'une simple curiosité de la part de leur souverain ? Si ce n'était pas le cas… Non, il n'avait plus le choix, il devait avouer à Juliana toute la vérité. Son intuition lui soufflait que la situation serait bien pire si elle était mise devant le fait accompli. Après tout, il avait réclamé cette rupture avant de la connaître. Peut-être serait-elle encline à comprendre ses motivations.

Apercevant l'air déconfit du duc, Charlotte fut parcourue d'un intense soulagement. Elle avait évité le pire.

Juliana n'avait rien perdu de la petite scène qui s'était déroulée entre Henry et son ancienne maîtresse. *Son ancienne maîtresse ?* lui chuchota une petite voix intérieure qu'elle ne parvint pas à taire. Étaient-ils toujours amants ? Une bouffée de jalousie l'étouffa brusquement. Elle avait toujours su qu'il ne pouvait se contenter d'une seule femme. Il la ridiculisait, séduisant sans honte cette traînée au vu et au su de tous alors même que sa fiancée se trouvait à quelque pas.

– M'accorderez-vous cette danse, Madame ? demanda

Henry qui s'était matérialisé devant elle.

Sans attendre sa réponse, il l'entraîna vers la piste tandis que les premiers accords d'une valse s'échappaient des instruments de l'orchestre.

– Votre Grâce, c'est une valse, s'exclama-t-elle. C'est inconvenant !

– Je n'ai que faire des convenances, répliqua-t-il sans se rendre compte de la fureur qui grondait chez sa partenaire.

Se penchant vers Juliana, il lui murmura :

– Rejoignez-moi dans ma chambre, Juliana. Je veux vous faire l'amour toute la nuit.

– N'avez-vous pas suffisamment de distractions Votre Grâce ? persifla-t-elle.

– Que dites-vous ? demanda-t-il, sincèrement étonné.

– Je parle de votre petit échange avec votre maîtresse ! C'est donc pour cela que vous m'avez plantée sans crier gare il y a quelques minutes… Vous auriez pu avoir la décence d'attendre que je sois montée me coucher avant d'étaler votre liaison sur la place publique.

– Juliana ! protesta-t-il. Je n'ai que faire de cette femme.

Il la fixa intensément, une lueur de supplique perçant dans son regard.

– C'est elle qui m'a abordé, j'ai tout fait pour m'en débarrasser. Ce n'est pas elle que je rejoignais, vous devez me croire !

– Et qui donc dans ce cas ? Je ne vous ai vu discuter avec personne d'autre, dit-elle à moitié convaincue.

Ne sachant que répondre, il choisit d'ignorer sa question.

– Juliana, vous devez savoir que je ne désire que vous, fit-il d'un ton enjôleur.

Il frôla son oreille de ses lèvres sensuelles et chuchota :

– Je ne veux plus attendre. Épousez-moi, vite.

Son cœur bondit à ces mots. C'était la première fois qu'il abordait explicitement leur mariage. Écartant ses derniers doutes, elle lui répondit avec ferveur :

– Oui, très vite.

Henry emprunta le couloir dérobé et parvint aux appartements de la jeune fille.

Elle dormait profondément, ses petits poings serrés sous son menton, sa chevelure répandue sur l'oreiller. Il la contempla, attendri. Sa beauté irréelle dans la lueur de la bougie lui coupait le souffle, comme à chaque fois qu'il posait les yeux sur elle.

Poussant un long soupir, il fit demi-tour. Vu sa réaction lors du bal masqué, il craignait que ses propos ne soient mal accueillis. Il repoussa donc la discussion houleuse qui risquait de les déchirer au lendemain. Il valait mieux qu'ils se parlent à tête reposée.

Charlotte ôta sa seconde boucle d'oreille et la reposa sur la commode. Elle était à présent convaincue qu'Henry avait eu l'intention de faire annuler cette audience. Elle en aurait crié de frustration. Elle n'était pas arrivée si près du but pour que cet imbécile amoureux fasse tout capoter.

Avec un sourire mesquin, elle pensait satisfaite à la petite scène de jalousie qu'elle avait surprise entre le duc et sa fiancée. Cette animosité jouerait certainement en sa faveur lorsqu'elle irait distiller son venin auprès de la jeune fille.

– Tu viens te coucher ? lui demanda Thomas depuis le lit.

– J'arrive mon chéri, j'arrive.

Elle soupira intérieurement. Il était grand temps que cette comédie se termine. Elle n'en pouvait plus de voir les pattes velues de ce gros dégoûtant sur son corps de déesse.

Se glissant sous les draps, elle tenta :

– Thomas, ne pourrait-on pas se coucher tôt ce soir ? Ce bal m'a épuisée.

– Hors de question, dit le comte en lui tripotant les fesses. J'ai passé la soirée à convaincre George d'écourter sa présence au bal, comme tu me l'as demandé. Tu me dois bien cela. Allez, fais-moi une petite gâterie mon chaton.

– N'oublie pas pour demain, l'avertit-elle. Tu dois retenir Lord Vane autant que possible après la chasse.

Le comte commençait à se fatiguer de ce petit complot. Il ne comprenait pas où tout cela allait la mener. Mais qu'importe, il avait d'autres préoccupations en tête.

– Oui, oui, ne te tracasse pas. Allez, au travail, dit-il avec un grand rire, ravi de sa plaisanterie.

Et prenant une profonde inspiration, Charlotte se pencha pour s'acquitter de sa tâche.

26

Les cavaliers étaient amassés dans la cour intérieure. Les chevaux, croupe contre croupe, sellés et harnachés, piaffaient d'impatience. Un homme s'égosillait à l'avant de la troupe, tentant de rassembler les invités qui ne lui prêtaient qu'une attention distraite, occupés à plaisanter et commenter leurs futures prouesses. La foule bruyante s'apprêtait à partir pour la chasse à courre.

Les quelques dames qui avaient choisi d'y participer se tenaient élégamment perchées en position d'amazone, à l'écart du groupe. Elles échangeaient les derniers potins en riant, nullement impressionnées par les démonstrations des gentlemen faisant de l'esbroufe.

Le sujet brûlant du jour était le petit trio composé du duc de Norfolk, de sa fiancée et de son ancienne maîtresse. Personne n'avait manqué les allers-retours de celui-ci entre les deux femmes lors du bal. Et qu'en était-il de cette audience ? On murmurait que le roi allait annuler les fiançailles ordonnées par son père vingt ans plus tôt. C'était étonnant, ce cher duc semblait pourtant s'être entiché de la petite demoiselle.

Vraiment, tout cela était passionnant !

Charlotte écoutait, silencieuse, les jacassements de ses compagnes. Préoccupée par sa situation, elle cherchait le moyen d'intercepter Lady Juliana. Elle l'aperçut enfin à l'entrée des écuries et décida de tenter sa chance. Se dirigeant vers la jeune fille avec un air innocent elle lança :

– Bonjour, Lady Juliana.

Juliana décida de l'ignorer. Elle avait cherché Henry partout mais ne l'avait pas trouvé. Il devait très certainement se trouver à l'avant. Son statut de duc lui imposait de se placer en tête de troupe. Les aboiements bruyants des chiens lui vrillaient le crâne. Elle avait passé une nuit agitée, torturée par l'image de la main de Charlotte se posant sur le bras d'Henry. L'appréhension causée par l'audience de l'après-midi s'était ajoutée à ses tourments.

D'humeur maussade, elle avait failli se désister pour passer la matinée en compagnie de Mary mais ses piètres talents dans le maniement de l'aiguille l'avaient convaincue de se tenir à l'écart des dames de la Cour. Las ! Si elle avait su qu'elle croiserait Lady Plunket à la chasse, elle aurait peut-être revu sa décision. Un échange de sourires forcés avec l'ancienne maîtresse de son fiancé était bien la dernière chose qu'elle souhaitait.

Comme cette dernière ne semblait pas vouloir bouger d'un pouce, elle lâcha du bout des lèvres :

– Lady Plunket.

– Puis-je me permettre de vous dire que vous êtes ravissante. Cette couleur vous va à ravir.

– Je vous remercie Madame.

Entrant enfin dans le vif du sujet, Charlotte attaqua :

– Je suppose que vous appréhendez l'audience de cet

après-midi.

– Pourquoi le devrais-je ? répondit Juliana, méfiante.

– J'imagine qu'il ne doit pas être aisé de se faire répudier publiquement, la provoqua Charlotte d'un ton onctueux.

– Je vous demande pardon ? De quoi parlez-vous ?

– Oh vous ne saviez pas ?

– Savoir quoi, expliquez-vous nom d'un chien ! jura Juliana en se contenant tant que possible tandis que son cœur s'affolait.

– Le duc a demandé au roi la rupture de vos fiançailles, c'est de notoriété publique. Je pensais qu'il vous en avait informée. Pourquoi croyez-vous que le roi vous a accordé une audience ?

– Henry prétend que c'est le roi qui nous a invité à Windsor.

– Le roi n'invite jamais ses courtisans à une audience voyons, dit Charlotte avec un petite moue. Et pourquoi aurait-il réclamé votre présence, si vous n'étiez pas concernée ?

Les paroles de Lady Plunket résonnaient comme un écho à celles formulées par Mary avant leur départ pour Windsor. *Vous n'avez pas demandé à être reçue par le roi à ce que je sache ? C'est rare qu'il convoque ses courtisans d'initiative.*

– Pourquoi Henry souhaiterait-il rompre nos fiançailles ? protesta faiblement Juliana, envahie par le doute.

– Mais pour m'épouser bien sûr, répliqua Charlotte en assénant le coup de grâce.

Le cœur de Juliana se déchira. Elle aurait voulu labourer son visage de hyène.

Elle repassait les derniers mots d'Henry dans sa tête,

tentant de se convaincre de leur véracité. *Épousez-moi, vite*. Mais la main de Charlotte sur son bras, ses seins pressés contre son torse tournoyaient devant ses yeux.

Cette dernière la contemplait d'un air ravi.

– Non ! cria-t-elle. C'est impossible ! Pourquoi voudrait-il vous épouser ? Il ne veut plus rien savoir de vous.

– Et vous l'avez cru ?!

Elle eut un petit rire moqueur qui grinça de manière insupportable aux oreilles de Juliana.

– Quelle délicieuse enfant ! Vous êtes charmante, vraiment ! Je comprends pourquoi Henry s'est entiché de vous. Mais vous savez mieux que moi qu'il ne peut se contenter d'une seule femme. Il les lui faut toutes !

Voyant le visage de la jeune fille se décomposer, elle poursuivit tranquillement :

– Je vous l'ai déjà dit, nous n'avons jamais interrompu notre relation. Ma chère petite, vous finirez certainement par l'apprendre alors autant vous l'annoncer maintenant… je porte son enfant, ajouta-t-elle en se caressant discrètement le ventre dans un geste évocateur.

Juliana sentit que quelque chose se brisait en elle. Elle se remémora la « réputation » du duc auprès des femmes, dont sa sœur l'avait involontairement informée avant même qu'elle ne le rencontre. La conversation surprise chez Lady Dorset quelques mois plus tôt. *Je crois surtout qu'il est bien occupé avec Lady Charlotte Plunket. On dit qu'ils passent tous les après-midis au lit*. Comment avait-elle pu être aussi stupide ? Il la trompait depuis le début.

Prise d'une nausée violente, elle s'enfuit vers le château.

Avec un petit sourire de satisfaction, Charlotte souhaita bonne chance à Henry. Il aurait du mal à rattraper les dégâts, et elle se tiendrait prête à ramasser les morceaux lorsqu'il s'effondrerait. Elle se félicita de son intelligence supérieure. Elle avait vraiment pensé à tout.

Aveuglée par les larmes, Juliana tituba jusqu'à sa chambre. Sa tête lui tournait, elle ne voyait plus rien. Un bourdonnement constant l'assourdissait. Elle tenta de se calmer en s'asseyant sur le bord du lit. Respirant profondément plusieurs fois, elle reprit ses esprits.

Cette folle ne pouvait dire la vérité. Henry ne lui aurait pas caché cela, il voulait l'épouser, il le lui avait encore affirmé la veille. Tout comme il lui avait confirmé n'avoir aucune idée de la teneur de cette audience. Il ne pouvait être vil à ce point. Non, elle devait lui faire confiance et ne faire aucun cas des accusations de cette mégère.

Empruntant le passage que lui avait montré Henry après leur séance amoureuse de la veille, elle déboula dans sa chambre. Elle était vide. La chasse venait à peine de commencer.

Pestant contre Devon qui l'avait retenu aux écuries pour lui parler de l'augmentation du coût de la laine, Henry pénétra à grandes enjambées dans ses appartements.

La discussion interminable qui avait suivi la chasse lui laissait très peu de temps pour se changer et intercepter Juliana. Il avait guetté son apparition durant la chasse mais elle n'était pas venue. Il devait absolument l'avertir, il fallait qu'elle comprenne que sa demande avait été formulée avant de la rencontrer, avant qu'il ne tombe amoureux d'elle. Il devait lui dire à quel point il l'aimait.

Lorsqu'il débarqua dans la chambre de Juliana après s'être changé, il ne put que constater son absence. Affolé, il se mit à courir vers la salle d'audience. Il avait la sourde impression que son destin se jouait à cet instant précis et que sa vie allait irrémédiablement basculer sans qu'il puisse esquisser le moindre geste.

27

La salle d'audience était bondée, comme d'habitude. Cherchant Juliana des yeux, Henry l'aperçut à l'autre bout de la pièce. Quand elle tourna enfin le regard vers lui, il reçut un coup de poing à l'estomac. Les yeux rougis par les larmes, elle le scrutait anxieusement et une pointe d'accusation perçait dans son regard. Se pouvait-il qu'elle soit déjà au courant ? Comment le pourrait-elle, quand lui-même n'avait aucune idée de ce que le roi leur voulait ?

Il tenta de se frayer un chemin jusqu'à elle mais la porte s'ouvrit et la voix du Grand Chambellan retentit :

– Sa Majesté George IV, par la Grâce de Dieu, roi du Royaume-Uni de Grande-Bretagne et d'Irlande, Défenseur de la Foi !

Les courtisans s'inclinèrent dans un même mouvement et le silence se fit.

Incapable de rejoindre Juliana, Henry s'assit sur le bord d'un siège, les nerfs à vif.

– Lady Juliana Lowry-Corry, de la famille Belmore ! Lord Henry Vane, Duc de Norfolk ! appela le Grand Chambellan.

Ils s'approchèrent tous deux du trône.

Henry chercha désespérément à capter le regard de Juliana mais cette dernière regardait droit devant elle.

– Juliana, chuchota-t-il.

Elle l'ignora superbement.

– Juliana, promettez-moi de m'attendre après l'audience, je dois tout vous expliquer, insista Henry à voix basse.

– Voici donc la fameuse Lady Juliana de Belmore, commença le roi d'une voix forte.

– Votre Majesté, répondit Juliana en baissant les yeux et en s'agenouillant dans une profonde révérence.

– Approchez-vous pour que Nous puissions vous voir de plus près, exigea le roi.

Juliana s'avança d'un pas tremblant jusqu'à toucher le bord de l'estrade et fit une nouvelle révérence.

– Je ne comprends décidément pas votre fiancé, marmonna le roi, énigmatique.

Juliana sentait son cœur cogner violemment dans sa poitrine. Que voulait dire le roi ? Qu'est-ce qu'il ne comprenait pas ?

– Norfolk ! reprit George IV en signifiant d'un geste à Juliana qu'elle pouvait se reculer. J'ai examiné votre demande avec attention. (*Non, s'il te plaît, ne le dis pas, ne le dis pas !* pensa très fort Henry.) Bien que ma décision soit regrettable pour la jeune demoiselle ici présente, j'ai décidé de vous accorder l'annulation des fiançailles ordonnées par Sa Majesté le roi George III.

Un murmure choqué parcourut l'assistance qui retenait son souffle.

– Je m'occuperai personnellement de vous trouver un époux qui vous convienne, ajouta le roi à l'attention de la jeune fille.

– Votre Majesté, puis-je demander un aparté ? répliqua fermement Henry.

– Inutile de me remercier Norfolk. J'ai pris personnellement la défense de votre cas devant mes ministres. Vous êtes libéré de vos engagements. Suivant ! grogna-t-il à l'attention de son Grand Chambellan.

Le monde tournoyait autour d'elle. Juliana ne voyait plus rien, n'entendait plus rien, hormis son cœur qui battait à ses oreilles. Une énorme boule lui nouait la gorge. Ainsi tout était vrai. Henry avait réclamé l'annulation de leurs fiançailles et l'avait obtenue. Il couchait avec cette traînée de Charlotte, et allait l'épouser maintenant qu'il était enfin libre. Elle était et resterait la pauvre petite fille d'un comte irlandais dont il n'avait jamais voulu.

Elle devait réagir, trouver la force de quitter cet endroit sombre qui allait l'engloutir. Rester digne, surtout rester digne, ne pas leur montrer, ne pas pleurer.

Se redressant avec lenteur, elle affronta le regard des courtisans et releva le menton avec toute la fierté que son sang irlandais lui insufflait dans les veines.

Toute la haute société suivit Lady Juliana avec un regard affligé tandis qu'elle tournait les talons la tête haute. Elle était d'une dignité admirable, pensait-on. Il en est peu qui pourraient assumer avec cette allure une répudiation publique. Pauvre enfant ! Qu'avait-il donc dû se passer pour que le duc demande l'annulation de leurs fiançailles tant d'années après leur conclusion.

Henry la suivait à quelques pas, le regard fixé sur son dos raide. Il avait le cœur lacéré à l'idée de la déception qu'elle devait ressentir, de la trahison qu'il venait de lui infliger.

– Juliana, cria-t-il après avoir franchi la porte d'entrée une poignée de secondes après elle.

Mais celle-ci s'enfuyait déjà en courant. Se lançant à sa poursuite, il fut arrêté dans sa course par Charlotte qui déboula devant lui et buta contre son torse.

– Henry ! dit-elle en se pâmant dans ses bras.

Il l'écarta sans ménagements.

– Pas maintenant Charlotte !

– Attends !

Elle lui agrippa la manche alors qu'il s'engageait déjà pour repartir.

– Quoi ?! aboya-t-il à bout de patience.

Il dut calmer sa fureur lorsqu'une connaissance passa devant eux, les saluant avec courtoisie.

Il reprit d'un ton plus bas mais néanmoins féroce :

– Que me veux-tu à la fin ?

– Nous devons parler, dit-elle en tentant de gagner du temps. Tu n'as pas daigné m'écouter hier soir, accorde-moi donc quelques instants aujourd'hui.

– Je te l'ai déjà dit, pas maintenant, gronda-t-il en se dégageant.

– Je suis enceinte Henry ! cria-t-elle enfin alors qu'il était déjà reparti à la poursuite de la jeune fille.

– Que dis-tu ? demanda Henry avec lenteur, horrifié. (Il revint sur ses pas.) Enceinte ?

Il jeta un coup d'œil rapide à sa silhouette et n'y décela aucun signe de gestation.

– Charlotte, cela fait des mois que nous n'avons pas couché ensemble, objecta-t-il, soulagé.

– Tu sembles oublier notre dernière soirée ensemble. Juste avant le bal des débutantes, précisa-t-elle alors qu'il fronçait les sourcils, cherchant visiblement à se remémorer les faits.

– Qu'est-ce que tu racontes ? Je me suis effondré sur le sofa.

– Tu ne te rappelles pas ? répliqua-t-elle d'une petite voix aigüe, presqu'amusée. Mon chéri, tu as dû boire plus que de raison ce soir-là, ta mémoire te fait défaut.

– Tu prends tes rêves pour des réalités, railla-t-il, sentant malgré tout les doutes l'envahir.

– Mon chéri…

Irrité au plus haut point par l'usage de ce terme affectueux dans la bouche de cette putain, il se contracta, ce que ne manqua pas de remarquer Charlotte.

– Lorsque tu as émergé de ta petite… sieste, reprit-elle posément, je me suis glissée à tes côtés et tu n'as pas pu t'empêcher de… Enfin, je ne dois pas te faire un dessin.

Henry était complètement ivre lors de cette soirée. Elle ne prenait pas beaucoup de risques en débitant ces mensonges éhontés. Et puis, c'était bien fait pour lui. Ce salaud n'avait plus posé les mains sur elle depuis son départ en Irlande.

Henry se prit la tête entre les mains, fouillant le moindre recoin de sa mémoire pour y trouver la lueur d'un souvenir mais c'était le trou noir. Nom de Dieu, c'était impossible, il n'était pas en état, il n'aurait jamais pu… Mais il ne pouvait l'exclure totalement non plus.

– Maintenant que tu es libéré de tes engagements vis-à-vis de l'Irlandaise, nous allons pouvoir officialiser notre relation.

Juliana ! Cette garce lui avait fait perdre un temps précieux, il devait la rattraper au plus vite ! Il se détourna et se remit à courir.

– Henry ! hurla-t-elle sans se soucier d'attirer

l'attention sur elle.

Fort heureusement, le couloir était désert et Henry revint une nouvelle fois sur ses pas. Jamais il n'avait ressenti une telle haine, il avait des envies de meurtre.

– Tais-toi, petite sotte ! Nous en reparlerons plus tard, grinça-t-il entre ses dents serrées.

– Si tu me laisses dans cette situation… menaça-t-elle d'une voix tremblante.

Paniquée, elle le fixait les bras ballants. Toute à la félicité d'avoir vu ses machinations couronnées de succès, elle n'avait même pas pris en considération la possibilité qu'il puisse ignorer ses devoirs pour se précipiter après elle. Certes, il semblait s'être pris d'affection pour cette petite grue mais au point de regretter ce mariage qui n'avait aucun sens ?

Il la toisa, les narines palpitantes, le corps entier bouillonnant d'une rage contenue, puis tourna les talons sans la gratifier d'une réponse. Il ne pouvait s'occuper de cette situation dans l'immédiat, il avait un problème bien plus urgent à régler.

Son monde s'était écroulé. Anéantie, Juliana se tenait atone au milieu de l'entrée monumentale du palais, s'attirant le regard plein de curiosité du majordome qui se contenait visiblement de la dévisager ouvertement.

Toute sensation annihilée, le vide seul grandissait en elle.

Que venait-il de se passer ? Venait-elle réellement de se faire humilier devant un parterre d'aristocrates anglais la prenant en pitié ? Comment avait-il pu lui faire cela ? La tête dans du coton, elle examina ses options. Elle devait à tout prix trouver le moyen de fuir cet endroit, et vite. Henry essayerait-il même de la rattraper ? Elle ne pouvait prendre le risque de le croiser, non, elle n'en avait pas la force.

Elle sortit sur le perron, essayant de repérer une voiture qui serait en partance pour Londres.

Henry déboula dans la chambre de la jeune fille. Elle était vide. Faisant un rapide tour de la suite, il repartit vers le couloir qu'il parcourut en courant jusqu'à la chambre de sa mère.

Lorsque cette dernière le vit débarquer, elle remarqua tout de suite son état d'affolement.

– Que se passe-t-il Henry ? demanda Mary, surprise et inquiète.

– Où est Juliana ? aboya-t-il sans répondre à sa question.

– Je n'en ai aucune idée. L'audience est terminée ? Que voulait le roi ?

Henry rebroussa chemin. Il perdit dix bonne minutes à parcourir les longs corridors et les pièces communes sans grand espoir de l'y trouver, et se rendit à nouveau à sa chambre. Il se mit à fouiller ses placards, constatant que ses affaires s'y trouvaient toujours.

Sa mère le rejoignit sur l'entrefaite.

– Mais enfin que se passe-t-il Henry ? Veux-tu bien avoir la bonté de me l'expliquer ? l'attaqua Mary, excédée.

– Elle n'est plus là, répondit Henry, paniqué. Je ne comprends pas, ses affaires sont encore là mais elle est introuvable !

– Je ne comprends rien, dit Mary, qui sentait l'affolement la gagner elle aussi. Juliana est partie ? Mais pourquoi serait-elle partie ? Que s'est-il passé Sacrebleu ?! cria-t-elle avec un juron qui la choqua elle-même.

Henry s'assit sur le lit, se prenant la tête entre les mains.

Elle ne pouvait pas être partie, c'était impossible ! Nom d'un chien, pourquoi ne l'avait-elle pas attendu ? Qu'avait-il bien pu se passer pour que cette maudite demande formulée il y a des mois de cela refasse surface aujourd'hui ? Pourquoi ne lui avait-il pas parlé avant que tout cela ne lui explose au visage ?

Il se remit debout et, pris d'une rage meurtrière, empoigna une chaise et la projeta contre le mur. Elle se brisa dans un bruit fracassant.

La duchesse, effrayée par la violence de son fils, se tenait silencieusement dans un coin de la pièce.

– Henry, que s'est-il passé ? finit-elle par lui demander une nouvelle fois avec toute la douceur possible.

– Il a annulé les fiançailles, répondit enfin Henry d'une voix blanche.

Les yeux écarquillés par l'horreur, Mary se couvrit lentement la bouche d'une main tremblante.

– Je… je ne comprends pas… Que s'est-il…

La question mourut sur ses lèvres. Henry n'était pas en état de répondre. Tombé à genoux près du lit, il regardait sans le voir le plafond ouvragé, tentant de contenir les larmes qui lui brûlaient les paupières.

Il devait se rendre à l'évidence. Elle était partie.

28

– Où se trouve Abigail ? demanda Juliana en débarquant brusquement dans la cuisine de la demeure d'Eaton Square.

Surprises, les deux bonnes occupées à nettoyer l'argenterie se levèrent d'un bond.

– Lady Juliana ! Tout va bien ?

– Non tout ne va pas bien ! répliqua-t-elle avec une rudesse inhabituelle, se préoccupant peu de l'image qu'elle devait renvoyer à cet instant.

Ses yeux rougis et son visage boursouflé témoignaient de manière évidente du chagrin qui l'habitait. Le voyage depuis Windsor avait été éprouvant. N'ayant trouvé personne qui rentrait vers la capitale, elle avait remercié silencieusement la duchesse d'avoir insisté pour qu'elle ait toujours dans son petit réticule l'équivalent d'une à deux livres et avait sauté dans une diligence. Elle s'était rapprochée autant que possible d'Eaton Square mais avait dû malgré tout parcourir plusieurs lieues à pied.

Le temps pressait. Henry, s'il avait décidé de se mettre à sa poursuite – bien que rien ne soit moins sûr – avait accès à son propre attelage, et avait donc dû parcourir la distance entre Windsor et Londres bien plus rapidement qu'elle. Il pouvait arriver d'une minute à l'autre.

– Où est-elle ? répéta la jeune fille sur un ton pressant.

– Abigail se trouve dans sa chambre, Lady Juliana, répondit Eleanor, la plus jeune des deux.

Sans prendre la peine de les remercier, Juliana laissa la porte se refermer sur elle et prit le couloir qui menait au quartier des domestiques au pas de course.

– Abby ! On s'en va ! exigea Juliana d'un ton sans réplique en déboulant dans la chambre de sa gouvernante. Dépêche-toi de préparer un sac, nous partons. Tout de suite !

– Lady Juliana ! Mais que se passe-t-il ?

– Je t'expliquerai, je n'ai pas le temps ! Tu prendras une voiture de louage pour te rendre à Hinchingbrooke House, chez Louisa. Je voyagerai à cheval, il est hors de question que je laisse Silver ici.

– Lady Juliana, expliquez-vous ! glapit Abigail, paniquée par ces brusques changements.

– Je n'ai pas le temps ! cria Juliana, hystérique. Fais ce que je te dis !

Repartant dans l'autre sens, elle se rendit à sa chambre où, telle une automate, elle rassembla quelques affaires qu'elle fourra en vrac dans une sacoche de voyage. Réalisant qu'elle portait toujours la robe d'apparat qu'elle avait revêtue pour être présentée au roi, elle se mit à déboutonner fébrilement le corsage, peinant à défaire les boutons tant ses doigts tremblaient. De rage, elle arracha le tissu et jeta la robe dans un coin, la contemplant avec dégoût. La vue même de ce vêtement cérémonial lui donnait envie de vomir.

Après avoir enfilé une tenue nettement plus adaptée au voyage, elle s'attela à la rédaction d'une courte missive à l'attention de la duchesse, cette mère qu'elle n'avait pas eue et qu'elle n'aurait jamais. Elle ne méritait pas cet adieu brutal mais c'était ce qu'elle avait de mieux à lui offrir.

Elle mit l'enveloppe bien en évidence sur le manteau de cheminée de sa chambre et repartit aux écuries où elle sella Silver en quatrième vitesse. *S'il Vous Plaît, S'il Vous Plaît Seigneur, Faites que je sois partie à temps !* Elle étouffait ses sanglots, frottant d'une main rageuse les larmes qui débordaient constamment et qui l'empêchaient de voir clairement ce qu'elle faisait.

Elle batailla un moment pour fixer son sac de voyage et sauta enfin en selle. Dieu merci, elle pouvait partir, enfin. Donnant un fort coup de talon dans les flancs de sa jument, elle quitta la cour intérieure pour rejoindre la grande avenue. La route jusqu'à Hinchingbrooke House prendrait plusieurs heures mais elle parviendrait à destination avant minuit.

Une nuit d'encre l'enveloppait et Juliana peina à nouer les rênes de Silver. Elle n'était jamais venue visiter Louisa dans le Cambridgeshire mais sa sœur lui avait décrit les lieux en long et en large, si bien qu'elle pouvait s'orienter avec une relative aisance malgré l'absence de lumière. Tâtonnant les murs, elle progressa prudemment sur l'allée gravillonnée qui longeait la façade ouest. Soudain, des aboiements de chiens percèrent le silence de la nuit et elle sursauta, manquant le prochain pas. La douleur se fit aussitôt sentir.

Se massant la cheville avec une grimace, elle vit le rez-de-chaussée s'éclairer peu à peu. Une voix d'homme ordonna aux bêtes de se taire et la porte d'entrée s'ouvrit pour laisser apparaître une silhouette qui se découpa à contre-jour.

– Qui va là ? demanda l'ombre d'une voix forte.

– C'est moi, Lady Juliana, la sœur de Lady Louisa, cria-t-elle depuis la pénombre.

– Juliana ? demanda l'homme d'une voix inquiète.

Il s'avança à sa rencontre et elle distingua les traits de son beau-frère, qu'elle n'avait plus revu depuis des années.

– Mais que faites-vous ici au beau milieu de la nuit ?

– Puis-je entrer Monsieur ?

– Bien sûr, venez vite.

– Je crains de ne pouvoir me déplacer, je viens de me tordre la cheville.

Il prit sa sacoche d'une main et la soutenant de l'autre, l'aida à parcourir les derniers mètres qui les séparaient de la demeure.

– Mais enfin Juliana, qu'est-ce que tu fabriques ici ? Tu es folle d'avoir voyagé seule de nuit ? Sais-tu combien il est dangereux de parcourir les routes par les temps qui courent ? s'affola Louisa en débarquant dans le salon où Juliana se reposait, la cheville posée sur l'accoudoir du canapé.

Elle avait visiblement été tirée de son lit en catastrophe. Sa robe de chambre était nouée à la hâte et elle remettait fréquemment ses cheveux défaits derrière son oreille dans un geste nerveux.

Lorsqu'elle aperçut le visage de la jeune fille, son inquiétude s'accrut encore.

– Que se passe-t-il ? Tu as l'air épouvantable.

– C'est une longue histoire, répondit Juliana la gorge

nouée. Je sais que tu dois te poser mille questions mais je n'ai pas la force d'y répondre ce soir.

Louisa s'assit près de la jeune fille et lui prit les mains.

– Tu n'es pas blessée au moins ?

– À part ma cheville et mon cœur, tout va bien, ironisa Juliana.

– Bon, je sens qu'il ne sert à rien d'entamer cette discussion pour le moment. Viens avec moi, je vais t'installer dans la chambre turquoise.

Juliana suivit Louisa comme elle put, boîtant et grinçant des dents, et sa sœur l'aida à se déshabiller. Elle se glissa dans les draps fraîchement lavés et, dès que Louisa eut refermé la porte, laissa enfin éclater les sanglots qu'elle avait retenus tant bien que mal toute la journée.

Il l'avait répudiée, elle avait été humiliée devant tous ces nobles qui l'avait prise en pitié, devant le roi lui-même ! Il lui avait menti, tout ce temps... Comment avait-elle pu croire qu'il avait voulu l'épouser ? Elle avait été stupide, incroyablement stupide d'imaginer qu'un duc aurait voulu d'une petite Irlandaise sans le sou ou presque. Elle ne savait pas quand ni comment, mais il avait réclamé cette maudite annulation. Et pendant tout ce temps, alors qu'il attendait la réponse de leur souverain, il l'avait séduite, bafouée. Il lui avait pris sa virginité et son cœur sans scrupules.

Et il allait épouser cette veuve dévergondée ? Cette misérable baronne allait lui donner un enfant ?

Elle ne se remettrait jamais de cette trahison.

Elle poussa un long cri qui vint mourir dans sa gorge.

Pourquoi l'aimait-elle autant ? Elle commençait à peine à réaliser que plus jamais elle ne plongerait son regard dans ses yeux pailletés, plus jamais elle n'embrasserait ses lèvres sensuelles, ne recevrait ses douces caresses. Son cœur saignait. Elle était anéantie.

*

Henry poussa un cri de rage en regardant le navire quitter le quai. Diantre, le sort s'acharnait sur lui. Non content d'avoir dû changer de cheval à mi-parcours en raison d'un caillou logé dans son sabot, voilà à présent qu'il manquait le bateau qui l'amènerait jusqu'à Dublin et qu'il devrait patienter plusieurs heures avant de pouvoir prendre le suivant.

Elle avait un demi-jour d'avance sur lui, une journée tout au plus.

Lorsqu'il s'était présenté à Eaton Square, les domestiques lui avaient relaté l'arrivée catastrophée de la jeune fille et son départ précipité peu après. Un rapide tour des écuries lui avait confirmé qu'elle voyageait à cheval. Pourquoi avait-il eu cette idée stupide d'amener Silver à Londres ?

Il n'avait pas hésité une seule seconde à la suivre. Après être passé par Norfolk House pour y prendre sa propre monture, il s'était mis en route malgré l'heure tardive et sans connaître la destination de Juliana. Elle avait dû se diriger vers Liverpool, il ne voyait pas d'autre itinéraire possible jusqu'à Castle Coole.

La nuit qui était tombée l'avait forcé à s'arrêter. Il avait à tout hasard demandé à l'aubergiste s'il avait aperçu une jeune fille, seule ou en compagnie d'une domestique, mais avait obtenu une réponse négative. Même rengaine à l'auberge suivante.

Depuis deux jours, il repassait les dernières heures qu'ils avaient passées ensemble en boucle dans sa tête. Qu'est-ce qui avait bien pu pousser George IV à prononcer cette satanée annulation ? Il lui manquait une pièce du puzzle. Son départ précipité de Windsor ne lui avait pas permis d'interroger le roi, à considérer même qu'il ait accepté de le recevoir dans ses appartements privés.

Il revoyait l'air choqué de Juliana, son petit visage bouleversé, sa démarche lente tandis qu'elle se dirigeait vers la sortie. Comme elle devait le haïr ! Il devait tout lui expliquer, il devait la revoir !

*

– Voilà, tu sais tout à présent, conclut Juliana en soupirant.

Elle venait de raconter à sa sœur les derniers mois écoulés, passant sous silence certains détails gênants.

– Je ne comprends pas, répondit Louisa d'un air dépité. Tu es sûre qu'il ne s'agit pas d'un malentendu ?

– Comment pourrait-il s'agir d'un malentendu ? explosa Juliana avant de se reprendre. Le roi a très clairement parlé d'une demande formulée par le duc.

– Mais pourquoi aurait-il demandé cette annulation s'il paraissait si épris de toi, de ce qu'on raconte ? Même dans le Cambridgeshire les rumeurs allaient bon train.

Louisa ne savait pas qu'Henry allait bientôt accueillir dans sa vie un nouveau membre de sa prestigieuse lignée et que c'était sans doute pour cela qu'il avait cherché à se débarrasser d'elle. Elle ne pouvait partager ce détail sordide avec sa sœur. Elle en avait trop honte. Elle s'était fait manipuler, purement et simplement, et avait pris ses mots d'amour pour argent comptant alors qu'il complotait dans son dos pour faire annuler leurs fiançailles et épouser la mère de son futur enfant. Non, c'était par trop humiliant.

– Je n'en sais rien, soupira-t-elle la gorge nouée. Il jouait bien la comédie, voilà tout.

– Allons Juliana, ces choses-là ne s'inventent pas. S'il t'a courtisée, c'est qu'il devait t'apprécier.

– Peut-être alors n'était-ce pas suffisant. Lady Mary m'a expliqué que les ducs de Norfolk ne faisaient que des alliances avantageuses depuis toujours. Avec mes origines irlandaises récemment anoblies je ne faisais pas le poids.

Mais Charlotte oui. Charlotte, la veuve d'un baron, fille du marquis de Tavistock, descendant d'une lignée anglaise qui rencontrait tous les critères que les Norfolk avaient imposés depuis des générations pour sélectionner une génitrice appropriée.

– Je suis tellement navrée ma chérie, dit Louisa en serrant fort les mains de sa sœur entre les siennes. Je vais m'occuper de toi, tu peux rester ici autant que tu le souhaites.

– Je ne sais pas, soupira une nouvelle fois Juliana. Je ne sais plus rien pour tout t'avouer. Que vais-je faire maintenant ? Toute ma vie, j'ai cru que j'allais devoir être la prochaine duchesse de Norfolk. Puis je me suis fait à l'idée qu'il ne viendrait plus. (Elle eut un petit rire sans joie.) Nous avions même élaboré des plans de mariage avec Edward Digby.

– Edward Digby ? Le fils du baron Digby ? s'exclama Louisa, choquée.

– Oui, nous nous sommes fréquentés en secret pendant quelques mois.

– Juliana, fit Louisa sur un ton de reproches. Tu savais pourtant que tu n'étais pas libre.

– Quelle importance maintenant ?

– Tu as raison. Mais tu peux donc retourner à Castle

Coole, et reprendre ta vie là-bas, suggéra Louisa. Peut-être Edward souhaite-t-il toujours t'épouser.

– Je n'en ai aucune envie. Je ne l'ai jamais aimé dans le fond, et il le sait d'ailleurs. Et puis Castle Coole appartient à Somerset. Je ne sais même pas si le roi m'accordera encore sa dotation maintenant que mes fiançailles avec le duc sont rompues.

– Somerset ne te refusera certainement pas de rester à Castle Coole, d'autant qu'il déteste s'y rendre. Mais encore une fois, tu peux aussi rester ici si tu le souhaites.

– C'est gentil, murmura Juliana qui détourna le regard, les yeux perdus dans le lointain.

Louisa caressa tendrement les cheveux de sa sœur puis s'éclipsa pour la laisser se reposer. Si jamais elle croisait un jour la route du duc, elle ne se gênerait pas pour remettre ce mufle à sa place.

*

– Comment cela, Lady Juliana ne se trouve pas ici ? gronda Henry sur le pas de la porte.

– Je vous assure Votre Grâce. Lady Juliana n'a plus remis les pieds ici depuis son départ pour l'Angleterre il y a plusieurs mois, répondit Byrne, effrayé par le ton menaçant du duc.

– Où peut-elle se trouver, bon sang !

– Je la pensais avec vous Votre Grâce, se risqua à répondre le majordome.

– Elle est partie de Londres il y a plus d'une semaine.

– Peut-être dans ce cas s'est-elle rendue chez sa sœur, dans le Cambridgeshire ?

Henry soupira. Encore un nouvel obstacle. C'était à croire qu'il ne parviendrait jamais à retrouver Juliana. Il était trop tard à présent pour faire demi-tour.

Demandant l'hospitalité pour la nuit, il réclama qu'on lui apporte le meilleur whisky. Il avait besoin de s'enivrer pour oublier sa peine.

*

– Juliana, je crois que c'est le duc qui s'avance dans l'allée, avertit Louisa d'un ton affolé.

– Que dis-tu ? dit Juliana en s'approchant de sa sœur qui se trouvait devant la fenêtre de la demi-rotonde.

– Oui c'est bien lui. Mais que vient-il faire ici ?

– Je refuse de le voir, dit Juliana d'un ton précipité. Renvoie-le ! Dis-lui que je ne suis pas ici.

– Je ne peux pas faire cela, Juliana, dit doucement Louisa. S'il est ici, c'est qu'il s'inquiète pour toi. De toute façon, il finirait par apprendre où tu te trouves.

– Dans ce cas renvoie-le en disant que je ne veux pas lui parler. Je t'en prie Louisa, je n'en ai pas la force, je te le jure, ajouta-t-elle d'un ton suppliant.

– Tu es sûre que tu ne veux pas écouter ses explications ?

– Non ! cria Juliana.

Et elle sortit précipitamment de la pièce, allant s'enfermer dans sa chambre.

L'oreille collée à la porte, elle écouta le bruit de l'entrée s'ouvrir. Que faisait-il ici ? Ne pouvait-il la laisser panser ses blessures en paix ? Les larmes coulèrent silencieusement sur ses joues. Elle ne survivrait pas à une rencontre avec lui, elle le savait. Qu'il parte, qu'il sorte de sa vie !

Henry s'inclina devant la maîtresse de maison.

– Lady Louisa.

– Votre Grâce, l'accueillit-elle sèchement.

Elle savait, c'était évident. Juliana devait donc se trouver ici. Soulagé malgré la froideur de cet accueil, il la suivit vers le salon.

– Que puis-je pour vous ?

– Pardonnez mon intrusion Lady Louisa. Je suis venu voir si Lady Juliana se trouvait chez vous.

Louisa hésita un bref instant à lui mentir.

– Elle se trouve bien ici, confirma-t-elle néanmoins.

Henry laissa échapper un soupir rassuré.

– Puis-je la voir je vous prie ? Je dois lui parler, c'est urgent.

– Elle ne veut pas vous recevoir.

Nouveau coup de poing. Il devait s'y attendre.

– Je me permets d'insister, Madame.

– Elle refuse de vous voir. Et je la comprends, ajouta Louisa avec colère. Excusez mon langage mais vous avez dépassé les bornes, Votre Grâce. Vous l'avez suffisamment fait souffrir, laissez-la en paix à présent.

– Si elle daignait m'écouter…

– Aucune de vos explications ne pourront rien y changer, le coupa Louisa. Vous l'avez répudiée devant vos pairs, elle est meurtrie et ne souhaite plus que vous fassiez partie de sa vie.

Henry sentit l'air lui manquer. Cela ne pouvait se terminer ainsi. Elle devait l'écouter, comprendre qu'il n'avait jamais voulu cela.

– Votre Grâce, reprit fermement Louisa, je vais devoir vous demander de quitter ma demeure.

– Non ! répondit-il dans un cri. (Il sentait la panique gagner chacun de ses membres.) Laissez-moi la voir, je vous en prie !

– Juliana a pris sa décision et je me dois de la

respecter. Si elle accepte un jour de vous revoir, elle n'aura aucun mal à vous trouver. Partez maintenant, dit Louisa en lui désignant la porte.

Prenant une profonde inspiration, Henry ferma les yeux un bref instant et se décida à contre-cœur à obtempérer.

– Dites-lui que je l'attendrai, dussé-je patienter dix ans encore, murmura-t-il alors qu'il atteignait la porte.

29

Cambridgeshire, Angleterre, Septembre 1821

Penchée sur la cuvette, ses cheveux rassemblés dans une main, Juliana sentit une nouvelle fois son ventre se soulever et régurgita l'entièreté de son déjeuner.

Le doute n'était plus permis, elle était enceinte.

Peu de temps après son arrivée à Hinchingbrooke House, elle était tombée malade. Attribuant la fatigue intense qui la paralysait, les malaises et les nausées fréquentes aux récents événements, elle ne pouvait plus nier l'évidence maintenant que les symptômes se prolongeaient.

Dieu tout-puissant, qu'allait-elle devenir ? Elle n'avait jamais osé raconter toute la vérité à sa sœur, qui l'aurait jugée pour sa conduite scandaleuse.

Le front luisant de sueur, elle s'adossa à la porte du cabinet de toilette et se laissa glisser au sol. Elle avait un goût de bile en bouche, le cœur dans la gorge. Elle prit une profonde inspiration, tentant de chasser le prochain haut-le-cœur.

Qu'allait-elle devenir ? Cette question lancinante se

répétait à l'infini tandis qu'elle posait sa tête sur ses genoux repliés.

Qu'allait-elle devenir ?

Peu à peu, le calme se fit.

Elle portait son enfant, leur enfant. La joie l'envahit lentement. Elle conserverait à jamais un souvenir de cette parenthèse de sa vie, une petite partie d'Henry qui lui appartiendrait pour toujours. N'en déplaise à cette catin de Lady Plunket.

Et soudain tout fit sens. Elle allait devenir mère. Elle ne serait plus jamais seule. Elle caressa son ventre encore plat comme si elle pouvait déjà y sentir la vie.

Elle devait rentrer en Irlande. Qui se préoccuperait là-bas de savoir qu'elle mettrait au monde un enfant hors des liens du mariage ? Elle n'avait plus ni père, ni mère, ni fiancé. Les gens de la région n'avaient que faire des histoires compliquées des aristocrates, ils avaient d'autres chats à fouetter. Elle serait loin de Londres et de ses ragots médisants.

Et puis elle voulait que son fils naisse sur ses terres, à Castle Coole… Son fils ? Étrangement, elle était convaincue qu'elle donnerait un fils à Henry.

Alors qu'elle aurait dû être paniquée à l'idée d'affronter cette situation, elle se sentait inexplicablement calme, réconfortée par le sens nouveau qu'elle donnait à sa vie. Se relevant péniblement, elle s'apprêta à affronter Louisa. Elle avait le sentiment que sa sœur ne prendrait pas la nouvelle avec la même sérénité…

– Elle ne peut pas repartir seule, je dois être présente pour la naissance. Sapristi John, tu réalises dans quel pétrin elle se trouve ?

– Tu crois que je l'ignore ? répliqua Lord Montagu à son épouse. Par tous les Saints, Louisa, comment a-t-elle pu se comporter avec tant de légèreté ?

Heurtée par son jugement, Louisa pinça les lèvres.

– Peut-être que si j'avais été plus présente, j'aurais pu veiller à ce qu'elle ne commette pas de telles erreurs !

– Excuse-moi, je ne voulais pas te blesser. Mais cette attitude dévergondée aura des répercussions sur nous tous. Et je ne suis pas confortable avec l'idée que tu t'absentes durant de nombreux mois.

– Je n'ai pas le choix John.

– Ne peux-tu la convaincre de rester ici ?

– Elle refuse. Elle ne veut même pas prévenir le duc, et j'ai pourtant insisté.

– Mais pourquoi ? C'est tout de même ce salaud qui l'a placée dans cette situation inextricable. Il doit assumer ses responsabilités ! s'emporta-t-il.

– Elle prétend que depuis toujours, elle a grandi dans l'ombre de ce contrat, qu'elle n'avait aucun pouvoir sur sa vie et elle ne veut pas recommencer. Elle veut sa liberté, et je ne peux pas lui donner entièrement tort.

– Et que fera-t-elle si le duc apprend qu'elle a mis au monde son enfant sans l'en avertir ?

– Selon elle, le fait qu'il ait réclamé l'annulation prouve à suffisance qu'il ne désire pas se voir imposer un héritier de si basse extraction. Oh John, je me rappelle encore du regard du vieux duc il y a vingt ans, dit-elle en frissonnant. Il nous avait en horreur. (Elle soupira.) Je crains que son fils ne partage ces idéaux.

Louisa s'approcha et mit ses mains dans celles de son mari.

– John je t'en prie, tâche de comprendre. Je ne peux pas l'abandonner une nouvelle fois. Elle va avoir besoin de moi, surtout au moment de l'accouchement.

– Très bien, soupira John. Nous nous débrouillerons, je suppose que John William est en âge de gérer les affaires le temps de mon absence.

– Seigneur, il va falloir que je prévienne Somerset, dit soudain Louisa d'un ton paniqué.

– Je te conseille de ne pas lui dévoiler l'état de ta sœur. Il se sentira forcé de défendre son honneur, je suis moi-même à deux doigts de le faire. Et si Juliana souhaite rester discrète…

– Non, tu as raison. Elle ne me le pardonnerait jamais.

– Je vais prévenir John William de la situation, il va falloir que je…

Le son de leur voix mourut tandis que Juliana s'éloignait en hâte de la porte à travers laquelle elle venait d'épier leur conversation.

Dieu soit loué, Louisa ne préviendrait pas Henry. Et elle l'accompagnerait à Castle Coole. Elle avait bien longtemps occulté la souffrance provoquée par l'abandon de sa sœur alors qu'elle était si jeune, la laissant sans personne à qui se confier, et sa présence à ses côtés dans ce moment particulièrement difficile la réconfortait plus qu'elle n'aurait osé se l'avouer. Même si elle tentait bravement de se convaincre qu'elle pouvait affronter seule ce nouveau tournant, elle était terrifiée à l'idée de mettre un enfant au monde sans l'aide de personne.

S'étant machinalement dirigée vers les jardins, elle flâna le long des parterres de fleurs parfaitement entretenus. Que lui réservait ce futur plein d'inconnu ? Elle pensa, mélancolique, qu'elle avait finalement vécu ainsi toute sa vie, dans l'attente de quelque chose et se rappela son exaltation lorsqu'elle avait envisagé de se rebeller, de prendre sa vie en main. Cette émotion était là, enfouie quelque part tout au fond de son âme, même si elle était aujourd'hui mêlée au sentiment imperceptible du deuil.

– Juliana ?

Elle se retourna en sursautant et découvrit son neveu John William.

– Tu m'as surprise ! Tu vas bien ? ajouta-t-elle en voyant son air affligé.

– Oui, c'est plutôt à moi de te poser la question.

Juliana sourit tristement.

– Alors tu es au courant…

– Je suis tellement désolé pour toi ! s'écria-t-il en la prenant spontanément dans ses bras.

C'était un jeune garçon solidement charpenté, au sourire large et à l'œil rieur. Son épaisse tignasse d'un roux profond lui venait de son père et il ne faisait aucun doute qu'il aurait son petit succès lorsqu'il serait en âge de batifoler sans craindre les représailles de Louisa, qui le couvait un peu trop. Il n'avait finalement que quelques années de moins que sa tante.

Ces dernières semaines, Juliana avait appris à le connaître et elle se réjouissait de ce rapprochement inattendu.

– Ne le sois pas, le rassura-t-elle d'un ton doux. La vie est faite ainsi, et j'accepte ce qu'elle a choisi de m'apporter. En l'occurrence, un enfant qui n'aura pas de père.

– Tu es sûre que le duc…

– Je ne veux plus entendre parler du duc.

– Mais c'est tellement injuste ! Tu devrais le lui dire, le laisser assumer ses erreurs.

S'il savait… Henry ne pourrait lui offrir réparation.

S'il n'était déjà marié cela ne saurait tarder. Et que ferait-il alors ? Rien. Tout au mieux recevrait-elle une rente pour élever l'enfant, comme nombre de filles dans sa situation. Elle n'allait pas s'abaisser à quémander l'aumône auprès de ce maraud.

– Un jour je t'expliquerai peut-être pourquoi il ne peut pas...

– Tu sais, j'aurais fait pareil à ta place, reprit-il en lui prenant la main.

– Que veux-tu dire ?

– Quand les soucis nous prennent de tous les côtés, on veut rentrer chez soi.

Elle sourit, émue par son empathie et surprise de la maturité dont il faisait preuve.

– Tu ne m'en veux pas de te priver de ta mère pour de nombreux mois ?

– Tu rigoles, c'est une aubaine ! dit-il en riant. Plus sérieusement, je pense que tu as plus besoin de sa présence que moi. Je me débrouillerai très bien tout seul, il est temps que j'apprenne à gérer un domaine. Certains héritent d'un comté plus jeunes encore. Et puis, mon père ne sera pas parti si longtemps et je suis entouré de domestiques.

– Merci John William, répondit simplement Juliana, qui savait que sous sa bravade se cachait la peur d'être privé pour de longs mois d'une figure maternelle surprotectrice. Si tu veux bien m'excuser à présent, je dois entamer les préparatifs en vue de mon départ.

Elle n'avait presque rien à emballer, ses affaires étant restées chez la duchesse, mais elle ressentait soudain le besoin de se reposer, de fermer les yeux pour chercher l'oubli, même quelques instants.

30

Enniskillen, Irlande du Nord, Décembre 1821

Le froid mordant pénétrait dans le moindre interstice. Le petit château, construit en 1637 par le 3ème baron Digby, l'arrière-grand-père de Robert Digby, avait périclité au fil des ans à défaut d'entretien. Il aurait eu besoin d'une profonde rénovation, que les propriétaires ne pouvaient cependant envisager à défaut de fonds suffisants. Robert Digby avait maintenu tant que faire se pouvait la fortune familiale mais les temps étaient durs, et l'Irlande mourait de faim. Il avait bon cœur le vieux Robert, et rechignait à réclamer les loyers impayés, se plaçant lui-même dans une position délicate.

Il resserra la couverture de laine qu'il avait passée autour de ses épaules et se renfonça dans le fauteuil, attendant que la douleur reflue. Depuis plusieurs mois, il souffrait de maux de ventre réguliers. L'abdomen gonflé de flatulences qu'il lâchait coupablement à tout bout de champ, il ne sortait quasiment plus de chez lui, trop honteux de cette faiblesse. Son épouse avait beau lui répéter que personne n'y prêtait attention, il avait bien trop de fierté que pour s'abaisser à laisser entrevoir au voisinage cette tare dont il ne parvenait pas à se débarrasser.

Il fermait les yeux, se laissant doucement gagner par une somnolence qui surgissait de plus en plus fréquemment, quand il fut soudain interrompu dans ses errances par le bruit de pas qui se rapprochaient.

– Edward ? interrogea-t-il en se tournant.

– Oui Père, c'est moi, le rassura Edward, qui apparut enfin dans son champ de vision.

– Où étais-tu ? Ta mère s'inquiétait.

– J'étais à Castle Coole.

– Encore ? Depuis que la petite Belmore est revenue, tu n'as que ça en tête, l'accusa Robert.

– Père… commença Edward d'un ton las.

– Peu importe, coupa ce dernier. Je n'ai rien contre elle. Lady Juliana est une charmante jeune fille. Enfin, si on peut encore l'appeler ainsi…

– Ne soyez pas insultant. Vous savez très bien qu'elle n'a pas choisi d'être dans cette situation.

– Elle a tout de même choisi de se déshonorer en couchant avec ce duc alors qu'elle ne l'avait pas encore épousé. Si Armar était encore vie…

– Je refuse d'avoir cette conversation une nouvelle fois. Elle a commis une erreur, nous en faisons tous. Je ne l'aime pas moins pour autant.

– Edward, tu te fais du mal. Elle t'a déjà repoussé une fois et ta mère et moi avons cru que tu ne t'en remettrais jamais. Ne t'expose pas à de nouvelles souffrances.

– Père, je l'aime. Elle est la femme de ma vie et je ferai tout ce qui est en mon pouvoir pour la récupérer, promit Edward d'un ton fervent. D'ailleurs, je sens qu'elle revient vers moi, même si ça prendra du temps pour qu'elle oublie ce Norfolk de malheur.

– Elle ne l'oubliera jamais, fils. Ne serait-ce qu'en donnant naissance à son bâtard.

– Peut-être. Mais je ne désespère pas qu'elle ressente un jour pour moi plus que de l'affection. Je lui ai demandé de m'épouser, Père.

– Comment ?! Tu serais prêt à l'épouser alors qu'elle porte l'enfant d'un autre ? s'offusqua-t-il.

– Oui ! Cet enfant aura besoin d'un père et je ne vois pas pourquoi je ne pourrais pas assumer ce rôle.

Robert eut un geste de dénégation, s'affligeant de l'entêtement de son fils.

– Et qu'a-t-elle répondu ?

– Elle a refusé. Elle ne veut pas me faire subir ce qu'elle dit avoir subi sa vie entière : être enchaînée à quelqu'un qui ne le désire pas.

– Enfin un peu de bon sens, marmonna Robert en se redressant tant bien que mal.

– Mais elle finira par accepter, je le sais, reprit le jeune homme en ignorant la remarque de son père. Peu importe le temps que cela prendra.

– Tu as perdu la tête mon fils.

– Allez-vous écrire à son frère comme je vous l'ai demandé ?

– Oui, oui, souffla Robert. Je suppose qu'il ne fera pas la fine bouche, vu les circonstances.

– Vous ne pouvez pas lui mentionner sa grossesse, l'avertit Edward pour la centième fois.

– Ah ? Et pourquoi donc ?

– Je vous l'ai déjà dit, s'impatienta Edward. Elle ne veut pas qu'il soit au courant. Elle a peur qu'il n'aille exiger réparation auprès du duc.

– Et elle aurait intérêt à ce qu'il le fasse, Sacrebleu !

s'emporta Robert.

– Si vous faites cela, vous ruinez toutes mes chances d'un avenir avec elle, trancha Edward.

– Quelles chances ? railla Robert. Tu vas bien finir par devoir entendre raison.

– Vous écrirez ? insista Edward.

– Je te l'ai déjà dit, oui.

– Bien, répondit Edward en tournant les talons.

S'il parvenait à convaincre Somerset qu'une alliance entre leurs deux familles leur bénéficierait à tous, il disposerait d'un argument supplémentaire pour faire fléchir Juliana. Pardieu, si seulement elle le laissait entrer dans sa vie ! Il était persuadé qu'il pourrait la rendre heureuse. Il l'avait déjà perdue une fois, il ne referait pas l'erreur de s'effacer sans protester. Son retour en Irlande, célibataire, constituait un petit miracle, et il ne laisserait pas passer une telle aubaine.

Il revoyait encore son visage exquis frappé de surprise lorsqu'il s'était présenté à Castle Coole pour vérifier si la rumeur était vraie. Oui, elle était de retour sur ses terres, bafouée, le cœur brisé par ce salaud. Edward s'était empressé de la consoler, lui qui serait toujours là pour elle et elle s'était laissée faire, trop lasse pour protester contre cet amour inconditionnel, trop seule pour refuser sa compagnie.

Il n'était pas dupe, elle ne l'oublierait pas, cet amant qui l'avait trahie. Il surprenait souvent l'expression de mélancolie qui se peignait sur son visage lorsqu'elle ne se savait pas observée. Mais il n'en avait cure. Après tout, c'était avec lui qu'elle passait ses journées à présent, et non avec cet individu arrogant qui s'était cru trop bien pour elle.

Juliana ne mentionnait jamais son nom. Elle avait

refusé de lui raconter son séjour à Londres, de lui donner des détails sur l'histoire qu'elle avait vécue avec lui. Il resterait à jamais l'ennemi de l'ombre pour Edward, qui ne savait même pas à quoi ressemblait l'homme qui avait su ravir le cœur de sa bienaimée.

Le matin-même, il avait posé sa main sur son ventre pour y sentir les coups du petit être qui grandissait en elle et il en avait été ému jusqu'aux larmes. Comme il aurait souhaité que cet enfant soit le sien !

Quelquefois, une crainte hideuse le saisissait. Et si le duc réapparaissait sans crier gare ? S'il apprenait que Juliana portait son enfant ? Aussitôt, il tentait de se rassurer. Il n'avait pas voulu d'elle alors, pourquoi voudrait-il d'elle maintenant ? Mais il n'était jamais complètement serein, il ne le serait que le jour où Juliana se tiendrait à ses côtés, prononçant les mots « Je le veux ».

Caressant son ventre avec tendresse, Juliana se reposait sur un tronc d'arbre mort, emmitouflée dans sa fourrure de renard. Le petit lac en contrebas du manoir était gelé. Malgré le froid, elle avait décidé de faire une promenade et ses pas l'avaient guidée jusqu'à son endroit favori. Dire qu'il n'y a même pas un an, elle se trouvait à cet endroit précis, planifiant sa fuite avec Edward.

Elle eut un sourire attendri à ce souvenir. La fougueuse jeune fille qui avait échangé ces promesses lui manquait. Comme elle était innocente à cette époque… Elle avait cru aimer Edward, mais que savait-elle de l'amour ? Comment aurait-elle pu imaginer qu'aimer, c'était se livrer entièrement, sans condition, se sentir incomplet en l'absence de l'autre ? Que de le perdre c'était mourir un tout petit peu ?

Dieu qu'elle souffrait par moments ! Elle avait l'impression que son corps se mettait à crier, à hurler dans une longue plainte silencieuse qui n'en finissait pas. Alors elle prenait peur. Peur de ne jamais se remettre, de vivre chaque jour cette déchirure, ce manque que rien ne saurait combler.

Heureusement, Edward parvenait souvent à la distraire. Une amitié sincère était née sur les cendres de cet amour perdu, et elle éprouvait pour lui une affection profonde. Elle savait que Louisa ne voyait pas leur relation d'un bon œil. Elle avait évoqué à plusieurs reprises la nécessité d'avertir le duc mais Juliana s'y était opposée sans donner d'autre explication.

Plongée dans ses souvenirs, elle n'entendit pas le bruit de pas crissant sur la neige épaisse.

– Juliana, te voilà. Je t'ai cherchée partout !

– Que se passe-t-il Maureen ?

– Louisa te cherche.

Juliana poussa un profond soupir. Si la présence de sa sœur la rassurait, particulièrement maintenant qu'elle commençait à sentir son enfant grandir en elle, elle sentait par moments le besoin de s'échapper. Louisa pouvait être oppressante malgré toutes ses bonnes intentions et Juliana, qui avait naturellement retrouvé le confort de ses vieilles habitudes à Castle Coole, avait parfois l'impression d'étouffer.

– T'a-t-elle dit ce qu'elle voulait ?

– Non, désolée.

– Très bien je te suis.

Elles se dirigèrent prudemment vers le manoir, évitant les plaques de glaces qui s'étaient formées sur les chemins, reprenant les traces déjà formées par leurs pas sur les pelouses poudrées de blanc.

En arrivant dans le hall d'entrée, Juliana prit soin de secouer les flocons qui s'étaient accumulés sur son manteau avant de tendre celui-ci à Byrne.

– Où se trouve Louisa ?

– Dans le salon. J'ai allumé un bon feu, cela te réchauffera, répondit Maureen avec un sourire bienveillant.

– Peux-tu lui dire que je la rejoins dans quelques minutes ? J'aimerais ôter ces vêtements humides et enfiler mes mules.

Elle rejoint sa sœur une dizaine de minutes plus tard. Cette dernière se trouvait devant l'âtre, l'air grave.

– Que se passe-t-il ? C'est John William ? s'inquiéta soudain Juliana.

– Non, la rassura immédiatement Louisa. Tout le monde va bien. (Juliana relâcha son souffle.) Je voulais te voir car j'ai des nouvelles de Somerset.

– Il ne sait tout de même pas… ?

– Non, ne t'inquiète pas. Mais les nouvelles que j'ai à t'annoncer ne sont pas plus réjouissantes. Il m'écrit qu'il envisage de mettre Castle Coole en vente.

– Quoi ?! Mais il n'en a pas le droit ! s'exclama Juliana, affolée.

– Bien sûr que si. Le manoir lui appartient, Juliana. Il dit que la vie à Londres est chère, qu'il arrive à court d'argent et que ta rupture avec le duc lui a déjà causé beaucoup de tort. Si tu n'étais pas revenue en Irlande, il aurait déjà mis Castle Coole sur le marché.

– Quel salaud ! Quand je pense à tout ce que notre père a traversé pour construire ce manoir.

– Il dit que le baron Digby lui propose une alliance. Et qu'il songe à accepter. Juliana, pourquoi ne m'as-tu pas dit que tu envisageais de te marier avec Edward ?

– Parce que c'est faux. Certes, il me l'a demandé mais je ne voyais pas l'intérêt de t'en parler puisque j'ai refusé. D'autant que je sais très bien que tu désapprouves.

– Je désapprouve car je reste convaincue que tu devrais parler au duc. Mais si Somerset met Castle Coole en vente, cela change tout. Tu vas te retrouver à la rue, bien que j'ose espérer que Somerset n'irait pas jusqu'à vendre la maison alors que tu t'y trouves encore.

– Je ne peux pas y croire, dit Juliana la gorge serrée. Il ne peut pas me faire cela, me pousser à épouser Edward alors que je ne le désire pas.

– Juliana, tu sais parfaitement bien qu'en tant que tuteur, il peut t'imposer ce qu'il veut. S'il accepte la proposition du baron tu n'auras pas le choix. Dans un cas comme dans l'autre, j'ai la sombre impression que Castle Coole ne nous appartiendra bientôt plus.

– Mais c'est ici que j'ai toujours vécu, je suis tellement attachée à cette demeure ! Et que feraient Lisbeth, Byrne et les autres. Ne pourrais-tu pas l'acheter ?

– Juliana, sourit tristement Louisa, je n'ai certainement pas les fonds suffisants pour une telle acquisition. Je suis navrée, je ne peux rien faire. (Elle se massa les tempes.) Je vais essayer de retarder cette vente le plus possible, peut-être demander à John s'il peut accorder à Somerset un prêt ou le conseiller sur certains placements ? Si Somerset accroît ses revenus, il renoncera peut-être à la vente.

– Je t'en supplie oui, demande à ton mari d'intervenir. Je ne supporterais pas une nouvelle perte, dit Juliana des larmes dans la voix.

Restée seule, Juliana parcourut le salon des yeux et se mit à faire le tour de la pièce, semblant déjà dire aurevoir à chaque objet qui s'y trouvait. Non, elle ne pouvait être forcée de quitter le seul endroit qui lui apportait encore un peu de joie, la maison qui l'avait vu naître et dans laquelle elle voulait voir son enfant grandir.

Avait-elle été naïve de croire qu'elle pouvait vivre indéfiniment aux crochets de Somerset ? Qu'il continuerait à payer l'entretien de cet immense manoir alors qu'il n'y mettait jamais les pieds ? Mais surtout que deviendrait-elle s'il mettait sa menace à exécution ? Elle frissonna, terrifiée à l'idée d'être sacrifiée sur l'autel du mariage une nouvelle fois, même s'il s'agissait d'Edward, et en conçut un léger ressentiment à son égard. Qu'avait-il eu besoin d'impliquer son frère sans même lui en parler ?

31

Londres, Angleterre, Décembre 1821

– Et bien qu'il me fasse parvenir un devis et nous en rediscuterons ! dit Henry d'un ton las, congédiant son visiteur d'un geste de la main.

Le contremaître d'Arundel, un incapable qu'il aurait dû renvoyer il y a de cela plusieurs mois, s'était présenté à Norfolk House en catastrophe. De violents orages avaient détruit une partie des fermes et la somme qu'il avait allouée, plus que généreuse, était selon lui insuffisante pour couvrir les réparations avancées par les métayers. Henry le soupçonnait de chercher à le flouer.

Il ne parvenait même pas à en ressentir de la colère. Rien de ce qu'on lui disait ne pouvait l'atteindre. Envahi par l'ennui, il regardait les jours défiler les uns après les autres dans une sorte d'hébètement dont il ne pouvait sortir.

Il se massa les tempes, harassé par cette journée sans fin, et se servit une tasse de thé. Il était froid. Il regarda la pendule qui indiquait dix-sept heures trente-cinq.

L'heure du déjeuner était depuis longtemps dépassée mais il avait perdu la notion du temps. Encore un autre coucher de soleil sans nouvelles de Juliana.

Les premiers jours, il avait anxieusement attendu. Il triait chaque matin son courrier avec une avidité maladive. Elle finirait bien par se calmer et par entendre raison. Une fois que la douleur serait moins vive, elle chercherait à le joindre, elle viendrait le trouver pour lui laisser une chance de s'expliquer. Il ne pouvait en être autrement. Elle savait à quel point il tenait à elle, à quel point il l'aimait…

Puis vinrent les doutes. Se pouvait-il qu'elle ait feint l'ardeur qu'elle lui avait manifestée ? Qu'il ait imaginé les sentiments qu'ils avaient partagés ? Pourquoi ne venait-elle pas ? Torturé par ces questions sans réponse, il avait enchaîné les beuveries. À mesure que ses espoirs s'amenuisaient, sa souffrance grandissait. Ses tentatives pour noyer son chagrin dans l'alcool s'étaient toutes soldées par un échec, et même la boisson avait fini par le lasser.

Il avait envisagé de se rendre dans le Cambridgeshire une nouvelle fois mais avait été retenu par une sorte de pudeur. Il ne pouvait lui imposer sa situation avec Charlotte, pas tant qu'il n'aurait pas éclairci ce point. Il risquait de la faire souffrir à nouveau. Il avait le cœur dans un étau, enserré par des fils invisibles qui l'étouffaient inexorablement.

Il devait se rendre chez Charlotte, c'était inévitable, mais il ne parvenait pas à s'y résoudre. Il s'était contenté de lui faire parvenir une brève missive lui enjoignant d'attendre ses instructions. Il repoussait sans cesse l'échéance et s'étonnait de son absence de réaction.

Était-elle réellement enceinte ? Elle s'était déjà

rendue coupable de duplicité par le passé. Il n'oubliait pas qu'elle avait abordé Juliana en prétendant qu'ils n'avaient jamais interrompu leur relation. Si ses affirmations se révélaient correctes, elle devait approcher les six mois de grossesse. Quelles seraient ses options alors ? La pensée d'un mariage avec elle lui soulevait l'estomac. Et que ferait-il dans ce cas si Juliana revenait enfin ?

Il devait en avoir le cœur net.

Atterrée, Charlotte relut une nouvelle fois le petit carton qu'elle tenait entre ses mains. *Lord Henry Vane, Duc de Norfolk*. Cette visite lui pendait au nez, elle était même surprise qu'Henry ne se soit pas manifesté plus tôt. Bien entendu, les premières semaines, cela avait fait son affaire. Elle avait couché avec la moitié de Londres en un temps record dans l'espoir de tomber enceinte, allant même jusqu'à aguicher les domestiques, mais le sort s'était acharné sur elle. À présent, il devenait illusoire de pouvoir encore sauver la situation. Même si par miracle elle parvenait à se faire engrosser, jamais Henry ne croirait à ses boniments. Elle était censée être enceinte de cinq mois au bas mot et s'il prêtait un tant soit peu attention à la région abdominale de son anatomie, il s'apercevrait vite de la supercherie. L'ignorance des hommes en matière de tracas féminins avait ses limites.

Elle ne pouvait croire à sa défaite, admettre que bientôt, les derniers liens qui l'attachaient à Henry seraient rompus et qu'elle ne le reverrait plus jamais. Elle avait échoué, lamentablement.

La seule pensée réjouissante, le seul réconfort qu'elle puisait dans son amertume quotidienne, c'était l'état misérable dans lequel il se trouvait. On le disait terré à Norfolk House ou écumant les bars dans l'espoir de noyer son chagrin. Qu'il l'attende, sa dulcinée, elle ne reviendrait jamais après l'humiliation qu'elle avait subie. Si elle ne pouvait pas être duchesse, cette mijaurée ne le serait pas non plus.

La gorge serrée par l'angoisse, elle s'apprêta à le recevoir.

– Si Sa Grâce veut bien se donner la peine de me suivre, demanda la soubrette. Lady Plunket vous attend dans son boudoir.

– Lady Plunket est trop aimable de me recevoir au pied levé, ironisa Henry, exaspéré par cette attente interminable.

Cela faisait plus d'une trentaine de minutes qu'il était installé dans le salon de réception, qu'il n'avait jamais vu auparavant. Il avait pour habitude d'être dirigé directement vers le boudoir ou vers la chambre. Prenant son mal en patience, il en avait profité pour observer la décoration chargée avec un air écœuré. Comment avait-il pu être aussi aveugle ? La vulgarité de Charlotte le dégoûtait.

– Henry mon chéri, te voilà ! annonça Charlotte lorsqu'il passa la porte.

Elle était enveloppée dans un ample châle moucheté.

– Comme tu m'as manqué ! minauda-t-elle.

– Je ne suis pas là pour une visite de courtoisie Charlotte ! coupa-t-il.

– Oh ! répondit-elle en arquant son sourcil parfaitement épilé. J'avais pourtant pensé que nous pourrions rendre ce petit entretien agréable…

– Ma chère, je regrette déjà amèrement les moments

que nous avons passés ensemble. Je ne suis pas masochiste. Pensais-tu réellement que nous allions reprendre le cours de notre relation comme si rien ne s'était passé ? railla-t-il.

– Ce que tu peux être mesquin, cracha-t-elle vexée. Je ne t'ai jamais forcé à partager mon lit. (Elle lui adressa un sourire onctueux.) Si je me rappelle bien, tu étais loin de regretter nos « moments » lorsque tu me faisais prodigieusement l'amour.

– C'était il y a longtemps Charlotte, et pour mon plus grand malheur, j'étais atteint d'une grave cécité au moment où je t'ai rencontrée.

Il s'approcha d'un pas et scruta son châle d'un air suspicieux.

– Où en es-tu dans ta grossesse ? Cinq mois ? Six ?

– Tu aurais pu me rendre visite plus tôt, répliqua-t-elle d'un ton accusateur, resserrant les pans du plaid autour d'elle. Si nous n'organisons pas rapidement les noces, je me ridiculiserai devant toutes nos connaissances.

Si elle parvenait à le convaincre de l'épouser dans les prochains jours, il ne pourrait plus faire marche arrière une fois ses méfaits découverts. Elle était consciente que ces élucubrations fantasques n'avaient que peu de chance d'aboutir mais elle ne parvenait plus à réfléchir de façon rationnelle. Elle devait tenter le tout pour le tout.

– Vas-tu me répondre ? s'impatienta Henry sans relever.

– Je… je ne sais pas précisément… Ce n'est pas une science exacte ! s'emporta-t-elle.

– Charlotte, commença-t-il sur un ton menaçant en lui empoignant le bras, je commence à croire que tu…

Le châle glissa de ses épaules, révélant son ventre désespérément plat.

Le soulagement qu'Henry ressentit à cette vision se mêla à une colère d'une violence rare. Elle avait voulu le duper et par sa faute, il n'avait pu rattraper Juliana. Comme les choses auraient pu être différentes si…

– Ignoble chienne ! siffla-t-il entre les dents. Tu n'as jamais été enceinte n'est-ce pas ? Tu m'as menti depuis le début ?

– C'est faux ! hurla-t-elle en éclatant en sanglot. J'ai… j'ai perdu l'enfant, je ne savais pas comment te l'annoncer !

– Mensonges ! murmura-t-il, une lueur dangereuse au fond des yeux. Tu n'es capable que de cela de toute façon ! Qu'est-ce que tu espérais ? Comment croyais-tu t'en sortir ?

– Henry, je t'assure… j'ai pleuré, tant pleuré.

Elle se pendit à son cou mais il la repoussa si fort qu'elle recula de quelques pas en vacillant et atterrit dans l'ottomane qui se trouvait derrière elle. Elle se releva précipitamment et tomba à genoux devant lui.

– Henry je t'en prie, je t'en supplie, écoute-moi. Je n'ai jamais rien désiré d'autre que de t'appartenir. Ne pourrions-nous effacer le passé, recommencer à zéro ?

Il s'écarta, répugné par le simple contact de ses mains sur ses pantalons et articula froidement :

– Ne t'avise plus de m'approcher, de me saluer ou même de fréquenter les mêmes endroits que moi. Si je te croise encore, je ne sais pas si je serai capable de la retenue dont je vais faire preuve aujourd'hui.

Sans plus lui accorder un regard, il se dirigea vers la porte qu'il claqua derrière lui.

Dieu merci, c'était terminé.

Le White était particulièrement vide ce soir-là. La noblesse s'était retirée dans la campagne anglaise, laissant les rues de Londres dans un état d'accalmie qu'Henry affectionnait tout particulièrement.

Il sirotait un whisky, confortablement installé devant la joyeuse flambée de la cheminée du petit salon privé qu'on avait mis à sa disposition. Il savourait un état de sérénité qui s'était fait si rare ces derniers temps.

Pour la première fois depuis des mois, l'avenir lui souriait. Plus rien ne le retenait à présent, il pouvait aller la retrouver. Et cette fois-ci, il ne se laisserait pas repousser. Juste ciel il l'aimait tant qu'il en avait mal. Elle serait bien forcée de croire à sa sincérité. *Et si elle ne t'aimait pas ?* lui soufflait une petite voix. *Et si tout ce qu'elle voulait c'était de devenir duchesse ?* Il étouffa ses vieilles craintes. Elle n'était pas comme les autres. Ce qu'ils avaient partagé était bien réel, il ne l'avait pas rêvé.

– J'enrage ! grogna une voix derrière lui.

Il se tourna à demi et aperçut deux gentlemen qui discutaient à l'entrée du petit salon. Ils ne paraissaient pas se rendre compte que la pièce était occupée. De là où il se trouvait, il ne pouvait apercevoir que leur profil. L'un d'eux, de taille moyenne, tenait un haut de forme entre les mains et semblait trop habillé pour l'occasion. L'autre le dominait d'une tête et il reconnut vaguement sa silhouette. Le comte de Kennington ?

– Calme-toi mon vieux, dit ce dernier à voix basse. Tu trouveras un autre moyen.

– Je ne peux pas croire que Cardigan se soit retiré de l'affaire. Ce vieux loup ne me fait aucunement confiance et les autres ne tarderont pas à suivre.

– Tu n'as pas encore fait tes preuves Somerset. C'est normal.

Somerset ! Le prénom était peu courant. Se pourrait-il que… ? Risquant un nouveau coup d'œil, il observa l'homme qui fulminait. S'agissait-il du jeune homme qui l'avait accueilli à Castle Coole étant enfant ? Il gardait si peu de souvenirs de cette visite, qui datait en outre d'il y a plus de vingt ans.

– Facile à dire pour toi ! Le nom de ton père t'ouvre toutes les portes. Tu n'as pas à prouver quoique ce soit… Ça fait des mois que je tente de réunir les fonds pour acheter cette concession, j'étais si proche. Et voilà que ma petite dinde de sœur trouve le moyen de se faire répudier publiquement.

Plus de doute, il s'agissait bien du comte de Belmore. Ainsi donc il usait de son nom pour attirer des investisseurs potentiels dans une affaire de mine d'or aux États-Unis. Il faillit se lever pour remettre cet insolent à sa place.

– Et elle est retournée à Castle Coole par-dessus le marché.

Henry se figea, brûlant d'entendre la suite.

– Où veux-tu qu'elle aille en même temps ?

– Je n'en ai aucune idée. Mais cela ne fait pas mes affaires. Je comptais mettre le manoir en vente une fois qu'elle aurait épousé le duc. La vie à Londres est hors de prix, et mes revenus ne suffisent plus. D'autant plus si cette affaire tombe à l'eau. (Il eut un geste agacé.) Je n'ai jamais aimé cet endroit de malheur.

– On dit pourtant qu'il est d'une beauté somptueuse…

– Cela me fait une belle jambe ! Il a surtout causé la ruine de mon père et ce serait un soulagement de pouvoir m'en débarrasser. Mais je me vois mal mettre

Juliana à la porte.

Le cœur d'Henry manqua un battement. Il n'avait plus entendu le prénom de son ex-fiancée prononcé à voix haute depuis l'été.

– Le roi n'a-t-il pas annoncé qu'il allait lui trouver un époux ?

– Et tu penses vraiment qu'il va tenir ses engagements ? Il se lave les mains de ce qui peut bien lui arriver. L'Irlande n'est plus un problème pour lui, en tous cas pas pour le moment.

Il y eut un moment de silence et Henry hésita à se lever pour s'annoncer auprès des deux hommes. Peut-être un aparté avec le comte de Belmore pourrait-il jouer en sa faveur... Avant qu'il n'ait pu faire un geste, ce dernier reprit.

– De toute façon, cela ne sera peut-être pas nécessaire. Le baron Digby m'a écrit.

– Le baron Digby ? Ton voisin ? le coupa son interlocuteur.

– Celui-là-même. Apparemment le fils se serait entiché de Juliana. Le baron me demande si une union entre nos deux familles me parait envisageable. Le fils ne m'a pas encore présenté une requête officielle mais cela ne saurait tarder. J'ai déjà prévenu Louisa, elle est à Castle Coole avec Juliana. J'espère qu'elle se chargera de lui mettre un peu de plomb dans la tête.

– Tu vas accepter alors ?

– Qu'est-ce que tu crois ? Si ses intentions se concrétisent, je vais bien entendu accepter. Je te l'ai dit, je ne veux plus entendre parler de Castle Coole. Si c'est le seul moyen pour m'en débarrasser, Juliana devra bien se faire à cette idée. Mais selon le baron ce ne sera pas un problème. Il paraît qu'ils passent leurs journées ensemble. Heureusement que Louisa est là pour les chaperonner, ajouta-t-il avec un rire entendu.

Les deux voix finirent pas s'éloigner mais Henry était incapable de bouger.

Il ne pouvait faire sens à ce qu'il venait d'entendre. La douleur se déversait par vagues d'une puissance inégalée et le clouait sur place. Juliana, fiancée à un autre. À Edward qui plus est… Cela ne pouvait être vrai.

La vérité s'imposa lentement à lui. Elle était retournée vers son ancien amour, celui qu'elle avait prétendu de ne pas aimer. Elle n'avait jamais partagé ses sentiments, leur union n'avait été qu'une froide transaction. Sitôt son avenir en tant que duchesse mis en péril, elle s'en était allée chercher compensation ailleurs.

Il avait été un imbécile de croire qu'elle avait eu des sentiments pour lui. Que seule la souffrance l'avait empêchée de venir le trouver, de chercher à comprendre pourquoi ils en étaient arrivés là.

Quelque chose d'enfoui très profondément en lui, une toute petite lueur qu'elle seule avait pu allumer, s'éteignit soudainement, et le noir total se fit dans son cœur.

– Il était temps ! éructa Chaz, triomphal.

Voilà des mois qu'il tannait Henry pour qu'il sorte de son trou, de cette vie ascétique qu'il menait depuis ce jour fatal. Malgré ses nombreuses sollicitations, Henry avait refusé de fréquenter les maisons closes dans lesquelles ils avaient leurs habitudes, rejetant les plaisirs qui faisaient partie de leur quotidien avant. Avant l'Irlande. Avant elle.

Chaz savait qu'il se raccrochait à l'espoir insensé

de la voir réapparaître dans sa vie. Mais aujourd'hui, tout ceci semblait terminé. Henry s'était pointé chez lui, impatient de l'entraîner dans une de leurs célèbres virées, et Chaz s'en réjouissait.

– Dépêche-toi, grogna Henry. J'ai besoin d'une femme. Tout de suite.

– Accorde-moi… treize petites minutes. Le temps d'enfiler quelque chose de décent et de faire prévenir Madame Chantal que nous arrivons.

Madame Chantal dirigeait l'établissement le plus renommé de Londres. Du moins parmi certains cercles. *Les Précieuses* offrait des services de qualité pour sa clientèle très sélecte. Le champagne y coulait à flot dans un décor baroque et décadent. Des poufs moelleux, une lumière tamisée, de lourds rideaux de brocart… tout ceci contribuait à faire de l'endroit un nid douillet qui respirait la luxure et duquel aucun homme normalement constitué n'aurait voulu s'échapper.

Les filles y étaient sans doute pour quelque chose. Elles étaient toutes d'une beauté sans pareil. Lourdement fardées et légèrement vêtues, elles étaient cependant plus subtilement aguicheuses que les catins ordinaires. Elles recevaient une formation stricte à leur arrivée et le moindre écart était sanctionné par un renvoi immédiat. On ne travaillait pas pour la maquerelle la plus demandée de la capitale sur un simple claquement de doigts.

Que de nuits n'avaient-ils passées là-bas… Il avait expérimenté tout ce que l'argent peut offrir en termes de dépravation sexuelle. Une fille, deux filles, trois filles… Seul ou en compagnie de Chaz. Si les murs pouvaient parler, ils auraient fait rougir la plus dévergondée des aristocrates. Mais l'univers de la nuit recelait les secrets les mieux gardés et il y avait un monde de différence entre la galante compagnie qu'il s'octroyait auprès de ses connaissances collet monté et celle qui le satisfaisait une fois les portes des *Précieuses* refermées.

Henry et Chaz furent accueillis par Madame Chantal en personne, comme de vieux amis. Elle avait fait préparer un salon privé à l'attention de ses prestigieux clients et les y installa confortablement dès leur arrivée.

– Votre Grâce, Lord Fitzalan, désirez-vous un peu de champagne ? s'enquit-elle d'une voix onctueuse.

– Ce ne sera pas de refus ! lança Henry d'une voix un peu trop forte.

Il avait besoin d'alcool pour se donner du courage. Il avait beau fanfaronner, il appréhendait le moment où il devrait poser ses mains sur une autre femme. Des mois entiers d'abstinence. Voilà une situation inédite pour un débauché tel que lui. Le souvenir de Juliana flotta devant ses yeux de manière importune. Il ne voulait pas penser à elle dans ce lieu de déperdition. Il ne voulait pas se rappeler qu'elle était la dernière femme qu'il avait caressée, dans laquelle il avait enfoui son…

– Pas pour moi merci, répondit poliment Chaz. (Il eut un sourire coquin.) Je veux garder toutes mes facultés pour la tendre demoiselle.

– Je fais appeler Rosalind et Tatiana ? interrogea Madame Chantal.

Silence. Henry déglutit, ne parvenant pas à répondre.

– Très bien oui, répondit Chaz pour eux deux.

La maquerelle s'éclipsa par la petite porte.

– Alors ? Excité ? demanda Chaz en se frottant les mains.

– Et comment, répondit-il avec une joie forcée qui

sonnait faux.

Les filles ne tardèrent pas à faire leur entrée en gloussant. Henry posa les yeux sur Rosalind. Elle avait été durant un temps sa courtisane attitrée. Des siècles plus tôt, lorsqu'il fréquentait encore cet établissement sur une base régulière. Voluptueuse, féline, il lui trouva soudain de nombreux points communs avec Charlotte, ce qui amena un sourire sardonique sur ses lèvres.

Dans un savant déhanché, les filles de joie s'installèrent près d'eux. Rosalind se pressa contre son torse. Glissant une main experte dans l'encolure de sa chemise, elle lui murmura à l'oreille d'une voix suave :

– Votre Grâce. Comme vous m'avez manqué… Cela fait des mois que vous ne nous avez pas rendu visite.

Elle appuya ses lèvres contre son cou, lui donnant des petits coups de langue au passage, et commença à déboutonner sa chemise.

Il enserra ses poignets dans ses larges mains. Il avait besoin de mener la danse, d'être brutal. Il ne voulait pas se faire câliner, enjôler, qu'on l'amène aux confins du plaisir par des préliminaires élaborés. Repoussant Rosalind, il se releva et l'empoigna pour la retourner.

Chaz émettait des gémissements évocateurs à sa droite, émoustillé par les caresses de sa partenaire.

Henry sentait son sang battre à ses oreilles. Ça ne collait pas, quelque chose n'allait pas. La nausée envahissait sa gorge, ses yeux devenaient flous. Il se secoua et prit une profonde inspiration, caressant son membre désespérément flasque dans l'espoir de l'animer.

Devant lui, Rosalind attendait, offerte, les jupons retroussés. La vision de Juliana dans cette même position se superposa à celle de la catin, et un relent de bile lui brûla l'œsophage.

Profondément dégoûté, il saisit sa veste jetée en travers de l'accoudoir et quitta la pièce, laissant ses occupants poursuivre leurs libations sans lui.

Elle l'avait émasculé. Purement et simplement.

32

Castle Coole, Irlande du Nord, Mai 1822

Juliana poussa un cri, le regard vague, perdue dans les méandres de la douleur. Elle retomba sur l'oreiller sans force.

Cela faisait plusieurs heures à présent qu'elle poussait avec toute la rage que son corps contenait mais rien ne bougeait. L'enfant ne voulait pas sortir. Elle devenait dangereusement pâle et son pouls faiblissait d'heure en heure.

Affolée, Louisa avait fait venir le médecin de la ville mais ce dernier avait été impuissant devant la détresse de la jeune femme. L'enfant se présentait en siège, on ne pouvait rien faire d'autre qu'attendre. Le risque de perdre le bébé et la mère grandissait à chaque instant. Louisa et Abigail étaient désespérées. Cette dernière tournait autour du lit comme un lion en cage. Sa pauvre Juliana, maudite par le sort, suivant le sombre destin de sa propre mère. Elle allait la perdre. Non, elle ne pouvait pas la perdre !

Elles renvoyèrent l'incapable en l'invectivant de tous

les noms. Louisa se plaça près de sa sœur, l'encourageant d'une voix douce. Elle caressait son front couvert de sueur, dégageant les mèches qui collaient à sa peau, cherchant à lui donner de l'énergie. Juliana répondait à peine, semblait ailleurs, inexorablement attirée vers un autre monde. Abigail la forçait à boire des tisanes, des sirops de sucre et lui fit grignoter des galettes de blé noir. Mais rien n'y faisait, son état empirait.

La porte de la chambre s'ouvrit brutalement et Edward débarqua soudain dans la pièce.

– Monsieur ! cria Louisa, choquée par cette présence jugée inconvenante dans la chambre d'une jeune femme. Vous ne pouvez pas être ici !

– J'ai appris la détresse dans laquelle se trouve Juliana, répliqua Edward sur un ton paniqué. Je suis venu avec notre médecin de famille pour tenter de la sauver.

Les deux femmes n'avaient même pas remarqué le petit homme chauve qui se trouvait derrière Edward, tenant une lourde sacoche de cuir.

– Tout ce qui peut l'aider, oui, qu'il se dépêche dans ce cas ! répondit-elle désespérée.

Le médecin s'affaira immédiatement. Après avoir disposé ses ustensiles sur un plateau d'argent, il se dirigea vers le broc d'eau tiède et se lava consciencieusement les mains. Il examina d'abord la pauvre femme agonisante puis se positionna sur le côté du lit, entamant un lent massage sur son ventre tendu.

Juliana délirait, elle n'était plus connectée au monde réel. Elle tournait la tête de gauche à droite et ses yeux roulaient dans leurs orbites. Un long gémissement s'échappa de ses lèvres en une plainte interminable.

Avec force et patience, le petit médecin massa et massa encore, cherchant à replacer le fœtus dans la bonne position. Enfin, il sembla qu'un miracle se produisit. Il se plaça rapidement entre les jambes de la jeune femme, qui poussa un dernier cri de délivrance alors qu'il accueillait l'enfant qui braillait entre ses mains. Le confiant directement à Abigail en dictant quelques ordres précis, il s'occupa de la mère qu'il sentait partir doucement.

Edward et Louisa se tenaient au chevet de Juliana. Lui tenant fermement la main, le jeune homme lui murmurait des paroles réconfortantes à l'oreille, lui disait à quel point son fils était beau, lui demandait de rester en vie pour le rencontrer.

Juliana ne bougeait plus. Pâle comme la mort, immobile, elle reposait sur les draps chiffonnés par son combat et paraissait sans vie. Seul son souffle, imperceptible mais bien présent, prouvait qu'elle était encore parmi eux.

Edward s'agenouilla et pria longuement au pied du lit, en larmes.

33

Couché sur une épaisse couverture posée sur l'herbe, l'enfant gazouillait. Juliana était allongée près de lui et Edward se tenait de l'autre côté du nourrisson. Ils le contemplaient tous deux avec tendresse. Matthew était ce qu'elle avait de plus précieux au monde. Elle n'aurait jamais cru pouvoir aimer avec une telle force. Elle se sentait envahie par le besoin de le protéger, de le choyer jusqu'à en perdre la raison. L'amour qu'elle n'avait jamais eu, elle le donnait au centuple au petit être merveilleux qui la comblait à chaque instant.

Son fils avait trois semaines aujourd'hui. Cela ne faisait que quelques jours que Juliana pouvait sortir. Après la naissance, elle avait vacillé entre la vie et la mort pendant plusieurs heures. Elle ne se rappelait de rien, seulement de la douleur déchirante qui lui avait vrillé le corps avant qu'elle ne sombre dans un état proche de la folie. Elle était restée plusieurs jours alitée, plongée dans un coma dont Louisa avait eu peur qu'elle ne sorte.

Abigail lui avait raconté à quel point la présence du jeune homme avait été salvatrice. Sans lui, elle aurait perdu son bébé et ne serait probablement plus en vie, tout simplement. Sa reconnaissance infinie envers Edward la poussait à reconsidérer sa décision. Après tout, la vie à ses côtés pouvait être douce et elle l'aimait, d'une certaine manière. Pas comme elle avait aimé Henry, elle ne le pourrait jamais. Mais elle l'aimait malgré tout.

Au demeurant, avait-elle vraiment le choix ? Elle devait penser à Matthew à présent.

Somerset leur avait à nouveau écrit. Les conseils du comte de Sandwich avaient permis de renflouer quelque peu les caisses et il avait renoncé, du moins temporairement, à mettre en vente Castle Coole. Mais Juliana ne se faisait aucune illusion. Il risquait de revenir à la charge à tout moment. Et il finirait bien par apprendre la naissance de son neveu. En refusant de s'unir au jeune homme qui la contemplait avec un regard empli d'adoration, elle se plaçait délibérément dans une position précaire.

Levant la tête vers son compagnon, elle noua son regard au sien.

– D'accord, dit-elle soudain.

– D'accord quoi ? répondit Edward étonné.

– D'accord pour t'épouser. Si tu veux bien encore de moi.

– Mo shíorghrá, tu fais de moi l'homme le plus heureux sur terre ! s'exclama-t-il en riant.

Et il se pencha vers elle pour poser tendrement ses lèvres sur les siennes.

Juliana répondit machinalement à son baiser, ne pouvant s'empêcher de ressentir une pointe de culpabilité. Elle avait l'impression de l'utiliser, même s'il ne demandait que cela.

Louisa se tenait devant le petit secrétaire Louis XV de sa chambre, incapable de se concentrer sur le courrier qu'elle tentait de rédiger. Le mobilier avait été conservé tel quel depuis son départ il y a plus de quinze ans. Chacune de ses visites à Castle Coole soulevait en elle un florilège de sentiments mitigés. À la trouble émotion d'un retour à son identité primaire se mêlait la souffrance d'y avoir perdu sa mère, d'y avoir observé le déclin de son père et surtout, d'y avoir abandonné sa sœur. Avait-elle fait une erreur il y a si longtemps ? Elle aurait dû s'opposer à John, exiger la présence de Juliana en Angleterre avec eux. Peut-être les choses ne seraient pas telles qu'elles étaient à présent.

Elle ne pouvait se défaire de l'indescriptible sensation de se fourvoyer à nouveau. Juliana lui avait annoncé son prochain mariage avec Edward. Même avant la naissance de Matthew, elle l'avait sentie sur le point d'accepter. Alors comment ne le pourrait-elle pas à présent qu'elle devait élever seule son enfant ? Et peut-être était-ce pour le mieux en effet. D'autant que la menace de Somerset continuait de planer sur elle. Que deviendrait-elle s'il se décidait à vendre Castle Coole ?

Pourtant, elle voyait le désastre arriver, elle pouvait presque le toucher du doigt. Si le duc apprenait que Matthew était son fils… Juliana faisait preuve d'une naïveté coupable en ignorant délibérément les conséquences de ce mensonge par omission. Contrairement à elle, Louisa n'avait pas oublié l'étendue des pouvoirs du duc. Il avait tout pour lui : une position privilégiée, des fonds illimités, une armée d'hommes de loi à sa disposition. Il ne resterait rien de Juliana s'il décidait d'engager le combat.

Par-dessus tout, elle était intimement convaincue que leur histoire n'était pas terminée. Juliana était peut-être persuadée qu'il ne voulait rien savoir d'eux, mais Louisa se rappelait avec acuité du regard que lui avait jeté le duc lorsqu'il s'apprêtait à partir d'Hinchingbrooke House. Elle n'avait pas oublié sa promesse de l'attendre. Et elle avait vu sa sœur se languir de lui, jour après jour.

Oui, Juliana avait le choix, elle refusait simplement de le voir. Elle devait tenter une nouvelle fois de lui faire entendre raison. Ce n'était pas ainsi que les choses étaient censées se dérouler.

Revenant à la hâte au rez-de-chaussée, elle se dirigea vers le grand salon duquel lui parvenait le son assourdi d'une discussion animée. Poussant la porte, elle saisit le fil de la conversation qui se déroulait entre les deux jeunes gens.

– Tu vois ! Ils disent ici que ce poème doit être moralement condamné. Ces élans de volupté ne peuvent être tolérés. Keats est un débauché de basse extraction qui aborde explicitement les choses de la sexualité, c'est indécent ! proclamait Edward.

Il tenait entre les mains une vieille édition du *Quarterly Review*, la revue londonienne libérale-conservatrice qui soutenait au moyen d'articles brillants une philosophie progressiste de réforme sociale. En l'occurrence, il faisait sans doute référence à la fameuse critique, cinglante, de l'Endymion, un conte mythologique que John Keats avait traité comme une allégorie d'un platonisme sensuel qui embarrassait. Louisa avait entendu dire qu'elle avait provoqué la mort du poète, confronté aux réactions viscérales de rejet lors de la publication de son œuvre.

– Tu ne comprends pas, rétorqua Juliana. Keats n'avait que faire de ce milieu bien-pensant. Il écrivait avec son cœur et avec son âme, il était totalement indépendant de son public.

Les genoux repliés sous elle, Juliana était confortablement installée face à Edward. Elle adressa un sourire à sa sœur lorsqu'elle l'aperçut à l'entrée de la pièce.

– Tu n'es pas d'accord Louisa ? Dis-lui qu'il est bien trop collet monté, dit-elle en riant.

– Juliana, je dois m'entretenir avec toi. En privé… ajouta-t-elle avec un regard soutenu à l'attention d'Edward.

– Bien sûr, répliqua ce dernier en s'empourprant légèrement. J'allais justement prendre congé.

Il se leva précipitamment et s'éclipsa, non sans avoir promis de revenir le lendemain pour une promenade autour du lac si le temps le permettait.

– Qu'y a-t-il ? demanda Juliana avec appréhension en captant l'air sérieux de sa sœur.

– Je suis venue te parler de ton futur mariage…

– Tu ne vas pas recommencer ! s'exclama Juliana. Je te l'ai déjà dit, ma décision est prise. Edward fera un époux formidable, tu ne peux pas dire le contraire. Et tu sais très bien que je n'ai pas le choix. Si Somerset décidait de mettre Castle Coole en vente…

– Je le sais bien Juliana, mais je crois que tu commets une erreur. Tu ne peux pas laisser le duc dans l'ignorance des récents événements. Il pourrait peut-être t'aider. Et il a le droit de savoir.

– Il a perdu tous ses droits sur moi le jour où il m'a répudiée, cracha la jeune fille.

– Juliana, nous n'avons jamais reparlé de sa visite à

Hinchingbrooke House.

– Il n'y a rien à discuter.

– Tu ne veux pas savoir pourquoi il est venu ?

– Ça ne m'intéresse pas, répliqua-t-elle sur un ton catégorique.

– Et pourtant je ne peux me taire plus longtemps. Avant de partir, le duc m'a affirmé qu'il t'attendrait, peu importe le temps que tu prendrais pour venir le retrouver.

Juliana avala avec difficulté sa salive, la gorge obstruée par une gigantesque boule de douleur. Elle ne parviendrait jamais à repenser à ces moments sans revivre la souffrance qu'il lui avait causée.

– Je t'en prie, articula-t-elle. Cesse de me torturer.

– Mais tu ne comprends donc pas ? Je pense qu'il est venu te retrouver parce qu'il n'a rien voulu de tout cela, il semblait tenir à toi, énormément. Je ne sais pas ce qui s'est passé l'été dernier mais visiblement, il y a des choses non résolues qui doivent être éclaircies. Tu ne peux décemment envisager un avenir avec Edward sans t'en être assurée.

– C'est trop tard maintenant ! cria Juliana les yeux débordants de larmes. Henry est marié, et il a un autre enfant !

– Comment ? Que dis-tu là ?

Juliana essuya ses larmes et pressa ses mains sur ses yeux en prenant de profondes inspirations destinées à calmer les battements fous de son cœur. Elle l'avait formulé à voix haute, c'était devenu une réalité. Reprenant sur un ton plus calme, elle s'apprêta à révéler à sa sœur les derniers détails qu'elle ignorait.

– Je ne te l'ai jamais dit mais avant de partir de Windsor, j'ai appris de la bouche de sa maîtresse qu'il avait demandé cette annulation parce qu'elle attendait son enfant, et qu'ils allaient se marier. J'étais incapable de te l'avouer. Il m'a séduite, sans vergogne, alors qu'il entretenait une relation avec une autre femme. J'ai été tellement stupide ! dit-elle en éclatant en sanglots.

– Oh ma chérie, dit Louisa en la prenant dans ses bras. Je ne savais pas… C'est donc pour cela que tu refusais de l'avertir ?

– Oui, je ne veux plus rien savoir de lui. Il ne pourra rien réparer à présent. De toute façon, je n'aurais pas souhaité qu'il le fasse, ajouta-t-elle en reniflant.

– Mais le fait qu'il soit marié n'empêche pas qu'il assume cet enfant, d'une manière ou d'une autre. Il pourrait t'allouer une rente ou…

– Non ! trancha Juliana. C'est terminé, j'ai tourné la page. Je vais épouser Edward et nous nous en sortirons très bien.

– Mais tu ne l'aimes pas Juliana, je le vois bien.

– Je l'aime… d'une certaine manière. C'est plus que ce que vivent la plupart des couples mariés.

Louisa poussa un soupir résigné. Elle ne parviendrait pas à la faire changer d'avis. Quelque chose l'intriguait néanmoins. L'annonce de ce fameux mariage ou même des fiançailles, s'il y en avait eu, aurait dû lui parvenir. Elle consultait pourtant régulièrement les nouvelles qu'elle avait fait suivre du Cambridgeshire jusqu'ici. Une telle information ne lui aurait pas échappé.

Il fallait qu'elle éclaircisse ce mystère. Elle prit sa décision en quelques instants.

– Juliana, je suis navrée mais je vais devoir retourner en Angleterre.

– Quoi ? s'exclama la jeune fille, choquée.

– J'ai eu des nouvelles de John, bafouilla-t-elle en

priant pour que son mensonge paraisse suffisamment crédible. Il demande ma présence à Hinchingbrooke House dès que possible. Maintenant que tu es sortie d'affaires…

– Mais ton retour ne peut-il attendre mon mariage ?

– Non, c'est assez urgent. Par ailleurs, tu n'es pas encore là de te marier. Somerset doit encore accepter officiellement la demande d'Edward.

– Cela ne saurait tarder. Edward m'a dit qu'il lui avait écrit la semaine dernière.

– Et bien le temps qu'il reçoive une réponse et que vous organisiez le mariage, je serai sans doute de retour.

– Louisa, commença Juliana sur le ton de l'avertissement. Edward et moi ne souhaitons pas prolonger nos fiançailles indéfiniment. Si Somerset apprenait l'existence de Matthew et par-dessus tout le fait qu'il est le fils du duc, il tenterait par tous les moyens de tourner la situation à son avantage.

– Quelques semaines de plus ou de moins n'y changeront rien à ce stade, trancha fermement Louisa. Je t'en conjure, attends mon retour pour te marier.

Et pour finir de la convaincre, elle se rendit coupable d'une dernière manipulation :

– Je serais très déçue ne pas assister au mariage de ma sœur.

– Très bien, soupira Juliana. J'attendrai donc ton retour.

34

Londres, Angleterre, Juin 1822

Louisa contempla l'hôtel de ville qui se dressait devant elle, prise d'une soudaine appréhension. Lorsqu'elle avait pris la décision de prévenir le duc, elle n'avait pas douté une seule seconde du bien-fondé de sa démarche. Mais devant l'immense demeure, des scrupules de dernière minute émergeaient. Seigneur, son opulence était vraiment indiscutable. Ne commettait-elle pas une erreur en venant lui annoncer qu'il avait un fils ? La dernière chose qu'elle souhaitait c'était de faire du tort à Juliana.

Elle lui en voudrait, c'était certain. Et Louisa avait choisi d'éviter lâchement la confrontation, ayant prévu de retourner à Hinchingbrooke House une fois son devoir accompli. Elle s'était torturée durant tout le voyage, ne cessant d'imaginer la réaction de sa sœur lorsqu'elle apprendrait qu'elle l'avait trahie.

Une fois de plus, elle se convainquit qu'elle agissait pour son bien et écarta résolument ses craintes. Elle sonna le carillon de l'entrée d'une main tremblante.

– Madame ? s'enquit le majordome en lui ouvrant la porte.

– Lady Louisa, Comtesse de Sandwich, annonça-t-elle en lui tendant sa carte de visite.

– Que puis-je pour vous, Madame la Comtesse ? demanda poliment le domestique.

– Je souhaiterais parler à Sa Grâce. Tout de suite, ajouta-t-elle fermement.

– Sa Grâce ne reçoit pas aujourd'hui, lui répondit le vieil homme.

– Dites-lui que c'est urgent.

– Madame la Comtesse, je suis navré mais mes instructions sont très claires. Je ne peux laisser entrer aucun visiteur. Mais je mentionnerai à Sa Grâce votre passage.

– Très bien, se résigna Louisa.

Elle savait qu'il ne servait à rien d'insister. Les domestiques des grandes maisons étaient formés à repousser les indésirables, elle perdrait son temps à essayer de passer outre l'interdiction formulée par le duc. Ce n'était pas un tel détail qui l'arrêterait. Si le duc refusait de la recevoir, elle savait à qui s'adresser. Ce qu'elle avait à partager ne pouvait attendre.

– Votre Grâce, dit le majordome en s'éclaircissant la voix.

– Oui Jenkins, répondit Henry d'une voix pâteuse.

– Lord Fitzalan se trouve dans l'entrée. Il demande à vous voir.

– Renvoyez-le, je ne veux voir personne, répliqua-t-il sombrement.

– J'ai déjà essayé, insista Jenkins. Il refuse de partir.

Henry ne prit même pas la peine de répondre.

Ces dernières semaines, *ou était-ce ces derniers mois ?* il s'était terré chez lui, assommé par l'alcool qu'il ingurgitait par litres entiers. Il ne se donnait même plus la peine de se changer, errant en robe de chambre une grande partie de la journée.

Plus rien n'avait d'importance à présent. Elle était mariée à Edward et il ne la reverrait plus jamais. Il n'aurait plus jamais le bonheur de l'entendre rire, de s'enivrer de l'odeur de ses cheveux. Il l'avait perdue, définitivement. Et elle le hanterait jusqu'à la fin de sa vie, comme il avait pu le constater ce soir fatidique de décembre passé chez *Les Précieuses*. Ce ne serait que justice pour la peine qu'il lui avait infligée.

Ces sombres pensées l'accompagnaient jour après jour. Il en avait perdu le sommeil et seule la boisson lui offrait le temps de quelques heures l'oubli salutaire qu'il recherchait.

Chaz pénétra dans la pièce plongée dans la pénombre. Il plissa les yeux et découvrit Henry, avachi dans le sofa de cuir, portant méthodiquement une bouteille à ses lèvres. Miséricorde, c'était pire que ce qu'il avait imaginé.

Il commença par ouvrir les persiennes et une vive lumière pénétra dans la pièce. Henry grommela quelques mots inintelligibles.

Se dirigeant vers lui, il lui prit la bouteille des mains, soulevant une vague de protestations. Henry tourna vers lui son regard aviné. Il était dans un état déplorable : une barbe de plusieurs jours lui mangeait le visage, il avait perdu du poids et une odeur pestilentielle se dégageait de sa vieille robe de chambre. Chaz s'en voulut de l'avoir laissé mariner dans son jus pendant si longtemps. Il aurait dû s'imposer, forcer sa porte et le secouer bien plus tôt.

Les premiers mois, il avait joué au bon petit soldat. Il avait été là pour son ami, avait attendu avec lui, bu avec lui aux heures les plus noires. Il savait qu'elle ne reviendrait pas mais il avait mordu sur sa langue pour éviter d'exprimer le fond de sa pensée.

Et puis il y avait eu *Les Précieuses*, et tout avait basculé. Henry avait refusé de le recevoir, il s'était enfermé chez lui et ne répondait plus à personne. Sa disparition avait fait jaser. On lui posait inlassablement les mêmes questions : Savait-il où se trouvait le duc de Norfolk ? Pourquoi n'avait-il fait aucune apparition depuis tant de temps ? Était-ce lié à l'Irlandaise si tristement célèbre ?

Mais tout ceci allait finir, aujourd'hui. Il avait une nouvelle de la plus haute importance à lui communiquer et il allait l'écouter. Même s'il lui fallait pour cela verser des litres d'eau froide sur sa tête.

– Debout, ordonna-t-il à son ami d'un ton sec.

Henry ne répondit rien, ne bougea pas, le regard perdu dans le vide.

– Debout j'ai dit. Tu vas prendre un bain.

Sans attendre sa réponse, il glissa ses bras sous les épaules d'Henry et le souleva, le remettant sur pieds en pestant et soufflant. Nom d'un chien, il pesait le poids d'un âne mort !

Henry vacilla et Chaz le soutint tant bien que mal.

– Jenkins ! appela-t-il d'une voix forte.

– Monsieur ? dit ce dernier en se matérialisant dans l'embrasure comme s'il n'attendait que cet instant.

– Faites préparer un bain pour Sa Grâce.

– Tout de suite Monsieur.

Lentement et avec beaucoup de précautions, il amena Henry dans le hall puis lui fit monter les marches du gigantesque escalier. Chaque pas qu'il faisait raffermissait un peu plus sa démarche, et il avait à peu près repris contenance lorsqu'ils parvinrent à la suite ducale.

Tout doucement, comme il l'aurait fait pour un nourrisson, il le déshabilla et le baigna. Henry fermait les yeux, refusant d'affronter son regard. Tant mieux, qu'il reprenne des forces. Ce qu'il allait entendre n'allait pas l'enchanter, loin de là.

Faisant appel au valet de chambre, il le laissa terminer sa toilette et descendit pour lui commander un déjeuner et surtout, des litres de café.

Une demi-heure plus tard, Henry apparut dans la salle-à-manger, rasé de près, ses boucles humides coiffées vers l'arrière. Quoique ses yeux soient encore légèrement embrumés, il avait meilleure allure et s'attabla sans mot dire devant l'assiette fumante d'œufs au bacon.

– Je suis désolé Henry, dit Chaz après un long moment.

– Désolé pour quoi ? répliqua Henry la bouche pleine.

– Désolé d'avoir été un bien piètre ami.

– Tu n'as pas à être désolé. Tu n'as rien à voir là-dedans.

– Je suis désolé, répéta-t-il en cherchant son regard.

Henry baissa les yeux. C'est lui qui était désolé, nom de Dieu. Qu'avait-il fait subir à son entourage ces derniers mois ? Il eut soudain honte de sa décrépitude, honte de s'être laissé aller à ce point.

– J'ai des nouvelles pour toi.

– Quelles nouvelles ? demanda Henry avec un manque d'intérêt évident.

Le mot « désabusé » avait pris pour lui tout son sens.

Que lui restait-il dans la vie ? En réalité tout. Tout sauf la seule chose qui avait compté.

– Des nouvelles de Juliana.

Le cœur d'Henry manqua un battement et il releva la tête, le regard avide.

– Prépare-toi Henry, tu vas subir un choc.

Un choc ? Faisait-il référence à son mariage avec Digby ? Il en avait déjà connaissance.

– Elle a eu un enfant.

Si vite ? Sacrebleu elle n'avait pas traîné. Même s'il avait tenté de s'y préparer, ces mots le crucifièrent sur place.

– De toi, ajouta doucement Chaz.

Henry recracha la gorgée de café qu'il était en train d'avaler. Il eut l'impression que son cœur s'arrêtait de battre. Un millier de questions se bousculèrent dans son cerveau chamboulé par le whisky et il eut des difficultés à respirer, happant l'air comme un naufragé qui venait de regagner la surface.

– Ça va ? Tu veux de l'eau ? demanda Chaz en le dévisageant.

Comme dans un rêve, il s'entendit demander lentement, en détachant chaque syllabe :

– Comment ça « de moi » ? Comment le sais-tu ?

– Sa sœur est venue me trouver. Apparemment, elle a fait une première tentative chez toi mais ton Cerbère l'a remballée.

Henry se rappelait vaguement de la matinée. Jenkins avait tenté de l'avertir de quelque chose mais il était déjà bien trop loin pour lui porter la moindre attention.

– Qu'est-ce qu'elle t'a dit ? le pressa Henry.

– Je ne sais pas grand-chose, l'avertit Chaz. Je sais seulement que Juliana a découvert qu'elle était enceinte peu après… (Il se racla la gorge.) Peu après Windsor. Elle est rentrée en Irlande et elle a mis au monde un garçon il y a presqu'un mois maintenant.

Il laissa les mots de Chaz le pénétrer lentement. Elle avait mis au monde un enfant, son enfant. Et elle n'avait même pas eu la décence de l'en avertir. Elle le prenait tellement en horreur qu'elle n'avait pu l'affronter pour un événement aussi crucial que la naissance de leur fils.

Il avait un fils.

– Pourquoi maintenant ?

– Qu'est-ce que tu veux dire ?

– De ce que je comprends, Juliana ne comptait pas partager cette nouvelle avec moi. Soit. Pourquoi Louisa s'est-elle décidée à venir m'avouer tout cela maintenant ?

– Je ne sais pas, dit Chaz en secouant doucement la tête. Peut-être devrais-tu lui poser directement la question.

Henry se leva si brutalement de sa chaise que celle-ci fut projetée contre le plancher.

– Où vas-tu ? demanda Chaz alors qu'il était déjà à la porte.

– En Irlande, répondit-il, laconique.

35

Castle Coole, Irlande du Nord, Juillet 1822

Juliana se trouvait dans la bibliothèque, installée devant la fenêtre qui donnait sur les jardins arrières. Baignée par la douce lumière du soleil couchant, elle avait fermé les yeux un instant pour profiter d'un moment de calme si rare depuis la naissance de Matthew. Le livre qu'elle avait vainement tenté de poursuivre reposait sur ses genoux, à plat sur sa tranche.

– Vous semblez fatiguée, Madame, dit soudain une voix profonde.

Elle sursauta violemment et le roman tomba sur la moquette dans un bruit sourd. Elle sentit l'air quitter d'un coup ses poumons à la vue du duc, dont la silhouette s'encadrait dans l'embrasure de la porte. C'était comme si elle voyait un fantôme.

Incapable de bouger, elle le fixait bouche-bée.

– Seriez-vous trop occupée que pour dormir la nuit ? ajouta Henry d'un ton chargé de sous-entendus.

Henry la dévorait du regard. Il avait oublié à quel

point elle était belle et fut frappé par son aura de sensualité. Sa poitrine semblait vouloir déborder de son corsage. Ces formes voluptueuses, sans nul doute liées à la maternité, attiraient son regard comme un aimant et lui donnaient envie d'y plonger les mains. Et ses yeux, ses grands yeux qui l'avaient fait chavirer il y a tant de mois... Ils étaient les mêmes que toujours, bien que soulignés à présent de cernes profonds qui témoignaient de la fatigue accumulée.

– Que faites-vous là ? demanda Juliana la bouche sèche.

– Surprise de me voir ? Il me semble pourtant qu'il eut été opportun que je sois convié.

– Et pourquoi donc vous aurais-je convié ? demanda-t-elle, hautaine.

– Mais parce que nous avons un événement à célébrer.

Juliana senti son rythme cardiaque s'accélérer dangereusement. Dieu du ciel, il ne pouvait pas être au courant, c'était impossible !

– Quel événement ? parvint-elle à articuler.

– La naissance de notre enfant bien entendu, répondit Henry, qu'elle devinait furieux malgré son calme apparent.

Elle eut l'impression de recevoir un coup de massue. Le monde se mit à tournoyer autour d'elle et elle dut prendre appui sur la banquette tandis que sa vue se brouillait. Il savait.

– Comment... ? Qui... ? balbutia-t-elle, sans parvenir à ordonner ses pensées.

– Votre sœur est venue m'avertir à Londres.

Juliana gardait les yeux obstinément baissés vers le sol, refusant d'affronter son regard.

– Comment avez-vous pu Juliana ? lui reprocha-t-il,

délaissant sa courtoisie feinte.

Elle releva soudain la tête, des éclairs de fureur dans les yeux.

– Et qu'étais-je censée faire ? aboya-t-elle.

Toutes les questions qu'il brûlait de lui poser se bousculaient sur ses lèvres. *Pourquoi avez-vous fui sans chercher à comprendre ? Pourquoi n'êtes-vous pas venue me retrouver ? Êtes-vous mariée à Edward Digby à présent ?* Mais il garda le silence. Les réponses attendraient. À la place il demanda :

– Pourquoi ne m'avez-vous rien dit ?

– Devez-vous vraiment poser la question ? répondit-elle avec une ironie à peine voilée.

– J'estime qu'au vu des circonstances, c'est une question parfaitement valable.

– Disons que je n'étais pas sûre que la nouvelle serait accueillie comme il se doit par votre épouse, dit-elle sarcastique. (Elle poursuivit, sans remarquer son air surpris.) Où se trouve-t-elle d'ailleurs ? Elle n'avait pas envie de découvrir le bâtard de son mari ?

– Pourquoi pensez-vous que je suis marié ?

– N'est-ce pas le cas ? demanda-t-elle sans répondre à sa question.

– Où se trouve mon fils ?

– Oh, qu'est-ce que vous pouvez être frustrant Votre Grâce ! enragea-t-elle, amenant un sourire involontaire sur les lèvres de son interlocuteur.

– Non Juliana, je ne suis pas marié. Là, satisfaite ?

Juliana sentit l'étau qui comprimait sa poitrine se desserrer légèrement mais très vite, l'incompréhension remplaça le bref soulagement qui avait parcouru ses membres. Que s'était-il passé avec Lady Plunket ?

– Et maintenant à vous de répondre à ma question.

– Laquelle ?

– Je veux voir mon fils. Où est-il ?

Sa question provoqua une vague de panique que Juliana tenta tant bien que mal de réfréner. Qu'allait-il faire d'elle maintenant ? Non, il ne pouvait vouloir d'un enfant à moitié irlandais né d'une liaison avec une femme en-dessous de son rang. Il devait simplement avoir envie de voir à quoi il ressemblait, c'était naturel après tout.

Dieu tout-puissant, elle avait oublié à quel point il était beau ! Même alors qu'ils s'affrontaient tels deux adversaires s'apprêtant à monter sur le ring, il avait un effet ravageur sur ses sens. Son apparition avait provoqué tant d'émotions contradictoires qu'elle en restait pantelante, incapable de faire un geste. Stupeur, panique, désir, soulagement, souffrance... Ils avaient tous défilé en une fraction de seconde.

– Où est-il ? répéta Henry d'une voix qui se faisait menaçante.

– Il dort, répondit-elle précipitamment.

– Amenez-moi à lui, ordonna-t-il.

– Cessez donc de me donner des ordres ! répliqua-t-elle sèchement, agacée par son ton autoritaire.

– Amenez-moi à lui *s'il vous plaît*, fit-il, légèrement moqueur.

Il s'approcha d'elle et elle recula instinctivement vers le fond de la banquette.

Saisi d'une brusque émotion, il reprit d'une voix brisée :

– Juliana, j'ai besoin de le voir.

– Très bien, soupira-t-elle. Suivez-moi.

Il ferma les yeux lorsqu'elle passa devant lui et inspira profondément pour s'imprégner de son odeur. Elle prit le chemin de l'étage et il la suivit sans quitter son dos du regard. Son déhanché le rendait fou, il devait serrer les poings pour s'empêcher de la toucher du bout des doigts. Enfin, ils parvinrent devant la porte de ce qu'il supposa être la nursery. Elle actionna la poignée avec délicatesse, le plus silencieusement possible.

Il fut surpris de constater qu'ils se trouvaient dans la chambre de la jeune femme, du moins selon toute vraisemblance. Un lit d'une personne couvert d'une courtepointe crochetée occupait un coin de la pièce. Celle-ci était décorée dans les tons allant du rose poudré au vieux rose avec des touches framboise ici et là. Une vraie chambre de petite fille avec ses meubles blancs patinés par le temps, ses bibelots décoratifs et quelques peintures fleuries. Une émotion inexplicable le traversa à la découverte de ce lieu qui n'appartenait qu'à elle.

Un berceau trônait près du lit.

– Vous n'avez pas de nursery ? chuchota-t-il.

– Si, mais je préfère garder Matthew près de moi.

Matthew. Le prénom de son fils. Il le laissa s'imprégner en lui et se pencha sur le berceau.

L'enfant dormait à poings fermés, niché dans ses linges blancs. Ses longs cils recourbés reposaient sur ses joues de porcelaine et un fin duvet brun, presque noir comme lui, recouvrait son petit crâne. Henry sentit une grosse boule de chaleur monter de son ventre et se loger dans sa gorge. Une très fine larme émergea du coin de son œil et il l'essuya machinalement.

Juliana l'observait sans dire un mot, émue malgré elle.

Matthew s'agita dans son berceau, paraissant sentir la présence de ses parents autour de lui et son visage se crispa. Il émit un gémissement et se mit à pleurer.

Juliana le prit contre elle et alla s'installer dans un fauteuil à bascule qu'Henry n'avait même pas remarqué. Gênée par cette présence qui envahissait la pièce, elle dégrafa son corsage et installa rapidement son fils contre son sein. L'enfant se mit à téter goulument.

Juliana caressait sa tête en le contemplant. Son appétit vorace en avait fait un petit garçon fort et vigoureux. Elle était heureuse de ces moments d'intimité et avait refusé de recourir aux services d'une nourrice. Aujourd'hui plus que jamais, cette parenthèse était la bienvenue, et elle parvint enfin à se détendre un peu.

Henry ne perdait pas une miette de la scène attendrissante se déroulant entre la mère et l'enfant. S'il s'étonna qu'elle allaite l'enfant elle-même, il n'en dit mot. Il s'approcha d'eux discrètement, ne souhaitant pas interrompre la magie du moment. Un éclair de désir le traversa lorsqu'il posa les yeux sur la poitrine de Juliana, offerte, bouleversante. Une pudeur presqu'incongrue au vu du passé qu'ils partageaient la poussa à disposer un drap léger sur son épaule pour se couvrir.

Elle sursauta lorsqu'il posa une main sur le dossier du fauteuil. Matthew lâcha son sein et se mit à pleurer. Elle concentra son attention sur l'enfant, lui remettant le bout de sein dans la bouche, et il reprit tranquillement sa tétée. Plusieurs minutes s'écoulèrent dans le silence seulement interrompu par les bruits de succion de l'enfant qui finit par s'endormir.

– Laissez-moi tenir mon fils.

– Non ! répliqua Juliana sur un ton paniqué.

Elle serrait l'enfant contre elle avec un geste protecteur.

– Si, ordonna-t-il. C'est mon fils !

– Non ! répéta-t-elle.

Sans faire cas de son refus, il s'approcha encore et lui prit doucement l'enfant. Elle se laissa faire, vaincue, le regardant d'un air suppliant.

– Cessez de me regarder avec cet air de chien battu, bougonna-t-il. Je ne lui ferai aucun mal.

Il le berçait doucement, empreint d'une tendresse inconnue. Quel étrange sentiment que de tenir cette petite chose fragile contre lui, d'imaginer que Juliana l'avait porté en elle durant de nombreux mois. Il regretta soudain d'avoir manqué la vision de la jeune femme enceinte de son enfant.

Se penchant, il lui remit le petit paquet au creux des bras puis plongea son regard intense dans le sien.

– Retrouvez-moi dans le grand salon sitôt que vous l'aurez recouché. Et ne vous avisez pas de me faire faux bond Juliana, dit-il comme s'il avait deviné ses pensées.

Henry se tenait face à la baie vitrée, à l'endroit exact où il avait découvert Juliana pour la première fois. Du moins la première fois qu'il avait su qu'elle était sa fiancée. Et voilà qu'une fois encore elle l'avait surpris.

La revoir avait été plus dur qu'il ne l'avait imaginé. Il avait pensé qu'après les nombreux mois qui s'étaient écoulés depuis leur séparation à Windsor, son cœur se serrait endurci et qu'il ne ressentirait plus rien en la voyant. Mais il s'était trompé. Il la voulait, plus que jamais.

– Votre Grâce, dit Juliana derrière lui.

Se retournant, il la contempla une nouvelle fois. Sa beauté éclatante ne cesserait jamais de l'émouvoir.

– Juliana, arrêtez ce petit jeu. Vous savez

pertinemment que vous pouvez m'appeler Henry.

Il se rappela soudain un autre jeu, initié dans la salle de bain de Windsor, alors qu'il imaginait encore un futur avec elle.

– Pourquoi m'avoir caché son existence ? demanda-t-il, poursuivant la conversation entamée dans la bibliothèque.

– Je n'ai jamais pensé que vous auriez manifesté un intérêt pour votre bâtard, rétorqua-t-elle avec aigreur. Vous aviez été très clair. Une descendance des Belmore était bien en-dessous de votre rang.

Comment lui avouer qu'elle avait eu peur qu'il lui enlève son enfant ? Que son statut de duc la plaçait en porte-à-faux et qu'elle se sentait complètement démunie en sa présence ?

– Foutaises ! aboya-t-il. Vous m'avez tenu dans l'ignorance car vous vouliez éviter que je n'interfère dans votre mariage avec Digby.

– Que savez-vous de mes plans, vous qui avez disparu de ma vie depuis près d'un an ? répliqua-t-elle sur la défensive, honteuse malgré elle d'avouer qu'elle avait renoué avec le jeune homme.

– Et à qui la faute, je vous le demande ?

– Vous pensiez vraiment que je reviendrais en courant après la façon dont vous m'avez répudiée ? demanda-t-elle horrifiée. Vous avez perdu l'esprit ma parole.

– Excusez-moi d'avoir eu l'audace de penser que vous teniez suffisamment à moi pour vouloir entendre ce que j'avais à vous dire. Mais tout ce qui vous intéressait, c'était de devenir duchesse et une fois vos espoirs douchés, vous êtes passée à autre chose, l'accusa-t-il en s'approchant d'elle jusqu'à la toucher.

– Je ne vous permets pas de…

– Vous ne me permettez pas quoi ? la coupa-t-il. De dire la vérité ?

Elle le gifla si violemment que la trace rouge de ses doigts apparut sur sa mâchoire. Elle se couvrit aussitôt la bouche de ses deux mains, les yeux écarquillés par l'horreur de son geste.

– Je m'excuse Votre Grâce, balbutia-t-elle.

Henry ne disait rien, ses lèvres ne formant qu'un mince filet tandis qu'il la toisait de toute sa hauteur.

Toute la tension accumulée durant ces nombreux mois passés loin l'un de l'autre, leur colère, les non-dits éclataient brutalement. Leurs griefs mutuels se catalysaient et atteignaient leur point culminant à cet instant précis. Ils avaient besoin de cette violence, de cet exécutoire, il eut été impossible qu'il en soit autrement.

Cet affrontement silencieux se prolongea jusqu'à ce que sans dire un mot, il tourne les talons et s'en aille. Juliana s'effondra en pleurs sur le canapé.

36

Henry se laissait porter par les chaudes effluves de la petite ville, errant sans but dans le dédale des rues pavées d'Enniskillen. L'endroit était vraiment charmant avec son château fort en bord de rivière, héritage de la puissante famille Maguire, ses petites maisons de pierre et toujours cette verdure omniprésente qui l'entourait. Les visages avenants des habitants qui vaquaient à leurs occupations reflétaient le calme qui l'habitait.

Il avait quitté Castle Coole de bon matin après une nuit sans rêves. Curieusement apaisé, il avait décidé d'attaquer la journée par une balade. Après avoir contourné la forteresse érigée par le chef des clans du Fermanagh sur la pointe ouest de l'île, il avait longé le bord de la rivière Erne vers le sud.

Il sourit face à l'absurdité de sa situation. L'orage qui avait grondé la veille aurait dû le laisser rongé d'amertume. Et pourtant, il ne s'était jamais senti aussi délivré. Il exultait, tout simplement. Et la raison de cette joie insensée était très simple : il l'avait enfin retrouvée et il ne la laisserait plus jamais partir.

L'année qui venait de s'écouler avait été la plus

terrible de son existence, il avait cru qu'il ne parviendrait jamais à quitter cet enfer. Savoir qu'elle se lovait dans d'autres bras que les siens, se torturer à imaginer son futur avec un autre, leurs rêves à eux brisés en mille morceaux. Lorsqu'il avait appris son terrible mensonge, il était entré dans une colère noire.

Dire qu'il avait parcouru les milliers de lieues qui le séparaient de Castle Coole plus vite que le vent était un euphémisme. Il avait manqué de tuer son étalon, ne prenant le temps de se reposer que quelques heures par jour. La traversée de la mer d'Irlande avait été péniblement lente. Entouré de ce bleu sombre, contraint de prendre son mal en patience, il avait été à deux doigts de subtiliser un canot de sauvetage pour terminer le trajet à la rame.

Et puis elle était apparue et c'était comme si le poids qu'il portait sur ses épaules avait disparu d'un seul coup. Il savait maintenant que d'avoir appris sa soudaine paternité n'avait été qu'un prétexte pour venir la retrouver. Juliana… Maintenant qu'ils étaient réunis, il se sentait complet à nouveau. Il se sentait revivre.

Et elle lui avait donné un enfant. Un fils. Une perfection. Le sentiment ineffable d'avoir créé la vie avec Juliana prenait le pas sur tout le reste.

Bien sûr il y avait Digby. Juliana l'aimait-elle ? Lorsqu'il l'avait rencontrée, elle avait prétendu n'avoir jamais vraiment été amoureuse de lui. Un rapide interrogatoire mené auprès de Byrne lui avait appris qu'elle n'était encore que fiancée. C'était déjà ça. Mais rien que d'y penser il en avait la gorge serrée. Elle était à lui et à personne d'autre !

Sans le vouloir, ses pas l'avaient mené devant la cathédrale anglicane Saint Macartin's. Et soudain, il sut ce qu'il devait faire.

Juliana avait passé la matinée dans un état second. Comme si elle flottait au-dessus de son corps et se voyait évoluer de pièce en pièce, sans but précis.

Après la gifle, Henry avait quitté le grand salon sans lui accorder un regard, et elle ne l'avait plus revu depuis. Ne sachant pas ce qui l'attendait, elle n'avait pas quitté Matthew d'une semelle et s'était couchée de bonne heure, complètement perdue. Elle en voulait tant à Louisa de l'avoir plongée dans ce tumulte. Que lui avait-il pris d'aller avertir le duc ?

Edward s'était présenté peu avant le déjeuner mais elle avait refusé de le recevoir. Elle était incapable de lui fournir des explications cohérentes et elle redoutait par-dessus tout qu'Henry les voie ensemble. C'était ridicule, mais elle se sentait toujours confusément liée à lui.

Les heures défilaient lentement dans un silence de mort et même les tétées de Matthew ne lui apportaient aucune sérénité. Le cœur serré par l'angoisse, elle attendait.

Henry finit par apparaître en début d'après-midi alors qu'elle prenait un repas froid, seule dans la grande salle à manger. Comme s'ils étaient un couple dînant tranquillement au sein de leur foyer, il s'assit et ordonna à Maureen, terrorisée, de lui apporter la même chose que sa maîtresse.

– J'espère que vous passez une bonne journée Votre Grâce, dit Juliana d'une voix qu'elle espérait suffisamment ferme, tentant de masquer l'anxiété qui la paralysait.

– Très bonne, ma chère, répondit-il galamment.

– Avez-vous profité de la région ?

– Je me suis effectivement rendu dans votre charmante petite ville. Le boulanger local…

– Votre Grâce, le coupa-t-elle. Pourquoi êtes-vous ici ? Quelles sont vos intentions à l'égard de mon fils ?

Il tiqua à l'usage du pronom possessif utilisé par Juliana mais sentit la peur qui perçait sous sa bravade. C'était le moment d'abattre ses cartes. Il pria pour être suffisamment crédible, se sachant incapable de mettre les menaces qu'il s'apprêtait à proférer à exécution si jamais elle décidait de le prendre au mot.

– C'est très simple. Matthew reviendra avec moi à Londres. Avec ou sans vous.

– Vous n'avez pas le droit de me l'enlever ! Je suis sa mère !

– J'ai tous les droits, n'oubliez pas que je suis le duc de Norfolk Juliana, l'un des pairs les plus puissants du royaume. Nous verrons à qui la justice donne raison si vous décidez de me combattre.

– Vous êtes un monstre ! s'écria-t-elle au bord du désespoir.

– Non, je suis un homme qui a découvert un fils dont il ignorait l'existence le mois dernier. Je ne fais qu'éviter qu'une situation similaire ne se reproduise à l'avenir.

– Très bien, admettons que j'accepte de vous accompagner en Angleterre. Que deviendrons-nous ? Allez-vous nous installer dans un petit cottage en espérant que j'attende gentiment vos éventuelles visites ? demanda-t-elle d'un ton caustique.

– Ne soyez pas ridicule. Matthew est mon fils, il sera le futur duc de Norfolk.

– Et comment comptez-vous vous y prendre ?

– Je vais vous épouser bien sûr, répliqua-t-il

tranquillement.

Abasourdie, Juliana le contempla comme s'il était un simple d'esprit. Avait-il perdu la tête ? La seule et unique raison pour laquelle elle se trouvait à Castle Coole en ce moment-même était précisément son refus d'envisager une union avec elle.

– Et si je refuse ?

C'était le moment le plus délicat, celui qu'il redoutait. Il s'était bien douté qu'elle manifesterait une certaine réticence à sa proposition. Son honneur avait été bafoué et elle s'attendait sans doute à épouser son amant. Prenant une profonde inspiration, il la mit au pied du mur.

– Vous êtes libre d'agir à votre guise. Mais vous perdrez dans ce cas tous vos droits sur l'enfant. Les papiers d'adoption peuvent être rédigés par mes hommes de loi en quelques jours.

Juliana déglutit, retenant ses larmes qui menaçaient de couler à tout moment. Pourquoi lui infligeait-il cela ? Il n'aurait eu aucun mal à trouver une autre femme qui se serait fait une joie de lui pondre une kyrielle d'enfants. Pourquoi Matthew ? Pourquoi les arracher à l'Irlande une nouvelle fois ?

– Vous ne me laissez pas vraiment le choix, finit-elle par dire amèrement.

– Qu'espériez-vous Juliana ? Que je vous laisse mon enfant et que je m'en retourne tranquillement en Angleterre ? lui demanda-t-il doucement.

– Et comment comptez-vous vous débrouiller pour que nous soyons mariés avant notre départ pour l'Angleterre ? dit-elle sans répondre à sa question.

– Ma petite promenade à Enniskillen a été fort utile sur ce point. Le prêtre de Saint Macartin's peut nous marier dans deux jours. Nous recevrons la dispense de publication des bancs de l'archevêque dès demain. Nous régulariserons la situation une fois revenus à Londres.

– Je refuse d'élever mon enfant à Londres ! s'exclama Juliana. Ne peut-on rester ici, en Irlande ? Peut-être Somerset nous autorisera-t-il…

– Je refuse d'élever mon enfant en Irlande, la coupa Henry sur le même ton.

Ils s'affrontèrent du regard, chacun campé sur sa position. Juliana capitula la première et baissa les yeux. Le ton d'Henry se fit plus doux.

– Ne vous inquiétez pas, je n'avais pas l'intention de rester à Londres. Vous ne l'ignorez certainement pas, je possède un château dans le sud de l'Angleterre. Arundel sera un endroit parfait pour élever notre enfant, j'ai moi-même passé toute ma jeunesse là-bas.

« Notre enfant ». Les mots résonnèrent aux oreilles de Juliana comme une sentence de mort. Elle ne ferait jamais le poids face à lui. Elle se trouvait une nouvelle fois enchaînée à un homme qui ne voulait pas d'elle, prisonnière d'un destin qu'elle n'avait pas choisi.

37

– Par les pouvoirs qui me sont conférés, je vous déclare mari et femme, prononça le prêtre de manière solennelle.

Juliana regardait fixement devant elle. Elle ne maîtrisait rien du tout, tout s'était passé si vite ! Elle se sentait comme un pantin qu'on agite devant une foule de spectateurs. Ce n'était pas ainsi qu'elle avait imaginé son mariage. Plus de vingt années de fiançailles, et une union qui n'avait duré qu'une poignée de secondes.

Elle n'avait pratiquement pas fermé l'œil de la nuit et s'était levée à l'aube. À l'approche de la cérémonie, Abigail l'avait aidée à se vêtir de la fameuse robe rouge qu'elle portait le soir où elle avait rencontré le duc. C'était la seule tenue qui lui avait paru adéquate, le reste de ses affaires se trouvant toujours à Londres chez la duchesse. La vieille gouvernante l'avait apprêtée avec émotion, meublant le silence de son babillage intempestif. Juliana, dont la gorge était obstruée par une boule d'angoisse, s'était laissée faire, inerte.

Ils s'étaient rendus à Enniskillen séparément, Juliana escortée par l'ensemble des domestiques de Castle

Coole, à présent assis en rang d'oignons sur un seul banc.

– Vous pouvez embrasser la mariée, ajouta le prêtre.

Tremblante, elle leva son visage vers le duc qui la regardait d'un air énigmatique. Après un moment, il se pencha vers elle et déposa un bref baiser sur ses lèvres. C'était le contact le plus intime qu'ils échangeaient depuis son arrivée et malgré son absence totale de tendresse, elle en fut bouleversée. Mon Dieu, elle ne parviendrait jamais à se protéger de lui. Elle était à sa merci et il avait le pouvoir de l'anéantir s'il le souhaitait.

Ils prirent l'allée principale de la cathédrale, marchant lentement côte à côte. Abigail tenait Matthew dans ses bras et essuyait ses larmes. Maureen lui fit un petit signe timide de la main et Lisbeth se mouchait bruyamment, s'attirant le regard outré de Byrne qui tentait de rester digne mais qui émettait de petits reniflements suspects, semblant prêt à fondre en larmes lui aussi.

Les bagages étaient déjà prêts lorsqu'ils revinrent à Castle Coole. Henry, qui ne souhaitait pas s'attarder, avait annoncé leur départ pour la fin d'après-midi. Ils n'avaient organisé aucune réception et Juliana, dans un état second, n'avait même pas pensé à protester. Du reste, qui aurait-elle pu inviter ?

Alors que l'heure du départ approchait et que Juliana et Henry prenaient une collation légère avant la longue route qui les attendait, Byrne se présenta dans la salle à manger, s'éclaircissant la gorge pour signaler sa présence.

– Oui Byrne ? demanda Juliana.

– Monsieur Edward Digby se trouve à l'entrée, annonça-t-il, gêné.

Le corps entier d'Henry se contracta lorsqu'il entendit le nom honni et son visage pâlit imperceptiblement.

– Votre Grâce ? l'interrogea Juliana dans un murmure, lui demandant ce qu'elle devait faire sans parvenir à formuler la question.

– Que veut-il ? demanda sèchement Henry à l'attention de Byrne.

– Il ne me l'a pas dit, Votre Grâce.

– Renvoyez-le !

– Votre Grâce ! protesta Juliana. Vous ne pouvez pas faire cela.

– Votre relation avec lui est terminée, trancha Henry, secoué par un accès incontrôlable de jalousie.

– Je vous en prie, laissez-moi au moins lui fournir des explications et lui dire aurevoir. Je lui dois bien cela. Je n'ai pas encore eu l'occasion de vous en toucher un mot mais la naissance de Matthew s'est très mal passée. J'ai failli mourir, de même que notre enfant. Si Edward n'avait pas été là, c'est à nos funérailles que vous auriez dû vous présenter.

Henry sentit la panique l'envahir en imaginant qu'il aurait pu la perdre sans jamais la revoir. Malgré l'inimitié qu'il avait pour Digby, il lui adressa des remerciements silencieux. Aurait-il pour autant la force d'autoriser Juliana à revoir son amant une dernière fois, de la savoir au creux de ses bras, pleurant sa perte ? Il en était malade rien qu'à l'idée.

– Bien, puisque cela vous tient tant à cœur…, accepta-t-il du bout des lèvres.

– Merci.

Elle suivit Byrne qui avait assisté, impassible, à l'échange des deux époux, et se rendit dans l'entrée. À son arrivée, Edward se précipita vers elle :

– Juliana, te voilà ! Je me rongeais les sangs ! Cela fait plusieurs jours que je n'ai aucune nouvelle de toi.

– Edward, commença-t-elle, hésitante.

La silhouette d'Henry apparut derrière elle.

Alors même qu'il ne l'avait jamais rencontré et avant que ce dernier ne s'annonce, Edward, saisi d'effroi, cracha sans hésiter :

– Vous !

Henry redressa encore les épaules et bomba légèrement le torse dans une posture qui témoignait inconsciemment de sa volonté d'affirmer sa légitimité en ces lieux.

– Oui, moi, répliqua-t-il fermement. Ainsi donc, voici le fameux Edward Digby ?

Juliana, qui se trouvait au centre de cette tension insoutenable, ne savait comment réagir.

– Edward, peux-tu me suivre au salon s'il te plaît ? demanda-t-elle poliment.

Edward détacha enfin ses yeux du duc et la regarda, une sourde douleur au fond des yeux. Sans qu'elle n'ait eu besoin de le lui dire, il comprenait que la présence de ce dernier à Castle Coole aurait des conséquences terribles sur leur relation. Lui emboitant le pas, il passa devant le duc qui les suivit du regard en frémissant.

– Que fait-il ici ? attaqua Edward à peine la porte fut elle refermée.

– Edward assieds-toi, dit doucement Juliana. Les nouvelles que j'ai à t'annoncer vont te faire mal. Sache avant tout que je suis désolée de toute la peine que je t'ai causée, depuis si longtemps. Je ne cesserai jamais de le regretter.

– Que fait-il ici Juliana ? répéta Edward. L'as-tu

prévenu ? Pourquoi tu ne m'en as rien dit ?

– Je n'ai rien fait de la sorte, répondit calmement Juliana. Louisa s'en est chargée, à mon insu.

– Quoi ? Mais pourquoi a-t-elle fait cela ? Elle n'en avait pas le droit ! rugit-il des reproches plein les yeux.

– Je ne sais pas Edward. Cela faisait plusieurs mois qu'elle m'enjoignait de l'avertir. Je crois qu'elle avait peur qu'il ne l'apprenne par lui-même.

– Peu importe. Il ne peut rien faire, tu es sa mère.

– Edward, je ne suis qu'une femme dans un monde dirigé par les hommes. Je n'ai ni père ni mère pour me protéger. Et le duc est trop puissant. Il a exigé la présence de son fils en Angleterre, je n'ai pas eu le choix.

– Pas eu le choix pour quoi ? Tu vas le suivre là-bas ?

– Pire, Edward. (Elle prit une profonde inspiration.) J'ai dû l'épouser. Ce matin-même.

La douleur qui s'inscrivit sur le visage d'Edward lui fit mal. Pour la seconde fois, elle l'écartait de sa vie et lui brisait le cœur. Il avait été si bon avec elle.

– Non Juliana, ne me dis pas cela ! gémit-il avec des larmes dans la voix. Tu ne peux l'avoir épousé, c'est impossible.

– Il a menacé de me retirer tous mes droits sur lui ! Je ne pouvais pas faire autrement, répondit-elle la gorge nouée.

Elle lui prit les mains.

– Je pars pour l'Angleterre. Nous ne nous reverrons plus jamais, Edward.

Elle ne lui dit pas que Somerset mettrait la maison en vente sitôt qu'il apprendrait son mariage avec le duc. Cela n'aurait rien changé de toute façon. Henry n'accepterait jamais qu'elle revoie celui qu'elle avait failli épouser, celui qui avait failli le remplacer.

– Non, se contenta-t-il de répondre, refusant l'horrible réalité. Non, c'est impossible.

– Edward, dit-elle en le prenant dans ses bras, peinée. Edward, regarde-moi.

Il la fixa le regard vide, assommé par l'énormité de cette annonce.

– Tu finiras par m'oublier, dit-elle très doucement.

– Comment le pourrais-je ? murmura-t-il d'un ton lointain. Depuis que je t'ai aperçue du haut de mon char à la Saint-Patrick, je n'ai pu faire autrement que de penser à toi. Je t'ai toujours aimée Juliana. Je sais que tu ne partages pas mes sentiments, mais j'ai cru…

Sa voix se brisa et il se mit à pleurer. Il avait été si proche d'atteindre son rêve.

– Edward, je m'en veux tant.

Elle pleura avec lui. Elle perdait un ami, il perdait l'amour de sa vie.

– Je suis certaine que tu trouveras la femme qui saura te combler, reprit-elle doucement en séchant ses larmes. Il faut que tu tournes la page et que tu me sortes de ton cœur.

– Jamais, jura-t-il. Jamais je ne t'oublierai.

– Il le faut Edward. Pour toi, fais-le pour toi. Tu le mérites.

Elle tenta de dégager ses mains.

– Ne pars pas, je t'en supplie, gémit Edward. Reste ici, en Irlande.

Il se fichait pas mal de rester digne, son monde s'effondrait et il ne pouvait que contempler les ruines de cet avenir qu'il y a quelques minutes à peine il croyait encore possible.

– Tu dois partir à présent, insista-t-elle en retirant ses mains.

– Juliana, que vais-je faire sans toi ?

– Tu vas reconstruire ta vie et elle n'en sera que meilleure. Je ne t'ai apporté que des souffrances, et un jour tu le verras, et tu m'en voudras, glissa Juliana, le cœur serré.

– Tu as été le rayon de soleil de ma vie, Juliana, souffla Edward en baissant la tête. Et jamais personne ne pourra te remplacer.

Juliana secoua la tête, incapable de répondre à cette déclaration enflammée.

Elle le raccompagna à l'entrée, fort heureusement vide à présent, Henry ayant eu la décence de s'éclipser. Adressant un dernier regard au jeune homme, elle lui serra les mains puis tourna les talons. Sa peine était trop lourde, elle suffoquait. Lui dire adieu se révélait nettement plus difficile que la première fois. À l'époque, le futur était incertain, elle n'excluait pas de revenir, avait même pensé y aspirer. Aujourd'hui c'était différent. Elle était mariée à Henry, pour le meilleur et pour le pire. Elle frissonna tandis que cette dernière phrase pénétrait lentement dans son esprit. *Pour le pire…*

Juliana tentait de repousser cette impression de déjà-vu omniprésente. Henry se trouvait en face d'elle dans la calèche et elle regardait Castle Coole qui rétrécissait à mesure qu'ils s'éloignaient du manoir. La gorge serrée, elle réalisa qu'elle le contemplait peut-être pour la dernière fois.

Assise à côté d'elle, Abigail tenait Matthew sur son giron, le berçant doucement. Elle finit par s'assoupir avec l'enfant. Henry ne la quittait pas des yeux. Gênée, Juliana se tortillait sur son siège, ne sachant où poser le regard. Elle finit par tempêter :

– Allez-vous cesser de me scruter ainsi Votre Grâce ? Vous avez eu ce que vous vouliez. Laissez-moi en paix à présent !

– Je vois que vous n'avez pas perdu votre langue ma chère, répliqua-t-il avec un sourire.

– Je suis toujours la même. Ce n'est pas parce que je suis votre épouse que je vais me gêner de dire ce que je pense de vous !

– Vous devriez faire attention *Votre Grâce*, dit-il en insistant sur ces deux mots qui signifiaient tant de choses. Vous êtes duchesse à présent.

Elle n'avait pas encore réalisé son nouveau statut et les mots d'Henry la frappèrent soudainement. Elle suffoqua à l'idée de devoir assumer ce rôle qui avait étendu son ombre sur elle sa vie entière.

– Je suis peut-être votre épouse mais je ne serai jamais votre femme, l'avertit-elle farouchement.

– Vous serez ce que je vous dis d'être, répliqua-t-il, poussé par sa nature autoritaire.

– Alors vous devrez me prendre de force. Jamais je ne me donnerai à vous de mon plein gré.

– Vraiment ? fit-il d'un ton suave qui l'affola.

Elle craignit qu'il ne tente de lui prouver à quel point elle se fourvoyait mais étonnamment, il resta sagement sur sa banquette.

– Êtes-vous confortablement installée ? lui demanda-t-il après un moment.

– Très bien merci.

– Abigail s'est endormie rapidement, constata-t-il.

– Oui, les nuits sont encore compliquées avec Matthew. Elle se lève régulièrement pour m'assister. Je lui ai proposé de prendre de l'aide supplémentaire mais elle a refusé.

– Lorsque nous serons en Angleterre, vous aurez toute l'aide dont vous avez besoin.

– Je n'en doute pas. Je n'oublie pas à quel point vous êtes riche et puissant, *Votre Grâce*, répondit-elle d'un ton caustique.

– Vous l'êtes également à présent, répondit-il sans relever le sarcasme.

– Ça n'a pas l'air de vous déranger.

– Et pourquoi cela me dérangerait-il ?

– Vous ne paraissiez pas vouloir de cette… association… si mes souvenirs sont bons.

Il soupira. Elle n'oublierait pas facilement le passé. Il la sentait sur la défensive, prête à sortir ses griffes à tout moment. Elle était comme un animal blessé et il devrait faire preuve de patience pour réussir à l'apprivoiser.

– Les choses sont telles qu'elles sont à présent, énonça-t-il placidement.

Juliana l'observa, perplexe. Depuis leur départ de Castle Coole, depuis le lendemain de son arrivée en réalité, il semblait se dégager de lui une force tranquille. Elle ne s'expliquait pas ce revirement d'attitude. Il avait paru tellement furieux lorsqu'il avait débarqué chez elle. Mais à présent, c'était comme s'il était satisfait de la manière dont les choses avaient tourné. Comme s'il se trouvait exactement là où il avait souhaité se trouver. Pourtant, c'était bien lui qui l'avait publiquement répudiée, qui estimait que cette union était indigne de son rang.

– Je dois vous avouer que je suis assez… soulagé d'avoir rencontré Lord Digby.

– Soulagé ? demanda Juliana en fronçant les sourcils.

– Je ne l'imaginais pas aussi… comment le dire

délicatement ? dit Henry avec un sourire qu'il contenait difficilement.

Juliana lui lança un regard furieux.

– Taisez-vous ! Vous ne lui arrivez pas à la cheville !

Son amusement retomba aussitôt et malgré l'envie pressante qu'il avait de la remettre à sa place en lui rappelant qu'elle était une femme mariée, il se força à garder le silence. Ce sujet devait être évité coûte que coûte, il le sentait. En tous cas pour le moment. Sa détermination se renforça : un jour, elle l'oublierait, il allait tout faire pour y parvenir.

38

Juliana ne connaissait pas la petite auberge dans laquelle ils s'arrêtèrent pour la nuit. Ils n'avaient pas parcouru une longue distance en raison de leur départ tardif de Castle Coole, mais Henry avait vu la fatigue se peindre sur le visage de la jeune femme et n'avait pas eu le cœur à la faire souffrir inutilement.

Juliana n'avait plus prononcé un seul mot à son attention. Il avait gardé les yeux rivés sur elle tandis qu'elle nourrissait Matthew avec des gestes naturels qui témoignaient d'un instinct maternel inné. Torturé par ses pulsions charnelles, il avait craint qu'Abigail ne remarque le renflement qui tendait ses pantalons mais la gouvernante s'était replongée dans une somnolence qui la faisait dodeliner de la tête au rythme des cahots du véhicule.

– Ils ne disposaient que de deux chambres, je suis désolé, dit-il en revenant vers les deux femmes qui attendaient dans l'entrée.

– C'est très bien, Abigail et moi partagerons une chambre et vous pouvez prendre la seconde.

– Non, répondit-il d'un ton sans réplique. Vous êtes

mon épouse, vous dormirez à mes côtés. Abigail prendra l'autre chambre avec Matthew.

– Votre Grâce, répondit Juliana, paniquée, Matthew doit encore être nourri la nuit.

L'idée de partager le lit d'Henry la mettait dans tous ses états. Elle se savait fragile et le passé lui avait déjà prouvé qu'elle n'était pas capable de lui résister. Le simple baiser échangé le matin même avait réveillé des émotions qu'elle pensait ne plus jamais ressentir.

– Abigail n'aura qu'à vous l'amener quand il a faim.

– Mais vous risquez d'être réveillé pour rien, insista-t-elle.

– Je survivrai, trancha-t-il. Cela suffit Juliana, cessez d'agir de manière aussi puérile.

Le visage fermé, elle empoigna la sacoche de voyage et se dirigea vers l'escalier.

À nouveau, il se morigéna intérieurement. Ils étaient tous les deux bien trop entiers, c'est d'ailleurs ce qui lui avait plu chez elle. Il devait apprendre à se contrôler. *Calme-toi, mon vieux. Pas à pas.*

La première étape était franchie. Elle dormirait à ses côtés ce soir. Il sourit en pensant à son mensonge éhonté. L'établissement était loin d'être plein mais il n'allait pas laisser passer la chance de profiter de cette proximité forcée. Il n'aurait peut-être pas d'autre occasion de se rapprocher d'elle une fois qu'ils seraient parvenus à Londres.

– Cette chambre est vraiment petite, dit Juliana, circonspecte, en franchissant le seuil.

– Je la trouve très bien, rétorqua Henry, satisfait de constater que le seul et unique couchage qu'elle contenait lui permettrait de sentir la chaleur de sa femme une fois qu'ils seraient alités.

L'espace était effectivement assez exigu. Une table et deux chaises en bois, un fauteuil dont le tissu à gros grain fleuri avait fait son temps, et un petit meuble sur lequel étaient disposés un broc et une serviette soigneusement pliée.

– Souhaitez-vous dîner en bas ou rester dans la chambre ?

Juliana était partagée. D'un côté elle accusait la fatigue des derniers jours et aurait volontiers goûté au calme de leur chambre, de l'autre elle redoutait de se retrouver seule en compagnie du duc. La salle bruyante qu'elle avait aperçue en arrivant la convainquit néanmoins de prendre le risque de partager cette intimité qu'elle craignait tant.

– Je n'ai pas spécialement envie de me rendre dans la salle commune, si cela ne vous fait rien.

– C'est parfait. Je vais prévenir l'aubergiste qu'on nous fasse servir un repas dès que possible.

– Dans ce cas je vais m'assurer que Matthew ne manque de rien.

Lorsqu'elle parvint à la chambre d'Abigail, elle serra son fils contre son sein. Ce serait la première nuit qu'elle passerait loin de lui et elle en avait déjà les larmes aux yeux.

– Allons Lady Juliana, ne soyez pas si triste. Vous me faites mal au cœur.

– Je ne sais plus que penser Abby, lâcha-t-elle. Le duc se montre aimable, presque… enjoué depuis que nous avons entamé le voyage.

– C'est vrai qu'il semble s'accommoder de sa nouvelle situation avec beaucoup de complaisance.

– Je ne comprends pas. Il a pourtant demandé à Sa

Majesté de rompre nos fiançailles. Sa mère me l'a dit, il n'a jamais souhaité m'épouser. Et soudain il semblerait que l'idée d'être marié avec moi ne l'incommode plus du tout.

– Peut-être a-t-il changé d'avis avec le temps ?

– Pourquoi dans ce cas ne pas être venu me chercher ?

– Il est venu vous chercher, lui rappela Abigail très justement.

– C'est vrai, reconnut Juliana, vaguement contrariée de ce rappel dont elle se serait bien passée, plongée dans le tumulte des sentiments contradictoires qu'il lui inspirait. Mais il aurait dû se douter que j'étais incapable de le revoir sur le moment. J'ai été tellement humiliée ! Il n'a plus jamais donné signe de vie après cela, ajouta-t-elle, butée.

– C'est un homme fier, ne l'oubliez pas. Un duc, un pair de ce royaume puissant et respecté. Je ne pense pas qu'il soit dans sa nature de supplier. Mais tout s'arrange n'est-ce pas ? Vous avez fini par l'épouser, il est le père de votre enfant. Tâchez d'oublier le passé. C'est ce qu'il semble vouloir…

– Je suppose, soupira-t-elle. Mais je ne sais pas si j'en suis capable, Abby… Je ne crois pas pouvoir lui accorder à nouveau ma confiance. Il m'a menti et il m'a brisé le cœur. Je l'ai tellement aimé, dit-elle avec tristesse.

– Ne l'aimez-vous pas encore ?

– Honnêtement je crains de ne pouvoir répondre à cette question…

De retour dans sa chambre, Juliana constata que la table était déjà dressée et qu'un fumet appétissant se dégageait de la grande soupière posée entre les assiettes.

– Vous voilà donc, ma chère épouse, dit Henry

joyeusement. Je commençais à m'inquiéter.

– Qu'avons-nous pour dîner ? demanda-t-elle d'un ton dégagé, ignorant délibérément l'étincelle de contentement que la chaleur de cet accueil provoqua en elle.

– Une potée aux choux et une assiette de fromages. La cuisinière vient de finir la cuisson du pain, il est encore chaud.

Ils s'attablèrent dans un silence que Juliana ne savait comment rompre.

Henry réfléchissait. Pour l'instant, il n'avait pas beaucoup d'atouts dans sa manche. Juliana était sur ses gardes après ce qu'il s'était passé à Windsor. Elle faisait en outre le deuil de sa relation avec Edward. Il lui avait forcé la main, la mettant devant un choix impossible pour parvenir à ses fins. S'il voulait avoir une chance de l'amener à lui, il devait agir subtilement et commencer par faire retomber la tension qui subsistait entre eux.

– J'ai demandé à ce qu'on nous monte un jeu d'échecs. Savez-vous comment se déroule une partie ?

– Il se trouve que oui. Notre majordome m'a appris tout ce qu'il savait. Mais je suis un peu rouillée.

– Cela ne fait rien, je vais vous guider. Vous vous rappelez des règles de base telles que les déplacements des différentes pièces et l'une ou l'autre ouverture ?

– Bien entendu, je ne suis pas rouillée à ce point.

Ils entendirent toquer discrètement et Henry s'essuya la bouche avant de se lever pour aller ouvrir. La table fut débarrassée en quelques minutes et le jeu installé.

– Laissez la bouteille, jeune homme, dit Henry alors que le valet s'apprêtait à tout emporter.

– Bien Votre Grâce.

– Vous reprendrez bien un peu de vin, ma chère ? lui demanda Henry en versant le liquide rubis dans son verre.

– Je vous en prie non, protesta Juliana en riant. Je n'en peux plus, si je bois encore je serai ivre !

– Allons Juliana, un peu de vin n'a jamais fait de mal à personne, dit-il avec un sourire charmeur. Bien, commençons, voulez-vous ?

Juliana se concentra sur le jeu. Elle se débrouillait nettement mieux qu'elle l'avait prétendu mais manquait clairement de pratique. Il la laissa cependant galamment remporter la partie tout en prenant soin de masquer sa défaite intentionnelle pour ne pas la vexer.

– Échec et mat ! J'ai gagné ! exulta-t-elle avec une expression de surprise réjouie imprimée sur le visage.

– Je demande une revanche.

– Avec plaisir, répondit-elle avec assurance.

– Mais rendons la partie intéressante. Que remportera le gagnant ?

– Que voulez-vous dire ? Vous savez parfaitement que je ne dispose pas de fonds propres.

– Je ne suis pas intéressé par l'argent.

– Je n'ai rien d'autre à offrir, dit Juliana perplexe.

– Bien sûr que si… *Vous*, répliqua-t-il tranquillement.

Une rougeur subite envahit les joues de la jeune femme qui balbutia :

– Moi… ? Comment cela ? Je… je ne comprends pas ce que vous souhaitez. Je refuse de coucher avec vous, si c'est ce que vous entendez.

– Allons Juliana, ne montez pas sur vos grands chevaux. Je n'exigerai pas grand-chose. Disons que si je gagne, vous devrez simplement m'accorder un baiser, lâcha-t-il à brûle-pourpoint, craignant de franchir une limite qui la pousserait dans ses derniers retranchements.

– Et si je gagne ? dit Juliana qui sentait les battements de son cœur s'accélérer.

– Que réclamez-vous ?

– Vous devrez dormir sur le sol ce soir.

– Sur le sol ?! Me prenez-vous donc pour un animal de compagnie ?

– Ce sont mes termes, Votre Grâce.

– Dans ce cas je les accepte.

Il avait capitulé si facilement, Juliana commençait à se demander si elle ne venait pas de se faire manipuler. Son impression se confirma à mesure que la partie avançait et qu'elle se faisait clairement dominer.

Il vit son air déçu lorsqu'il prononça les mots fatals.

– Échec et mat. Désolé Juliana, il faudra faire mieux que cela.

– Laissez-moi retenter ma chance, exigea-t-elle immédiatement, frustrée au plus haut point.

– D'accord. Mais d'abord, je réclame mon prix.

– Vous étiez sérieux ? demanda-t-elle d'une petite voix étranglée.

– Bien entendu. Tout comme vous. Si vous aviez gagné, vous n'auriez pas hésité à me faire coucher sur la moquette comme un chien.

– Non c'est faux, protesta-t-elle faiblement.

Henry lui sourit en levant un sourcil dubitatif.

– Très bien, c'est de bonne guerre, soupira-t-elle l'estomac noué.

Elle se leva et contourna la table. Il attendait, tourné à demi vers elle, son coude négligemment posé sur la table. Elle se pencha vers lui et déposa un rapide baiser sur ses lèvres. Elle redressa le buste pour s'éloigner mais il attrapa son poignet.

– Non, un vrai baiser.

Il se mit debout et entoura son visage de ses mains. Tout doucement, il l'embrassa. Comme s'il avait peur de l'effrayer. Ses doigts effleuraient sa joue soyeuse, traçaient le contour de sa mâchoire. Ses lèvres la frôlaient, telles des ailes de papillon, déposant sur sa bouche de petits baisers chaque fois plus longs, chaque fois plus insistants. Juliana restait inerte, se forçant à conserver une passivité de façade alors que son cœur explosait dans sa poitrine. Dieu du ciel il lui avait tellement manqué !

Henry approfondit le baiser, se faisant taquin, langoureux. Malgré elle, elle répondit en entrouvrant ses lèvres. Elle sentait son corps la trahir, s'échauffer sous les mains de son mari, lui crier à quel point elle avait besoin de lui. Grisé par son odeur, il glissa une main dans son décolleté et engloba le galbe d'un sein. Juliana poussa un gémissement.

Henry sentait son rythme cardiaque s'accélérer dangereusement. Il la voulait avec une violence qui le surprit. Il s'arracha à elle haletant, mettant fin à son supplice. Il faillit céder à son envie lorsqu'il constata qu'il n'était pas le seul à rester insatisfait. Juliana était loin de lui être insensible et cette observation le réjouit. Mais il ne devait surtout pas la brusquer. *Prudence est mère de sûreté.*

– Auriez-vous souhaité que je poursuive ? demanda-t-il avec une lueur malicieuse au fond du regard tandis que Juliana reprenait place à table.

– Certainement pas ! répondit-elle en priant pour avoir l'air convaincante. Bien, allons-nous commencer ?

Elle savait qu'elle s'aventurait sur un terrain glissant.

Le baiser qu'ils venaient d'échanger en était la preuve, et Henry ne manquerait pas de réclamer la même chose s'il gagnait la partie suivante. Mais son esprit de compétition la poussait à vouloir le battre à nouveau. *Une défaite ne te coûterait pas tant que cela...* lui souffla une petite voix intérieure qu'elle tut bien vite. Cherchait-elle son contact ? Si c'était le cas, elle était vraiment la dernière des idiotes. Elle ne devait plus jamais lui laisser l'opportunité de la blesser comme il l'avait déjà fait, elle n'y survivrait pas une seconde fois.

– Que demandez-vous si vous gagnez ?

– La même chose. Que vous évitiez de partager ma couche. Vous pouvez dormir sur le fauteuil si vous préférez, lança-t-elle magnanime.

– Pourquoi donc refusez-vous de dormir à mes côtés ?

– Vous savez très bien pourquoi, répondit-elle en s'empourprant à nouveau.

– Expliquez-le moi, la provoqua-t-il.

– Je préfère ne pas tenter le diable. Je ne sais pas si vous serez capable de vous tenir si nous dormons côte à côte.

Henry partit d'un grand rire.

– Vous n'avez peut-être pas tort. Et vous ?

– Quoi moi ?

– Serez-vous capable de vous tenir ? répondit-il en posant son regard brûlant sur elle.

– Mêmes enjeux pour vous également ? lui demanda-t-elle d'un ton léger en éludant la question.

– Non. Si vous gagnez, je ne dormirai pas avec vous. Mais si je gagne, je vous embrasserai... ici (ce disant, il désigna sa poitrine bombée qui débordait de son décolleté).

Juliana garda le silence un instant, évitant son regard.

La tentation était grande d'accepter, elle n'aurait pas à lui résister durant la nuit en cas de victoire. Elle craignait plus que tout de se retrouver dans un lit avec lui et après tout, elle avait gagné la première partie, il n'était pas impossible à battre.

– J'accepte, murmura-t-elle du bout des lèvres.

Et elle le regretta presqu'aussitôt. Elle eut un mal fou à se concentrer. À mesure que la partie progressait, elle ne cessait d'imaginer la bouche d'Henry sur ses seins, la torture délicieuse qu'il allait lui infliger si elle perdait. Elle ne pouvait pas perdre, non, c'était bien trop dangereux.

Elle vit la fin arriver alors qu'il restait cinq coups à jouer. Il le savait et elle le savait. Elle allait perdre. Son sang ne fit qu'un tour lorsqu'il déplaça le fou, plaçant son roi en position d'échec et mat. Il ne prononça pas la phrase, laissant sa victoire flotter entre eux.

Juliana avala péniblement sa salive, gardant les yeux obstinément posés sur le plateau de jeu.

– Juliana… prononça doucement Henry. Regardez-moi. (Elle releva la tête à contre-cœur.) Vous avez perdu.

– Accordez-moi une revanche, répliqua-t-elle avec une pointe de panique dans la voix.

– Non.

– Vous m'avez menti, l'accusa-t-elle. Vous avez bien caché votre jeu, vous êtes un excellent joueur.

– Je ne vous ai pas menti. Et vous avez accepté les termes du marché. Il est temps de les remplir.

– Très bien, dit-elle en fermant les yeux. Allez-y.

– Pas comme ça, dit-il en riant. Venez par ici.

Juliana se leva lentement, cachant le tremblement de ses mains dans les replis de sa robe. Lorsqu'elle parvint à sa hauteur, elle se redressa et soutint fièrement son regard.

– Tournez-vous, dit-il doucement.

Il se leva et commença à déboutonner le vêtement. Chaque minuscule bouton qui s'ouvrait dévoilait un peu plus de chair sous la fine chemise qu'elle portait. Lorsqu'il parvint au bas du dos, il la fit pivoter dans l'autre sens. Il chercha à capter son regard mais elle l'évita, fixant ses yeux sur la courtepointe du lit qui se trouvait derrière eux. Henry passa ses mains sur ses épaules, accrochant les manches au passage, et fit glisser la robe jusqu'à sa taille. Il reprit place sur la chaise.

– Baissez votre chemise et approchez-vous, demanda-t-il d'une voix enrouée.

Juliana respirait avec difficulté. Tirant sur le tissu, elle dégagea sa plantureuse poitrine et s'avança jusqu'à toucher ses genoux. Il écarta les cuisses et lui prit la taille, l'attirant plus près encore. Elle se retenait de couvrir sa poitrine exposée de manière si impudique et garda les bras le long du corps, refusant de croiser son regard.

– Prenez-les en main, Juliana.

– Pardon ?

– Je veux que vous me présentiez vos seins dans chacune de vos mains.

Henry peinait à articuler deux mots. Il sentait les pulsions du désir parcourir son sexe, le mettant à l'agonie. À quelques centimètres des bourgeons tentateurs, il devait se retenir pour ne pas se jeter dessus.

Juliana approcha ses mains de sa poitrine et prit ses seins en coupe. N'y tenant plus, il agrippa un mamelon et se mit à le sucer avidement. Il avait sur la langue un goût sucré et au creux des narines son odeur de rose, qui se mêlait confusément à celle plus subtile de la maternité.

Juliana avait bien tenté de rester stoïque, de lui montrer qu'il n'avait aucun pouvoir sur elle. Cela avait duré trois ou quatre secondes. Elle fourrageait à présent dans ses cheveux, se délectant de sentir ses boucles soyeuses entre ses doigts. Pressant fermement son visage contre son torse, elle penchait la tête en arrière, entièrement offerte à ses caresses. Elle aurait voulu que ce moment se poursuive indéfiniment.

Henry ne pouvait plus s'arrêter. Il avait placé ses mains sur ses fesses, qu'il caressait avec volupté. Sa langue passait sans relâche sur sa peau, ses mains pétrissaient sa chair tendre.

Dans un effort surhumain, il s'interrompit et la repoussa légèrement. Seigneur, il aurait pu la faire sienne sur le champ ! Mais il voulait qu'elle vienne à lui librement et qu'elle n'en éprouve aucun regret par la suite.

Juliana entrouvrit les yeux, cherchant à comprendre pourquoi il s'était arrêté.

– Je… (Il s'éclaircit la gorge.) Je vous remercie. Vous savez perdre… honorablement.

Juliana passa sa langue sur ses lèvres.

– Bien sûr, dit-elle en se couvrant les seins. Chose promise, chose due.

Elle se détourna pour qu'il ne puisse apercevoir la déception qui s'était peinte sur son visage. Mon Dieu, elle aurait été capable de s'abandonner totalement. Il avait suffi qu'il pose les mains sur elle pour qu'elle n'ait plus aucun contrôle. Il parvenait encore et toujours à la rendre folle de désir. Pourtant, elle ne devait pas oublier qu'il était un être fourbe, guidé par ses vils instincts, et qu'il avait déjà cherché à se débarrasser d'elle une première fois. Maintenant qu'il avait son fils, il serait capable de l'évincer sans états d'âme, non sans avoir pris son plaisir entretemps.

– Souhaitez-vous une revanche ? la provoqua-t-il.

– Non ! cria-t-elle malgré elle. (Elle reprit un ton plus mesuré.) Non merci, je crois que nous avons suffisamment joué pour ce soir.

Ayant sorti sa chemise de nuit de la sacoche, elle ajouta :

– Pourriez-vous vous tourner pour que je puisse me changer ?

Il pivota sur sa chaise et l'entendit ôter les couches de vêtements une à une, s'obligeant à rester de marbre.

– Je suis prête, dit enfin la jeune fille après quelques minutes.

Elle se tenait sagement dans le lit, couverte d'une hideuse chemise de nuit qui lui montait jusqu'au menton, les bras posés sur la courtepointe. Tout en la regardant, il commença à déboutonner sa veste.

– Que faites-vous ?

– Je me déshabille. Pensiez-vous que j'allais dormir ainsi ?

– Non, bien entendu, répondit-elle, hésitante.

Et elle ferma fort les yeux.

Attendri, Henry regardait son petit visage comprimé par l'effort et ne put s'empêcher de rire. Il la vit prendre un air outragé, les yeux toujours fermés, et son rire s'intensifia.

Elle n'ouvrit un œil qu'une fois le calme revenu et découvrit le duc nu comme un ver. Les muscles roulaient sur son dos large, en forme de V parfait. Ses fesses fermes, lisses et puissantes, lui firent chavirer le cœur.

Sentant son regard, il se tourna vers elle, lui exposant son membre dressé sans gêne aucune. Elle tourna vivement la tête, honteuse de son indiscrétion, et sentit peu après son poids qui faisait ployer le matelas. Elle attendit, le cœur battant, d'être certaine qu'il soit recouvert des couvertures avant de se tourner.

– Ne vous avisez pas de venir de ce côté, le prévint-elle.

Les bras croisés derrière la tête, il la regardait en souriant. Son torse découvert disparaissait sous le drap.

– Vous dormez nu ?! s'écria-t-elle, choquée.

– Je dors toujours nu, répondit-il simplement.

– Je préfère mettre cet oreiller entre nous. Ainsi je serai protégée.

– De moi ou de vous-même ? lui demanda-t-il.

Juliana moucha la chandelle, ne pouvant lui admettre à quel point il avait vu juste.

Henry se tourna pour la centième fois de l'autre côté. Il ne parvenait pas à trouver le sommeil. Pas avec le corps irrésistible de Juliana à proximité. Elle s'était endormie très vite, s'abandonnant aux bras de Morphée sitôt qu'elle avait éteint la lumière. Elle lui tournait le dos, couchée en chien de fusil, et il voyait le drap se soulever de manière régulière dans la pénombre.

Alors qu'il s'apprêtait à céder à son envie d'ôter la prétendue barrière qui le séparait d'elle, il entendit qu'on toquait discrètement à la porte. Il se couvrit rapidement d'un drap et ouvrit doucement la porte. Abigail se trouvait dans le couloir avec Matthew qui s'agitait dans ses bras.

– Oh, Votre Grâce ! dit-elle surprise, baissant pudiquement les yeux devant sa tenue indécente.

– Matthew a faim ?

– Oui, j'étais venue trouver Lady Juliana.

– Laissez-le moi, je m'en charge.

– Mais Votre Grâce… commença-t-elle indécise quant à l'attitude à adopter.

– Laissez-le moi, je vous l'amène plus tard dans votre chambre.

– Bien Votre Grâce.

Prenant son fils contre lui, il l'amena vers le lit dans lequel dormait toujours aussi profondément la jeune femme. Il la tourna délicatement vers lui et entrouvrit sa chemise de nuit pour placer l'enfant contre son sein. Ce dernier se mit à téter goulument. Il resta contre lui, soutenant son petit dos, et observa la scène avec un sentiment de fierté paternelle qui le combla. Il fut frappé en se disant que cette femme était la sienne.

– Ma femme, chuchota-t-il afin d'éprouver la puissance de ces mots prononcés à haute voix.

Et il se délecta du sentiment de plénitude qu'ils provoquaient.

Après un moment, il s'aperçut que Matthew s'était endormi. Il referma la chemise de Juliana et souleva délicatement l'enfant.

Cherchant pendant un moment la chambre de la gouvernante, il se demanda ce qu'on penserait de lui si on le croisait au beau milieu de la nuit dans cette tenue incongrue. Il finit par la localiser et après avoir confié l'enfant à Abigail, retourna se blottir contre sa femme.

39

Juliana se réveilla d'un profond sommeil. Le soleil était déjà haut et elle se redressa brusquement, affolée. Matthew ! Il devait être affamé, elle ne l'avait plus nourri depuis la veille au soir.

Repoussant les draps, elle sortit précipitamment du lit. Elle s'apprêtait à se débarrasser de sa chemise de nuit, les cheveux en bataille, quand le duc entra dans la chambre, son fils au creux du bras.

– Vous voilà réveillée, Madame. Votre fils vous réclame.

Elle s'installa dans le confortable fauteuil et il lui tendit l'enfant.

– Que s'est-il passé ? demanda-t-elle avidement en le plaçant contre son sein.

– Que voulez-vous dire ?

– Matthew n'a encore jamais fait une nuit complète. Que s'est-il passé cette nuit ?

– Je vous l'ai amené, il s'est nourri et je l'ai rendu à votre gouvernante.

– Comment ?! demanda-t-elle choquée. Vous êtes parvenu à le faire téter sans que je m'en rende compte ?

– Parfaitement Madame, répondit-il fier de sa prouesse. Quand vous aurez terminé, ne tardez pas à vous préparer. Nous avons une longue route devant nous.

– Bien Votre Grâce.

– Juliana, appelez-moi Henry, je vous en prie, dit-il doucement.

Elle se rappela soudain de la première fois où il lui avait demandé de l'appeler Henry, après l'opéra. De cette soirée si particulière au cours de laquelle il avait semblé se défaire des derniers lambeaux de cette résistance qu'il avait affichée dès leur rencontre. Son attitude envers elle avait diamétralement changé à partir de là. Ils avaient écrit, durant les trop courtes semaines qui avaient suivi, les plus belles pages de leur histoire tourmentée.

Qu'est-ce qui avait basculé après cela ? Avaient-ils même eu une chance de construire quelque chose ensemble, ou leur relation était-elle vouée à l'échec dès le départ ? Et que faisait-il à présent, à gambader sur les routes entre l'Irlande et l'Angleterre avec eux ? Dire qu'elle l'avait épousé la veille et qu'il ne semblait même pas sourciller à cette idée. Nombre de ses pairs s'étaient pourtant trouvés dans la même situation, à devoir se débarrasser discrètement d'une ancienne maîtresse débarquée sur le pas de leur porte, un marmot couvert de morve braillant dans leur giron. Elle ne lui avait rien réclamé, elle. Qu'est-ce qui avait motivé Henry à vouloir assumer la paternité de cet enfant, descendant d'une lignée jugée indigne aux yeux des Norfolk ?

Elle fut saisie de l'envie de lui arracher ces réponses qu'elle cherchait désespérément et dut se mordre la lèvre pour ne pas vomir ce flot inextinguible d'interrogations qui n'effaceraient jamais le passé.

– Vous semblez vouloir ajouter quelque chose, la pressa Henry, intrigué par les émotions qu'il avait vues défiler en quelques instants sur le visage de sa femme.

– Non, rien, murmura Juliana en baissant les yeux vers son fils.

Henry s'approcha et posa une cuisse sur le rebord du fauteuil. Juliana eut un geste de recul puis se força à relâcher ses muscles, se sentant ridicule. Il était son mari après tout, elle devrait bien finir par s'habituer à sa présence constante à ses côtés.

– Voulez-vous prendre Matthew le temps que je me change ? dit-elle en lui tendant l'enfant, signifiant par là qu'il devait évacuer les lieux pour qu'elle bénéficie d'un peu d'intimité.

– Avec plaisir, répondit-il joyeusement, calant Matthew au creux de son bras comme s'il avait fait cela toute sa vie.

Il lui adressa son irrésistible sourire et referma la porte derrière lui.

La deuxième journée de voyage se déroula dans une tranquille somnolence, interrompue seulement par les vagissements du bébé qui réclamait à manger à intervalles réguliers. Juliana redoutait le moment où ils s'arrêteraient pour la nuit. Allaient-ils reprendre leurs petits paris ?

Ils se trouvaient toujours sur le sol irlandais lorsque le soir tomba. La distance jusqu'à Dublin était encore trop importante pour espérer naviguer de nuit et ils décidèrent de se rendre de bonne heure au port pour prendre le bateau de jour.

– Ils ne disposaient que de deux chambres ? demanda

Juliana sur un ton légèrement railleur tandis qu'Henry revenait de la réception.

Avec un sourire en coin, il répondit d'un air innocent :

– Exactement, comment l'avez-vous deviné ?

Il avait craint de devoir batailler avec elle. Mais elle semblait étonnamment accepter la situation et il reprit espoir. Se pourrait-il qu'elle se laisse tout doucement approcher ? Oserait-il espérer même qu'elle souhaite partager sa chambre autant qu'il le désirait lui ?

– Ne prenez pas cet air triomphant. Sitôt ce voyage terminé, nous disposerons chacun de nos appartements. Et plus jamais vous ne partagerez mon lit.

Du diable s'il s'attendait à ce qu'elle tombe en pâmoison devant lui. Il avait peut-être toutes les femmes à ses pieds mais Juliana refusait d'en faire partie. S'il découvrait qu'elle n'avait cessé de penser au moment où elle se trouverait enfin seule avec lui, il exploiterait cette faiblesse sans pitié aucune.

Henry tenta tant bien que mal de masquer la déception qu'elle venait de provoquer avec ces paroles. Lui prenant le coude pour l'accompagner à l'étage, il ne put s'empêcher de lui glisser :

– Dois-je vous rappeler que je suis votre époux et que je dispose à cet égard du droit de partager votre couche, que vous le souhaitiez ou non ?

– Libre à vous de vous imposer à moi si c'est ce que vous souhaitez, répondit-elle, mordante.

Parvenus sur le seuil de leur chambre, il demanda d'un ton contenu :

– Allons-nous dîner dans la salle commune ?

– Non, répondit-elle dans un souffle.

Ils savaient tous deux ce que sa réponse impliquait.

C'était plus fort qu'elle, quelque chose la poussait à vouloir répéter la soirée de la veille. Elle attendait avec impatience qu'ils s'affrontent de part et d'autre du plateau. Elle dut reconnaître que cette lutte silencieuse qu'ils avaient entamée l'excitait au plus haut point.

Comme un ballet répété au préalable, ils accomplirent les mêmes gestes que le soir d'avant. Chacun savait ce qui les attendait et ils retinrent tous deux leur souffle une fois installés devant la rangée de pions.

– Mêmes enjeux ? demanda Juliana.

– Mêmes enjeux, confirma Henry.

Cette fois-ci, Juliana décida de jouer lentement. Chaque mouvement était réfléchi pendant plusieurs minutes. Elle voulait lui prouver qu'elle pouvait le battre, qu'il ne lui était pas supérieur. La partie se termina pourtant bien trop vite à son goût et elle dut capituler lorsqu'il plaça sa tour dans la position qui lui garantissait la victoire.

Soupirant profondément, elle le regarda de l'autre côté de la table. Il attendait dans une paisible assurance qu'elle se présente devant lui. Avant même qu'il ne prononce un mot, elle se leva et s'approcha en lui présentant son dos. Et de la même manière qu'il l'avait fait le jour d'avant, il la tortura de sa langue, l'amenant aux confins du désir, la poussant à se frotter contre lui comme une chatte en chaleur.

Cette fois encore, il s'arrêta alors qu'elle s'apprêtait à demander grâce. Et cette fois encore, elle en ressentit une frustration intense. Elle était à deux doigts de le supplier d'abréger ses souffrances et de la prendre enfin. Mais elle parvint à se faire violence.

Se rappelant leurs derniers moments ensemble à Windsor, elle se coucha près de lui en se répétant à l'infini : *Tu ne peux pas lui faire confiance, tu ne peux pas lui faire confiance.*

Les jours défilèrent et Juliana n'en tenait plus le compte. Chaque soir, ils accomplissaient le même rituel dans une sorte d'accord tacite. Elle perdait systématiquement, et Henry la tourmentait inlassablement de ses baisers ravageurs. Et toujours, il s'arrêtait juste avant qu'elle ne cède. La tension sexuelle était à son comble. La veille de leur arrivée à Londres, Henry installait le plateau quand Juliana dit soudain :

– Je désire changer les enjeux. (Il haussa un sourcil interrogateur, attendant la suite.) Si je gagne, vous pourrez partager mon lit ce soir. Mais ce sera la dernière fois…

– Que voulez-vous dire ?

– Je veux que vous me promettiez de ne pas exiger ma présence dans votre chambre une fois arrivés à Londres.

Le voyage touchait à sa fin et elle était prise de panique. Leur proximité nocturne avait démesurément attisé la faim qu'elle avait de lui et elle devait chaque fois davantage se retenir de se lover dans ses bras une fois allongée à ses côtés. Elle ne savait pas combien de temps elle tiendrait encore si cette promiscuité perdurait.

L'air fermé, il ne répondit pas. La semaine qu'ils venaient de passer avait été aussi frustrante qu'excitante, et il avait cru qu'elle partageait son désir de se retrouver chaque soir dans les bras l'un de l'autre. Mais visiblement, il s'était trompé. Elle n'attendait qu'une chose, que le trajet se termine et qu'elle ne subisse plus sa présence à ses côtés. Il fut soudain las de ce combat permanent, de sa résistance. Il commençait à douter de sa capacité à la reconquérir.

Refusant de lui montrer à quel point il était blessé par ce rejet, il finit par dire :

– Très bien. Si vous gagnez, je ne dormirai plus jamais à vos côtés. En tous cas jusqu'à ce que vous ne me le demandiez.

– Cela ne risque pas d'arriver, répondit-elle mal assurée.

Ils entamèrent le jeu en silence. Elle sentait qu'Henry manquait de combativité. Il semblait étrangement rendre les armes. Juliana regrettait presque d'avoir suggéré de modifier le pari, de l'avoir blessé. Comme dans un rêve, elle s'entendit prononcer la sentence finale :

– Échec et mat.

Henry ramassa machinalement les pions, les replaçant dans l'étui de bois. Il n'avait même pas cherché à gagner. Elle ne voulait pas de lui ? Fort bien, il la laisserait donc en paix. Peut-être était-il illusoire d'espérer une issue heureuse.

– Bravo Madame. Vous avez eu ce que vous vouliez, dit-il en se levant.

– Souhaitez-vous une revanche ? demanda-t-elle malgré elle.

– Ça ne sera pas nécessaire. On ne peut pas gagner à tous les coups.

Juliana passa cette dernière nuit la gorge serrée. Que se passait-il ? Elle avait obtenu ce qu'elle souhaitait. Henry ne la tourmenterait plus et elle ne risquerait pas de tomber amoureuse de lui. *Comme si tu ne l'étais pas déjà*, railla-t-elle intérieurement. Elle ravala ses larmes. Pourquoi avait-il choisi de perdre ce soir ?

40

Ils arrivèrent à Londres plus vite qu'elle ne l'avait imaginé et malgré la tension qui s'était installée entre eux, Juliana se réjouit à l'idée de revoir Lady Mary.

– Ma mère n'est au courant de rien, l'avertit Henry alors qu'ils pénétraient aux abords de la ville. Votre départ l'an dernier l'a fortement choquée et elle souffre de migraines régulières depuis.

Juliana sentit une vague de culpabilité l'envahir, à laquelle succéda rapidement une colère qui menaçait d'exploser.

– Je vous rappelle que c'est à votre demande que le roi a annulé nos fiançailles ! Vous avez l'air de prétendre que j'ai une quelconque responsabilité à assumer dans la manière dont les choses se sont déroulées.

– Vous auriez pu attendre mes explications avant de vous enfuir, répliqua-t-il sur le même ton.

– Quelles explications auraient pu changer le fait que vous m'aviez publiquement répudiée ?!

Henry soupira. Il avait jusqu'à présent réussi à éviter les sujets qui risquaient de fâcher mais ils ne pourraient repousser cette discussion indéfiniment, il le savait. Il n'avait néanmoins pas la force de l'entamer maintenant. Ce n'était ni le moment ni le lieu. Il se contenta donc de répondre à bout de patience :

– Le passé est le passé, Juliana, nous ne pourrons plus rien y changer. Concentrez-vous plutôt sur vos devoirs de duchesse et oubliez cet imbécile qui vous attend en Irlande.

– Je vous interdis de dire du mal d'Edward, dit-elle d'un ton rageur.

– Et moi je vous interdis de prononcer son nom !

Bon sang, ils semblaient incapables d'échanger deux mots sans que cela ne tourne au vinaigre.

– Quoi qu'il en soit, je souhaiterais éviter d'annoncer à ma mère les récents événements de manière trop brutale, reprit-il plus calmement. Si cela vous convient donc, je vous déposerai en premier lieu à Norfolk House et me rendrai seul à Eaton Square.

– Norfolk House ?! s'exclama Juliana.

Elle ne réalisait que maintenant qu'elle ne logerait plus chez la duchesse. Que la duchesse n'était plus la duchesse mais bien la duchesse douairière. Qu'en tant que nouvelle duchesse de Norfolk, elle logerait chez son époux, dans un lieu inconnu. Elle n'avait même jamais vu Norfolk House. L'énormité de ces changements provoqua une nouvelle vague d'émoi qu'elle eut du mal à maîtriser.

– Bien entendu ma chère, ne soyez pas absurde.

– Pas la peine de m'insulter, je n'avais simplement pas réalisé que je ne résiderais plus chez votre mère. Je n'y avais pas réfléchi à dire vrai.

– Vous verrez, Norfolk House fait deux fois la taille de la résidence de ma mère. C'est un hôtel de ville magnifique, vous en apprécierez l'architecture. De toute façon nous ne resterons pas longtemps. Je vais faire préparer notre arrivée à Arundel, nous partirons dans quelques jours.

– Pourrai-je au moins saluer Mary avant notre départ ?

– Je ne suis pas un monstre Juliana. Vous aurez bien sûr l'occasion de la saluer. D'autant que je souhaite lui présenter Matthew. Je vais l'inviter à partager notre dîner ce soir, de cette manière vous n'aurez pas trop à attendre.

Il connaissait l'affection que partageaient les deux femmes et en était d'ailleurs particulièrement touché. La présence de sa mère permettrait peut-être de désamorcer l'irritation qu'il sentait grandir chez sa femme depuis la veille.

Ils s'arrêtèrent devant une immense demeure de briques rouges protégée par de hautes grilles. Juliana pensa sinistrement que cela représentait bien son nouveau statut : enfermée dans une prison dorée. De nombreuses fenêtres à meneaux blanches étaient alignées de haut en bas et deux avant-corps en semi-rotondes ponctuaient de part et d'autre la façade de ce monumental hôtel particulier.

Le duc l'aida à descendre du véhicule et l'étrange petite troupe s'avança à la rencontre des domestiques alignés pour saluer leur nouvelle maîtresse. Elle ne savait comment Henry était parvenu à les prévenir de la situation avant leur arrivée mais elle fut touchée de l'accueil qui leur était réservé. Leur mariage éclair à Enniskillen lui avait paru irréel, et le voyage jusqu'ici avait constitué une parenthèse sur laquelle elle refusait de s'appesantir pour le moment, mais c'est à cet instant qu'elle prit réellement conscience de sa nouvelle réalité.

Malgré cette délicate attention, elle se sentit bien

seule lorsqu'elle découvrit la suite réservée à la maîtresse de maison. Immenses, les murs étaient recouverts de soie vert d'eau et de fines moulures dorées cadraient l'ensemble, renforçant l'impression d'élégance qui se dégageait de la pièce. Elle se demanda si la suite du duc communiquait à la sienne puis se rappela ses exigences de la veille. S'il tenait parole, elle ne risquait pas de le voir apparaître au milieu de la nuit. Elle n'aurait su dire si cette pensée la réconfortait ou si elle en était déçue, au contraire.

Elle fit ensuite le tour de la nursery. Émue, elle caressa du bout des doigts le petit berceau de bois qui avait dû accueillir Henry en son temps. Pendant un bref moment, elle se sentit proche de lui et songea à la complicité qu'ils avaient partagée. Depuis leurs retrouvailles, elle avait été incapable de relâcher ses défenses. Il s'était pourtant montré charmant et attentionné. Et ses baisers. Dieu du ciel, ses baisers l'avaient plongée dans les tourments les plus délicieux. Qu'est-ce qui la retenait de se laisser aller et de croire à l'éventualité d'un avenir heureux ?

De retour dans sa chambre, elle s'assit sur le grand lit dont le baldaquin grimpait jusqu'au plafond. Même Castle Coole ne pouvait se comparer au luxe de Norfolk House. La puissance d'Henry lui explosa au visage. Elle n'aurait aucune chance si elle choisissait d'être son adversaire. Les dés étaient pipés, et elle devrait finir par s'incliner, c'était inévitable.

Juliana descendait l'escalier à double révolution lorsqu'elle aperçut Lady Mary qui se débarrassait de son chapeau dans l'entrée. Le cœur plein d'allégresse, elle se précipita vers elle. Mary se laissa enlacer, fondant en larmes dans ses bras et l'étreinte se prolongea plusieurs minutes durant lesquelles Juliana lui communiqua silencieusement toute la peine qu'elle avait eue à la perdre de façon si brutale l'année dernière, et combien elle lui avait manqué. Mary s'écarta enfin pour entourer le visage de la jeune femme de ses mains délicates.

– Juliana, est-ce donc vrai ? Vous m'avez fait le cadeau d'un petit-fils ?

Sans répondre, Juliana acquiesça, la gorge serrée. Mary la reprit à nouveau contre elle, riant et pleurant tout à la fois.

– Où est-il ? Puis-je le voir ?

– Il est à la nursery Mary. Venez avec moi.

Elles grimpèrent l'escalier quatre à quatre et parvinrent à bout de souffle devant la nursery. Poussant doucement la porte, Mary pénétra dans la pièce qui raviva de nombreux souvenirs. Abigail se tenait dans le vieux fauteuil à bascule situé dans un coin de la chambre. La peinture bleu pâle était légèrement défraîchie et une odeur persistante de poussière se faufilait au creux de la gorge.

– Cette pièce aurait besoin d'un bon rafraîchissement, dit Mary en plissant le nez.

– Oui, répondit Henry derrière elles. Il faut dire que les délais dans lesquels le personnel a été averti n'ont pas permis de faire mieux mais nous allons y remédier dès demain.

– Je reconnais bien là ton impulsivité Henry, dit tendrement Mary. Tu t'en vas en Irlande du Nord et tu nous reviens avec une femme et un enfant deux semaines plus tard.

– Je n'aurais pas pris le risque de passer une journée de plus sans mon fils, répondit Henry de façon ambigüe, dardant son regard sur Juliana.

Lui en voulait-il toujours de lui avoir caché l'existence de Matthew ? Elle ne répondit pas à la provocation et se réfugia près de la gouvernante pour prendre délicatement l'enfant dans ses bras.

– Mary, je vous présente Matthew James Henry Vane, votre petit-fils, dit-elle en lui confiant le bébé endormi.

Trop émue pour pouvoir articuler un mot, Mary logea l'enfant contre sa poitrine et se pencha pour respirer l'odeur qui se dégageait du petit crâne.

Juliana et Henry échangèrent un regard par-dessus son épaule. Elle ne sut dire si elle y décelait de la tendresse mais toute l'animosité qui s'y trouvait le matin-même semblait avoir disparu.

Henry s'éclaircit la gorge.

– Je meurs de faim. La journée a été longue. Je vous suggère, Mesdames, de laisser Abigail s'occuper de Matthew.

– Allez-y sans moi, dit Mary. Je reste un peu ici, je suis incapable de le lâcher.

Se retrouver seule avec Henry était la dernière chose que Juliana souhaitait. Elle ne savait plus comment agir en sa présence depuis qu'elle lui avait interdit de franchir le seuil de sa chambre. Et leur retour à Londres avait fait émerger des souvenirs qu'elle croyait enfouis à jamais. Les relents de leur bonheur partagé avant le drame revenaient la poursuivre.

Elle pensa avec dépit aux nombreuses maîtresses qu'il avait dû entretenir en son absence. À une femme en particulier, ce serpent de Charlotte qui l'avait renvoyée sans scrupules vers Castle Coole. Pourquoi Henry ne l'avait-il pas épousée ? Que s'était-il passé après son départ ?

N'ayant pas d'autre choix, elle sortit de la pièce derrière Henry, laissant Lady Mary goûter à ce bonheur nouveau en toute tranquillité.

– Je vais aller m'allonger un peu avant le dîner, annonça-t-elle lâchement.

Et elle s'enfuit sans affronter son regard, ne sachant même pas si elle allait pouvoir retrouver sa chambre.

Henry patientait dans la bibliothèque avant le dîner, faisant rouler le whisky dans le verre qu'il tenait entre ses doigts. Il regardait sans le voir le liquide ambré changer de couleur à mesure que le verre bougeait de gauche à droite, et de droite à gauche.

Juliana le fuyait plus que jamais et il était à court d'idées et de patience.

Sa requête de la veille le torturait. Vivre à ses côtés sans plus jamais la toucher ? Il ne savait pas s'il en était capable. Pourquoi avait-elle posé cette dernière exigence ? Pensait-elle encore à Edward ? Il était terrifié à l'idée de la perdre à nouveau, à l'idée qu'elle fuie vers l'Irlande pour le retrouver. De retour entre ces murs, il revivait avec d'autant plus d'acuité l'agonie dans laquelle elle l'avait plongé et ne pouvait s'empêcher de lui en vouloir. Elle n'avait jamais cherché à entendre sa version des faits, elle avait refusé de le recevoir lors de sa visite dans le Cambridgeshire. Il avait tant attendu…

Et puis, elle lui avait caché l'existence de son fils.

Bon sang, il n'était pas le seul à avoir fait des erreurs !

C'est dans cet état de confusion tourmentée que Juliana le trouva. À peine avait-elle passé la porte qu'il lui jeta un regard noir, regard dans lequel se lisait toute l'amertume qui le rongeait de l'intérieur. Ravalant le commentaire acerbe qu'il lui inspirait, elle le toisa avec hauteur. Après tout, c'était lui qui l'avait forcée à venir en Angleterre, à envahir sa demeure et sa vie.

– Je vois que la rencontre de votre mère et de son petit-fils n'a pas adouci votre humeur, dit-elle en s'asseyant en face de lui.

– C'est votre présence qui m'importune, en aucun cas celle de mon fils, répondit-il, cherchant à la blesser.

Atteinte par ces paroles mesquines, Juliana tenta de faire bonne figure. Seule sa mâchoire serrée trahissait la peine qu'il venait de lui causer.

– Je vous rappelle que c'est vous qui avez souhaité ma présence ici.

– J'ai toléré votre venue, il y a une grande différence.

– Vous n'avez qu'un mot à dire, je peux retourner chez moi.

– Retrouver votre amant, suggéra-t-il avec aigreur.

Elle se garda bien de le détromper, vexée par son rejet évident.

– Pour vous c'est plus facile, vos maîtresses sont à portée de main. Viennent-elle ici ou est-ce que vous vous rendez chez elles ? demanda-t-elle d'un air détaché, comme si elle lui demandait s'il préférait du sucre ou du lait dans son thé.

– Cela dépend.

– De quoi ?

– Du temps qu'il fait ! répliqua-t-il avec un sourire railleur.

– Vos plaisanteries sont d'un mauvais goût ! Tout comme le choix de vos maîtresses. J'espère que vous mettrez un terme à leurs visites ici maintenant que vous êtes marié.

– Je ferai ce dont j'ai envie, au moment où j'en ai envie. Vous n'avez aucune leçon à me donner.

– Au fait, qui est l'heureuse élue du moment ? Ce n'est plus Lady Plunket je présume…

– J'ai un énorme appétit ma chère, vous devriez vous en souvenir, rétorqua-t-il en éludant la question.

– Je vois. Et que diront les charmantes destinataires de votre… appétit, comme vous l'appelez, lorsqu'elles apprendront que vous êtes marié, à présent ?

– Cela ne fera pas de grande différence… Après tout, j'ai été fiancé ma vie entière et cela ne m'a jamais empêché d'agir à ma guise.

Nom de Dieu, pourquoi ne s'arrêtait-il pas de parler ? Désinhibé par une légère surconsommation d'alcool, ce qu'il aurait mieux fait d'éviter avec toute la fatigue qu'il avait accumulée ces dernières semaines, il ne faisait montre d'aucune retenue. Il regrettait pourtant chaque parole sitôt qu'il la lui jetait au visage mais ne parvenait pas à endiguer cette rage qui le poussait à vouloir la secouer pour faire tomber la façade d'indifférence qu'elle affichait.

– Maintenant si vous le voulez bien, j'en ai assez de discuter de mes maîtresses avec vous. Passons à table, bougonna-t-il, furieux contre lui-même.

Elle passa la porte qu'il maintenait ouverte à son attention sans lui accorder un regard.

41

Seule dans l'immense lit de sa chambre, Juliana laissa couler les larmes qu'elle avait retenues toute la soirée. Henry s'était montré si froid lors du dîner. *J'ai toléré votre venue…*

Depuis leur arrivée, il n'avait plus rien de l'homme qui l'avait enivrée de ses caresses durant le voyage, de celui qui l'avait surprise par sa nonchalance désinvolte, par ce fatalisme tranquille bien loin de l'abnégation, alors même qu'elle s'était attendue à ce qu'il s'enferme dans une attitude revancharde face à cette situation qu'il avait précisément cherché à éviter sa vie entière.

Qu'attendait-il d'elle ? Quelles étaient plutôt ses expectatives, à elle ? Elle avait cru désirer maintenir une distance physique entre eux, sachant pertinemment que si elle le laissait s'approprier son corps comme il l'avait fait par le passé, elle serait incapable de se protéger de ses manipulations et s'exposerait ainsi à de nouvelles souffrances. Mais elle réalisait maintenant qu'il lui manquait plus que tout. Que chaque soir depuis une semaine, elle attendait ses baisers avec une ferveur qu'elle avait tenté de nier sans succès.

Prise d'une soudaine impulsion, elle quitta son lit et se dirigea vers la grande double porte qui communiquait avec la suite ducale. Henry se trouvait là, à quelques mètres d'elle. Qu'est-ce qui l'empêchait d'ouvrir le battant pour aller se blottir contre lui ? Elle n'avait qu'un pas à faire pour sentir à nouveau ses mains sur son corps, sa bouche sensuelle la parcourir et faire naître ces sensations délicieuses qu'il était le seul à provoquer…

Posant sa main sur la porte de bois, elle en caressa les moulures. Henry l'accueillerait-il à bras ouverts ? Après tout, c'était elle qui avait cherché à le repousser, et il avait fini par se mettre au diapason. En outre, il avait ses propres griefs à son égard. Sa fuite vers l'Irlande sans même attendre ses explications – comme il le lui avait rappelé dans la voiture – son refus de le recevoir chez Louisa, le fait de lui avoir caché son fils, sa prétendue relation avec Edward… Avec une lucidité nouvelle, elle admettait lentement qu'elle avait sa part de responsabilité dans l'entrelac des fils de leur relation compliquée. Parviendraient-ils un jour à s'en sortir ? Certainement pas si elle continuait à se murer dans un silence outragé. Il avait semblé vouloir faire un pas vers elle, laisser le passé derrière eux… Elle se devait de faire de même.

Elle empoigna résolument la poignée de cuivre et actionna le mécanisme. La pièce régnait dans la pénombre, et un courant d'air frais balaya ses pieds nus. Elle passa les mains sur ses épaules frissonnantes, plissant les yeux pour tenter de distinguer une forme dans le grand lit qui lui faisait face. Henry n'était pas là.

Caressant le fin duvet qui couvrait le crâne de son fils,

Henry y déposa un baiser léger et pressa le petit corps contre son torse. De la jambe droite, il encourageait le mouvement de balancier du vieux fauteuil à bascule. Il avait encore du mal à s'ajuster à la puissance des sentiments qu'engendrait cette paternité nouvelle.

Matthew constituait son univers tout entier à présent. De même que Juliana. Il repassa la soirée qui venait de s'écouler dans son esprit. Comment en étaient-ils arrivés là ? Ils avaient pourtant fait des progrès depuis leur départ de Castle Coole mais ils semblaient réduits à néant depuis leur retour à Londres. Pourquoi avait-il eu besoin de la blesser tout à l'heure ? Si seulement elle savait à quel point ses paroles mesquines étaient éloignées de la réalité. Si elle s'ouvrait un tant soit peu à lui, il parviendrait peut-être à lui faire comprendre qu'il n'avait plus rien de l'homme qui était venu la chercher à Castle Coole l'année dernière. Qu'elle avait tout changé dans sa vie.

Il fut interrompu dans ses pensées par le grincement de la porte de la nursery et vit Juliana pénétrer dans la pièce d'un pas hésitant. Sa silhouette se découpait dans la lueur de la chandelle qui crachotait sa dernière flamme, prête à s'éteindre. Il l'observa en silence s'approcher du berceau.

– Chut, fit-il tout bas alors qu'elle poussait un petit cri.

Elle sursauta violemment et se retourna vers lui.

– Que faites-vous ici ? chuchota-t-elle férocement en essayant de calmer les battements de son cœur.

– Je peux vous retourner la question, dit-il tranquillement.

– J'étais venue voir si tout allait bien avec Matthew.

– Vous aviez peur que je ne l'enlève au beau milieu de la nuit ? railla-t-il.

– Vous en seriez capable ! Vous m'avez bien menacée de l'emmener à Londres, avec ou sans moi.

– Je vous rappelle que je suis ici chez moi, j'aurais bien du mal à m'enfuir de mon propre foyer.

Il soupira profondément et se leva pour déposer l'enfant dans son berceau, avant d'empoigner doucement le bras de Juliana pour l'attirer hors de la pièce. Une fois dans le couloir, il tenta de lui faire entendre raison :

– Juliana, mettez-vous quelques minutes à ma place, bon sang ! Je vous ai retrouvée fiancée à un autre, prête à former une famille avec ce misérable Digby alors qu'il s'agissait de *mon* enfant !

– Et que vouliez-vous que je fasse ?

– Vous auriez dû me parler de votre état sitôt que vous en avez eu connaissance…

– Non !

– Comment ça « Non » ?! J'avais le droit de savoir.

– C'est vous qui devriez vous mettre à ma place ! Vous m'aviez très clairement fait comprendre qu'épouser la fille d'un misérable comte irlandais vous rebutait. Vous ne supportez pas d'être marié avec moi.

Ils se dévisageaient, enfermés dans leurs souffrances respectives.

– C'est faux, répondit-il simplement.

– Vous ne supportez même pas ma présence dans votre maison, vous me l'avez dit tout à l'heure, dit-elle avec des larmes incontrôlées dans la voix. Vous ne voulez pas de moi ici.

– C'est faux, répéta-t-il. Il faut que cela cesse, suivez-moi.

– Où m'emmenez-vous ? demanda-t-elle sur la défensive.

– De quoi avez-vous peur ? fit-il d'un ton moqueur.

– Avec vous, de tout… admit-elle avec une sincérité poignante.

Il lui prit le poignet qu'il caressa doucement du pouce.

– Juliana, je veux simplement parler… Venez avec moi, je vous en prie.

L'image de Charlotte s'interposa brusquement. Elle revit sa main se poser sur le bras d'Henry le soir du bal masqué. Son regard perçant la transpercer avant la chasse, se délectant de sa peine. Elle ne savait rien de la vie d'Henry depuis son départ. Pourquoi était-il toujours célibataire lorsqu'il s'était présenté à Castle Coole ? Pourquoi était-il venu la chercher ? Il avait raison, il était temps de lui donner l'occasion de présenter sa version des faits.

– Très bien… Je vous suis, dit-elle en dégageant sa main.

Ils parcoururent un dédale de corridors et descendirent le grand escalier qui menait à l'étage inférieur. Juliana réprima un nouveau frisson. Le sol de marbre était glacé sous ses pieds et elle ne portait rien sur sa fine chemise de nuit d'été. Elle pressa le pas derrière Henry qui connaissait les lieux comme sa poche, naviguant dans le noir comme en plein jour. Il emprunta un passage qui n'était pas visible depuis le hall d'entrée et poussa une lourde porte, qu'il maintint ouverte le temps que Juliana en franchisse le seuil. Elle l'entendit fourrager derrière elle et quelques secondes plus tard, les lieux s'éclairèrent faiblement. Henry posa un imposant chandelier supportant quatre bougies sur un immense bureau en acajou et lui désigna un fauteuil de cuir fauve pour qu'elle s'y installe. Il disparut quelques instants et revint avec sur le bras une couverture de laine qu'il déploya sur ses jambes.

– Merci, murmura-t-elle, touchée par son geste.

Il ne répondit pas et déboucha un flacon de cristal, versant le liquide ambré dans un petit verre qu'il lui tendit avant de se servir lui-même.

– Qu'est-ce que c'est ? demanda-t-elle en reniflant le breuvage tout en plissant du nez.

– Buvez, ça vous détendra.

Elle avala une gorgée et sentit sa gorge s'enflammer. Elle fut secouée par une quinte de toux incontrôlable.

– C'est absolument dégoûtant, dit-elle en lui tendant le verre.

– Prenez encore une gorgée, ça passera.

Faisant la grimace, elle prit une seconde gorgée qui fut effectivement plus facile à avaler. Elle sentait une douce chaleur se répandre en elle tandis que la tête lui tournait légèrement. Reposant le verre, elle s'enroula dans le plaid et se leva pour faire quelques pas dans cette pièce qui devait certainement lui servir de bureau. Tout y était démesuré, comme le reste de cette maison, depuis les hautes étagères chargées de volumes anciens jusqu'aux cartes de navigation jaunies par le temps, exposées sur les murs lambrissés.

– Vous êtes passionné de navigation ? demanda-t-elle avec curiosité.

– Mon grand-père l'était. Il a mis la main sur tout ce qui avait trait de près ou de loin à Christophe Colomb, Magellan, Vasco De Gama et j'en passe… Juliana, venez vous asseoir.

La jeune femme reprit place dans le fauteuil qui lui faisait face. Il posa les mains à plat sur le bureau et accrocha son regard.

– Nous devons crever cet abcès, commença-t-il d'un

ton ferme. Nous sommes mariés à présent. Vous devez l'accepter…

– Je… je ne sais pas si je peux y parvenir, répondit-elle, hésitante.

– À cause d'Edward ?

Il attendait sa réponse, anxieux.

– Non… Ça n'a rien à voir…

Elle faillit lui avouer qu'elle ne ressentait rien pour le jeune homme mais se retint à la dernière seconde. Il constituait un ultime rempart contre son envie d'ouvrir à nouveau son cœur afin d'y laisser entrer Henry. Elle baissa les yeux et contempla ses mains sans les voir.

– Je ne sais pas quoi vous dire, reprit-elle sur un ton très bas. Je ne sais même pas par où commencer.

– Vous aimez jouer, n'est-ce pas ?

Surprise, elle releva la tête.

– Oui, mais qu'est-ce que le jeu vient faire dans tout cela ?

Il lui sourit et elle sentit sa carapace se fendiller.

– Vous vous rappelez de nos parties d'échecs ?

Elle piqua un fard et la tension monta d'un cran tandis qu'ils se remémoraient tous deux leurs brûlantes étreintes.

– Parions à nouveau. Mais cette fois les règles changent, dit-il en prenant des cartes dans un tiroir, qu'il sépara en deux paquets égaux.

Il prit place derrière le bureau et annonça :

– C'est très simple. Nous retournons chacun une carte, la plus élevée remporte la mise. Vous gagnez, vous avez le droit de me poser une question, je gagne, c'est l'inverse. Pas de faux-semblants, pas de détours.

– N'importe quelle question ?

– Cartes sur table, sans mauvais jeu de mot, dit-il avec

une pointe d'humour.

– Et si je n'ai pas envie de vous répondre ?

Il prit un moment pour réfléchir.

– Disons que nous avons droit à un joker chacun.

Juliana se sentit un peu plus légère. Il avait raison, le fait de présenter cette discussion comme un jeu rendait l'exercice plus accessible, désamorçait le malaise qui s'était installé entre eux.

– Combien de cartes allons-nous retourner ?

– Je vous suggère cinq tours pour commencer. Ensuite nous verrons.

– Très bien. Allons-y.

Tremblant légèrement, elle prit le coin de la première carte et commença à la retourner. Un neuf de cœur. Henry la regardait intensément, sa main placée sur son propre paquet. Très lentement, il souleva la carte et retourna une dame de pique. Juliana retint son souffle.

Henry prit tout son temps. Il ne devait rien négliger. Il mourrait d'envie de tout savoir sur sa relation avec Edward, de mesurer s'il pouvait se permettre l'espoir insensé d'un dénouement heureux, mais il voulait éviter de l'effrayer par une question trop abrupte.

– Comment avez-vous choisi le prénom de notre fils ?

Juliana s'attendait à tout sauf à cette question. Relâchant bruyamment l'air qu'elle retenait toujours dans ses poumons, elle lui sourit avec soulagement.

– C'était le nom de mon grand-père maternel. Une sorte d'hommage à ma mère que je n'ai pas connue et qui a donné sa vie pour moi.

– Je l'aime beaucoup.

Il y eu un moment de silence ému, puis Juliana se racla la gorge.

– Bien, carte suivante.

Ils retournèrent à nouveau une carte. Dix de trèfle pour elle, roi de carreau pour lui.

– C'est injuste, protesta-t-elle.

– Ne soyez pas mauvaise perdante. Votre tour viendra. (Il se caressa le menton.) Mmmm, comment utiliser ce nouvel avantage ? J'ai trouvé… Qu'avez-vous pensé de moi la première fois que vous m'avez vu ?

– Dans les écuries vous voulez dire ? demanda-t-elle en rougissant légèrement.

– Oui, répondit-il avec un sourire paresseux.

– J'ai trouvé que vous aviez l'air effroyablement arrogant.

Il éclata de rire.

– Ce qui est totalement vrai.

– Mais aussi que vous étiez incroyablement beau.

– Ce qui est vrai également… prouvant ainsi votre première affirmation, je suis effroyablement arrogant.

Juliana l'accompagna dans son hilarité. L'alcool déployait son apaisante torpeur sur eux et elle se sentait détendue, presque sereine.

– Bon, poursuivons-nous ? Impossible de perdre une troisième fois, tempêta-t-elle.

Ils retournèrent la troisième carte et Juliana vit avec soulagement apparaître un roi de pique tandis qu'Henry dévoilait un deux de trèfle.

– C'est presque frustrant ! s'exclama-t-elle. J'use un roi pour battre votre misérable deux.

– Mais vous avez enfin droit à une question…

Son cœur se mit à battre plus vite dans sa poitrine.

– C'est vrai, souffla-t-elle. (Prenant une profonde inspiration, elle se lança.) Avez-vous couché avec Charlotte depuis mon départ l'année dernière ?

– Non, répondit-il aussitôt.

Juliana sentit une intense délivrance parcourir ses membres.

– Et avec une autre femme ?

– Tss tss, une seule question. (Elle fit une moue désappointée.) Allons-y pour la quatrième manche.

Ce fut à nouveau Henry qui eut le droit de l'interroger. Et puisqu'elle était entrée dans le vif du sujet, il décida de faire de même.

– Aimez-vous encore Edward ?

Juliana le regarda intensément. Admettre qu'il était le seul homme qu'elle avait jamais aimé reviendrait à lui avouer l'importance qu'il avait pour elle, et elle ne s'y sentait pas prête.

– Je passe, dit-elle doucement.

Elle vit un éclair de souffrance traverser les yeux de son mari mais il se reprit bien vite.

– C'est votre droit. (Il reprit une gorgée de whisky.) La dernière carte dans ce cas.

Inexplicablement, il fut à nouveau le vainqueur. Ils restèrent sans parler un long moment, se dévisageant par-dessus le bureau, quand Henry brisa enfin le silence.

– Me désirez-vous, Juliana ? demanda-t-il d'une voix rauque.

Juliana déglutit. Leurs regards se soudèrent.

– Pas de faux-semblants… ? (Il fit un geste de dénégation de la tête.) Oui, lâcha-t-elle dans un souffle. J'ai envie de vous, plus que jamais.

Et soudain, plus rien n'eut d'importance. Le jeu, les questions, les réponses qu'ils attendaient encore l'un de l'autre. Leurs deux corps frémissants se faisaient face, emplissant toute la pièce.

Henry reposa lentement le paquet de cartes qu'il tenait toujours en main et se leva pour contourner le bureau. Juliana restait figée sur son siège, le regardant s'approcher d'elle. Il la releva avec délicatesse et la souleva par la taille pour l'installer sur le bureau. Écartant ses jambes, il la rapprocha jusqu'à ce que leurs bassins se touchent. Elle sentait son érection à travers la fine chemise de nuit. Son cœur battait à tout rompre dans sa poitrine, son entrejambe se chargeait d'une moiteur familière.

La dominant de toute sa hauteur, il posa les mains sur ses genoux, relevant le tissu jusqu'à dévoiler la peau tendre du haut de ses cuisses qu'il caressa du pouce. Il prit sa cheville droite pour poser son pied sur le rebord du bureau et fit de même avec la gauche, puis il s'agenouilla devant elle, plaçant sa tête entre ses jambes.

– Henry, je me sens… gênée… murmura-t-elle en avançant le bassin malgré tout.

– Chut…

Et il posa les lèvres sur son sexe brûlant. Ce fut comme si le monde explosait autour d'elle. Elle aspira une grande bouffée d'air, frappée par une décharge puissante qui l'électrifia jusqu'à la pointe de ses seins. Posant les talons sur ses épaules pour ajuster sa position, elle se rejeta en arrière et s'offrit un peu plus à sa bouche. Elle sentait sa langue la parcourir, s'insérer dans les replis de chair. Il aspira le petit bouton, provoquant un soupir languide qui le rendit fou.

Dieu tout-puissant, il n'avait jamais autant eu envie de la posséder. Se relevant précipitamment, il déboutonna ses pantalons et sortit son membre turgescent. Il s'inséra en elle avec un soupir de béatitude et jouit immédiatement.

– Je suis désolé, balbutia-t-il, parcouru de trémulations. Ça ne m'est jamais arrivé, je… Je n'ai plus...

Avec un grognement de frustration, il la prit contre son torse. Tout s'était passé trop vite, il n'avait jamais traité une femme aussi égoïstement ! Elle entendait les battements frénétiques de son cœur cogner contre son oreille et leurs souffles saccadés résonner dans le silence de la pièce.

– Henry, dit-elle en relevant la tête vers lui, ce n'est rien. C'était bon... pour moi aussi...

– Laissez-moi me rattraper...

Et sans attendre sa réponse, il la souleva dans ses bras, l'emportant à grandes enjambées vers le hall d'entrée. Il monta les escaliers avec une aisance déconcertante et elle sentit qu'il ouvrait une porte et la refermait avec vigueur. Elle se retrouva sur un lit, Henry allongé sur elle.

Elle crut qu'il allait fondre sur sa bouche, l'embrasser sauvagement et tendit les lèvres en fermant les yeux. À la place, elle sentit sa langue en lécher les contours, entrouvrir ses lèvres et l'explorer lentement, savamment. Sa délicatesse était d'une torture exquise et elle geignit en l'appelant, l'invitant à apaiser le feu dévastateur qui coulait dans ses veines. Henry poursuivait son exploration, insensible à la fureur qu'il sentait vibrer sous lui.

Elle le repoussa soudain avec force et se tortilla jusqu'à se retrouver sur lui, le chevauchant. Il comprit qu'elle souhaitait mener la dance et se laissa faire. Sa robe de nuit était remontée sur ses hanches et elle l'ôta d'un geste. Il dévora sa nudité des yeux.

Il était toujours habillé de pied en cap, et Juliana se mit à déboutonner les boutons de sa chemise un à un, dévoilant les muscles saillants de sa poitrine.

Elle caressa son torse avec volupté, se pencha jusqu'à frôler ses lèvres, frottant les extrémités douloureuses de ses seins sur sa peau brûlante. Lorsqu'elle parvint au pantalon, elle le fit glisser sur ses hanches minces, libérant sa verge tendue qui jaillit telle une lance pourfendant l'air. Il était à nouveau dans un état d'excitation extrême. Avec un regard de chatte gourmande, elle fit descendre le pantalon jusqu'aux chevilles, prenant soin de glisser sa joue sur la chair soyeuse, faisant couler son épaisse chevelure sur lui.

Lorsqu'il fut nu, elle reprit place à califourchon sur ses cuisses. Enroulant ses doigts autour de son membre, elle le guida d'une main assurée et s'empala sur lui.

– Oh oui ! Oui Juliana, utilise-moi. Fais-moi l'amour…

Euphorique, elle se mit à bouger, découvrant avec une volupté grandissante le plaisir de contrôler le rythme de leurs ébats. Elle se sentait puissante, maîtresse d'elle-même et extrêmement féminine.

Henry la contemplait émerveillé. Elle lui rappelait la naissance de Venus avec ses boucles folles qui auréolaient son visage et caracolaient jusqu'à ses reins. Elle était sublime.

Il agrippa ses seins et elle se pencha pour qu'il approfondisse sa caresse, continuant de le chevaucher avec ardeur. Henry l'accompagnait, haussant ses hanches à sa rencontre, les talons plantés dans le matelas. Prenant ses fesses pleines entre ses mains pour s'enfoncer encore plus loin.

Juliana ne savait où donner de la tête. Sa langue, ses mains, son pénis long et dur… Chacun de ses pores irradiait de plaisir et elle sentit qu'elle atteignait enfin le point culminant tandis que son sexe se contractait autour du sien. Elle s'abattit sur lui, le corps luisant de sueur.

Savourant son odeur musquée, il la laissa reprendre son souffle. Il avait encore envie d'elle, une envie bestiale, un besoin primaire de la posséder. Toujours en elle, il la souleva et reprit le dessus, entamant un va-et-vient plus ancien que la nuit des temps. C'était si bon d'être en elle, il aurait voulu que le temps s'arrête pour savourer son corps à l'infini… Cherchant à apaiser l'incendie sauvage qui ravageait son corps, il accéléra le rythme jusqu'à se mettre à la labourer furieusement et sentir une vague d'une puissance phénoménale le faucher sur son passage. Il poussa alors un rugissement de délivrance et fut pris de spasmes incontrôlés tandis qu'il l'empoignait, la serrant fort contre lui le temps que les battements fous de son cœur s'apaisent.

Juliana se lova au creux des bras d'Henry, sa main en travers de son torse, leurs jambes entremêlées. Il lui caressait doucement l'épaule, passant ses doigts de haut en bas et de bas en haut, dans un toucher plus léger qu'une plume.

– Nom de Dieu qu'est-ce que ça m'a manqué, dit-il au bout d'un moment.

Il la sentit sourire contre lui.

– Ça fait si longtemps ? se risqua-t-elle à lui demander tout en craignant sa réponse.

– Nous n'avons tiré aucune carte Juliana, vous n'avez pas droit à une question, la taquina-t-il.

– Je n'ai plus envie de jouer… Répondez-moi.

– Avez-vous connu d'autres hommes après moi ? demanda-t-il à la place.

Elle se redressa sur un coude pour le regarder.

– Non, avoua-t-elle enfin. À vous.

– Très bien, soupira-t-il tandis que le soulagement

l'envahissait. Je n'ai pas connu d'autres femmes après vous non plus.

– Depuis tout ce temps ? demanda-t-elle avec une moue sceptique.

– Pourquoi croyez-vous que j'aie été incapable de me retenir tout à l'heure ? s'emporta-t-il.

Bien qu'elle s'en défende, la réponse d'Henry l'emplissait de joie et elle se blottit à nouveau contre lui. Il reprit ses caresses, descendant dans la vallée de sa taille puis le long de la courbe de sa hanche. Ils avaient tant de questions l'un pour l'autre mais craignaient tous deux de rompre la magie de l'instant.

Henry n'oubliait pas qu'elle avait réclamé un joker lorsqu'il lui avait demandé si elle aimait toujours Digby, et cette réponse le torturait.

Juliana brûlait de savoir pourquoi il avait demandé l'annulation des fiançailles si ce n'était pour épouser Charlotte. Mais elle n'osait s'aventurer sur ce terrain-là de peur d'obtenir des réponses qui ne la satisferaient jamais.

Poussant un long bâillement, elle sentit soudain la fatigue l'envahir. Dire que le matin-même, ils quittaient l'auberge d'Oxford pour parcourir les dernières lieues qui les séparaient de Londres. Elle avait du mal à réaliser qu'il s'agissait d'une seule et même journée. Une journée durant laquelle elle avait découvert son nouveau foyer, revu Mary et s'était réconciliée avec son mari. Sa dernière pensée fut pour Matthew. Elle se demanda confusément si Henry le lui apporterait pour qu'elle le nourrisse comme il l'avait fait chaque nuit depuis leur départ de Castle Coole, avant de sombrer dans un profond sommeil.

42

Henry ouvrit précautionneusement la porte de la suite, tenant d'une main incertaine un plateau chargé d'une théière fumante, de deux tasses et d'un toast beurré accompagné d'une petite raviole de confiture à la fraise. Tout ceci était tellement nouveau pour lui. Il n'avait jamais pris la peine d'éveiller ses conquêtes de grand matin en leur apportant le petit déjeuner au lit. De savoir que Juliana dormait sous son toit et qu'elle se réveillerait chaque matin à ses côtés l'emplissait d'une joie insoupçonnée.

La soirée de la veille avait été riche en rebondissements. Alors qu'il n'apercevait plus aucune issue, la situation s'était retournée et il avait enfin bénéficié d'une éclaircie. Certes, les non-dits étaient encore nombreux et il était loin d'avoir regagné le cœur de sa femme. L'ombre d'Edward Digby planait encore sur leur mariage et il sentait qu'elle ne lui faisait toujours pas confiance. Ils devraient aussi aborder le sujet de l'annulation des fiançailles, c'était inévitable… *À chaque jour suffit sa peine*, se dit-il néanmoins avec pragmatisme. Elle était à lui maintenant et ils avaient tout leur temps.

Il posa le plateau sur un petit guéridon et s'avança pour ouvrir les lourdes tentures. Le soleil pénétra à grands flots dans la pièce. Juliana ne bougeait toujours pas, enfouie sous les draps. Il s'approcha du lit et caressa les petits cheveux qui frisotaient à la naissance de son front. Elle ne fit toujours pas un mouvement. Amusé de constater qu'il aurait pu jouer de la cornemuse à côté d'elle sans qu'elle ne bronche, il s'allongea derrière elle et déposa de légers baisers sur sa nuque.

Juliana sentit sa présence avant d'ouvrir les paupières. Elle s'étira paresseusement avec un sourire et se tourna vers Henry en se frottant les yeux.

– Je vous ai apporté le petit déjeuner, glissa-t-il en lui baisant le bout du nez.

– Mmmm… qu'est-ce que c'est ? Vous ? demanda-t-elle en se pressant contre lui.

– Vous êtes insatiable ma chère…

Il posa ses lèvres sur les siennes, se délectant de leur douceur pulpeuse. Elle glissa sa main dans ses cheveux, y mêlant ses doigts, tirant langoureusement sur quelques mèches.

– J'adore quand vous me faites ça, dit-il en gémissant de plaisir tout contre ses lèvres.

Ils prolongèrent leur étreinte quelques instants et Henry finit par se dégager en riant.

– Je vous ai vraiment apporté le petit déjeuner. Il va finir par être froid.

Juliana se redressa pour s'asseoir contre la tête de lit, prenant soin de couvrir sa poitrine avec le drap.

– Comment prenez-vous votre thé ?

– Nature.

– C'est tout aussi bien, parce que j'ai oublié le lait, le

sucre et le citron, dit-il d'un air contrit.

Elle éclata de rire.

– En somme vous m'avez apporté du thé.

– Non, j'ai tout de même pris la peine de préparer un toast.

– N'avez-vous pas des domestiques qui s'occupent de cela ?

– J'ai renvoyé la femme de chambre. J'ai découvert la semaine dernière que vous étiez tellement mignonne au réveil, on dirait un petit chat. Je voulais être le seul à en profiter.

Touchée par ce geste, elle prit une gorgée de thé pour se donner une contenance. Elle avait encore tant de choses à découvrir de lui. C'était étrange de penser qu'elle avait été fiancée à cet homme sa vie entière, qu'elle l'avait aimé sans jamais le lui dire, qu'il l'avait trahie comme personne ne l'avait fait, qu'elle lui avait donné un enfant, qu'il l'avait arrachée à son pays natal par deux fois et qu'il était à présent son époux. Lui, le libertin le plus célèbre du pays, le grand et puissant duc de Norfolk. La situation lui parut soudain si absurde qu'elle fut prise d'un rire incontrôlable.

– J'ai dit quelque chose de drôle ? demanda-t-il, froissé par cet éclat intempestif.

Elle fit un geste de dénégation de la tête mais pouffa de plus belle, suffoquant presque. Quand son hilarité fut enfin apaisée, elle reprit une gorgée de thé et mordit dans un toast.

– Excusez-moi. Sincèrement. J'ai juste été… dépassée par tous ces changements d'un seul coup.

– En tous cas vous semblez prendre les choses du bon côté, dit-il perplexe.

– En même temps c'est préférable non ? fit-elle d'un

ton léger.

Et d'un même mouvement, elle sauta du lit, enroulée dans son drap.

Toujours allongé sur un coude, Henry ne pouvait détacher ses yeux de cette vision enchanteresse. Elle était vraiment la perfection incarnée, si sensuelle sans avoir l'air d'en être consciente. La blancheur du coton l'enveloppait comme la toge d'une déesse. Ses cheveux ébouriffés voletaient autour d'elle dans un amas de boucles indisciplinées, venant encadrer son adorable visage. Ses petits pieds nus dépassaient de son habit de fortune.

– Vous êtes…

– Je suis… ?

– Vous êtes… vous me coupez le souffle.

Gênée par ce compliment inattendu, elle se détourna et se dirigea vers les armoires qui tapissaient le mur du fond.

– Je suis tellement perdue ici. Je ne sais même pas où sont mes affaires.

– Vos malles ont été montées et déballées hier soir. Les affaires qui se trouvaient encore chez ma mère également.

– Si vite ? demanda-t-elle étonnée. Mais je n'ai vu personne s'en occuper.

– Le personnel est formé de manière à se rendre invisible, Juliana.

– Je vais devoir m'y habituer. À Castle Coole, nous avions peu de domestiques et ils étaient toujours dans les pattes, dit-elle avec un sourire attendri.

– Et bien à Norfolk House c'est tout le contraire. Les domestiques sont tellement nombreux, je ne vous garantis pas que vous parviendrez à connaître tout le monde. Je ne les connais pas moi-même. Et nous avons une intendante qui gère le personnel de maison.

– Mais j'ai toujours cru que ce serait mon rôle en tant que duchesse ! Qu'est-ce que je vais faire sinon ?

– Que faisiez-vous à Castle Coole ?

– En dehors de mes occupations personnelles, je gérais l'inventaire du garde-manger avec la cuisinière, je supervisais le ménage avec Abby, je tenais les livres de comptes…

– Diantre, et que faisait l'intendante dans ce cas ?

– C'est bien simple, nous n'en avions pas.

– Et votre frère ? Ne devait-il pas gérer le domaine avec le régisseur ?

– Somerset a déménagé à Londres depuis tant d'années. Je lui envoyais un compte-rendu détaillé chaque mois, mais je n'ai pas souvent obtenu de réponse. Il est fort occupé par la politique.

– Et qui va s'occuper de Castle Coole maintenant que vous êtes partie ?

– Ce ne sera pas un problème, soupira Juliana d'un air triste. Somerset compte mettre le manoir en vente. Il l'aurait déjà fait si je n'étais pas retournée en Irlande. Dès qu'il apprendra notre mariage, il s'en débarrassera.

Henry se rappela soudain la conversation qu'il avait surprise au White.

– Ne pourrait-on accueillir les domestiques ici ? ajouta-t-elle soudain, pleine d'espoir.

– Bien entendu, répondit-il tendrement. Bien, que voulez-vous faire aujourd'hui ?

– Je dois vous avouer que je n'en ai pas la moindre idée.

Juliana s'assit sur le bord du lit, déboussolée. Sa situation était si différente de ce qu'elle avait vécu chez

Lady Mary. Là-bas, elle n'était encore qu'une fiancée étrangère, chaperonnée par sa future belle-mère. Elle s'était préoccupée de sa garde-robe, de ses obligations mondaines et de son avenir avec le duc, sans jamais se projeter concrètement dans ce qui constituerait son quotidien une fois mariée. Abby l'avait préparée à son rôle de duchesse, elle savait recevoir, entretenir une conversation, tenir une maison. Mais il y avait un monde de différence entre savoir ce qui était attendu de vous et le vivre pour de bon.

– Une chose est sûre, je n'ai pas envie d'accueillir toutes ces pimbêches qui gravitent autour de votre mère, ajouta-t-elle avec une moue de dégoût.

– Et bien ne le faites pas.

– Mais que va-t-on dire de moi ? C'est mon devoir.

Il s'approcha d'elle et l'enlaça en la faisant basculer sur le lit.

– Votre devoir, c'est de me faire l'amour toute la journée et toute la nuit. Et les gens diront que vous le remplissez à merveille.

Et ils ne quittèrent pas la chambre avant midi.

43

La vie à Norfolk House était infiniment douce. Ils avaient décidé d'un commun accord de repousser leur départ pour Arundel. Ils avaient déjà subi suffisamment de bouleversements ces dernières semaines, ils avaient besoin de temps pour s'acclimater à cette nouvelle réalité.

La nursery avait été le premier chantier qu'ils avaient entamé. Juliana n'avait pas hésité à retrousser ses manches, sa nature active l'empêchant de rester les bras croisés à observer les autres se tuer à la tâche. Pour les Irlandais, le travail était une source de fierté, et les valeurs de son pays étaient solidement ancrées dans le cœur de la jeune femme. Les murs avaient été repeints en jaune pour amener le soleil dans la grisaille londonienne, et Juliana en avait recouvert tout un pan en y dessinant une centaine de fleurs qui s'entremêlaient les unes aux autres, dans une composition colorée qui couvrait la palette entière d'un peintre.

Henry lui avait proposé de redécorer l'hôtel de ville à sa guise. Il était de coutume pour une nouvelle duchesse d'apposer sa touche personnelle à l'édifice. Mais Juliana avait refusé. Elle trouvait les lieux très bien comme cela. Elle ne s'était jamais considérée comme un oiseau d'intérieur et passait le plus clair de son temps à promener Matthew dans les parcs urbains ou à profiter des jardins aménagés de sa nouvelle résidence. Henry se plaisait à les accompagner dès qu'il le pouvait.

Ils se rendaient à très peu d'événements mondains et recevaient encore moins. À l'exception de quelques amis intimes, personne n'avait encore eu l'honneur d'être invité par la duchesse de Norfolk. Lorsqu'elle s'en inquiétait auprès d'Henry, Juliana recevait invariablement la même réponse : elle était duchesse à présent, elle pouvait faire ce que bon lui semblait. Et si quelqu'un trouvait quelque chose à y redire, il pouvait s'adresser directement à lui, il se chargerait de le lui rappeler.

Elle savait que ce comportement ne rencontrait pas l'approbation de Lady Mary, et qu'elle devrait se résoudre à embrasser son rôle et les obligations qu'il impliquait à un moment donné. Mais elle repoussait chaque jour cette échéance fatidique. Ces dernières semaines avaient constitué une pause bien méritée dans le tumulte de leurs vies et ils en profitaient tant qu'ils pouvaient.

Ils n'avaient d'ailleurs jamais reparlé du passé, tapis dans un recoin de leur relation. Juliana ne se faisait aucune illusion, il suffirait d'une brindille enflammée pour que le feu se déclare. Trop d'interrogations subsistaient, leurs mensonges respectifs continuaient de les empoisonner lentement mais sûrement. Mais dans une volonté de déni assumé, ils s'étaient mutuellement tus jusqu'à présent.

Chaque nuit, Henry se glissait à ses côtés et lui faisait langoureusement l'amour. Elle n'aurait jamais imaginé qu'un couple marié puisse être aussi épanoui sexuellement. Ils étaient insatiables et son mari partageait avec elle son expérience infinie en la matière, l'éduquant aux multiples réjouissances érotiques qu'il pratiquait si bien.

Ses idées reçues sur les mariages arrangés au sein de la noblesse et sur les aristocrates anglais, sur un aristocrate anglais en particulier, volaient en éclat une à une. Henry se révélait un compagnon agréable à vivre, très présent et d'un humour surprenant qui la ravissait jour après jour.

L'été touchait doucement à sa fin et Juliana s'était réveillée ce jour-là avec une envie de tarte aux pommes. La vraie tarte aux pommes de son enfance, qu'elle seule serait en mesure de préparer. Elle avait toujours adoré se faufiler près de Lisbeth pour l'aider à confectionner les gâteaux et sablés dont elle avait le secret et cela lui manquait. Elle pourrait ainsi surprendre Henry en lui faisant découvrir un talent qu'il ne soupçonnait pas.

Poussant la porte de la cuisine, elle découvrit une jeune bonne étonnamment seule. Juliana avait en effet découvert que Norfolk House ne comptait pas moins de quatre cuisiniers dirigés par un chef et assistés par cinq aide-cuisinières et sept bonnes. Sans compter le valet de chambre du duc, la femme de chambre de la duchesse, les valets de pied, les blanchisseuses, le personnel d'écurie ainsi que bien entendu le majordome et l'intendante. Bien qu'elle ait essayé de retenir leur nom à tous, elle n'y était pas encore parvenue.

– Votre Grâce, l'accueillit la bonne avec un grand sourire.

– Emily, c'est bien cela ? (La jeune bonne acquiesça vigoureusement.) Vous êtes seule ?

– Le reste du personnel de cuisine est en congé cet après-midi. Ils ne reprendront le service qu'à seize-heure. Vous désirez quelque chose Votre Grâce ?

– Appelez-moi Juliana, je vous en prie.

Juliana avait été élevée par des domestiques et n'avait pas pour habitude de dresser des barrières entre eux. Elle s'accordait difficilement des usages ayant cours à Norfolk House.

– Oh non Votre Grâce, je ne peux pas, dit Emily en rougissant.

– J'insiste. Quand vous me donnez du « Votre Grâce » par-ci et du « Votre Grâce » par-là, j'ai l'impression d'avoir quarante ans.

– Que puis-je faire pour vous... Juliana ? demanda Emily cramoisie.

– Pourriez-vous m'indiquer où se trouve la réserve ? Je souhaiterais préparer une tarte aux pommes, c'est ma spécialité. J'en ai l'eau à la bouche depuis ce matin et quand j'ai une idée en tête...

– Je peux vous apporter le nécessaire, dites-moi ce qu'il vous faut.

Elle revint quelques instants plus tard les bras chargés des ingrédients énumérés par Juliana et les déposa un à un sur la grande table de chêne qui trônait au centre de la pièce.

– Vous avez besoin d'aide pour le four ?

– Je devrais pouvoir m'en sortir.

– Très bien, je me retire dans ce cas. N'hésitez pas à sonner s'il vous faut quoi que ce soit.

– Vous pouvez rester si vous le souhaitez, je ne voudrais pas vous chasser de votre cuisine, dit Juliana en souriant.

– Ne vous en faites pas, j'avais terminé ici. Mrs Smith m'attend dans la lingerie pour me donner ses instructions.

Restée seule, Juliana commença par peser chaque ingrédient et disposer le tout de manière à pouvoir y accéder au moment où elle en aurait besoin. Elle retrouvait avec un plaisir non dissimulé les gestes familiers, cassant la coquille d'un œuf, coupant le beurre en morceaux, pelant les pommes en chantonnant. Concentrée sur sa pâtisserie, elle n'entendit pas la porte de la cuisine s'ouvrir et sursauta quand elle sentit des bras enlacer sa taille.

– Henry ! Tu m'as fait une de ces peurs ! s'exclama-t-elle en se retournant à demi, les mains toujours plongées dans la pâte qu'elle était occupée à pétrir.

– Bonjour mon épouse, murmura-t-il à son oreille. Mmmm, tu sens bon…

Il lui mordilla la nuque et remonta ses mains caressantes vers sa poitrine.

– Qu'est-ce que tu fais ? chuchota-t-il à son oreille.

Juliana, étourdie par ses caresses, fut incapable de répondre. Elle se pressa contre lui, les mains pleines de farine mêlée au beurre.

– Je… Mmm… Je… je prépare une tarte aux pommes.

– Une tarte aux pommes ? répéta-t-il d'un ton langoureux tandis que ses mains descendaient dans le creux de ses reins.

– Henry je t'en prie, arrête-toi, je ne vais jamais pouvoir finir comme ça.

– Tu es sûre ? susurra-t-il en la retournant vers lui. Nous sommes seuls, nous pourrions en profiter.

Il se pencha vers elle et déposa un baiser sur ses lèvres

si tentantes, glissant sa langue dans sa bouche pour venir caresser la sienne. Leur étreinte se prolongea bien au-delà de la prudence qui était de mise dans ce lieu ouvert à tous. Juliana finit par se détacher d'Henry les joues roses de bonheur.

– Henry, honte à toi. Et si quelqu'un était entré ?

– Et alors ? J'ai tous les droits, je suis…

– Le duc de Norfolk, je sais ! compléta Juliana d'un air excédé, amusée néanmoins par cette outrecuidance innée qu'il tournait parfois en autodérision. Il n'empêche, duc ou pas, nous avons une certaine image à maintenir devant notre personnel. Comment savais-tu où me trouver ? ajouta-t-elle en sautant du coq à l'âne.

– J'ai croisé Mrs Smith à mon arrivée qui m'a indiqué que tu te trouvais à la cuisine. En parlant d'image, je te ferai remarquer qu'elle en était fort étonnée et se contenait pour ne pas afficher un air réprobateur, dit-il avec un petit rire. Ce n'est pas la place d'une duchesse, Madame.

– C'est vrai, admit Juliana en haussant les épaules. Tu as raison, nous ne sommes vraiment pas doués pour respecter les convenances. Mais tout de même il y a une différence.

– Tu ne m'as toujours pas dit pourquoi tu préparais une tarte aux pommes.

– Je voulais te faire une surprise mais c'est gâché visiblement. J'adore la pâtisserie et je me suis réveillée ce matin avec une soudaine envie de tarte aux pommes.

– Décidément, tu continues de me surprendre. Apprends-moi, dit-il avec cette pointe d'autorité qui ne le quittait jamais.

– T'apprendre ? Votre Grâce, je ne vous vois pas mettre les mains dans la farine.

– J'ai envie de faire quelque chose avec toi. Dis-moi ce que je dois faire.

– Je vais commencer par me laver les mains, j'ai de la pâte collée aux doigts. Je ne pourrai rien te montrer autrement.

– Laisse-moi t'aider avec ça, dit-il en prenant sa main pour la porter à ses lèvres.

Et il se mit à lui lécher les doigts, un par un, les suçant pour y décoller toute la pâte. Juliana sentit ses jambes flageoler et dut prendre appui sur la table. N'y tenant plus, elle passa sa main sur l'érection bien visible de son mari, laissant une trace de farine évocatrice sur son pantalon. Lorsqu'il eut terminé, il s'écarta pour constater le désastre et se mit à rire.

– Il va me falloir un tablier pour cacher ça. Jenkins en ferait une crise d'apoplexie s'il me voyait dans cet état.

Et ils passèrent le reste de l'après-midi à confectionner cette fameuse tarte aux pommes, échangeant baisers et caresses et riant comme des enfants.

Emily, qui était revenue vers la cuisine pour y chercher du vinaigre, s'arrêta juste à temps en les entendant à travers la porte. Elle se replia bien vite vers l'office avec pour instruction aux membres du personnel de ne surtout pas se rendre dans la cuisine.

44

Londres, Angleterre, Septembre 1822

– Il va falloir vous décider à organiser une réception. La nouvelle de votre mariage s'est propagée comme une traînée de poudre. Le Tout-Londres ne parle que de cela, lança Chaz la bouche pleine de sablés dont il raffolait.

Chaz leur avait rendu une de ces visites typiquement impromptues dont il avait le secret. Ils s'étaient installés au jardin à l'ombre du grand hêtre pour prendre le thé. Matthew gazouillait dans son landau à quelques pas de la table en fer forgé chargée de mignardises qui attiraient des insectes en tous genres, obligeant les trois jeunes gens à battre régulièrement des mains pour les chasser.

Juliana et Henry échangèrent un regard coupable. Cela faisait près de deux mois qu'ils étaient installés à Londres et leur attitude virait au scandale. Comme tout ce qui les concernait depuis leur rencontre, en somme.

– Vous avez raison, Chaz, répondit Juliana d'un ton résolu. Nous allons y remédier dès demain. Je vais m'en entretenir avec Lady Mary, elle saura me conseiller pour la liste des invités.

– D'autant qu'après ta disparition, les gens n'en terminent pas de jaser, ajouta Chaz à l'attention d'Henry.

– Sa disparition ? Quelle disparition ? l'interrompit Juliana.

Chaz tenta tant bien que mal de masquer son air embarrassé mais le mal était fait. Henry finit par briser le silence gêné qui s'était installé :

– Il fait référence à la période qui a suivi ton départ. Je n'avais plus vraiment goût aux mondanités, fit-il avec un rire sans joie.

Juliana resta silencieuse. Elle sentit confusément que leur parenthèse dorée venait de prendre fin. Elle n'avait jamais interrogé Henry sur la vie qu'il avait menée après son départ, car cela aurait signifié l'interroger sur ce qui l'avait précédé et ils s'étaient tacitement refusés à aborder le sujet jusqu'à présent. Henry ne lui avait plus jamais parlé d'Edward non plus.

Ils reprirent le fil de la conversation mais le cœur n'y était plus et après quelques instants, Chaz prit congé, laissant le couple se dévisager dans un silence tendu.

– Pas ici, trancha Henry alors que Juliana ouvrait la bouche pour parler.

Il tenta de maîtriser l'exaspération qu'il ressentait à l'égard de son ami pour l'avoir placé dans cette position et reprit un ton plus mesuré :

– Pas maintenant.

– Tu as raison, acquiesça-t-elle doucement d'un air triste.

Ils évitèrent de se croiser durant le reste de la journée. Juliana essaya vainement de se changer les idées en donnant le bain à son fils puis en entretenant sa correspondance. Quand ce fut l'heure de dîner, elle demanda à être servie dans son boudoir, devinant qu'Henry avait besoin lui aussi de ce moment pour rassembler ses pensées. Enfin, la pendule sonna neuf heures et ses pas la guidèrent instinctivement vers le bureau.

Lorsqu'elle pénétra dans la pièce, Henry s'y trouvait déjà. Sans dire mot, il lui tendit un verre de whisky et elle s'installa face à lui, prenant machinalement le paquet de cartes qui se trouvait déjà devant elle.

– Devons-nous vraiment nous prêter à cette comédie ? dit-elle d'une voix tremblante.

– À ta guise… (Il attaqua directement.) Pourquoi t'es-tu enfuie de Windsor et surtout, pourquoi avoir refusé de me voir chez ta sœur ?

– Avant que je ne réponde à ta question, réponds d'abord à la mienne : pourquoi n'as-tu pas épousé Charlotte ?

– Charlotte ?! Qu'est-ce qu'elle vient faire ici ?

– Réponds-moi, exigea-t-elle.

– Mais pourquoi l'aurais-je épousée ? Tu crois vraiment que j'avais envie que cette catin fasse partie de ma vie ?

– Elle a bien été ta maîtresse, c'est qu'elle a dû attirer ton attention à un moment ou à un autre.

– Nous avons couché ensemble, oui, répondit-il crûment. Brièvement et avant que je ne te connaisse. Mais notre relation s'est terminée quand je t'ai rencontrée, je te l'ai déjà dit.

– Ce n'est pas ce que j'ai entendu.

– Et qu'as-tu donc entendu ? soupira-t-il d'un ton las.

– Durant l'été qui a précédé notre… séjour à Windsor, votre relation était sur toutes les lèvres. On disait que vous passiez tous les après-midis dans les bras l'un de l'autre.

– C'est ridicule.

– Tu ne l'as donc jamais revue ?

– Pas comme tu l'imagines.

– Cesse donc d'être aussi sibyllin. Tu l'as revue oui ou non ?

– Je l'ai revue parce que je voulais me convaincre que tu n'avais aucun effet sur moi. Mais c'était en vain. Tu m'avais castré ma chère, dit-il avec un sourire désabusé.

– Tu m'avais pourtant juré que tu ne l'avais plus revue après notre arrivée… l'accusa-t-elle. Mais je suppose que les mensonges te viennent aisément.

Il y eut un moment de silence, qu'elle brisa en lui demandant de but en blanc :

– Qu'as-tu fait après mon départ ?

– J'ai vécu l'enfer, répondit-il avec une boule au fond de la gorge. Tu m'as quitté, tu as refusé de me recevoir chez ta sœur. J'ai attendu des mois et des mois. Puis j'ai appris ton futur mariage, ça m'a rendu fou…

– J'ai refusé de t'écouter parce que j'étais persuadée que tu allais épouser Charlotte.

– Mais pourquoi ?! demanda-t-il en se passant les mains dans les cheveux, prenant son crâne entre ses mains avec l'impression qu'il allait exploser.

– Parce que c'est ce qu'elle m'a affirmé.

– Comment ?! Quand est-ce que tu as parlé à Charlotte ?

– Le matin de l'audience, juste avant la chasse. Elle m'a dit que tu avais demandé l'annulation parce que tu comptais l'épouser, que vous attendiez un enfant…

Juliana ne put retenir quelques larmes qui coulèrent le long de ses joues pour finir leur course à la commissure de ses lèvres. Ces souvenirs étaient tellement douloureux...

– Quelle garce ! répliqua-t-il avec un air féroce. Je n'ai jamais parlé de cela avec elle. Elle m'a annoncé sa prétendue grossesse *après* l'audience.

– Sa prétendue grossesse ? Elle n'était donc pas enceinte ?

– Je ne peux l'affirmer mais lorsque je me suis présenté chez elle plusieurs mois après ton départ, elle ne l'était pas. Elle a dit avoir perdu l'enfant mais je soupçonne qu'il s'agissait de l'une de ses machinations pour tenter de me retenir.

Ils se turent un instant, digérerant ces nouvelles informations.

– Très bien, reprit Juliana plus calmement. Je veux bien admettre que Charlotte a eu un rôle à jouer dans toute cette histoire. Mais cela ne me dit toujours pas comment nous en sommes arrivés à être convoqués à Windsor...

Comme il ne répondait rien, elle insista et posa la seule question qui avait réellement de l'importance :

– Pourquoi le roi a-t-il ordonné la rupture de nos fiançailles Henry ?

– Parce que je le lui ai demandé, répondit-il avec honnêteté.

Il vit ses grands yeux se voiler. Bien qu'elle se doutât de sa réponse, l'entendre prononcer ces mots lui fit plus de mal qu'elle ne s'y attendait.

– Juliana, tu dois savoir que mon intention n'a jamais été de te faire souffrir. Tout ça s'est passé bien avant que je ne fasse ta connaissance... Seigneur, par où commencer ? (Il prit une profonde inspiration.) Mon père était un homme froid, uniquement préoccupé par son devoir, obsédé par la pureté de la lignée des Norfolk. Il m'a transmis ses idées depuis toujours et j'ai grandi dans la haine de ce contrat qu'il avait été forcé de signer avec ton père. Quand George III est mort, je n'ai eu plus qu'une idée en tête, me débarrasser de toi.

L'éclair de souffrance qu'il aperçut dans son regard le fit hésiter mais il se devait d'aller jusqu'au bout.

– J'ai pensé que sa décision était morte avec lui et que j'avais une chance d'obtenir ce que je voulais. J'ai donc demandé à George IV d'annuler nos fiançailles, mais il a refusé. Il craignait que cette décision ne soit interprétée comme un acte ouvertement anticatholique et il était déjà sur la sellette depuis un certain temps à ce sujet. Il m'a dit de patienter encore…

– Mais pourquoi es-tu venu me chercher en Irlande ? l'interrogea-t-elle. Tu aurais pu retarder notre rencontre jusqu'à ce qu'il change d'avis.

– Parce que le seul moyen de me défaire de cet engagement avec certitude, c'était de te convaincre de demander cette annulation toi-même, dit-il toujours aussi sincère.

– C'est donc pour cela que tu m'as délaissée dès notre arrivée ? Tu cherchais à me repousser en m'humiliant ? demanda-t-elle horrifiée.

– C'était mon intention en effet. Mais à la vérité, j'étais surtout incapable de te côtoyer sans vouloir te toucher… et je me refusais à franchir ce pas, à prendre ta virginité alors que je n'avais aucune intention de t'épouser.

– Vous êtes trop honorable Votre grâce ! coupa-t-elle avec une ironie mordante. Cela ne t'a pourtant pas empêché d'obtenir du roi qu'il t'accorde cette fameuse annulation.

– Non ! s'écria-t-il. J'ai formulé ma demande avant de venir en Irlande.

– Pourquoi dans ce cas nous a-t-il convoqué à Windsor ? demanda-t-elle sur un ton dubitatif.

– Cette partie de l'histoire, je ne me l'explique pas. Je n'ai réclamé aucune audience après ton arrivée en Angleterre, je te le jure. Pourquoi l'aurais-je fait ?

– Pour les mêmes raisons qui t'ont poussé à demander l'annulation de nos fiançailles en premier lieu.

– Mais j'avais changé d'avis entretemps.

– Pourquoi ?

– Parce que je t'avais rencontrée… et que j'étais fou de toi.

Juliana laissa échapper un sanglot. Elle aurait voulu le croire, elle ne désirait que cela. Mais tout cela n'avait aucun sens. Le roi aurait soudainement décidé de se prononcer sur sa demande formulée des mois auparavant, demande qu'il avait d'ailleurs déboutée ?

– Juliana, je t'avais demandé de m'épouser… Je n'ai jamais prononcé ces mots à une autre femme.

Henry ne savait comment la convaincre de la véracité de ses propos. Il était incapable de lui fournir les réponses dont elle avait besoin. Et il était terrassé par la peur. Une peur viscérale du rejet, intimement liée à son passé et aux privations affectives qu'il avait vécues étant enfant. À l'abandon le plus brutal qu'un être peut connaître, celui de son propre parent. Mais il ne pouvait plus reculer, il devait prendre cet ultime risque, quitte à voir son cœur piétiné une nouvelle fois.

– Pourquoi crois-tu que je t'ai épousée ? dit-il en lui prenant les mains.

– Parce que tu voulais récupérer ton fils, avança-t-elle faiblement.

– Je n'aurais eu aucun mal à l'emmener avec moi, tu le sais très bien. Non, je t'ai épousée parce que je ne peux pas vivre sans toi… J'en ai fait la cruelle expérience, crois-moi. Quand j'ai appris que tu allais te marier, j'ai cru que le monde s'écroulait. La découverte de l'existence de Matthew m'a servi d'excuse pour mettre fin à l'enfer que je vivais.

Il contourna le bureau et s'agenouilla devant elle, cherchant son regard des yeux.

– Ne le comprends-tu pas Juliana ? Je t'aime. Je t'ai toujours aimée.

Torturée, Juliana pleurait en silence. Se pouvait-il qu'il dise la vérité ? Qu'il n'ait jamais eu l'intention de la répudier, qu'ils aient été victimes de malchance ? Toutes les fibres de son être lui criaient de croire à la sincérité de son amour. Et pourtant son esprit se refusait à abattre les derniers remparts de méfiance qu'il avait érigés. Quel intérêt aurait eu le roi à ordonner cette annulation à moins qu'Henry n'ait demandé à l'obtenir ? Pourquoi s'obstinait-il à le nier ? Et même si elle choisissait de le croire lorsqu'il affirmait avoir changé d'avis, lorsqu'il prétendait ne pas comprendre la décision soudaine de leur souverain, elle ne pouvait lui pardonner ses mensonges d'avant l'audience débités au mieux par lâcheté, sinon par pure malhonnêteté. Elle lui avait clairement demandé s'il savait pourquoi ils étaient convoqués et il avait nié en bloc. Il ne lui avait jamais parlé de tout cela et la gifle n'en avait été que plus retentissante. Comment pouvait-elle lui faire confiance après cela ? Comment croire qu'il ne lui mentirait pas à nouveau ?

– Juliana, murmura-t-il en se relevant et en l'invitant à se mettre debout. Pourquoi n'as-tu jamais cherché à me revoir ?

– Je souffrais, Henry. J'étais mortifiée, je venais de me faire répudier devant Sa Majesté et tous ses courtisans. J'étais persuadée que tu avais cherché à te débarrasser de moi pour l'épouser…

– Est-ce que si Charlotte… Est-ce que si j'étais parvenu… (Il s'interrompit et secoua la tête.) Rien de tout cela n'a d'importance dans le fond. Juliana, peux-tu m'aimer malgré tout ce que je t'ai infligé ?

Sa voix se brisa tandis qu'il tentait d'en maîtriser les accents de supplication :

– Est-ce que tu m'aimes ?

– Je… (Les mots restèrent bloqués dans sa gorge.) Je… je ne sais pas…

Henry ferma les yeux. La douleur était trop forte. Il avait cherché une réponse qu'il n'était pas prêt à entendre. Une fois de plus il subissait le rejet d'un être aimé.

Juliana suffoquait. Tout tournait autour d'elle, elle ne savait plus où elle en était. Elle voulait tellement le croire, comme elle l'avait cru avant qu'elle ne soit bafouée. Mais qu'est-ce qui l'empêcherait de la trahir encore ?

Incapable de le regarder en face, elle se détourna et sortit précipitamment de la pièce. Elle n'avait pas fait trois pas lorsqu'elle entendit le bruit assourdissant d'un verre qui se fracassait au loin. Alors elle prit ses jambes à son cou et s'enfuit vers sa chambre.

Terrassée par une nuit sans sommeil, Juliana finit par s'endormir aux petites heures du matin et ne s'éveilla que tard. Après une toilette rapide, elle se mit à la recherche d'Henry.

Durant la nuit, elle avait réalisé qu'elle était follement et irrémédiablement amoureuse de lui. Elle l'aimait, de toute son âme. Rien d'autre n'avait d'importance. Ni ses intentions passées, ni ses mensonges. Elle avait fait des erreurs elle aussi. Henry lui avait déclaré son amour et elle était déterminée à lui accorder sa confiance. Il avait dû tellement souffrir lorsqu'elle avait été incapable de lui répondre ! Elle devait rectifier cela au plus vite.

– Jenkins, où se trouve Sa Grâce ? Je dois le consulter d'urgence.

– Sa Grâce ne vous a pas informée de son départ ? s'étonna le majordome.

– Son départ ? Où est-il parti ?

– Sa Grâce a reçu une missive en provenance de Windsor aux premières heures. Sa Majesté l'a sommée de se présenter devant Elle, séance tenante.

– Il n'a laissé aucun message à mon attention ? demanda Juliana la gorge serrée.

– Je suis navré Votre Grâce.

Voyant la tristesse se peindre sur le visage de la maîtresse de maison, il ajouta :

– Sa Grâce est partie dans une telle hâte…

– Bien sûr, murmura Juliana.

Pourquoi le roi avait-il convoqué Henry ? Et pourquoi ce dernier ne l'avait-il pas avertie ? Même si elle devait reconnaître qu'il avait dû être pris au dépourvu, elle ne pouvait s'empêcher de se demander s'il lui en voulait au point de vouloir s'éloigner d'elle.

Il lui avait avoué son amour en toute sincérité et elle l'avait laissé cruellement choir. Elle devinait combien cet aveu avait dû lui coûter. Même avant l'annulation de leurs fiançailles, alors qu'elle comprenait maintenant qu'il l'aimait déjà, il ne le lui avait pas dit. Mon Dieu cette convocation tombait vraiment au plus mauvais moment.

Elle devait trouver le moyen de lui parler. Aurait-elle l'audace de se présenter à Windsor ? L'idée-même la révulsait. Elle n'oubliait pas qu'elle y avait vécu les pires heures de son existence. Réprimant un frisson, elle prit une profonde inspiration. *Patience, Henry finira par revenir et tu pourras lui déclarer ton amour, tu auras toute latitude pour le lui montrer,* pensa-t-elle en son for intérieur.

Ce fut la journée la plus longue de sa vie. Elle se rendit tant de fois au rez-de-chaussée pour interroger Jenkins qu'elle en eut mal aux pieds. Lorsque le soleil darda ses derniers rayons sur la fontaine majestueuse du jardin, elle comprit qu'elle ne verrait pas Henry ce jour-là. Rongée par l'angoisse, elle se coucha de bonne heure, s'apprêtant à affronter une nouvelle nuit blanche.

45

Windsor, Angleterre, Septembre 1822

– Expliquez-vous Norfolk, vociféra le roi.

Son air furibond faisait ressortir ses yeux légèrement globuleux et son triple menton tressautait, perdu parmi les plis d'un cou qu'on ne distinguait plus.

– Et vous avez intérêt à ne laisser aucun détail de côté !

– Que Sa Majesté me pardonne, répondit simplement Henry. Après avoir découvert l'existence de mon fils, je n'ai eu d'autre choix que de l'épouser et de les ramener tous deux en Angleterre. Je n'ai rien à ajouter.

C'était la troisième fois qu'il débitait son histoire. George IV venait d'apprendre son union expéditive avec Juliana et n'appréciait visiblement pas d'être tourné en ridicule. Entrant dans une de ses légendaires colères, il l'avait sommé de lui fournir des explications. Ne passait-il pas pour un bouffon, lui qui avait ordonné l'annulation de ces fiançailles à *sa* demande pour ensuite le voir épouser la demoiselle ?! Pour qui se prenait-il, à se moquer ainsi de la volonté du roi ?

Henry avait beau eu lui exposer la stricte vérité, le roi

ne parvenait pas à se calmer.

Le congédiant d'un geste, il lui ordonna de rester dans les parages. Il n'en avait pas terminé avec lui.

Henry patienta toute la journée ainsi que celle du lendemain, se morfondant dans sa suite des heures durant. Sa Majesté le laissait mariner dans son jus, le faisait délibérément attendre pour lui démontrer que lui seul détenait le pouvoir de décider de la vie de ses sujets.

Cela ne l'atteignait même pas. Quelle importance après tout ? Rien ne le retenait à Norfolk House. Il avait franchi le pas, il lui avait dit qu'il l'aimait. Et elle s'était tue. L'air lui manquait à chaque fois qu'il rejouait la scène dans son esprit. Elle ne l'aimait pas. Sa poitrine se comprima. Pourquoi l'avait-il forcée à l'épouser ? Il aurait mieux fait de la laisser poursuive sa vie en Irlande, il avait été égoïste, d'une arrogance folle de croire qu'il parviendrait à vaincre ses résistances, à lui faire oublier Edward.

La deuxième journée touchait à sa fin lorsque le roi le convoqua enfin pour lui annoncer ce qu'il attendait de lui. C'est avec des pieds de plomb qu'il se rendit dans la salle sinistre qui avait vu ses rêves déchiquetés en lambeaux l'année précédente.

– Comment vont les affaires, Norfolk ? lui demanda George IV comme si de rien n'était.

Serrant les dents pour éviter que n'éclate la colère qui bouillonnait en lui, Henry se força à sourire. George IV adoptait-il délibérément cette attitude erratique ? La veille encore, il semblait prêt à le mettre aux fers et voilà qu'il l'interrogeait sur le rendement de ses investissements.

– Bien Votre Majesté, je vous remercie.

– Bien bien, se gaussa le roi en tripotant les boutons de sa chemise prêts à éclater. L'Angleterre peut être fière de sa santé économique. Nos manufactures de soie et de coton n'ont jamais aussi bien tourné.

– Nous avons certes triplé nos importations ces dernières années, Votre Majesté.

– Ah bien, vous êtes au fait de l'actualité, j'en suis fort aise. Cela me conforte dans ma décision.

– Plaît-il Votre Majesté ? demanda poliment Henry.

– J'ai trouvé ce que j'allais faire de vous, Norfolk, dit le roi d'un ton sévère, fronçant les sourcils.

Fouetté par la condescendance du souverain, Henry accusa le coup.

– Votre mascarade avec l'Irlandaise n'est pas passée inaperçue. Canning en a fait des gorges chaudes. Alors que je m'étais mouillé pour vous, vous m'avez tourné en ridicule, éructa-t-il, postillonnant sur sa veste tissée de fils d'or. Soit, passons. Votre petite aventure aura finalement fait mes affaires. J'ai décidé de vous nommer Secrétaire d'État pour l'Irlande, au département de l'Intérieur.

– Je vous demande pardon Votre Majesté ?

Henry tenta de maîtriser les accents de fureur qui teintaient sa question mais ils n'échappèrent pas au roi.

– Parfaitement, Norfolk. Avec une épouse irlandaise, vous êtes dans la position idéale pour ce poste. Cela m'a permis en outre de remplacer cet incompétent de Cavendish.

Henry se taisait, une lueur dangereuse brillant dans son regard.

– Ne faites pas cette tête Norfolk, je ne vous demanderai pas d'y rester indéfiniment. Juste le temps que la situation se calme un peu. Vous n'êtes pas sans savoir que les magistrats locaux attribuent la pauvreté du peuple irlandais à l'Angleterre. C'est ridicule et il me faut un interlocuteur de confiance pour étouffer ces propos séditieux dans l'œuf !

George IV exigea dans la foulée que se tienne un conseil extraordinaire à Windsor pour acter au plus vite la nomination effective du duc de Norfolk. Tous les ministres de Sa Majesté furent convoqués au château à la première heure du lendemain et le conseil particulièrement houleux qui se déroula dans la matinée assombrit encore l'humeur d'Henry.

Malgré sa réticence, il s'attela à la tâche avec intelligence et sérieux, comme tout ce qu'il entreprenait. Son rôle consisterait à relayer la correspondance officielle des magistrats locaux irlandais au ministre de Sa Majesté responsable du département de l'Intérieur, Robert Peel.

Il passa le reste de la journée à prendre connaissance des revendications irlandaises. Elles portaient essentiellement sur l'état des finances : le pays offrait peu de possibilités en termes de commerce et de manufacture et le départ des propriétaires terriens vers le sol anglais avait renforcé la pénurie d'emplois, plongeant les gens dans une misère dont il leur était difficile de sortir. Alors que l'économie anglaise fleurissait en cette période de paix, la plupart des Irlandais se débattaient pour survivre et nombre d'entre eux commettaient de petits larcins en désespoir de cause, ce qui accroissait la criminalité dans le pays.

À l'issue de ce premier jour de fonction, Henry se jeta sur le sofa de sa suite, épuisé. Relever ce défi ne serait pas une mince affaire. Son prédécesseur n'avait même pas pris la peine de se rendre en Irlande. C'était pourtant la première action à entreprendre. Il devait organiser une rencontre à Dublin avec le représentant des magistrats locaux au plus vite. Le temps de prendre ses dispositions, son départ pourrait être envisagé pour le surlendemain. Il envoya rapidement une missive afin d'avertir Dublin de sa venue.

Il hésita à prévenir Juliana, voire même à l'emmener avec lui mais repoussa aussitôt cette idée. Un tel voyage ne pouvait être envisagé avec Matthew. Qu'est-ce qu'elle lui manquait nom d'un chien ! Dire qu'il avait quitté Norfolk House il y a quelques jours à peine. Tout d'elle lui manquait. Son rire, sa peau, son odeur. Elle envahissait toutes ses pensées et il se débattait depuis son arrivée entre deux insomnies, fuyant son lit aux petites heures du matin.

Comment réagirait-il en la revoyant ? Serait-il capable de plonger dans son regard, d'y chercher le reflet de la profondeur de ses sentiments sans l'y trouver ? Même si cette séparation lui coûtait, il devait admettre qu'elle lui apportait un soulagement coupable, une échappatoire bienvenue à cette réalité à laquelle il redoutait lâchement de se confronter.

46

Lady Mary borda soigneusement Matthew. Il était emmitouflé dans sa petite couverture tricotée avec amour par ses soins et seule sa tête couverte d'un bonnet dépassait du sommet du landau. Elle sourit d'un air attendri. Son petit-fils était le portrait craché d'Henry au même âge.

– Juliana, appela-t-elle depuis le hall. Nous sommes prêts.

La jeune femme apparut à la porte de son boudoir.

– Je ne pense pas vous accompagner, Mary. Je ne me sens pas d'attaque.

– Allons allons, il faut vous secouer ma chérie. L'air frais vous fera le plus grand bien. Filez vous changer, je vous attends ici.

Désemparée, elle regarda Juliana s'éloigner d'un pas lent. Cela faisait trois jours que sa belle-fille ne sortait plus. Elle n'avait aucune idée de ce qui avait causé son apathie mais avait décidé qu'il était grand temps d'y remédier.

Alors qu'elle commençait à désespérer de voir réapparaître Juliana, celle-ci descendit enfin les marches du grand escalier. Elles se mirent en route. L'air s'était nettement rafraîchi depuis la veille, annonçant un automne précoce. Juliana rattacha les rubans de son bonnet et remonta le col de son manteau.

– Il fait bien trop frais pour une promenade, grommela-t-elle, maussade.

– Sottises, dit gaiement Mary. Vous reprenez déjà des couleurs.

Une légère roseur commençait en effet à parer les joues de la jeune fille inhabituellement pâles après ces jours de réclusion volontaire.

– Matthew est-il suffisamment couvert ? s'inquiéta Juliana en se penchant vers le landau.

– Bien sûr. Il est encore mieux emballé qu'un bonbon au chocolat.

Elles marchèrent un moment en silence jusqu'à apercevoir les hautes grilles du parc.

– Je pense qu'il est temps de faire demi-tour, dit Juliana.

– J'ai envie de faire un tour du parc, répliqua Mary sur un ton ferme qui étonna Juliana. Ma chérie, parlez-moi.

Face au silence de sa compagne, elle insista :

– Je vois bien que vous vous morfondez. S'est-il passé quelque chose avec Henry ?

– Non ! répondit Juliana un peu trop vivement.

Elle vit l'air sceptique de Mary et sut qu'elle ne pourrait la leurrer très longtemps.

– Oui…

– Racontez-moi, lui dit doucement Mary sur un ton d'encouragement.

– C'est compliqué.

– L'amour est toujours compliqué.

– Tout est de ma faute, dit Juliana avec un sanglot.

Dieu du ciel, qu'est-ce que ces dernières journées avaient été longues ! Le lendemain du départ d'Henry, elle avait continué d'interroger inlassablement Jenkins. Le duc avait-il annoncé son retour ? Y avait-il du courrier pour elle ? Elle avait vécu dans l'attente pendant tellement d'heures qu'elle ne se rappelait de rien d'autre. Puis elle était tombée dans une sorte d'hébétude. Henry lui manquait plus que tout. Cette brusque séparation après les moments de bonheur intense qu'ils avaient partagés était violente. Et cette dernière soirée… Elle s'en voulait terriblement. Pourquoi avait-elle hésité ? Avait-elle tout gâché ?

– Qu'est-ce qui est de votre faute ? Pas le départ d'Henry en tous cas ? Je suppose que vous n'ignorez pas sa nomination. Le roi veut le punir de vous avoir épousée Juliana, tout le monde le sait.

– Je le sais bien. Mais cela fait plusieurs jours qu'il se trouve à Windsor et il n'a pas envoyé un seul courrier pour m'informer des récents événements. Je ne sais même pas quelles sont ses intentions pour la suite. Et c'est de ma faute.

Mary conserva un silence respectueux, laissant à Juliana le temps qu'il lui fallait pour s'expliquer.

– La veille de son départ, Henry m'a avoué qu'il m'aimait. Et je ne lui ai rien répondu.

– Et l'aimez-vous ? demanda doucement Mary sans porter de jugement.

– Oui, plus que tout.

– Pourquoi ne pas le lui avoir dit dans ce cas ?

– Parce que j'en ai été incapable sur le moment. Comprenez-moi, nous venions de discuter de cet horrible épisode de l'année dernière, de l'annulation de nos fiançailles. Henry a prétendu qu'il n'avait rien à voir avec la décision du roi. Certes il a bien demandé cette annulation avant de venir en Irlande, mais il m'a affirmé y avoir renoncé après m'avoir connue.

– En doutez-vous ?

– J'ai envie de le croire… non, je le crois, reprit fermement Juliana. Mais c'est à n'y rien comprendre. Pourquoi le roi a-t-il soudainement décidé de nous convoquer ? (Elle secoua la tête.) Ça n'a plus aucune importance de toute manière. Je me fous de savoir comment nous en sommes arrivés là.

Mary tiqua en entendant le juron mais s'abstint de tout commentaire.

– Ce qui compte c'est qu'il m'aime et que je l'aime, reprit Juliana. Mais j'ai mis trop de temps à le réaliser. Lorsque j'ai voulu le lui dire, il était déjà parti.

– Pourquoi ne pas lui écrire ?

– Parce que je refuse de lui dire que je l'aime par courrier.

– Rendez-vous à Windsor dans ce cas.

– Je ne sais pas… Je conserve tant de mauvais souvenirs de cet endroit, je crains de ne pas avoir la force d'y faire face.

– Je comprends. Ce fut une épreuve difficile pour vous, répondit Mary compatissante en entourant ses épaules pour la serrer contre elle. Laissez-moi écrire à Henry pour lui demander de revenir…

– Non, vous n'avez pas à me servir d'intermédiaire. Vous avez raison, il est temps d'agir. Je vais me rendre à Windsor, Henry vaut bien tous les efforts du monde.

Juliana, qui était moins convaincue qu'elle n'y paraissait du succès de son entreprise, décida de ne pas partager ses doutes avec Mary. Elle ne lui dit pas à quel point elle craignait qu'Henry lui en veuille pour ses hésitations passées. Et s'il s'était consolé dans les bras d'une autre ? L'estomac noué, elle commença les préparatifs de son départ à la hâte. L'heure n'était plus aux atermoiements. Elle devait faire face aux conséquences de ses actes.

47

Henry poussa un profond soupir de lassitude. Comme à chacun de ses séjours à Windsor, une floppée de mondanités frivoles inhérentes à la vie de château étaient planifiées et ce soir entre tous, il n'avait pas l'énergie d'y participer. Il ne pouvait y échapper pourtant. Il lui restait deux ou trois détails à régler avant son voyage à Dublin et devait s'en entretenir avec Robert Peel, ministre du département de l'intérieur.

Lorsqu'il débarqua dans la salle de bal, la fête battait son plein.

Henry contempla d'un œil morne les danseurs enchaîner les pas. Toujours les mêmes figures, toujours la même rengaine. Un, deux, trois, un, deux, trois.

Où était passé Peel ? Il n'en pouvait plus de regarder ces joyeux drilles. Les bals à Windsor se ressemblaient tous à ses yeux. Des toilettes coûteuses, des parures étincelantes, de la mauvaise musique et des rires trop aigus.

– Vous ne dansez pas, Votre Grâce ?

Il se tourna vers l'importune qui avait eu l'audace d'interrompre ses sombres pensées et tomba sur un visage empreint de douceur et de... mélancolie ? Il n'aurait su le dire. Elle était plutôt grande pour une femme, très mince surtout. Tout en elle était délicat, depuis ses fines mains qui serraient un éventail avec un soupçon de nervosité jusqu'au petit nez retroussé qui surplombait sa bouche groseille.

– Qui êtes-vous ? répondit-il sèchement, sans lui témoigner la moindre politesse.

– Lady Alice, Marquise de Salisbury, Votre Grâce.

Henry fouilla sa mémoire. Lord Cecil, Marquis de Salisbury, dont le titre de comte avait été élevé au rang de marquis quelques dizaines d'années auparavant, avait épousé une femme beaucoup plus jeune que lui. C'était sa quatrième épouse, ce qui lui avait valu le gentil sobriquet de « Barbe-bleue » et il n'avait toujours enfanté aucun héritier. Ces mariages successifs étaient malheureusement trop fréquents dans leur milieu et la jeune femme paraissait subir sa vie aux côtés de son époux rébarbatif.

– Vous appréciez la soirée, Madame ? demanda-t-il d'un ton radouci, sympathisant malgré lui à sa situation.

– Si peu, Votre Grâce, souffla-t-elle. J'ai parfois le sentiment qu'elles se ressemblent toutes.

Il était surpris qu'une jeune demoiselle lui tienne un tel discours. Certes, elle avait épousé un homme qui aurait pu être son grand-père mais les mœurs étaient relativement libérées au sein de l'aristocratie. Elle aurait pu y trouver son compte malgré tout.

– Que faites-vous donc ici si vous n'y prenez aucun plaisir ?

– Je fuis la chambre conjugale, Votre Grâce, dit-elle tranquillement, ce qui provoqua chez lui un éclat de rire incontrôlable.

Miséricorde, ces derniers jours avaient été si sombres, cela lui faisait un bien fou de se détendre de cette manière.

– Le marquis vous donne du fil à retordre ? osa-t-il demander, entrant dans son jeu.

– Vous n'imaginez pas, répondit-elle d'un ton léger. C'est à se demander si l'ancienne génération n'a pas été complètement pervertie pas la vie dissolue que mène notre souverain.

– Madame, j'espère que vous ne criez pas ces affirmations sous tous les toits.

– Rassurez-vous, j'ai vite compris que je pouvais vous compter parmi mes alliés.

– Ah bon ? Et qu'est-ce qui vous fait dire cela ?

– Plusieurs choses en vérité. La conclusion de fiançailles non désirées, une répudiation plus que suspecte, la punition imposée par le roi... Votre vie est décortiquée sur la place publique Votre Grâce. Il m'apparaît clairement que vous ne portez pas Sa Majesté et ceux qui l'entourent dans votre cœur.

– Je n'avais pas réalisé que mes déboires amoureux méritaient de faire la une des journaux, répondit-il amusé malgré lui par la tournure de cette conversation.

– Oh la une des journaux peut-être pas... mais ils m'intéressent suffisamment pour avoir trouvé le courage de venir vous trouver.

– Parce que cela nécessite du courage ?

– Bien entendu Votre Grâce. Vous êtes passablement impressionnant avec votre stature gigantesque, tout bougon que vous êtes, reclus dans le fond de la salle. Et je soupçonne que vous cherchez délibérément à entretenir cette image de grand seigneur inatteignable.

– Vous avez décidément la langue bien pendue. Vous me faites penser à mon épouse…

– On la dit d'une beauté sans pareille. Pourquoi ne se trouve-t-elle pas avec vous ?

Henry n'avait aucune envie de dévoiler à une parfaite inconnue l'état de sa relation maritale, encore moins d'avouer qu'il s'était ridiculisé à lui déclarer sa flamme sans obtenir de réponse en retour. Il resta donc silencieux.

La péronnelle reprit de plus belle :

– Vous sentez-vous seul ?

Plus que jamais.

– Je vous trouve bien curieuse, répliqua-t-il pour éviter de devoir s'étaler.

– Excusez mon indiscrétion Votre Grâce. Je meurs d'ennui, je cherche simplement une distraction.

– Et c'est moi qui en fait les frais ?

– Si je vous importune, je peux vous laisser ruminer dans votre coin.

Pourquoi ne lui répondait-il pas « Oui vous m'importunez. Foutez-moi la paix » ? Inexplicablement, sa présence lui faisait du bien et il ne parvenait pas à lui demander de partir.

– Bien, il est donc établi que vous ne souhaitez pas me voir déguerpir, fit-elle malicieusement.

– Ne dit-on pas « Qui ne dit mot consent » ? répliqua-t-il avec un sourire en coin.

– Vous savez que lorsque vous souriez, une adorable fossette se creuse du côté gauche de votre visage ? Prenez garde, vous pourriez presque paraître humain.

– Votre impertinence dépasse les limites de l'entendement, Madame.

Que lui arrivait-il ? Était-il en train de badiner

avec cette jeune audacieuse qui le provoquait avec amusement ?

– Oui, on me l'a souvent reproché, fit-elle, mutine. Votre Grâce, je meurs de chaleur. M'accompagneriez-vous pour quelques pas dans les jardins ?

Elle semblait pousser le jeu de séduction un cran plus loin. Décidant de ne pas relever l'absurdité de cette excuse inventée de toute pièce vu la fraîcheur des soirées de cette fin d'été, il abdiqua avec une facilité étonnante. Quelque chose le poussait à prendre part à ce marivaudage inattendu. Elle posa sa main gantée sur son bras pour l'entraîner vers les portes-fenêtres.

Ils marchèrent tranquillement au milieu des haies parfaitement taillées et des bosquets chargés de roses. Le son provoqué par les gravillons écrasés sous leurs pas résonnait dans la nuit.

Soudain, elle s'arrêta pour se tourner vers lui. Penchant le buste en poussant un tendre soupir, elle s'agrippa à son plastron et se hissa sur la pointe des pieds pour déposer ses lèvres sur les siennes.

Henry sursauta. Ce n'était pas tant l'aplomb avec lequel elle s'imposait à lui qui le surprit, il n'était pas ingénu au point de ne pas comprendre que leur petit échange ne constituait qu'un avant-goût de cette étreinte, non, c'était davantage l'absence d'émoi que ce baiser soulevait qui le choqua. Elle lui était royalement indifférente. Elle était pourtant délicieuse, et à une autre époque…

Repoussant subtilement la jeune enjôleuse, il tenta de lui expliquer avec gentillesse :

– Lady Alice… Je ne sais comment vous dire cela…

– Vous ne ressentez rien pour moi.

C'était une constatation, énoncée simplement et sans

colère.

– Non.

Alice haussa les épaules d'un geste fataliste. Il y en aurait d'autres…

Ils reprirent leur marche dans l'autre sens.

– Savez-vous que j'ai eu la semaine dernière une conversation des plus intéressantes avec le comte de Devon ?

– Une conversation intéressante avec Devon ? C'est une première, railla Henry.

– Écoutez la suite, dit-elle en riant. Vous allez comprendre pourquoi.

48

Juliana avait fait avancer la calèche. Si elle partait maintenant, elle serait à Windsor avant l'heure du déjeuner. En se dépêchant, elle pouvait faire l'aller-retour en une journée et revoir Matthew avant qu'il ne soit couché.

– Votre Grâce, l'interpella Jenkins alors qu'elle passait la porte.

– Oui Jenkins ? demanda Juliana.

– J'ai du courrier pour vous. C'est urgent.

Juliana rebroussa chemin. Peut-être était-ce un message d'Henry ? Elle ôta fébrilement ses gants et déchira l'enveloppe.

Serrant entre ses doigts crispés la missive qu'elle était en train de parcourir, elle ne put empêcher une larme de couler. Lisbeth était au plus mal. Byrne lui écrivait qu'il n'était pas certain qu'elle soit encore en vie quand elle recevrait ce message, bien qu'il ait fait au plus vite pour l'en informer. La vieille cuisinière de Castle Coole avait apparemment été victime d'une mauvaise grippe et ne parvenait pas à s'en remettre.

L'image de la petite femme replète qui avait égayé

ses journées en lui permettant de touiller dans ses marmites à l'insu d'Abby s'imposa à elle.

Juliana devait se rendre au plus vite en Irlande. Devait-elle prendre le risque de retarder son départ d'une journée le temps de revoir Henry ? *Je suis au regret de vous annoncer que Lisbeth est au plus mal. Nous avons fait venir le prêtre pour l'extrême onction.* Non, les mots de Byrne étaient sans équivoque. Si elle ne partait pas maintenant, elle n'aurait aucune chance de la revoir en vie.

Se hâtant vers les jardins où elle espérait trouver Mary, elle passa mentalement en revue les dispositions à prendre pour un tel voyage. Elle serait partie deux semaines au bas mot. Devait-elle emmener Matthew avec elle ? Elle l'envisagea un instant, mais y renonça aussitôt, se refusant à le soumettre à un tel périple. Il serait bien mieux ici, bénéficiant des soins de sa grand-mère et d'Abby, d'autant qu'elle n'allaitait plus depuis plusieurs semaines.

– Mary ? Mary ?!

– Nous sommes ici Juliana, répondit Mary en agitant le bras tandis que la jeune femme émergeait au détour d'un buisson. Vous n'êtes pas encore partie ma chérie ?

– Mary c'est une catastrophe ! répondit Juliana en s'agenouillant sur la couverture aux côtés de sa belle-mère. Je dois me rendre en Irlande sur le champ.

– Grands Dieux, mais pourquoi donc ? s'exclama Mary.

– Ma cuisinière est au plus mal. Elle compte tant pour moi, je dois tout faire pour la voir, peut-être pour la dernière fois, dit Juliana des larmes dans la voix.

– Oh ma pauvre enfant ! Bien sûr, allez-y ! Vous ne comptez pas emmener Matthew je suppose ?

– Je l'ai envisagé mais ces allers-retours sont très fatigants. Il est encore si petit, il en souffrirait c'est certain. Je vous laisse Abby bien entendu. Je sais qu'elle aurait aimé venir avec moi mais c'est impossible. Vous aurez besoin d'elle ici.

– Partez l'esprit tranquille, je resterai ici pour m'occuper de lui avec votre gouvernante.

– Vous êtes sûre ? avança Juliana, encore hésitante.

– Certaine. N'ayez crainte, je ne le lâcherai pas d'une semelle.

Juliana prit son fils dans ses bras et se mit à pleurer, humant son odeur pour tenter de s'en imprégner avant son départ. Il allait tellement lui manquer ! Elle n'avait jamais été séparée de lui, il n'avait même pas encore atteint l'âge de six mois. Elle savait que la plupart des aristocrates se contentaient d'un baiser sur le front de leur enfant avant leur coucher, du moins jusqu'à ce qu'ils soient en âge de mener une conversation sensée. Mais elle n'avait pu s'y résoudre. Depuis sa naissance, elle passait le plus clair de son temps avec Matthew et cette séparation était la plus douloureuse qu'elle avait eu à vivre jusqu'à présent.

Matthew s'agrippa à elle et posa sa petite tête sur son épaule, comme s'il avait senti qu'elle avait un besoin particulier de tendresse, et les pleurs de Juliana redoublèrent.

– Juliana, fit doucement Mary. C'est difficile, je comprends. Mais vous verrez, vous serez vite revenue et lorsque vous retrouverez Matthew, ce sera comme si vous ne l'aviez jamais quitté.

Juliana hocha la tête, incapable de parler, et confia son fils à Mary. Elle se remit debout et après leur avoir adressé un dernier regard, repartit en courant vers la

NORA GREEN

maison.

49

Dublin, Irlande, Octobre 1822

– Votre Grâce, je vous demande de reconsidérer la mise en place d'un couvre-feu, plaida Aidrian Lynch, représentant des magistrats locaux irlandais. La situation est extrêmement tendue au sein des districts troublés.

– Je n'ai pas le pouvoir de prendre cette décision, répondit Henry d'un ton ferme. Je ne peux que relayer votre demande auprès du département de l'Intérieur mais je préfère vous prévenir qu'elle risque d'être mal accueillie. Les ministres de Sa Majesté refusent de revenir à une situation telle que celle qui a suivi l'acte d'insurrection.

– Vous savez parfaitement que c'est l'absence de loi défendant les pauvres qui cause cette situation, interrompit Daniel O'Connell, un avocat actif en politique et fervent défenseur de l'émancipation des catholiques.

Ils se réunissaient pour la troisième fois en trois jours et leurs discussions commençaient à tourner en rond.

La veille, Daniel l'avait emmené prendre un verre à l'Oval Bar, un pub situé au milieu d'Abbey Street, au cœur de la ville. Henry avait découvert un homme profondément pacifique, dont l'air doux pouvait être trompeur car une passion certaine l'animait lorsqu'il se mettait à parler des causes qu'il défendait.

Il lui avait raconté son enfance aisée passée dans le comté de Kerry, sa jeunesse en Angleterre, ses études en Irlande. Fortement influencé par son oncle, Maurice O'Connell, il avait toujours soutenu que la défense du peuple irlandais devait passer par la politique plutôt que par la force, refusant de s'engager dans les rébellions armées qui avaient secoué le pays.

Malgré le côté légèrement naïf de son interlocuteur, Henry s'était surpris à l'apprécier. Il l'admirait, peut-être parce qu'il se dégageait de sa personne une forme d'espoir mâtiné de bonté qui le renvoyait brutalement à sa propre désillusion.

– J'en suis conscient Monsieur O'Connell, mais je vous rappelle que je ne fais pas les lois. Par ailleurs, je dois vous avouer qu'au sein du gouvernement, on mise actuellement sur la menace plutôt que sur l'application de la loi. Les ministres de Sa Majesté pensent que la répression des troubles excite les passions et souhaitent plus que tout maintenir la paix.

– La paix ! postillonna Aidrian Lynch. Ils se foutent de nous ! Vous croyez que j'ignore que votre gouvernement fait référence à l'Irlande comme à un « pays couvert de mendiants, une forêt de pauvres » ?

Henry observa un silence respectueux. Il ne fallait pas les prendre pour des imbéciles, ils savaient parfaitement bien que l'Angleterre traitait l'Irlande avec une condescendance qui frisait le mépris. Dieu merci, ils n'avaient pas mis la main sur les conclusions de certains parlementaires. *« Si la magistrature locale d'Irlande (ceci dit sans intention d'offenser, généralement parlant, et avec de nombreuses exceptions) est encore bien éloignée d'offrir les caractère de celle d'Angleterre, la faute n'en doit pas être attribuée au peu de zèle des ministres de S.M. »* ; *« Le gouvernement ne peut faire le bien que là où il en trouve déjà les éléments »*.

Daniel renchérit :

– Votre Grâce, la situation est telle qu'elle est parce que le peuple crie famine. Je vous ai parlé de cette association que j'ai créée et qui est ouverte aux pauvres.

– Vous m'en avez touché un mot en effet.

Daniel avait eu une idée de génie. Pour attirer les pauvres d'Irlande et les joindre à sa cause, il ne demandait qu'une cotisation symbolique d'un penny par mois, ce qui avait apporté à l'Association un succès certain. L'argent ainsi récolté permettait de soutenir leurs idées à la Chambre des communes mais aussi d'aider les membres les plus pauvres au moyen de généreuses donations.

– Nous espérons que l'argent récolté permettra d'abroger toute la législation anticatholique qui est encore en vigueur.

– Et je ne peux que vous soutenir, pour les raisons personnelles que vous connaissez.

Chacun savait qu'Henry avait épousé la fille du 1er comte de Belmore. Cela lui donnait un certain crédit et il ne put s'empêcher de tirer son chapeau à George IV. Il avait eu raison, son statut marital lui donnait décidément un avantage vis-à-vis de ses interlocuteurs.

– Mais nous nous égarons, reprit-il fermement. Je suis ici pour recueillir vos doléances et m'assurer de leur authenticité. C'est à présent chose faite. Je clôture donc cet entretien Messieurs. Je ferai mon possible pour faire remonter l'information.

Les deux hommes s'inclinèrent devant lui et il tourna les talons.

Daniel le rattrapa alors qu'il sortait du palais de justice.

– Votre Grâce !

– Daniel, nous avions convenu de nous appeler par nos prénoms.

– Henry, merci pour votre écoute. Vous êtes le premier qui semble prêter une oreille attentive à notre situation.

– C'est tout naturel, répondit-il machinalement.

– Êtes-vous disponible ce soir ?

– Je compte quitter Dublin demain à la première heure.

Cela faisait près de deux semaines à présent qu'il avait quitté son foyer et il avait trop besoin de sa femme. Il rentrerait à Londres dès le lendemain, sans repasser par Windsor. Il pourrait ainsi l'ensevelir de baisers et lui faire l'amour des heures durant. Ces derniers jours, il avait réfléchi davantage encore à leur mariage. Peut-être en raison de sa présence dans le pays qui l'avait vu naître, ou était-ce à cause de sa rencontre avec Alice de Salisbury. Quoi qu'il en soit, il en était arrivé à une conclusion très simple. Elle ne l'aimait pas ? Peu lui importait, il avait assez d'amour pour deux. Tout ce qu'il savait, c'est qu'il ne passerait pas un jour de plus que nécessaire loin d'elle. Il en allait de sa santé mentale.

– Disons vingt-et-une heures à l'Oval Bar ?

– Entendu.

Leurs chopes s'entrechoquèrent lorsqu'ils trinquèrent dans l'atmosphère bruyante du pub.

– À cette rencontre... intéressante ! lança Daniel avec un grand sourire.

– À cette rencontre ! renchérit Henry.

Ils avalèrent chacun une grande gorgée de bière et reposèrent leurs verres.

– Je dois dire que vous me surprenez Henry.

– Ah bon ? demanda Henry amusé. Et pourquoi donc ?

– Je ne vous imaginais pas comme cela. Votre beau-frère ne porte pas les aristocrates anglais dans son cœur et il m'a dépeint un portrait... peu avantageux de votre classe, pour le dire de manière diplomatique.

– Mon beau-frère ? Vous connaissez le comte de Belmore ? s'étonna Henry.

– Somerset est un ami d'enfance. Nous sommes tous deux issus de la politique irlandaise et avons fait nos armes à Dublin avant qu'il ne soit actif à la Chambre des communes britannique.

– Je ne l'ai jamais rencontré, fit Henry, songeant à la conversation qu'il avait surprise au White. Selon ma femme, il ne se préoccupe pas énormément de Castle Coole, sa propriété en Irlande du Nord.

– Il n'a jamais aimé cette demeure. Elle est trop énorme, trop... tout. Et elle a causé la ruine de son père.

– C'est aussi grâce à elle qu'il a été nommé comte au lieu de baron, rétorqua Henry. Sans cela, il n'aurait peut-être jamais été considéré par le roi George III comme suffisamment digne d'une alliance avec les Norfolk.

Et lui n'aurait pas connu Juliana...

– Ce n'est pas faux...

Intrigué, Daniel se risqua à lui poser une question qui

le taraudait :

– Je ne navigue pas dans les mêmes sphères que vous Henry, mais cela ne m'empêche pas d'entendre certaines rumeurs. Excusez d'avance mon impertinence mais… Avez-vous vraiment demandé l'annulation de vos fiançailles au roi George IV ?

Henry se racla la gorge.

– Oui.

– Mais… je ne comprends pas… Lady Juliana est pourtant votre femme aujourd'hui, constata-t-il, perplexe.

– Finement observé, fit Henry, sarcastique. Excusez-moi, c'est un sujet sensible.

Brusquement, il ressentit le besoin de vider son sac.

– Pour faire court, mon père considérait cette union indigne des Norfolk et je me suis laissé bercer par ses idéaux. J'ai effectivement demandé l'annulation quand George IV a succédé à son père, mais elle m'a été refusée. Quand j'ai rencontré Juliana, je suis tombé amoureux d'elle et j'ai décidé de tout laisser tomber. Malheureusement, certaines personnes malintentionnées en ont décidé autrement. J'ai appris récemment qu'un proche courtisan du roi avait œuvré pour qu'il prononce cette fameuse annulation, contre mon gré. Je vous passe certains détails mais quand j'ai retrouvé Juliana près d'un an plus tard, j'ai découvert qu'elle avait mis au monde mon enfant. Je l'ai épousée et nous voilà aujourd'hui, fit-il avec un sourire désabusé.

– Tout est bien qui finit bien alors… ? se hasarda à avancer Daniel.

– Si l'on veut.

Il y avait des limites à ce qu'il voulait bien partager avec cet homme qu'il connaissait à peine.

– Je suppose que vous allez la rejoindre à Castle Coole maintenant que votre mission est terminée.

– À Castle Coole ? Vous vous trompez, Juliana est à Londres.

– Oh, excusez ma méprise. Somerset m'a écrit il y a deux jours à peine avec des instructions concernant notre rencontre avec Monsieur Lynch. Il est en Irlande et a mentionné une visite de Lady Juliana à Castle Coole. La mort d'un domestique apparemment… mais j'ai dû mal comprendre. Elle est certainement déjà rentrée ou n'est pas encore partie. Je suppose que vous êtes mieux informé que moi.

Se pouvait-il que Juliana soit partie en Irlande sans l'en avertir ? Il ne pouvait l'en blâmer. Depuis son départ à Windsor, il ne lui avait donné aucune nouvelle. Il était meurtri par son rejet certes, mais elle ne méritait pas d'être traitée de la sorte. Au demeurant, elle l'avait peut-être fait prévenir à Windsor mais il était parti si vite, il n'aurait pas reçu le message avant son départ.

Si c'était vrai, cela signifiait qu'elle ne se trouvait qu'à deux jours de voyage du lieu où il se trouvait, une journée s'il partait aux premières heures de l'aube et qu'il talonnait son cheval. Si c'était faux, il perdait un temps précieux à faire un aller-retour inutile vers le nord.

Il décida d'en avoir le cœur net. Ce serait pire encore s'il débarquait à Londres pour y découvrir son absence.

– Daniel, je vais devoir vous laisser. Mais avant de nous quitter, je souhaiterais vous confier une mission…

50

Castle Coole, Irlande du Nord, Octobre 1822

Le soleil se couchait lentement, enveloppant de sa douce lumière les pièces du rez-de-chaussée. Cette demeure était grandiose, c'était indéniable. Somerset ne pouvait s'empêcher de ressentir une pointe de regret à l'idée de s'en défaire, même s'il n'avait passé qu'une poignée de jours ici durant les quinze dernières années.

Parcourant de son pas tranquille les parquets lustrés, il savoura une dernière fois l'impression de puissance qu'elle faisait monter en lui chaque fois qu'il s'y promenait. Les moulures plâtrées, les portes en acajou incrusté, les manteaux en marbre. Son père avait aménagé les espaces à la perfection, trouvant ce délicat équilibre entre flamboyance et retenue pour un résultat d'une élégance irréprochable.

L'acheteur avait exigé que le manoir soit vendu avec son mobilier intact. Somerset n'aurait pourtant pas refusé d'emporter avec lui l'armoire à glace de sa chambre ou même la série de chaises richement sculptées et tapissées qui garnissaient la salle à manger.

Elles auraient été du plus bel effet dans l'hôtel de ville qu'il pourrait acquérir à Londres, maintenant qu'il avait les fonds suffisants.

Il était parvenu sans le vouloir à la salle de bal ovale, entourée de pilastres corinthiens. Elle n'avait jamais servi. Son père avait dépensé plusieurs centaines de livres pour les tentures de soie rouge, imaginant déjà les réceptions grandioses qu'il organiserait maintenant que Juliana allait devenir duchesse. S'il avait su... Des trois enfants du comte, Somerset était celui qui avait ressenti le déclin d'Armar le plus durement. Il avait pu voir, impuissant, l'amertume ronger peu à peu le cœur de cet homme fort, fier et ambitieux. Il lui rendait hommage à chacun de ses séjours, visitant sa tombe avec ce même sentiment d'inachevé qui l'envahissait lorsqu'il repensait à ces espoirs brisés.

Oui, tout ceci lui manquerait, il ne pouvait le nier.

Mais de grandes choses l'attendaient à présent. Le nom de Norfolk lui ouvrirait enfin toutes ces portes qu'il était impatient d'enfoncer. L'argent de la vente lui assurerait le prestige dont il avait dû se priver depuis son plus jeune âge. Il prenait enfin sa revanche sur le passé.

– Tu pourrais éviter d'arborer cet air de conquérant à chaque fois que tu te trouves ici, asséna Juliana qui l'avait rejoint.

– Et pourquoi m'en priverais-je ? rétorqua-t-il. Cette demeure m'appartient.

– Plus pour longtemps, cracha Juliana avec aigreur. Je ne peux pas croire que tu l'aies vendue, Somerset. Castle Coole signifiait tout pour notre père.

– Il n'est plus là pour en profiter. De toute façon en quoi cela te concerne-t-il ? Tu as suffisamment de propriétés en Angleterre, maintenant que tu es duchesse.

– Cela va peut-être te paraître absurde, mais j'ai grandi ici. Cette demeure a une valeur sentimentale pour moi. Mais tu ne peux pas comprendre, tu n'as pas de cœur…

– Je t'interdis de me parler sur ce ton Juliana. Et puis tu peux bien fanfaronner, toi qui n'a même pas eu la décence de me prévenir que tu avais eu un enfant et que tu avais épousé le duc. J'ai dû l'apprendre d'un parlementaire à la sortie de la Chambre des communes. J'ai eu l'air fin…

– Et pourquoi t'aurais-je averti ? Tu n'as jamais pris ton rôle de tuteur à cœur. Et tu te serais servi de ces informations à ton avantage.

– Petite insolente, gronda Somerset avant de s'interrompre.

Il ne devait pas oublier qu'il s'adressait à la duchesse de Norfolk à présent. Si Juliana décidait de lui nuire, elle pourrait faire beaucoup de tort avec les pouvoirs dont elle disposait.

– Ne nous fâchons pas, Juliana, reprit-il en se forçant à sourire. L'avenir nous tend les bras. Tu as épousé ton duc et je suis parvenu à vendre cette immense demeure sans avoir dû lever le petit doigt.

– Et tu n'as aucune idée de l'identité de cet acquéreur ? demanda-t-elle d'un ton sceptique. C'est tout de même étrange, ce courrier qui t'est parvenu ce matin.

– J'ai toute confiance en Daniel. Il l'a rencontré personnellement, mais n'a pas précisé pourquoi il souhaitait garder l'anonymat pour le moment. Je finirai bien par savoir qui c'est, conclut Somerset en haussant les épaules.

Juliana eut un petit reniflement de mépris et s'éclipsa,

de peur de laisser ses émotions l'emporter une nouvelle fois. La désinvolture de son frère, ce flegmatisme dont il faisait montre alors que la résidence familiale imaginée par leur père allait tomber entre les mains d'un inconnu la dépassait.

Elle regagna sa chambre avec l'envie de s'enfouir sous les draps pour effacer le chagrin qui menaçait de la submerger. Lisbeth était décédée. Elle n'avait même pas pu lui dire aurevoir. La vieille cuisinière avait poussé son dernier soupir quelques heures avant son arrivée. Juliana avait été incapable de veiller sa dépouille.

Elle repensa au service poignant de la veille. Ils étaient peu à avoir été présents. Les domestiques de Castle Coole, sa sœur, qui vivait encore dans la région, et son neveu et sa nièce. Sa sœur avait accepté qu'elle soit inhumée sur les terres du domaine. Quelle importance, maintenant que le manoir était vendu.

Ses pleurs redoublèrent. Elle avait l'impression que tout lui échappait et elle se sentait si seule. Henry lui manquait terriblement, maintenant plus que jamais. Elle aurait voulu qu'il l'entoure de ses bras réconfortants, pouvoir sangloter sur son épaule tout en sentant son odeur l'envelopper. Le pourrait-elle encore ? Une fois de plus, ses angoisses refirent surface et elle suffoqua à l'idée de l'avoir perdu lui aussi. D'avoir brisé la coquille de leur amour encore si fragile.

Accablée de tristesse, l'oreiller mouillé de ses larmes, elle finit par sombrer dans un lourd sommeil.

Elle faisait un rêve délicieusement torturant. Ses seins fourmillaient, son entrejambe brûlait de désir. Elle se tortilla, cherchant confusément un contact apaisant. Elle imaginait les mains d'Henry sur sa poitrine, la pétrissant sans relâche, imprimant les gestes qui l'amenaient à s'ouvrir comme une fleur. Ses mains descendaient ensuite pour se glisser entre ses cuisses, trouvant l'entrée de son temple sacré. Elle ondulait sous ces caresses, prenait sa main, la pressait contre son intimité pour l'inviter à aller plus loin, à prendre ce qu'elle lui offrait.

Henry serra les dents, gonflé de désir. Juliana lui répondait avec une telle passion, il sentait son cœur cogner dans sa poitrine, ses veines battre contre ses tempes.

Arrivé à Castle Coole peu avant minuit, il avait tiré le pauvre Byrne de son lit pour s'enquérir de la présence de sa femme. Elle se trouvait bien ici, Dieu soit Loué. Incapable d'attendre jusqu'au matin pour la voir, il s'était introduit silencieusement dans sa chambre et avait commencé par contempler la forme endormie. Son cœur avait failli exploser. Il en avait tant rêvé et elle se trouvait à quelques pas de lui.

Se déshabillant en vitesse, il s'était glissé à ses côtés sur le lit étroit et avait enfoui son visage dans sa chevelure, respirant son odeur à plein nez. La proximité de son corps avait vite eu raison de lui. Il n'avait pas eu l'intention de laisser les choses dégénérer de cette manière, il avait juste eu besoin de son contact physique, un besoin viscéral. Pressé ainsi contre elle, vibrante sous ses doigts, il ne pouvait plus s'arrêter à présent.

Juliana émergea enfin de l'inconscience. Dieu tout-puissant, ce n'était pas un rêve ! C'était bel et bien Henry qui la tourmentait de ses caresses affriolantes. Que faisait-il là ?! Elle se tourna vers lui en l'enlaçant avec toute la force qu'elle possédait.

– Henry, mon amour ! Tu es là, tu es vraiment là, s'exclama-t-elle, incrédule.

– Je suis là ma douce…

Lui prenant le menton, il se pencha pour dévorer ses lèvres. Juliana aurait voulu que ce baiser ne finisse jamais. Leurs langues se caressaient, leurs souffles se mêlaient pour ne former qu'un, leurs bouches étaient soudées l'une à l'autre.

– Je meurs d'envie de tout te raconter, mais d'abord…

Il remonta sa robe, qu'elle portait toujours car elle s'était glissée tout habillée sous les draps, et reprit la brûlante exploration qu'il avait interrompue. Juliana gémit langoureusement, mourant d'envie de sentir son membre puissant en elle. Elle se blottit dos à lui et agrippa son sexe pour qu'il l'insère entre ses jambes. Henry la pénétra lentement, s'enfonçant centimètre par centimètre dans la moite profondeur. Comme elle lui avait manqué ! Elle était trempée de désir et sa chaleur torride l'aspirait en elle.

– Comme tu m'as manqué Henry, gémit-elle. J'en ai rêvé toutes les nuits. Ne t'arrête pas, ne t'arrête surtout pas…

– Jamais, jamais… Dieu, qu'est-ce que c'est bon !

Elle sentait ses coups de rein contre ses fesses, s'offrait lascivement à ses assauts. Le plaisir s'intensifiait, son corps vibrait à l'unisson avec celui de son mari. Elle crispa soudain les pieds, foudroyée par la jouissance.

Henry prit ses hanches pour mieux s'enfoncer en elle. Lui mordant la nuque, il entra dans une sorte de transe et la pilonna de plus en plus vite. Il sentit qu'il perdait totalement le contrôle et explosa dans un cri guttural, peinant à reprendre son souffle.

– Henry ? murmura-t-elle après un moment.

– Oui ma douce ? répondit-il, l'esprit encore embrumé de cette torpeur si douce.

– J'adore quand tu jouis.

– Moi aussi, dit-il en riant.

Elle se pencha pour allumer la bougie qui se trouvait sur la table de chevet et se tourna vers lui.

– Je dois t'avouer quelque chose. (Il la regarda avec appréhension.) Je t'aime. Je t'aime tellement !

Elle se mit à pleurer tout en passant ses doigts dans la douceur de ses cheveux, frottant sa barbe naissante contre la peau délicate de ses doigts.

– Si tu savais comme je t'aime.

Henry la prit contre son cœur et la serra très fort. Elle l'aimait, Dieu merci elle l'aimait ! Ému aux larmes, il fut incapable de parler, et ils restèrent un long moment silencieux, goûtant au bonheur d'être simplement l'un contre l'autre.

– Je t'ai toujours aimé, dit-elle contre son torse. Peu m'importe si tu ne m'aimes plus parce que j'ai trop attendu pour te le dire. Je suis tellement désolée, j'aurais dû te l'avouer ce soir-là mais j'avais si peur de te faire confiance à nouveau. Plus rien de tout cela n'a d'importance. Je ne cesserai jamais de t'aimer.

– Comment peux-tu croire une seule seconde que je ne t'aime plus, petite folle ? Tu es toute ma vie Juliana. Je suis fou de toi, j'aime tout en toi. Je t'aime plus que ma vie.

Il l'embrassa à perdre haleine.

– Et tu ne peux pas savoir ce que ça signifie pour moi que tu m'accordes ta confiance alors que tu ne connais même pas toute l'histoire.

– Quelle histoire ?

– J'ai enfin compris pourquoi le roi nous avait convoqués à Windsor. C'est à la demande du comte de Devon.

– Le comte de Devon ? Mais qu'a-t-il à voir dans tout ça ? questionna Juliana en fronçant les sourcils.

– Apparemment, Charlotte couchait avec lui à ce moment-là et s'est arrangée pour qu'il réclame l'annulation au roi.

– Doux Jésus, le machiavélisme de cette femme n'a aucune limite, dit Juliana médusée.

– Je suis tellement désolé, Juliana.

– Je comprends surtout qu'un grand nombre d'erreurs auraient pu être évitées si elle n'avait pas fait partie de nos vies, frémit-elle.

– Non, je dois reconnaître mes propres torts. J'aurais dû te parler avant l'audience. Même si je n'avais reçu aucune information préalable de la part du roi, j'avais mes doutes et je les ai lâchement gardés pour moi. J'aurais dû avoir confiance en toi et t'avouer toute la vérité.

– C'est vrai, admit-elle. Mais je t'ai apporté mon lot de souffrances aussi Henry. Je n'aurais jamais dû te cacher ton enfant. Et je n'aurais jamais dû te laisser croire que j'aimais Edward.

– Je t'en prie, ne parlons pas de lui, protesta Henry pour qui entendre ce prénom dans la bouche de sa femme était encore douloureux.

– Non Henry, écoute-moi. J'avais peur, j'étais seule, je venais d'avoir un enfant hors des liens du mariage,... et puis Edward m'avait sauvé la vie. C'est uniquement pour cela que j'ai accepté de l'épouser. Je ne l'ai jamais aimé... pas comme je t'aime toi.

Le cœur gonflé de soulagement, Henry l'embrassa

une nouvelle fois.

– Est-ce que je peux t'avouer quelque chose moi aussi ? reprit-il.

– Dis-moi…, répondit-elle avec une pointe de méfiance.

– Lorsque tu t'énerves, ton accent irlandais ressort et c'est un délice à écouter, la taquina-t-il.

– Goujat, gronda-t-elle en riant. Tu te moques de moi !

– Pas du tout ! C'est absolument adorable. C'est même étonnant qu'il ne soit pas plus présent.

– Mon père a insisté pour engager une gouvernante anglaise. Abby était intraitable sur ma diction. Elle disait qu'une duchesse anglaise se devait de maîtriser parfaitement la langue de son pays.

– Cela m'aurait plu pourtant… ma petite Irlandaise.

– N'en sois pas si sûr. Je peux te débiter tout un discours en irlandais, tu n'en comprendrais pas un mot.

– Ma douce, j'adore l'Irlande. Parce que je t'adore toi… J'ai hâte de découvrir le pays qui t'a vue grandir.

Il se tortilla, ne parvenant pas à trouver une position confortable dans l'espace exigu de cette simple couchette.

– Pourquoi t'obstines-tu à dormir dans ce lit d'une personne ? grommela-t-il en tournant une nouvelle fois, secouant le matelas.

– Excuse-moi, répondit-elle en riant. Je ne pensais pas avoir de la compagnie cette nuit.

– Et où est Matthew ? Tu ne le fais plus dormir avec toi ?

– Il est à Londres enfin ! Tu ne l'as pas vu à Norfolk House ? demanda Juliana, soudain paniquée.

– Je ne suis jamais repassé par Norfolk House. Je suis venu directement de Windsor à Dublin pour y rencontrer le représentant des magistrats locaux. Je suppose que tu as appris ma récente nomination…

– Oui, j'ai entendu que le roi avait voulu te punir pour notre mariage, grimaça-t-elle.

– Figure-toi que ce poste se révèle très intéressant. Mais bref, comme je disais, j'étais en Irlande pour cette même raison et c'est Daniel O'Connell qui m'a annoncé que tu te trouvais à Castle Coole. Sans cela, je serais rentré à Londres sans même savoir que tu n'y trouvais pas.

– Daniel O'Connell ? L'ami de Somerset ?

– Oui, les discussions politiques ont été menées avec lui et Aidrian Lynch.

– Mais Somerset a mentionné…

L'idée fit lentement son chemin, et son regard s'illumina.

– Alors c'était toi… ?

– Moi… quoi ? fit-il d'un air innocent.

– L'acheteur mystérieux… le courrier de ce matin… C'est toi qui est derrière tout cela ? demanda Juliana en sentant l'excitation la gagner.

– Tu es déjà au courant… J'aurais dû m'en douter, Somerset t'en a parlé. Oui, je voulais te faire la surprise…

Avant qu'il ne puisse poursuivre, Juliana lui sauta au cou, l'enserrant de ses bras dans une étreinte si forte qu'elle eut peur de l'étouffer et s'écarta, essoufflée. Henry l'embrassa tendrement.

– Je n'en reviens pas que tu aies fait cela pour moi, pour sauver ma maison…

– J'ai fait mieux que cela, répliqua Henry d'un air mystérieux.

Elle le dévisagea, avide d'apprendre ce qu'il lui

réservait.

– Castle Coole t'appartient ma douce. Il est à toi, et rien qu'à toi. (Elle le fixa, ahurie.) Les papiers sont en train d'être rédigés. Le manoir est à ton nom et sera transmis à tes enfants. Comme ça, tu es libre de vivre où bon te semble. Avec moi je l'espère... ajouta-t-il humblement.

La gorge serrée, Juliana prit son visage entre ses mains et leurs regards se soudèrent. Et elle sut. Elle sut que par ce geste de confiance et d'amour, d'abandon total, il la respectait comme son égale. Qu'il lui donnait le choix qu'elle n'avait jamais eu, tout comme lui. Toutes les contraintes avaient disparu, tous les obstacles étaient levés. Libérés de leurs chaînes, ils pouvaient enfin s'aimer pour ce qu'ils étaient. Un homme et une femme, tout simplement.

MERCI…

Mes chers lecteurs, mes chères lectrices, si vous lisez ces quelques lignes, c'est que vous êtes parvenus au bout de ce roman cher à mon cœur, car il s'agit du tout premier. Alors merci ! Merci à vous de me soutenir dans cette aventure, de me faire croire de toutes mes forces à mon rêve.

Sur une note plus personnelle, je souhaite en tout premier lieu remercier ma sœur Mathilde, qui a été ma première lectrice et qui a su trouver les mots pour me donner l'impulsion de réécrire la moitié du livre.

Viennent ensuite, et ils se reconnaîtront, mes cobayes du cercle de lecture. Cette soirée inoubliable m'a donné la confiance suffisante pour me lancer dans l'autoédition et m'a permis d'apporter de nombreuses corrections à ce deuxième jet.

Je remercie également mes collègues, qui ont eu le courage de me regarder dans les yeux après l'avoir lu (tout particulièrement Florence, qui a subi cette épreuve par deux fois).

Et en dernier lieu mais non des moindres, mon mari, bien entendu, à qui ce premier roman est dédicacé. Tu m'as donné la force d'écrire, tu t'es glissé dans chacun de mes mots avec la générosité de ton amour et la passion que nous partageons encore et toujours après quinze merveilleuses années.

J'adresse ce roman à tous ceux qui pensent qu'ils ne sont pas légitimes, à tous ceux qui n'osent pas franchir le pas. Écrivez ! Vivez vos histoires ! Car même si ce roman reste lettre morte, il m'aura à tout le moins permis de me révéler à moi-même, et d'atteindre cette sérénité propre à tout accomplissement personnel. N'est-ce pas ce que nous recherchons tous, finalement ?

ABOUT THE AUTHOR

Nora Green

Diplômée en droit, Nora Green a fait l'essentiel de sa carrière dans la fonction publique. Passionnée de romance historique, elle a nourri son cœur d'adolescente d'histoires d'amour en abondance. Ce n'est qu'à trente-sept ans qu'elle a enfin eu l'audace d'écrire le roman qu'elle aurait voulu lire.

contact@noragreen.fr

Printed in France by Amazon
Brétigny-sur-Orge, FR

15099217R00278